Paul Walz

Die Todesgeigerin

W0366509

Handlung und Figuren dieses Romans entspringen der Fantasie des Autors. Darum sind eventuelle Übereinstimmungen mit lebenden oder verstorbenen Personen zufällig und nicht beabsichtigt.

Der Autor

Paul Walz (Pseudonym) lebt mit seiner Familie in Trier. Hier wurde er 1964 auch geboren, besuchte erst die Schule, dann die Universität und arbeitete auch einige Jahre als Angestellter einer Bank. Der promovierte Diplomkaufmann ist seit 2001 Professor an einer Hochschule im Rhein-Main-Gebiet. Nach zahlreichen Beiträgen in betriebswirtschaftlichen Fachmagazinen, die er unter seinem bürgerlichen Namen veröffentlichte, war »Lichthaus kaltgestellt« sein erster, viel gelobter Kriminalroman. Nach Lichthaus' zweitem Fall, »Bauernopfer«, in dem der Hauptkommissar den bestialischen Mord eines Biobauern aufklärt, muss er nun seinen dritten komplizierten Fall in Trier lösen.

Paul Walz

Die Todesgeigerin

Trier Krimi

Prolibris Verlag

Originalausgabe Dezember 2014

Alle Rechte vorbehalten,
auch die des auszugsweisen Nachdrucks
und der fotomechanischen Wiedergabe
sowie der Einspeicherung und Verarbeitung
in elektronischen Systemen.
© Prolibris Verlag Rolf Wagner, Kassel
Tel.: 0561/766 449 0, Fax: 0561/766 449 29

Lektorat: Anette Kleszcz-Wagner
Korrektorat: Christiane Helms
Druck: CPI - Clausen & Bosse, Leck
Titelfoto: © julenochek - panthermedia.net
ISBN: 978-3-95475-101-3

www.prolibris-verlag.de

Für meine Töchter
Charlotte und Josefine

Prolog

Ein Lufthauch musste sie geweckt haben. Mitten in der Nacht war Sieglinde Strabetz hochgeschreckt und spürte, wie ihr der Speichel unangenehm die Wange hinunterlief. Immer das Gleiche, seitdem ein Teil ihrer Zähne im Wasserglas übernachtete.

Doch sie trocknete nicht wie üblich ihr Gesicht mit dem Ärmel ihres Nachthemdes, sondern lauschte angestrengt in die Dunkelheit ihres Schlafzimmers. Fenster und Türen waren fest verschlossen. Also konnte es auch keinen Lufthauch geben. Sie musste sich das eingebildet haben. Eine entfernte Glocke schlug eine Viertelstunde. Das Gefühl jedoch, irgendetwas wäre anders als sonst, wollte nicht weichen. Ihre Sinne vibrierten. Denk an dein schwaches Herz.

»Hallo? Ist da wer?«

Ihre Worte, trocken und brüchig, reichten kaum bis zum Ende des Bettes und vermochten die absolute Schwärze der Nacht nicht zu durchdringen. Niemand antwortete. Was hatte sie auch erwartet? Mühsam wälzte sie sich herum und schaltete die Nachttischlampe an. Ein Lächeln huschte über ihre faltigen Züge. Alte Menschen sind wie kleine Kinder, hatte ihre Mutter einst gesagt, und so ganz falsch lag sie damit nicht. Sobald ihr das Licht die gewohnte Umgebung des Schlafzimmers zeigte, fiel die Beklemmung ab. Sie musste sich getäuscht haben. Vielleicht ein Traum. Trotzdem lauschte sie wieder, war nun jedoch wesentlich ruhiger. Allein das Ticken der Uhr auf dem Nachttisch war zu vernehmen. Sie lag ganz still und horchte. Irgendwann sprang in der Küche der Kühlschrank an und brummte gemütlich vor sich hin, bis er mit einem rasselnden Klicken verstummte.

Sie beruhigte sich weiter. Es gab keinen Grund, sich zu erschrecken. Nun aber drückte die nicht mehr so stabile Blase, und so warf sie die Bettdecke zurück, setzte sich auf und schlüpfte in die Pantoffeln. Es war kühl im Raum und da sie seit jeher nur in Unterwäsche schlief, war ihr augenblicklich kalt. Die Krücke – Gehhilfe, hatte sie der Physiotherapeut immer korrigiert – fest gepackt, stand sie auf und schwankte schlaftrunken ein wenig hin und her, bis der Kreislauf wieder gefestigt war. Was war es doch für ein Elend, alt zu sein. Und allein, immerzu allein. Seit ihr Wellensittich Karlchen vor einem Jahr gestorben war, herrschte in ihrer Wohnung Ruhe. Sakral wie auf dem Friedhof. Das Telefon schwieg sie stets an, der Ton der Wohnungsklingel war ihr fremd. Ein Seufzen entwand sich ihrer Kehle. Wovor hast du eigentlich noch Angst? Langsam schlurfte sie zur Schlafzimmertür, die sie nachts nur anlehnte, und zog sie vorsichtig auf. Das Türblatt war leicht und billig, wie so ziemlich alles in diesem verfluchten Block der Anonymität. Niemand wusste genau, wer gerade nebenan wohnte. Oder bekam mit, wenn einer starb. Die Menschen liefen gleichgültig aneinander vorbei. Es war ein Problem, in Kontakt zu kommen. Das war ihr allerdings immer schon schwergefallen. Aber erst in diesem Haus hatte sie das Alleinsein als Einsamkeit empfunden und sie mit all ihrer Wucht zu spüren bekommen. Hier, wo sie lebte, seitdem sie Rentnerin war und krank. Eine Einsiedlerkartause inmitten der Massen der Stadt.

Ächzend hockte sie sich auf die Toilette und ließ Wasser, während die Hüfte schmerzte, die sie kaputtgestanden hatte auf dem harten Boden im Geschäft. Manchmal zehn Stunden am Tag. Sie wusch die Hände und wischte das Becken anschließend penibel trocken. Der Spiegel bot nichts Neues. Harte Züge, ein bitterer Mund und abweisende eisgraue Augen. Es war wahrlich schwer, jemanden zu mögen, der aussah wie sie.

In der Tür zögerte sie einen Augenblick. Sollte sie den Morgenmantel überwerfen und noch ein wenig fernsehen oder im Netz plaudern, dort wo sie keiner kannte, niemand ihr Gesicht sah, sie alle Scheu ablegte und zu der wurde, die sie immer hatte sein wollen? Schlafen würde ihr nicht möglich sein, jetzt, da sie einmal auf war. Im Chat war immer irgendeiner, der auch nicht zur Ruhe kam. Das Dorf der Einsamen, die den flimmernden Bildschirm als Fenster zur Welt nutzten. Sie lächelte bitter. Im Treffpunkt für Senioren hatte ein junger Mann sie in die Cyberwelt eingewiesen. Zu Beginn hatte sie Angst vor der Technik gehabt, doch schnell hatte sie die Vorzüge entdeckt. Hier stieß sie auf Menschen, denen es genauso ging wie ihr. Die erste Zeit jedoch hatte sie nur gelesen, weil sie gemerkt hatte, wie unfähig sie war, zu kommunizieren. Nun fiel es ihr leichter, sich zu öffnen und zu erzählen, zu fliehen. Doch die Einsamkeit, die blieb, immer.

Sie hinkte aus dem Bad und war noch in Gedanken, als ihr die Augen einen Geist vorgaukelten, der aus der Dunkelheit des Flurs in dem schwachen Licht der Nachttischlampe auftauchte, das es bis hier hinaus schaffte. Er schwebte auf sie zu. Sie war so verwirrt, dass sie nicht einmal aufschreien konnte. Eine Erscheinung wie aus der Hölle zerrte alte Angstbilder ihrer Kindheit hervor, und ein kalter Schauer lief über ihren Rücken.

Doch das war kein Geist, erkannte sie plötzlich, auch kein Hirngespinst. Eine ganz in Schwarz gekleidete Gestalt, ein Mann, mit ebensolcher Kapuze und einer dunklen Brille sprang auf sie zu, griff ohne zu zögern ihren Kopf und drückte ihr einen Lappen auf Mund und Nase.

Es war ein weicher Stoff, der ihrer Haut schmeichelte, jedoch stank er ätzend nach einer chemischen Substanz, die sie nicht einatmen wollte. Sie wehrte sich verzweifelt, packte mit der freien Hand den Unterarm des Eindringlings und versuchte, das Tuch von ihrem Gesicht zu ziehen, hielt auch den Atem an, der Angreifer aber war so stark und sie schwach, so furchtbar schwach. Ihre Chancen waren gleich null. Sie taumelte in der aufkommenden Schläfrigkeit und ließ die Krücke fallen, als zwei kräftige Hände sie ins Wohnzimmer schafften und auf den Sessel bugsierten. Dort sank sie hinab in eine tiefschwarze Dunkelheit.

Irgendwann kam sie zu sich, kämpfte die bleierne Schwere nieder und schlug die Augen auf, orientierungslos, ohne Erinnerung. Er saß ihr gegenüber und bombardierte sie mit Fragen, die sie nicht verstand, aber irgendwie doch beantwortete. Sie sah sich mit schwankendem Kopf um und erkannte ihre Wohnung, die Möbel und die Bilder, nur hatte sich etwas geändert. Ob es die Präsenz des Mannes war, der wie der Leibhaftige wirkte, sie wusste es nicht. Irgendetwas war zerbrochen. Sie fühlte sich hier nicht mehr zu Hause, wenn das überhaupt der richtige Begriff für diese Wohnung war, die sie verabscheute, seit sie hier lebte. Sie war nur noch zu Besuch, und bald schon käme die Abreise. Die

Frage dämmerte in ihr auf, inwiefern es ihr egal wäre. Doch sie war zu müde, eine Antwort zu finden.

Nach einer Weile, die sie nicht in Minuten oder Stunden hätte fassen können, da sie immer wieder einschlief, riss sie ein scharfes Stechen aus der Trance. Sie lag nun in ihrem Bett, wie auch immer sie hierhergekommen sein mochte, und er war unmittelbar über ihr, dunkel und bedrohlich. Sie sah zu ihrem Bauch, in den er eine durchsichtige Flüssigkeit spritzte. Einen Impuls zur Abwehr konnte sie nicht mehr aufbringen und wusste auch nicht zu sagen, wogegen. Wenn sie nun starb, war es endlich vorbei, kam sie irgendwie zurück, blieb es so, wie es war.

Wenig später flatterten ihre Lider, die sie schließlich für immer schloss, und ihr Atem verflachte sich. Sie sah nicht den Film ihres Lebens, so wie es immer gesagt wurde, nur zwei Szenen ploppten auf, die in ihrer Gefühlswelt die beiden äußersten Enden der Skala darstellten. Das Glück auf Erden und die Höllen der Seelenqual, zwei Erlebnisse, die doch so untrennbar miteinander verwoben waren.

Hubert stand so klar vor ihrem geistigen Auge, dass sie glaubte, ihn berühren zu können. Er, der Einzige, der sich je für sie interessiert hatte. Er trug den blauen Anzug und die gestreifte Krawatte zum weißen Hemd. Dazu die großen Manschettenknöpfe mit dem schwarzen Stein. Seine Augen blinkerten nervös hinter seinen Brillengläsern, und sie legte ihm die Arme um den Hals und küsste sanft seine verkrampften Lippen. Er entspannte sich und erwiderte die Zärtlichkeit.

»Ich liebe dich, Hubert.«

»Ich dich auch.«

Eine Woge der Wärme durchfloss die Sterbende, als sie diese Worte wieder hörte und seine Umarmung erneut so spürte, wie es damals gewesen war. Der schönste Augenblick ihres Lebens. Hubert war kaufmännischer Angestellter. Sie hatten sich in der Mittagspause kennengelernt, als sie beide im Palastgarten ihre Brote verspeist hatten. Nachdem sie sich nähergekommen und ein paar Mal ausgegangen waren, wollte er um ihre Hand anhalten. Mutter kam herein, so aufrecht und stolz. So hart.

Sie stöhnte in ihrer Agonie auf, wusste, was kommen würde. Sie gab Hubert nicht einmal die Hand.

»Nun, Herr Christ, ich möchte keine falschen Hoffnungen in Ihnen wecken, meine Tochter ist hier in unserem katholischen Haus aufgewachsen, und wir werden keiner Verbindung mit einem Protestanten zustimmen.«

Sie hatte geschwiegen, so wie sie es immer getan hatte, war Hubert nicht zu Hilfe geeilt, als dieser ansetzte, um das Unmögliche möglich zu machen und ihre Mutter umzustimmen versuchte. Wieder hörte sie Argumente und Ablehnung aufeinanderprallen. Sie roch jetzt noch den kalten Zigarettenrauch von Mutters verdammten Kippen, schmeckte die Bitterkeit auf ihrer Zunge. Seine Blicke flehten sie um Beistand an, doch sie hatte nichts gesagt. Unterwürfig war sie an Mutters Härte zerschellt, wie ein Schiff an spitzen Klippen. Als Hubert schließlich ging, war sein Gesicht die reinste Enttäuschung. Er gab ihr nicht einmal mehr die Hand, war voller Verachtung vor ihrem devoten Schweigen. Sie war in ihr Zimmer gelaufen und hatte dort, feige wie immer, nur dort, getobt, geweint und geschrien.

Ihr letzter Gedanke galt dem eigenen Versagen, galt der Frage, warum sie damals geschwiegen hatte, wieso sie nicht einfach mit ihm gegangen war. Nie wieder war ein Mann gekommen, nie hatte sie einer je berührt, sie geküsst oder gar mit ihr geschlafen. Jahre des Vakuums, der Suche, der Leere. Wieso hatte sie geschwiegen?

Im Unverständnis für sich selbst beendete sie ein Leben der Einsamkeit. Sie öffnete die Augen nicht mehr und tat einen letzten flachen Atemzug.

Donnerstag

Johannes Lichthaus goss sich eine zweite Tasse Tee ein. »Henriette, würdest du bitte deine Schuhe anziehen, wir müssen los.«

Seine Tochter war seit gut einem Dreivierteljahr in Ruwer im Kindergarten, und er hatte es sich zur Angewohnheit gemacht, sie morgens dort abzusetzen, bevor er sich auf den Weg ins Polizeipräsidium machte. Sie sprang auf und sauste in die Diele.

»Übrigens, Carlo kommt am Wochenende zu Besuch.« Claudia saß am Tischende und schmierte Jakob noch einen weiteren Toast. Er war mittlerweile eineinhalb und hielt sie auf Trab, doch wenn es um den Frühstückstoast ging, hatte er Geduld. Sie vermied es, aufzuschauen.

Lichthaus schaute seine Frau ungläubig an. »Und das sagst du mir erst jetzt?«

»Ich wollte dir nicht den Abend verderben.«

»Na toll. Wie lange muss ich den Blödmann ertragen?«

»Blödmann sagt man nicht«, kam es aus der Diele, doch die beiden ignorierten den Kommentar.

»Nun reg dich nicht gleich so auf. Carlo ist ein guter Freund und will sich meine Bilder ansehen.«

Lichthaus schnaubte. »Ich frage mich, warum du dich immer noch mit diesem«, er zögerte und suchte nach einer kinderohrgeeigneten Formulierung, »Kerl triffst. Der kreuzt auf, schleicht durch dein Atelier und macht deine Sachen runter, die er selbst so nie auf die Reihe bekommen würde.«

»Das stimmt doch gar nicht«, in Claudia regte sich Ärger. Sie legte Jakob das Brot auf den Teller, der Junge aber aß nicht, sondern sah seine Eltern groß an. »Seine Meinung ist mir wichtig und damit basta.«

»Na gut, wenn du das brauchst. Aber bei uns schläft der nicht.«

»Eine Nacht nur.«

»Nein! Ich will ihn nicht auch noch nachts hier haben. Quartiere ihn drüben im Hotel Weis ein, da kann er sogar zu Fuß hinlaufen.«

Sie zögerte und sah ihn lange an. Es kam selten vor, dass sie sich stritten, und wenn, dann ging es meistens darum, Dampf abzulassen, der sich bei der Erziehung zweier Kinder aufgestaut hatte. Und nun wegen Carlo Held. Er war allerdings ein Spezialfall. Claudia hatte in Mainz ihr Studium begonnen, um später einmal bildende Kunst an einem Gymnasium zu unterrichten und nebenbei zu malen oder zu modellieren, hatte sich jedoch schon nach zwei Semestern für das freie künstlerische Schaffen entschieden und darin ein Diplom erstanden. Carlo Held war damals Assistent gewesen und hatte sie gefördert. Lichthaus argwöhnte, dass er anfangs mehr an Claudias Körper, als an ihrer Kunst interessiert war, doch Claudia hatte den Kerl abblitzen lassen. Als er dann auf der Bildfläche aufgetaucht war, der fade Kriminalbeamte aus dem LKA, und dieses gutaussehende, energiegeladene Mädchen mit den roten Haaren abbekam, brachte ihm der Kreis der Kunstbefohlenen auf breiter Basis Ablehnung entgegen. Allen voran Held, dem Lichthaus noch heute seinen bornierten Blick und die dummen Sprüche über die Polizei in die Visage zurückprügeln könnte.

»Johannes«, machte sie einen Ansatz, ihn herunterzubringen, doch er wollte nicht.

»Nein, der nicht.«

»Sei nicht so stur!«, ihre Stimme wurde schneidend, er aber wandte sich ab.

»Nein!«, unwillig knallte er die Tasse auf den Tisch, hauchte seiner Frau der Gewohnheit halber einen Kuss auf die Wange, drückte Jakob mit einem Lächeln einen Schmatzer auf die klebrige Wange und drehte sich zur Tür. »Ich muss los.«

»Warum stellst du dich denn so an.«

»Dieser Arsch – ja ja«, er wandte sich an Henriette, die ihn aus dem Flur mit großen Augen anstarrte, »ich weiß, dass man das nicht sagt – wollte dir erst an die Wäsche und hat mich wie den letzten Dreck behandelt, um später deine Kunst madigzumachen. Wieso soll ich den bei uns willkommen heißen?«

Jakob begann zu weinen und in Claudias Augen stiegen Tränen auf. »Mir zuliebe. Du hast ja Recht, doch er hat mir so oft geholfen und mich beraten. Es ist mir wichtig.«

Lichthaus atmete hörbar aus. Die Tränen seiner Frau waren ihre beste Waffe. Nie kam er dagegen an. »Na gut. Aber nur einen Abend, und er schläft im Hotel.«

Er küsste sie wieder auf die Wange. Sie war deutlich kleiner als er und wirkte in solchen Augenblicken so wehrlos. Er lächelte versöhnlich und gab nach, wie so oft.

Auf dem kurzen Weg zwischen Eitelsbach und Ruwer maulte er wortlos vor sich hin, das Wochenende würde schrecklich werden.

»Papa?«

Er schrak hoch. »Ja?«

»Hast du die Mama noch lieb?«

»Ja klar.«

»Auch wenn ihr euch gestritten habt?«, ihre großen Augen füllten den Rückspiegel aus. Sie schauten sorgenvoll drein.

»Du streitest dich manchmal mit Lina, oder?«

»Ja.«

»Ist die deswegen nicht mehr deine Freundin?«

»Doch.«

»Na, siehst du, bei uns ist das genauso. Wir kriegen uns ein wenig in die Wolle und dann vertragen wir uns wieder.«

»Ach so.« Ihre Stimme gewann an Leichtigkeit zurück, und die Sache war erledigt und auch er nahm sich vor, die Faust in der Tasche zu machen. Claudia war der Typ Mensch, der laufend in Flammen stand, um Neues zu schaffen. Sie malte und modellierte oftmals in einer Intensität, die er nie hätte aufbringen können, brauchte anschließend jedoch lange Pausen, um Energie zu schöpfen. Seit der Geburt von Jakob gelang ihr weder das eine noch das andere. Außerdem fehlte es ihr an Inspiration. Es war an der Zeit, in Urlaub zu gehen und sie so zu entlasten, dass sie loslegen konnte. Der Besuch Helds war für sie eine kleine Flucht. Sie würden unendlich über Kunst und Leute aus der Szene debattieren, was ihr immer guttat. Doch warum ausgerechnet dieser widerliche Carlo, der eigentlich Karl hieß, sich aber so einen ausgefallenen Touch geben wollte. Wieder zogen in ihm Wolken auf, und er grummelte weiter.

Am Kindergarten angekommen stieg er aus und löste gerade den Gurt des Kindersitzes, als sein Handy ging. Während Henriette aus dem Wagen kletterte und ihren Rucksack griff, nahm er das Gespräch an.

»Ja?«

Es war Sophie Erdmann. »Morgen. Wir haben eine Tote am Weidengraben.«

»Papa?«

»Ja, geh schon rein.« Er folgte seiner Tochter, die zum Eingang trottete und sich laufend nach ihm umsah. »Entschuldige, ich liefere Henriette gerade ab. Tötungsdelikt?«

»Noch unklar. Die Frau heißt Sieglinde Strabetz. Der Hausmeister hat sie vorhin gefunden und Alarm geschlagen. Ich mache mich mit Siran jetzt dorthin auf den Weg.«

»In Ordnung. Ich bin an der Kita und komme gleich dazu. Hast du eine Adresse?«

»Nicht genau. Fahr Richtung Uni und bieg hinter dem Lebensmittelmarkt am Kreisverkehr links ab. Dann um die langgezogene Kurve herum und irgendwann rechts. Es ist in einem der drei großen Hochhäuser, die zentral stehen. Du siehst ja die Fahrzeuge.«

»Okay, bis später.«

Sie betraten den Kindergarten, in dem schon ein Höllenlärm herrschte. Henriette warf Rucksack und Jacke auf eine Bank, zischte zu ihren Freundinnen ab und verabschiedete ihn mit einem Winken, für das sie sich nicht einmal umdrehte.

Er brauchte gerade einmal eine Viertelstunde bis zum Weidengraben. Er lag auf einem weitgestreckten Hochplateau, das die Mosel einst abgetragen hatte, bevor sie sich in ihr heutiges Bett eingegraben hatte. In den Sechzigerjahren hatte man das Ensemble aus Einfamilienhäusern, mehrstöckigen Gebäuden und großen Wohnblöcken mit bis zu dreizehn Etagen am östlichen Ende des Plateaus hochgezogen. Hierbei war es nicht geblieben. Die Uni fand ihren Platz ein Stück weiter und gleich daneben entstand ein Neubaugebiet nach dem anderen. Zu guter Letzt führte die Umwandlung von alten Kasernengeländen, die von der abziehenden französischen Armee zurückgelassen wurden, zu einer fast geschlossenen Bebauung des gesamten Gebiets. Die Felder und Wiesen, an die sich sein Kollege Holger Steinrausch noch erinnern konnte, waren verschwunden.

Er steuerte den BMW wie von Sophie Erdmann beschrieben und fand schließlich auch den richtigen Block. Vor einem der höchsten Gebäude hatten einige Bewohner Posten bezogen, um zu sehen, was passiert war, doch das Aufregendste war bisher der kleine Bus der Spurensicherung und ein Streifenwagen, die geduldig nebeneinander warteten. Hier war er offensichtlich richtig. Er nahm nun konzentriert jedes Detail seiner Umgebung in sich auf. Die Anlage war sehr gepflegt, was man nicht von allen Wohnblöcken sagen konnte, wobei das Viertel insgesamt ordentlich daherkam. Offensichtlich gaben sich die Vermieter große Mühe, eine gute Atmosphäre herzustellen, sicher nicht ganz uneigennützig, wie Lichthaus wusste, denn die Klientel musste im Gegenzug dazu bereit sein, höhere Mieten zu akzeptieren.

Sieglinde Strabetz wohnte, wie er dem Klingelkasten entnahm, in der vierten Etage. Irritiert nahm er im Vorbeigehen wahr, dass einige der Briefkästen zugeklebt waren und auf einem kleinen Aufkleber der Postbote gebeten wurde, die Post in den Kasten des Hausmeisters zu werfen. In Reihe vier fand er den der Toten. Auch auf ihm klebte die Mitteilung. Er fuhr im Aufzug nach oben und folgte den Stimmen der Kollegen durch einen sauber geputzten aber völlig unpersönlichen Flur, wie es ihn gewiss zu Hunderttausenden in aller Welt gab. Kein Bild hing an der Wand, und nur dort, wo die Bewohner ihr Klingelschild verändert hatten oder ein Kranz die Tür schmückte, wurde die kasernenartige Atmosphäre durchbrochen. Strabetz' Tür lag schmucklos und unauffällig zwischen den anderen. Hier draußen roch er nur die scharfen Putzmittel, die man verwendete, um den Boden zu reinigen, doch drang aus der Wohnung ein stickiger Mief in seine Nase, wie er ihn schon einige Male gerochen hatte. Über lange Zeit nicht gelüftete Räume, in denen organisches Material nicht verfault, sondern ausgetrocknet war. Ein Flash des Tumults im Kindergarten schoss ihm durch den Kopf, pulsierendes Leben dort, das mit dem, was er hier vorzufinden erwartete, in so krassem Gegensatz stand. Er zögerte einen kurzen Moment, atmete tief ein und betrat den Flur.

Die Wohnung war nicht groß. Links eine Küche, wie man sie in jedem Mehrfamilienhaus würde finden können. Glatte weiße Fronten, auf der dunkelbraunen Arbeitsplatte eine Kaffeemaschine, ein Brillenetui aus abgegriffenem Kunstleder, ein Abreißkalender und ansonsten viel Ordnung. Dahinter ein Wohnesszimmer mit Balkon, von dem er nur einen kleinen Ausschnitt sehen konnte. Der Eingangstür gegenüber das Bad, daneben wahrscheinlich das Schlafzimmer und ein weiterer Raum, in dem ein einzelner Schrank und zwei Kommoden auf einen alten Teppich gestellt worden waren. Auf dem PVC-Boden neben dem Eingang lag ein Haufen Briefe und Werbesendungen. Dazu ein Spurenkärtchen. Die Kollegen sicherten also bereits eventuelle Beweise.

Ben Reinke raschelte in seiner weißen Schutzbekleidung aus dem Schlafzimmer quer über den Flur und verschwand ihm zunickend durch die gegenüberliegende Tür. Gleich darauf schaute Sophie Erdmann aus dem Wohnzimmer und hob die Hand zum Gruß. Wie immer hatte sie im Einsatz ihre mittellangen Haare zu einem Zopf gebunden und einen Schutzanzug übergestreift. Ihre grauen Augen blickten ernst.

»Morgen.«

»Hallo. Wo ist Spleeth?« Lichthaus vermisste den Chef der KTU.

»Urlaub«, Reinkes Kopf erschien. »Ich vertrete ihn.«

»Okay. Wer ist der Staatsanwalt?«

»Brauckmann. Ich habe kurz mit ihm telefoniert, bevor wir hierher sind. Er meinte, wir sollten wie gewohnt das Übliche veranlassen und ihn dann informieren.« Lichthaus lächelte Sophie Erdmann zu. Sie arbeiteten nun schon seit Langem zusammen, und wieder einmal stellte er fest, dass er sich blind auf sie verlassen konnte.

»Was habt ihr hier gefunden?«

»Ich beginne mal mit den Personalien. Die Tote heißt Sieglinde Strabetz und ist sechsundsiebzig Jahre alt. Allem Anschein nach lebte sie alleine und sehr zurückgezogen, denn niemand hat sie vermisst.«

»Was heißt das?«

Siran stand mit einem Mal in der Küchentür. »Der Körper ist stark mumifiziert. Der Post da drüben nach ist sie schon eine Weile tot. Der älteste Brief datiert vom 23. Januar, ist also knapp vier Monate alt.«

Lichthaus schaute dem jungen Türken ins glattrasierte Gesicht, das unter der Kapuze hervorlugte. »Vier Monate? Mein Gott. Hat sie nicht wenigstens Verwandte, die nach ihr fragen könnten? Die Kollegen sollen das klären und sie gegebenenfalls ausfindig machen.«

»Das haben wir veranlasst, doch da gibt es zwei Details, die wir abklären sollten. Zuerst einmal die Post. Ben glaubt, der Lage der Wurfsendungen nach sagen zu können, dass zwischenzeitlich jemand in der Wohnung gewesen ist.«

»Wieso sind eigentlich einige der Briefkästen verschlossen und die Post geht an den Hausmeister?«

»Den älteren Bewohnern wirft der Mann, ein gewisser Rainer Schmitt, die Post durch den Briefschlitz, wenn sie das wollen oder nicht mehr selbst hinunter können.« Er zögerte und wartete wohl auf eine Reaktion, als Lichthaus jedoch schwieg, fuhr er fort. »Es war auch Schmitt, der sie gefunden hat, als er mit den Stadtwerken hier rein musste, um die Uhrenstände von Wasser und Strom abzulesen. Da Frau Strabetz nie ans Telefon gegangen ist und auch auf seine Mitteilungen nicht reagiert hat, ist er davon ausgegangen, sie sei verreist.«

»Hat er die Post verschoben?«

Reinke kam zu ihnen herüber. »Das ist möglich. Mir ist beim ersten Durchsehen allerdings aufgefallen, dass die Zeitungen, die sich weiter hinten befanden, deutlich stärker vergilbt waren als die, die unmittelbar vor der Tür lagen. Da die Sonne nur den äußersten Bereich des Flurs erwischt, müssen die demnach schon länger dort gelegen haben. Ohne die Tür zu öffnen, können die aber nicht dorthin gekommen sein. Außerdem sind sie auch älter als diejenigen, die wir oben auf dem Haufen sichern konnten, den der Hausmeister verschoben hat. Wenn ein solcher Stapel bewegt wird, rutschen die zuoberst liegenden Papiere am weitesten, also hätten die neuesten Ausgaben hinten liegen müssen und nicht die ältesten.«

»Das heißt?«

»Ganz einfach: Zwischen Januar und März war mit hoher Wahrscheinlichkeit jemand hier in der Wohnung. Wir werden den Zeitraum eingrenzen, sobald wir den Haufen auseinandernehmen.« Lichthaus schaute den Kriminaltechniker nachdenklich an. »Nun, vielleicht ein Einbrecher, der in die scheinbar leere Wohnung eingedrungen ist. In Hagen hatte die Kripo einen solchen Fall. Prüft bitte, ob etwas mitgenommen wurde und kontrolliert das Schloss. Was noch?«

Sophie übernahm. »Das mit dem Einbrecher ist möglich, doch der Staubsaugerbeutel fehlt.«

»Worauf willst du hinaus?«

»Man hat die Wohnung ausgesaugt, um Spuren zu beseitigen.«

»Dann haben wir vielleicht einen Mord. Das ist aber noch reine Spekulation. Was meint ihr?«

Sie grinste ihn an. »Wir wollten auf dich warten, damit du entscheidest, ob wir der Sache nachgehen oder es lassen.«

Er lachte auf. »Ihr seid gut. Wir können unmöglich wegen ein paar verrutschter Zeitungen und eines fehlenden Staubbeutels ein riesiges Fass aufmachen. Ben, was ist mit der Leiche?«

»Schwer zu sagen. Sie liegt im Bett. Auf den ersten Blick sieht es so aus, wie man es aus vielen anderen Fällen kennt. Herzversagen während der Nacht und weg.«

»Bekleidet?«

»Teilweise. Komm, schau es dir selbst einmal an.« Reinke ging den Flur entlang.

Während Lichthaus einen weißen Schutzanzug überzog, wandte er sich an Sophie und Siran. »Sucht nach weiteren Anhaltspunkten. Vielleicht findet ihr was zu ihrer finanziellen Situation, ob Vermögen vorhanden ist.«

Im Schlafzimmer kam er sich vor wie auf einer Zeitreise in seine Kindheit, als er häufig bei seiner Großmutter zu Besuch gewesen war. Nicht, dass die Möbel so alt gewesen wären wie damals, doch die analoge Anordnung vom Bett an der Außenwand, dem Schrank gegenüber und direkt daneben ein Stuhl, über dem eine Strickjacke hing, waren frappierend. Selbst das Kreuz mit den verdorrten Buchsbaumzweigen von Palmsonntag befand sich an gleicher Stelle. Er streifte die Erinnerung ab und trat neben das Bett, vor dem ein schmaler Läufer lag. Die Leiche wirkte wie eine ägyptische Mumie. Glieder mit ausgedörrtem Fleisch steckten in viel zu großer Unterwäsche, die schlabberig auf die Matratze floss. Die Verdunstung der Körperflüssigkeit schien ohne Fäulnis vor sich gegangen zu sein, denn nirgends lagen die Knochen offen. Er konnte überhaupt keine Verwesungsanzeichen erkennen. Ebenso wenig zeigten sich äußere Verletzungen. Das sich zusammenziehende Gewebe hatte ihre abgenutzten und schiefen Zähne entblößt, was zu einem grausigen Dauergrinsen des skelettierten Schädels führte, von dem sich Büschel des grauen Haars gelöst und, getrieben vom leichten Durchzug, am Bettende zu kleinen Häufchen zusammengefunden hatten. Die Haut war dunkelbraun. Sie lag auf dem Rücken, wodurch ihre leeren Augenhöhlen gegen die rissige Decke starrten.

»Siehst du Verletzungen?«

»Bisher nein. Ich denke, nur eine Obduktion kann uns da Klarheit bringen.«

»Wieso trägt sie nichts als Unterwäsche? Alte Leute gehen normalerweise nicht so zu Bett.«

»Vielleicht hat sie sich gar nicht zur Nacht hingelegt, sondern zum Ausruhen. Es könnte ihr auch schlecht geworden sein.«

»Klar, nur wo hat sie die Kleider hingelegt?«

Reinke sah sich um und hob die Schultern. »Keine Ahnung, hier jedenfalls nicht.«

Lichthaus bückte sich und sah unter das Bett, wo außer einer Handvoll Wollmäusen Leere herrschte. »Nirgendwo Hausschuhe.«

»Die sind im Wohnzimmer.«

Er erhob sich und zog die Nachttischschublade auf, die jedoch bis auf ein Pillendöschen, einen Rosenkranz und die Schachtel eines Juweliers nicht das Mindeste enthielt. Er rief den Tatortfotografen, der einige Bilder schoss, dann öffnete er den Schmuckkarton und fand ihn verwaist. Im Schrank hingen zwei Mäntel, vier Jacken, daneben Blusen und Westen, alles eingehüllt in den impertinenten Geruch von Mottenpapier, das die Kleidung hatte schützen sollen. Auf einem Brett darüber standen Handtaschen ohne nennenswerten Inhalt. Ein Päckchen Papiertaschentücher hier, ein Pfefferminzbonbon dort. Nirgends ein Portemonnaie oder eine Brieftasche.

Die geblümte Tapete war relativ neu. In den Ecken zeigten sich noch keine dunklen Ränder, allerdings waren neben dem Stuhl graue Streifen an der Wand zu sehen.

»Was ist denn das?«

Reinke dachte einen Augenblick nach und wischte vorsichtig über die Spuren. »Staub, eventuell hat sie einen Heizlüfter hier drin betrieben, die blasen die Luft hinten raus, und wenn das Ding zu nahe an der Wand gestanden hat, gibt es Dreck. Der Heizkörper stand übrigens auf volle Pulle.«

»Vielleicht deshalb kein Schlafanzug?«

Statt einer Antwort hob Reinke nur die Schultern und sah ihn fragend an. Lichthaus begnügte sich ebenfalls mit einer Geste, er wiegte den Kopf hin und her. Anschließend ging er nach nebenan ins Bad. Der schmale Raum bot gerade Platz für ein Becken neben der Tür, eine Badewanne und die Toilette. Die Fliesen waren alt mit tannengrünem Dekor, wodurch eine dunkle Atmosphäre entstand, obwohl durch ein relativ großes Fenster Licht hereinfiel. Er sah sich um. Im Spiegelschrank die üblichen Utensilien, die täglich genutzt wurden. Zahnpasta und Nagelfeile, die Zahnbürste in einer Halterung, etliche Tablettenschachteln, Trockenshampoo für zwischendurch und so fort. Hier fand er auch ein Kleid, das ordentlich auf einem Bügel an der Duschstange hing. Alles wirkte sehr gepflegt. Nirgends Flecken auf den Fliesen, auch kein Schimmel am Duschvorhang, deren Enden zum Trocknen aus der Wanne gezogen worden waren.

Im Wohnzimmer kniete Sophie Erdmann neben dem Sofa und zog eben einen Pantoffel darunter hervor.

»Was gefunden?«

Sie drehte sich um. »Ein Hausschuh war unter dem Tisch, der andere hier drunter.« Sie klopfte auf die Armlehne. »Ihre Gehstütze steht hinter der Tür und der Rollator in der Küche. Da frage ich mich, wie sie ins Bett gekommen ist.«

»Vielleicht ging es zu Hause auch ohne.«

»Möglich, doch auf den Fotos hat sie die Krücke immer dabei.«

»Welche Fotos?«

»Im Viertel gibt es einen Verein, der sich um die Einwohner kümmert. Für die Senioren bieten die ein Lerncafé an, und gemeinsames Kochen oder Mittagstisch. Die Tote war zumindest an der Weihnachtsfeier und zu einem Osterbasar, denn sie hat fünf Bilder bekommen, die lagen noch auf dem Tisch samt Anschreiben.«

Lichthaus griff sich die Aufnahmen und sah sie aufmerksam durch. Sieglinde Strabetz saß matt lächelnd zwischen anderen Personen, die ähnlichen Alters waren. Wasserwellen dominierten die

Frisuren der zumeist weiblichen Besucher, die angeregt miteinander plauderten, einzig die Frau, die tot nebenan in ihrem Bett lag, befand sich immer ein wenig abseits. Waren es die Stühle ihrer Nachbarinnen, die enger zusammengerückt zu sein schienen, oder war es die Haltung der Köpfe, die sich auf praktisch allen Fotos von ihr abwandten, dass man den Eindruck gewann, sie war unter all den Menschen allein geblieben. Nur das letzte Bild war anders. Eine vergleichsweise junge Frau stand bei Sieglinde Strabetz und schenkte ihr ein breites Lächeln, das sie auf den Rollator gestützt erwiderte. Sie würden die Person finden müssen.

»Ich habe die Auszüge.« Siran hatte die Schubladen des Wohnzimmerschranks durchforstet und hielt nun einen roten Ordner der hiesigen Sparkasse in die Höhe.

Lichthaus trat zu ihm und schaute seinem Kollegen über die Schulter. »Zwölftausend Euro. Das ist nicht schlecht. Von wann ist der letzte Beleg, Siri?«

Siran blätterte auf die hinterste Seite. »Vierundzwanzigster Januar.«

»Also gut vier Monate, genauso wie die Post. Gib mal her, ich will mal etwas versuchen.«

Er zog sein Handy hervor und wählte, dann wartete er darauf, dass abgehoben wurde.

»Erzig.«

»Hallo, Herr Erzig, hier Johannes Lichthaus. Können Sie mir einen Gefallen tun?«

»Ach, die Polizei. Kommt drauf an.«

»Ich nenne Ihnen eine Kontonummer, und Sie sagen mir, ob in den vergangenen vier Monaten bar verfügt wurde.«

»Haben Sie mal etwas vom Bankgeheimnis gehört?«

»Schon klar, ich will ja auch nur wissen, ob oder ob nicht. Die Unterlagen wird dieser Tage ohnehin die Staatsanwaltschaft anfordern.«

»Und wieso soll ich dann helfen?«

»Sie sind doch mein Berater, und ich dachte über den kleinen Dienstweg kann ich mir vorab erste Gewissheit verschaffen.«

»Worum geht es denn?«

»Eine Frau, die vermutlich Ende Januar verstorben ist. Wir müssen wissen, ob nach ihrem Tod jemand Geld abgehoben hat.«

»Also ich weiß nicht, ich ...«

»1772239.«

Am anderen Ende der Leitung entstand eine Pause, die vom Klicken einer Tastatur begleitet wurde, dann war Erzig wieder am Apparat. »Ja laufend, zuletzt in der vergangenen Woche.«

»Danke, Sie haben mir sehr geholfen.«

Er trennte die Verbindung und wandte sich an die Kollegen, die aufmerksam zugehört hatten. »Jemand bedient sich am Konto unserer Toten. Wir ermitteln in einem Raubmord.«

*

Sie kam nur langsam zu sich, durchbrach mühsam den Schleier der Bewusstlosigkeit und verweilte eine Zeit lang in diesem schwerelosen Zustand, der keine Schmerzen kannte, aber auch nicht die völlige Leere bedeutete, aus der sie ausgebrochen war. Ganz im Gegenteil. Bilder überschwemmten ihr Gehirn. Franz und Michael, eine sonnenüberflutete Landschaft, ihr Bruder als Kind, die Mutter in Vorkriegskleidung, plötzlich machte ihr eine Gestalt in weißem Overall Angst, sie spürte deren Aggressivität, schließlich wieder Franz, ihr Mann, der langsam in der Unendlichkeit davontrieb.

Mühsam öffnete sie die Augen, zwang die bleiernen, verklebten Lider auseinander, nur um in absolute Schwärze zu schauen. Sie lag auf dem Rücken, auf einer harten Unterlage, und es war kalt.

»Franz? ... Franz?«

Ihre Stimme war brüchig wie Pergament, und sie räusperte sich.

»Franz?«

Keine Reaktion, nur die Stille, von der die Dunkelheit erfüllt war, nahm sie wahr. Wieder zog die Benommenheit bei ihr ein und zauberte bunte Sequenzen auf ihre Netzhaut. Autofahrten und Abendessen in ihrem Garten, Schulelternabende und ein

Tanz im Café Astoria. Unwillig schüttelte sie sich und wurde mit einem Schlag in die Gegenwart zurückkatapultiert, als ein Schmerz durch ihren Körper raste, als würde sich flüssiges Blei durch alle Adern arbeiten. Ausgehend von ihrem rechten Oberschenkel pulsierte er hinauf bis in ihren Kopf, schien sie zu zerreißen. Sie schrie auf und registrierte nebenbei, wie der Schall von den Wänden zurückgeworfen wurde. Sie würde nicht aufstehen können.

»Fra ...«, dann brach sie ab, denn ihr Ehemann war schon seit Jahren tot, wie so viele vor ihren Frauen gestorben. Er war gerade vierundsechzig geworden, als der erste Herzinfarkt ihn aus dem Beruf herausfegte und nach Monaten der Reha nur noch einen kümmerlichen Rest des einstmals baumstarken und hochaufgeschossenen Mannes zurückgab. Franz fing sich nur teilweise, doch sie machten die Reisen, von denen beide all die Zeit geträumt hatten. Rom beeindruckte sie am meisten. In Santiago de Compostela erlitt er dann einen Schlaganfall, von dem er sich nie wieder erholen sollte. Fünf Jahre Siechtum und anstrengende Pflege, schließlich hatte ihn sein ausgemergelter Körper endgültig im Stich gelassen. Gerade einmal dreiundsiebzig war er geworden. So hatte sie, auch sie dreiundsiebzig, an seinem Grab gestanden, fast alleine, wären da nicht die wenigen Nachbarn und Freunde gewesen, die sie auf ihrem schweren Weg begleitet hatten. Ihr Mann lag nun neben seinem Sohn an der Stelle, die ihr Platz hätte sein sollen. Michael, ihr einziges Kind, war vor so vielen Jahren mit seinem Motorrad überrollt worden, dass sie sich kaum noch an seine Stimme, sein Lächeln erinnern konnte. Nur die Wärme seiner Umarmungen haftete an jeder Faser ihres Körpers wie eingebrannt. Mit einer Umarmung war er gegangen, nicht ahnend, dass es für immer sein sollte.

Erneut wollte ihr in einem geschwächten Leib gefangener Geist hinüber in die wohlige Atmosphäre der Traumwelt gleiten, sie aber widerstand der Versuchung und hielt sich im Diesseits. Ihr Kopf dröhnte, und Durst ließ ihre Zunge am Gaumen kleben, doch sie konzentrierte sich auf ihre Gedanken, auf die Frage, wie sie an diesen Ort gekommen war, den sie nicht erkennen konnte. Ihre letzten greifbaren Erinnerungen führten sie ins Wohnzimmer, wo der Fernseher gelaufen war, wie so oft, um die Leere des Lebens zu vertreiben. Schließlich noch Fetzen, lose Bilder der Gestalt in weißem Overall, schreckliche Schmerzen, dann Schwärze. Alles blieb im Nebel.

Langsam streckte sie den rechten Arm aus und stieß gegen eine Wand, die genau wie der Boden auf dem sie lag, gekachelt war. Ihre Finger wanderten die Fugen entlang und berührten den Türrahmen, dem sie folgten. Irgendwann, ihr Arm war bereits weit ausgestreckt, verfingen sich die Fingerkuppen in einer alten Scharte und sie lächelte ins Dunkle, denn sie hatte ihr eigenes Badezimmer erkannt. Wie oft schon hatte sie sich über diese Einkerbung geärgert, an der die Lappen zerrissen. Vor ihrem geistigen Augen entstand das Bild des Raums. Links von ihr die Wanne, dahinter die Dusche, unmittelbar vor ihren Füßen die Toilette. Sie ließ ihren Arm in der Luft kreisen und bekam die letzte Bestätigung. Ihre Finger prallten an das Waschbecken.

Die linke Ferse rutschte ab, als sie sich zur Tür schieben wollte und wieder peitschte ein Schmerz durch ihren Körper, doch dann fand sie Halt und stemmte sich erst nur einige Millimeter, schließlich jedoch ein klein wenig schneller voran. Ihr lief der Schweiß aus allen Poren, als ihr Kopf endlich gegen die Wand stieß und ihr signalisierte, dass die Tür neben ihr sein musste. Mühselig suchten ihre Finger den unteren Spalt, konnten jedoch nicht daruntergreifen, da die Stoßleiste, die ihre weißen Kacheln von den Dielen abgrenzte, sich zu weit nach oben wölbte.

Verzweifelt versuchte sie es doch und riss einen Splitter, der schmerzhaft unter den Nagel des Ringfingers fuhr. Sie erschrak nicht nur des Schmerzes wegen, sondern der Ehering fehlte. Der Ring, den ihr Franz vor so vielen Jahren angesteckt hatte und den sie nie ablegte. Geweitet ja, aber immer getragen. Heiße Tränen kullerten ihre faltigen Backen hinunter und tropften lautlos herab. Was war bloß passiert?

Sie versuchte erneut, die Tür aufzuziehen, diesmal an der Seite und mit mehr Glück bei dem ausgeleierten Rahmen: Zwei Finger gelangten so weit zwischen Tür und Futter, dass sie ziehen konnte. Sie krallte sich ein und zog so fest es ging, quietschte tonlos vor Anstrengung, ignorierte die pochende Hüfte und das gefühllose Bein, legte alle Kraft hinein, und endlich klickte das betagte Schloss und gab einen Spalt schummriger Helligkeit frei, der ihr wie ein Licht in dunkler Nacht vorkam. Sie begann, erschöpft zu weinen. Hoffnung keimte in ihr auf.

*

Lichthaus saß an seinem Schreibtisch und spielte wie so oft mit einer kleinen Bronzefigur, die Claudia vor einiger Zeit gegossen hatte. Es half ihm beim Nachdenken, wenn er den kantenlos ausgearbeiteten, abstrakten Körper von seinen Händen erwärmt hin und her drehte.

Der Tod von Sieglinde Strabetz war skurril. Eine alte Frau in ihrer Wohnung zu töten, es als natürlichen Tod aussehen lassen und sich über Monate an ihren Konten zu bedienen, zeugte von enormer krimineller Energie und großem Einfallsreichtum. Brauckmann hatte das genauso gesehen und ihm sofort einen Beschluss unterschrieben, mit dem Siran bereits unterwegs zur Bank war, um Kontoauszüge aber auch Filmaufnahmen einzufordern, die an Geldautomaten routinemäßig bei jeder Abhebung gemacht wurden. Er war zu Fuß losgegangen, denn in Trier lag alles dicht beieinander. Die Zentrale der örtlichen Sparkasse war vom Präsidium aus in fünf Gehminuten zu erreichen. Lichthaus war auf das Ergebnis gespannt. Die Obduktion war ebenfalls genehmigt, und Güttler, der für sie zuständige Pathologe, würde noch heute an die Arbeit gehen, was nicht weiter verwunderte, da er Sophie Erdmanns Lebensgefährte war und die Wege für die Mordkommission somit kurz waren.

In ihm selbst hatte der Morgen viel Traurigkeit hinterlassen. Die Einsamkeit, in der das Opfer gelebt hatte, war schockierend. Es war nirgends ein Hinweis auf Familie, Freunde oder sonstige soziale Kontakte zu finden gewesen. Außer den Aufnahmen von den Seniorenfeiern fanden sie nur alte vergilbte Bilder, die von Reisen erzählten, die schon ewig zurücklagen. Strabetz hatte nie geheiratet und kinderlos als Angestellte in einem Einzelhandelsgeschäft gearbeitet. Nur auf einem Foto lächelte sie und vermittelte den Eindruck, glücklich zu sein. Sie stand, vielleicht vierzig Jahre alt, an einem Strand, Arm in Arm mit einer etwa gleichalten Frau. Nirgends hatten sie Notizen oder gar ein Tagebuch entdeckt, um mehr über ihr Leben zu erfahren. Damit hätten sie sich ein Bild davon machen können, wie eine solche Isolation entstand. Es hätte ihnen auch geholfen, zu begreifen, wie sie in die Fänge ihres Mörders gelangt war, und einen Ermittlungsansatz zu finden. Nur ein Portemonnaie ohne Geld und Karten, wohl aber mit den Ausweispapieren, hatte im Küchenschrank gelegen. Er war gespannt, was die Spurensicherung noch so herausbrächte.

Sophie und er hatten später die Nachbarn befragt, die sich, wenn überhaupt, an eine alte Frau mit Gehhilfe erinnern konnten. Nur Beschwerden über die Spuren des Rollators auf dem Boden des Gangs brachten die Gemüter einiger Hausbewohner in Wallung. Als der Nachbar von gegenüber danach fragte, wann die Wohnung wieder zu mieten wäre, da seine Cousine auf der Suche war, knallte ihm Sophie die Tür so heftig vor der Nase zu, dass der Mann zurückspringen musste, um nicht getroffen zu werden. Lichthaus hatte nur gegrinst. Einzig eine ebenfalls ältere Bewohnerin erinnerte sich an Sieglinde Strabetz. Sie hatten das ein oder andere Mal miteinander gesprochen. Das Opfer musste insbesondere über die Anonymität im Haus geklagt haben.

Letztendlich hatten die Befragungen sie nicht weitergebracht. Sie würden sich an den Nachbarschaftsverein wenden müssen, besser jedoch die jüngere Frau finden, die sich mit Sieglinde Strabetz unterhalten hatte. Und den Hausarzt aufsuchen, dessen Nummer im Nummernspeicher des Telefons abgelegt worden war. Nur diese. Es kam ihm so vor, als müssten sie in ein Vakuum vordringen, um den Fall zu klären.

*

Siran stand im Besprechungsraum und verteilte den unvermeidlichen Tee in den kleinen Teehausgläsern, an die sich alle gewöhnt hatten. Wenn er in Urlaub war, bereiteten Lichthaus oder Sophie schon gewohnheitsmäßig eine Kanne Cay, der aber mit Siris vollendeter Zubereitungskunst nur so weit mithalten konnte, wie ein abgestandener Kaffee mit einem Latte macchiato im Café.

Auch Brauckmann griff zu und bat um einen Bericht, während er an dem dampfenden Teeglas schlürfte und sich ein Kurabiye in den Mund stopfte. Der Staatsanwalt besaß mittlerweile die Routine, die ihm noch bei ihrem letzten gemeinsamen Fall gefehlt hatte, und war zu einem Beamten geworden, mit dem Lichthaus gerne zusammenarbeitete. Konsequent und fähig zu schnellen, aber durchdachten Entscheidungen, dabei allerdings frei von Allüren, sich in die Arbeit der Polizei einzumischen. Lichthaus schluckte den letzten Bissen von seinem Plätzchen hinunter und fasste das Wenige zusammen, das er bereits wusste.

Danach meldete Siran sich zu Wort. »Die Sparkassenleute konnten mir die Kontoauszüge seit Jahresbeginn und alle Bewegungen der Sparkonten ausdrucken. Strabetz hatte neben dem Girokonto noch zwei Sparverträge, von denen einer nicht gesperrt war. Der oder die Täter greifen sich auch dieses Geld. Ich habe mal alles zusammengerechnet. Von den rund zwölftausend Euro, die wir auf dem letzten Auszug gesehen haben, ist kein Cent übrig. Zudem wurde die Rente abgehoben, wobei man darauf geachtet hat, genügend Guthaben vorzuhalten, dass es für die laufenden Rechnungen wie Miete beziehungsweise Strom ausreichte. Ich denke, hier kamen nochmals viereinhalbtausend Euro zusammen. Rechnen wir die viertausend Euro hinzu, die auf dem Sparbuch fehlen, wurde seit dem Tag, an dem Sieglinde Strabetz wahrscheinlich gestorben ist, über etwas mehr als zwanzigtausend Euro verfügt«, er sah auf und grinste. »Steuerfrei.«

»Nicht schlecht«, Holger Steinrausch strich sich die wenigen Haare, die ihm verblieben waren, zurecht und schaute durch die Lesebrille auf seine Unterlagen. »Also nahe Verwandte habe ich keine finden können. Bis vor vier Jahren war sie in Gilzem bei Irrel gemeldet, ist dann nach Trier gezogen. Einer ehemaligen Nachbarin hat sie erzählt, sie habe in die Stadt gewollt, da sie wegen ihres Hüftleidens laufend zum Arzt musste, was von da oben nicht ging, da sie kein Auto mehr fahren konnte. Ich habe dann ein bisschen gebohrt und gefragt. Die Tote hat schon dort eher im Abseits gelebt. Die Familie war vertrieben und Sieglinde das einzige Kind, das sich um die Eltern gekümmert hat. Ihre Mutter ist erst vor neun Jahren mit siebenundneunzig gestorben. Die wenigen sozialen Kontakte der als scheu beschriebenen Frau sind in dieser Zeit wohl völlig eingeschlafen.«

»Wo hat sie gearbeitet?«

»Im Kaufhof.«

»Freunde?«

»So weit bin ich noch nicht.«

Lichthaus wandte sich an Reinke. »Was habt ihr?«

»Eine Frage«, Siran hob die Hand, wie in der Schule, »soll ich das Konto sperren lassen? Der Jurist der Sparkasse möchte eine Entscheidung.«

Lichthaus sah zu Brauckmann, der nur fragend die Schultern hob. »Nein, ich denke, wir sollten warten. Es kann ja sein, dass wir darüber an den Täter kommen. Also noch mal Reinke, was liegt schon vor?«

»Ganz viel, wir sind jedoch leider nicht fertig geworden. Die Durchsuchung hat ergeben, dass fast alle Wertgegenstände entwendet wurden. Zum einen war da der Schmuck. Auf den Fotos trägt Frau Strabetz eine goldene Halskette und zwei Ringe, die fehlen. Die Eindringlinge waren wählerisch und haben billigen Modeschmuck, Imitate und so zurückgelassen. Auch den Fernseher hat man nicht angetastet, wohl aber den Computer.«

»Computer? Die Frau war doch schon sechsundsiebzig.«

»Na und?«, Siran schaute den Staatsanwalt verwundert an. »Laut einer Statistik nutzt in Baden-Württemberg jeder Fünfte über fünfundsechzig täglich einen Rechner und geht ins Internet.«

Brauckmann schwieg, und Reinke machte weiter. »Die Täter haben die Wohnung intensiv durchsucht, nur praktisch keine verwertbaren Spuren hinterlassen. Wir denken, sie haben sich geschützt, ich vermute Handschuhe, dichte Kleidung und Mütze oder so ähnlich. Außerdem wurden die Räume penibel ausgesaugt. So wenige Haare habe ich noch nie an einem Tatort gesehen.«

»Die waren also in deinen Augen gut vorbereitet?« Sophie Erdmann aß noch ein türkisches Plätzchen.

»Ja, definitiv. Reingekommen sind sie durch einfaches Lockpicking. Die waren ziemlich gut, wir mussten mit dem Mikroskop ran, um die Spuren zu finden.«

»Was ist mit der Leiche?«

Reinke verteilte die Fotos, die langsam um den Tisch wanderten. »Schwer zu sagen, da die Mumifizierung vieles überlagert. Beim Entkleiden haben wir keine größeren Verletzungen feststellen können, sollten aber auf die Autopsie warten.« Er reichte weitere Bilder herum. »Das Ausfallen der Haare ist nicht ungewöhnlich bei der Dehydrierung. Sie lag auf dem Rücken, die Arme dicht am Körper, der Kopf auf dem Kissen, die Decke bis zum Kinn, nicht ungewöhnlich, also. Auf dem Kissenbezug war ein kleiner Blutstropfen, der von einer kleinen Verletzung, zum Beispiel durch zu heftiges Kratzen, stammen könnte. An der Wand waren graue Streifen, so als ob dort mal ein Gebläse gestanden hat, wie er in Heizöfen üblich ist. Den Ofen selbst haben wir allerdings nicht gefunden. Die Stellung der Möbel war unauffällig. Es gab keine Kampfspuren, nichts war zu Bruch gegangen. Bei einer weniger intensiven Untersuchung der Wohnung hätten wir noch nicht einmal gemerkt, dass wir es mit Raub, wahrscheinlich sogar Raubmord, zu tun haben. Ein Nachlassverwalter wäre früher oder später über die Kontobewegungen gestolpert. Das muss aber auch nicht sein, denn die lassen sich üblicherweise einen Status der Bank geben und arbeiten die Geschichte ganz schnell ab. Wenn es für die Beerdigung reicht, werden die Kosten und die der Wohnungsauflösung samt den Verfahrenskosten abgezogen, der Rest geht ohne Erben und Testament an die Staatskasse.«

Brauckmann schaute den Techniker an. »Haben Sie Erfahrung? Das hört sich so bitter an.«

»Der Cousin meines Vaters wurde so abgewickelt. Der Vollstreckungsbeamte hätte nur ins Telefonregister sehen müssen, um uns oder die geschiedene Frau seines bereits verstorbenen Bruders zu finden, doch stattdessen wurde die Wohnung aufgelöst und er eingeäschert, um formlos im Grab seiner Eltern zu verschwinden.«

»Das tut mir leid.« Brauckmann meinte es ehrlich, Reinke aber winkte nur ab.

»Wahrscheinlich war er überlastet, zu wenig Personal, zu viele Fälle, wir kennen das ja. – Mikrospuren, Fingerabdrücke und eventuelle Fremd-DNA liefern wir nach.«

Lichthaus sah in die Runde. »Ich denke, das war es bis hierher. Von der KTU bekommen wir alle Daten, sobald diese fertig sind. Wir tragen zwischenzeitlich den Rest zusammen. Telefonverbindungen und möglicherweise Internet. Da müssen wir an den Provider ran. Holger, kümmerst du dich darum? Siran macht eine Aufstellung über die abgehobenen Geldbeträge und besorgt die Filme aus den Schalterräumen oder den Geldautomaten, sofern wir die noch nicht haben. Holger, gehst du dann bitte Sirans Liste der Geldverfügungen durch? Vielleicht gibt es ein Muster und wir können den Wohnort eingrenzen. Und ich mache mal auf Verwaltung.«

Die anderen grinsten breit. Lichthaus vertrat ihren Chef Müller, der in Reha war, und alle wussten, wie sehr er die bürokratischen Mühlen hasste.

Müller war in weißem Hemd und Krawatte mitten auf dem Gang zusammengebrochen. Zu seinem Glück war er nicht allein. Zwei Kollegen, die ihm entgegenkamen, reanimierten ihn und beatmeten den Ohnmächtigen abwechselnd. Lichthaus hatte dem Himmel gedankt, dass er nicht zufällig dort langgegangen war, da die Vorstellung, seinen abgrundtief gehassten Chef wiederzubeleben und ihm in die Nase zu pusten, das weit überstieg, was er zu ertragen fähig gewesen wäre. Seit diesem Tag vertrat er Müller, nunmehr also schon fünf Wochen, und ein Ende war nicht wirklich in Sicht. Der Herzinfarkt hatte nur den Beginn markiert. Drei Bypässe und eine Herzklappe sollten folgen. Der Präsident sprach von sechs Monaten und unkte herum, Müller käme wahrscheinlich nicht mehr in den Dienst zurück. Lichthaus indes wollte nicht daran glauben, denn sein Chef lebte nur für seinen Beruf und würde bis zum Pensionsalter weitermachen wollen. Da er erst einundsechzig war, standen ihnen noch vier Jahre bevor.

In seinem Büro angekommen, drückte er sich ein paar Minuten vor dem Stapel mit Vorgängen, die ihm ihre Sekretärin Marie Guillaume mit sichtlichem Vergnügen, so kam es ihm vor, auf den Schreibtisch gelegt hatte, und rief zu Hause an. Die Stimmung war auf neutral und würde dort wohl auch bis zur Abreise von Carlo am Sonntagabend bleiben. Die Sonne hatte sich zwischen den Wolken hervorgetraut, und die Kinder saßen im Sandkasten, während Claudia im Atelier malte, von wo aus sie die Kleinen im Auge hatte. Henriette hatte eine Freundin zum Spielen mitbringen dürfen, und Jakob freute sich an der unerwarteten Gesellschaft. Er erzählte kurz von ihrem neuen Fall und verabschiedete sich mit der Befürchtung, spät nach Hause zu kommen, da er verschiedene Vorgänge bearbeiten musste.

Gegen halb sieben, er war fast durch, klingelte das Telefon und Stefan Güttler meldete sich direkt aus dem provisorischen Obduktionssaal.

Lichthaus war verblüfft. »Wow, du bist aber schnell.«

»Wir waren ohnehin schon dran, da haben wir diese Strabetz noch hinten angehängt.«

»Wieso wart ihr schon dran?«

»Feststellung der Todesursache einer Patientin auf Antrag der Verwandten. Es geht um Operationsfehler. Also deine Mumie. Gewicht gerade einmal zwölf Kilo, doch auch ein ausgetrockneter Körper vergisst nichts. Wir haben starke Arthrose in einer Hüfte gefunden.«

»Kann man damit noch ohne Stock oder Krücke laufen?«

»Das vermag ich dir nicht zu sagen, ich bin kein Orthopäde. Ohne große Schmerzen ging das aber mit Sicherheit nicht ab.«

»Und weiter? Deswegen stirbt man doch nicht.«

»Der Rest war ziemlich unauffällig. Keine Tumore, keine mechanischen Verletzungen.«

»Stefan, komm zur Sache.«

Es war deutlich zu spüren, wie der Pathologe in den Hörer grinste. »Hast keine Geduld, was? Todesursache Herzstillstand mit Atemlähmung. Sie wurde vergiftet. Am Bauch war eine Einstichwunde, da haben wir mal den Chemiekasten angewendet und Pentobarbital gefunden, das ist ein Stoff aus der Gruppe der Barbiturate.«

»Barbiturate kenn ich, aber Pento…?«

»Pentobarbital wird in der Tiermedizin zum Einschläfern benutzt. Früher war das ein Schlafmittel, wird heute wegen der Risiken bei Überdosierung aber nicht mehr verwendet, allerdings nutzen Sterbehilfeorganisationen das Mittel noch immer. Du kannst das Zeug intravenös applizieren oder ins Bauchfell. Die Leute, die du suchst, haben es über das Bauchfell gemacht. Das Risiko, für den Mörder, nicht für das Opfer, versteht sich, das Ziel nicht zu erreichen, ist nicht gerade klein. Wenn er es nämlich ins Fettgewebe spritzt, kann die Wirkung geringer sein, und er hätte eine höhere Dosis benötigt, was er aber womöglich zu spät bemerkt.«

»Medizinisch geschultes Personal?«

»Na ja, wenn jemand sagt, stich da rein, bekommt das auch ein Laie hin. Vorkenntnisse sind aber wahrscheinlich.«

»Wieso hat sie das über sich ergehen lassen?«

»Weiß ich nicht. Ich hätte ja gesagt, sie betäuben das Opfer zuerst mit einem Narkosegas, doch wie soll das funktionieren?«

»Ein Schlag auf den Kopf oder würgen?«

»Keine Anzeichen gefunden, was natürlich nicht heißt, dass es tatsächlich keine gibt. Bei dem Zustand der Leiche kann man nicht sicher sein.«

»Elektroschocker?«

»Nein, wir haben nirgends Verbrennungen entdecken können. Allerdings sind um die Handgelenke herum Hautveränderungen, die auf ein festes Zugreifen schließen lassen.«

»Sicher?«

»Nein, aber gut möglich.«

»Schick mir bitte den Bericht, wenn du so weit bist.«

Er bedankte sich und legte auf. Wieder nahm er die kleine Plastik und schaute hinüber zum Fernsehturm, der in der Sonne des frühen Abends rot und weiß strahlte. Einmal war er dort oben gewesen, war mit einem Bekannten, der die Funkantennen auf der Spitze wartete, den beschwerlichen Weg über unzählige Treppen hoch hinaufgestiegen, um einen grandiosen Blick in die Eifel, den Hunsrück und die Stadt und weit nach Luxemburg hinein zu genießen.

Aus dem Auffinden der Leiche am Morgen hatte sich ein Mord entwickelt. Perfide, wie es aussah. Eine alte, einsame Frau war umgebracht worden, um an ihre Ersparnisse und Habseligkeiten zu kommen. Er griff nach seinem Notizblock, den er trotz des Tablet-PCs immer noch benutzte, und machte sich eine Notiz: Woher wusste der Täter über Sieglinde Strabetz Bescheid? Dahinter vermerkte er Verwandte, Nachbarn, Freunde, Briefträger, Zeitungszusteller.

Ein Blick auf die wenigen Worte zeigte ihm schon das Dilemma der Fahndung. Er seufzte. Ihnen fehlten praktisch alle Informationen, um eine Täter-Opfer Beziehung aufzuspüren.

*

Als er endlich nach Eitelsbach kam, war es nach sieben Uhr. Die Kinder, befreit vom Sand und mit feuchtem Haar vom Baden, buhlten um seine Aufmerksamkeit, und er gab sich größte Mühe niemanden zu enttäuschen. Es gelang ihm gerade so, Claudia zu begrüßen, dann verschwand er in der Puppenküche und probierte mit Jakob zusammen Henriettes Gerichte, durchgehend aus Holz und unter lautem Getöse und Geplapper zubereitet. Die beiden hatten schon etwas Richtiges gegessen, was eine Ausnahme darstellte, denn normalerweise legten sie großen Wert auf gemeinsame Mahlzeiten.

Gegen acht legte er die Kinder in ihre Betten, sperrte den späten Tag aus, indem er die Rollos herunterzog, und las eine kurze Geschichte vor. Sein Sohn schlief bereits, als er am Ende angekommen war, Henriette erzählte schläfrig vom Kindergarten, drehte sich schließlich aber zur Wand.

Claudia blätterte in den Bildern der letzten Monate, als er sie im Atelier fand. Sie stellte Arbeiten zusammen, die sie anscheinend mit Carlo besprechen wollte. »Bist du mir noch böse?« Sie schaute von ihrer Mappe auf.

»Nein. Ich kann ja verstehen, dass du mal mit jemandem über deine Werke sprechen willst, der sich in der Kunst auskennt.«

Sie lächelte. »Er bleibt zwar von Freitag auf Sonntag, ist aber einverstanden, wenn wir ihn ausquartieren. Ich habe Carlo gesagt, mit den beiden Kindern würde mir das ansonsten zu anstrengend. Hast du Hunger?«

»Wie ein Bär. Soll ich uns Stühle rausholen, hier, so windgeschützt, müsste es eigentlich warm genug sein.«

Sie nickte, und er ging in den Schuppen, um zwei Gartenstühle und den Klapptisch zu holen.

Das Frühjahr war nach einem milden Winter angenehm warm gewesen, doch in der letzten Woche hatte es einen Kälteeinbruch gegeben, der die Illusion eines verfrühten Sommers mit sich genommen hatte. Im Laufe des Tages war die Wolkendecke jedoch aufgerissen und eine energiegeladene Sonne hatte die Luft erwärmt.

Kurz darauf saßen sie in Fleecejacken am Tisch, und Lichthaus erzählte von der Toten und dem Verdacht, es handle sich um einen Mord. Wie immer diskutierte er mit Claudia über seine Arbeit und pfiff auf Dienstgeheimnisse. Sie war sichtlich traurig.

»Stell dir mal vor, da lebst du unter all den Menschen völlig isoliert. Du hörst sie, siehst sie, doch niemand spricht mit dir, nirgendwo findest du Beachtung. Wenn man auf einer Insel ganz allein ist, muss man sich mit der Einsamkeit abfinden, aber so? Manchmal sehe ich Alte im Supermarkt, sie stehen da und texten Verkäufer oder die Kassiererin zu, die irgendwann genervt sind, weil sie keine Zeit haben. Wenn du dann in ihre Augen schaust, kommen sie dir vor wie die Ertrinkenden, die nach Gemeinschaft schnappen.«

»Was machst du in der Situation?«

Claudia schaute unter sich. »Ich gehe weiter und bin traurig.«

»Wie alle, wie auch ich. Auf den Fotos kam mir Sieglinde Strabetz allerdings so vor, als ob sie gar nicht hätte sprechen wollen.«

»Nun, sie wird es verlernt haben.«

»Ja, oder sie hat Angst davor gehabt, wieder enttäuscht zu werden.«

Sie schwiegen kurz, und Lichthaus schenkte Wein nach, als das Telefon sich meldete.

Claudia sprang auf. »Das wird Carlo sein, er sollte sich noch mal melden.«

Sie war schneller als sonst in Richtung Apparat unterwegs, wohl um Lichthaus' eventuell unfreundlichen Bemerkungen zu entgehen, doch nach wenigen Sekunden tauchte sie schon wieder auf und hielt ihm den Hörer hin.

»Siri.«

Er nahm das Gespräch an. »Siri? Ich denke, du hast eine Freundin?«

»Anne hat Dienst.«

Die erste Zeit in Trier war für Siran nicht einfach gewesen. Eine neue Umgebung und das Problem, sich als Ausländer beruflich, aber auch privat behaupten zu müssen, hatten ihn sehr unter Druck gesetzt. Wesentlich schlimmer noch wog der Verlust von Tanja Jünflich, einer Kollegin. Gerade als sich die beiden nähergekommen waren, erschoss ein durchgedrehter Täter Tanja vor seinen Augen. Anschließend dauerte es fast ein Jahr, bis er seine Anne fand, wobei der Zufall seine Finger im Spiel hatte. Kurz vor einem Urlaub bei seiner Verwandtschaft in der Türkei, die als aramäische Christen unter starken Repressalien litten, brach er sich beim Mountainbiking den Arm und musste die Reise absagen. Lichthaus hatte ihn am Tag darauf besucht und ein Häufchen Elend vorgefunden. Eine solche Niedergeschlagenheit hatte er noch nie bei dem meist ausgeglichenen Siran erlebt. Noch während er versuchte, ein bisschen Trost zu spenden, rauschte Anne herein.

Die junge, stämmige Frau mit hübschem Gesicht und langen zum Zopf geflochtenen Haaren, sprühte vor Energie und schenkte Siran ein Lächeln, dem er offensichtlich sofort erlegen war. Lichthaus hätte schwören können, den Funkenflug zwischen den beiden gesehen zu haben, und beobachtete amüsiert, wie die Krankenschwester die Zeit hinauszögerte, bis sie wieder ging, und Siran seinerseits mit teilweise blödsinnigen Fragen das Gleiche zu erreichen suchte. Noch bevor der Gips abgenommen wurde, waren sie ein Paar geworden.

»Was gibt es?«

»Als ich weg wollte, lag ein Umschlag mit einer CD von der Sparkasse auf dem Tisch. Die sind richtig schnell und haben mir alle noch vorhandenen Aufnahmen der Geldautomaten, an denen mit Sieglinde Strabetz Karten verfügt wurde, kopiert.«

»Sag bloß, du sitzt zu Hause und schaust dir die Dinger an?«

»Warum denn nicht?«

»Weil morgen auch ein Tag ist.«

»Wir haben ein Foto von einem Täter und einer Täterin.«

»Täterin?«, Lichthaus war verblüfft. »Bist du dir sicher?«

»Ja, sie schaut am helllichten Tag ganz entspannt in die Kamera, als wär nichts. Der Mann hingegen erscheint nachts. Und total vermummt. Den würde selbst seine Mutter nicht erkennen.«

»Wie oft war die Frau zu sehen?«

»Nur einmal.«

»Und er?«

»Zweimal pro Monat, immer nachdem die Rente eingegangen ist: am Ersten und am Tag darauf noch mal.«

»Wieso?«

»Der Verfügungsrahmen war limitiert.«

»Okay, kopier uns die Sequenzen raus.«

»Ich bin noch nicht fertig. Ich habe den Film einfach weiterlaufen lassen, und siehe da, die Frau hat anschließend von ihrem eigenen Konto abgehoben.«

Lichthaus sprang auf. »Besorg gleich morgen früh den Namen, wir greifen sofort zu.«

»Täterin oder Zeugin?«

»Das werden wir sehen. Ich sage Brauckmann Bescheid, er kann dann gegebenenfalls alles veranlassen. Gute Arbeit.«

Er erzählte Claudia von den neuen Fakten.

»Glaubst du, sie ist eure Täterin?«

»Eigentlich kaum vorstellbar, doch wäre es zur Abwechslung mal richtig schön, wenn einem Kriminellen ein solcher Fehler unterläuft.«

Er beendete das Thema, und sie unterhielten sich noch eine Weile über die banalen Ereignisse des Tages. Jakobs Energie, Henriettes Streit mit der Freundin und auch über Claudias neueste Arbeit. Neben der Malerei und den Plastiken, die sich gut verkaufen ließen, hatte sie in ihrem erweiterten Atelier, das den halben Garten einnahm, mit Installationen experimentiert, indem sie die bemalten Leinwände und gewölbte Spiegel so zueinander stellte, dass sich darin zwei Bilder vereinten und sich daraus etwas völlig Neues ergab. Ihm gefiel besonders eine Arbeit, in der sich aus einem Baum, der inmitten eines Gartens stand, ein sich umarmendes Paar herausspiegelte.

Freitag

Die Gießkanne aus Messing stand dort, wo sie ihren Platz hatte. Ein altes Teil, völlig verfleckt, mit dünnem Ausguss, der unten angesetzt war und sich im Bogen nach oben schwang. Der Hersteller hatte den Behälter so bearbeitet, dass viele gleichmäßige Beulen ein hübsches Muster ergaben, doch all das interessierte sie nicht im Geringsten. Sie hatte eine Nacht gebraucht. Dann war die Badezimmertür vollkommen geöffnet, doch nun war ihr die Tür im Weg, sie musste sich daran vorbeiquetschen und schob sich langsam über die Schwelle auf den Dielenboden des Flurs. Ihre ganze rechte Seite brannte wie Feuer, wobei das Bein darunter völlig bewegungsunfähig geworden war. Durst plagte sie.

Die Dunkelheit war ihr Feind gewesen, hatte ihr Visionen aus der Vergangenheit wie Geister zugeweht und wieder verblassen lassen, hatte sie desorientiert und immer wieder dazu verleitet aufzugeben, sich während langer Phasen unbeweglich hinwegtreiben zu lassen in eine Phantasiewelt, die besser zu sein schien als dieses Tal der Leiden, das sie so unendlich langsam durchwanderte. Erst das Morgengrauen belebte ihren ausgekühlten Körper, und nun lag sie nur wenige Meter von der Korridortür entfernt und reckte den linken Arm nach der Gießkanne, die grünlich angelaufen unter dem Gummibaum stand, der sein kümmerliches Dasein hier im Halbdunkel fristete.

Sie rollte über die unverletzte Hüfte und ignorierte das Brüllen des Schmerzes in der anderen Körperhälfte, denn der Durst war unerträglich. Endlich berührten ihre Finger den Ausguss, doch dann drehte sich die Kanne um die eigene Achse, und sie sah verzweifelt zu, wie die Drehung ihr Ende fand, als der Tragegriff gegen den Topf der Pflanze klickte. Frustriert ließ sie ihren Kopf auf den Boden sinken und sammelte alle Energie für einen weiteren Anlauf.

Die Erinnerungen waren zurückgekehrt, nur war sie aus ihnen nicht schlau geworden. Wie jeden Tag hatte sie sich, nachdem sie gegessen hatte, um Punkt ein Uhr zum Mittagsschlaf hingelegt. Aus dem war sie herausgerissen worden, weil ein Tuch auf ihren Mund gedrückt wurde. Mehr wusste sie nicht, ab diesem Zeitpunkt herrschte Chaos in ihren Erinnerungen. Ein Mann in einer Art Raumanzug an ihrem Tisch, sie selbst saß daneben und schrieb, stürzte auf die Hüfte und schrie, doch wo war der Zusammenhang?

Mittlerweile hatte sie sich um etwa fünfundvierzig Grad gedreht und drückte den gesunden Fuß, das einzige Fortbewegungsmittel, das ihr geblieben war, gegen die Wand, spannte die Muskeln an und schob sich so wenige Zentimeter weiter, aber es reichte aus, endlich die Kanne, nun hingegen am Griff, zu packen und zu sich heranzuziehen. Hektisch steckte sie sich den Ausguss in den Mund und riss sich das Zahnfleisch an seiner scharfen Kante auf. Sie sog kräftig und stöhnte vor Freude, als das brackige Wasser ihre Schleimhäute erreichte.

Dann drehte sie sich auf den Rücken und starrte an die weiß gestrichene Decke, die in den Ecken einen grauen Schleier bekommen hatte. Es war verblüffend, wie fremd ihr die Wohnung war, in der sie seit Jahren lebte, nur weil sich die Perspektive radikal verändert hatte. Es war, als habe das Wasser auch ihren Geist durchspült, und sie machte sich erstmals Gedanken darüber, wie es weitergehen sollte. Im Prinzip blieb nur der Weg zur Korridortür. Daneben stand auf einem Tischchen das Telefon, sie könnte es herunterziehen, außerdem hatte sie dort die Chance, jemanden auf sich aufmerksam zu machen, der auf der Treppe nach oben stieg oder hinunterging. Ein Klopfen, ein leises Rufen würde hoffentlich genügen. Sie ballte schwach ihre Faust. Sie musste es schaffen und sie würde es auch tun.

*

»Susanna Bleicher.« Siran kam ihm schon auf dem Flur entgegen. Er strahlte. »Sie ist einundzwanzig, wohnhaft in Konz-Krettnach. Als Beruf hat sie Studentin angegeben.«

Lichthaus nahm sich die Kopie der Kontoanmeldung und den Registerauszug und verglich diesen mit dem Passbild der jungen Frau. Semmelblonde Haare und große wasserblaue Augen schauten jeweils in die Kamera. Eine Mörderin? Er hatte Zweifel.

»Lass uns gleich hinfahren.«

»SEK?«

»Nein.« Er schüttelte den Kopf. »Ich denke, wir zwei und Sophie werden erst einmal ausreichen.«

Das Einfamilienhaus, in dem Susanna Bleicher schon seit ihrer Geburt gemeldet war, lag in einer Seitenstraße und war so unauffällig wie der gepflegte Garten und der japanische Mittelklassewagen in der Einfahrt.

Es war gerade neun Uhr, als Lichthaus auf den Klingelknopf drückte und ein einfaches Ding Dong durch das Haus schallte. Eine misstrauisch dreinschauende Frau öffnete die Tür. Er schätzte sie auf knapp fünfzig, die Verwandtschaft zu ihrer Tochter konnte sie kaum leugnen. Die gleichen Augen und ebenso blonde Haare.

»Ja?«

Sophie Erdmann zog ihren Ausweis hervor und stellte sie vor.

»Was wollen Sie von uns?«

»Wir würden gerne Ihre Tochter sprechen.«

»Susanna?«

»Ja.«

»Warum?«

Sie ging auf den Widerstandsmodus, wollte sich schützend vor ihr Kind stellen, was Lichthaus ihr positiv anrechnete.

»Wir führen Ermittlungen, in deren Zusammenhang der Name Ihrer Tochter aufgetaucht ist.«

»Nun, ich weiß nicht, ob ich Sie hereinlassen muss. Zunächst würde ich gerne mit ...«

»Mama, wer ist denn da?«

Susanna kam die Treppe herunter, die Haare noch nass von der Dusche. Ein offenes Gesicht ohne Argwohn oder schlechtes Gewissen. Sie stellte sich zu ihnen in den Eingang und sah die Polizisten direkt an.

Fehlanzeige, ging es Lichthaus durch den Kopf. Wenn das die Mörderin ist, fresse ich einen Besen.

»Dürfen wir reinkommen? So mitten im Vorgarten ist vielleicht nicht so ideal.« Siran setzte seine Charmeoffensive in Gang und hatte wie fast immer Erfolg. Die beiden Frauen traten zurück und ließen sie herein. Das Haus war modern eingerichtet, hier und da setzten einige alte Möbel einen anderen Akzent, insgesamt fand Lichthaus das sehr gemütlich. Sie wurden in die Küche geführt, ohne dass man ihnen einen Platz anbot.

»Brauchen wir einen Anwalt?«

Lichthaus verdrehte innerlich die Augen: diese verdammten Serien im Fernsehen. »Nein, den benötigen Sie erst, wenn Ihre Tochter unter Verdacht steht, was augenblicklich nicht der Fall ist.«

Sie erklärten den beiden Frauen die Zusammenhänge und lösten tiefe Betroffenheit aus, als Sophie Erdmann zum Grund ihres Besuchs kam und sich an Susanna Bleicher wandte. »Sie sind von einem Geldautomaten gefilmt worden, während Sie die gestohlene Karte der Ermordeten benutzt haben, um fünfhundert Euro abzuheben.«

»Ich?«, sie wurde blass, »Fünfhundert Euro? Wann soll das denn gewesen sein?«

Siran schaute in die Unterlagen. »Am dritten Mai, und zwar an einem der Automaten der hiesigen Sparkasse in der Simeonstraße.«

Lichthaus beobachtete, wie die Nachricht im Gehirn der Studentin ankam und sich dort verfing. Sie unterdrückte eine Panik, rote Stressflecken zeigten sich auf ihrer Haut. Hilfesuchend wanderten die Augen zu ihrer Mutter, die jedoch nur hilflos die Schultern hob.

»Sie müssen sich doch erinnern. Einer der wenigen Sonnentage bisher.«

»Ich weiß nicht«, sie zögerte, dachte sichtlich angespannt nach. Und dann: »Der Kerl mit dem Verband, na klar!« Ihre Erleichterung war mit Händen zu greifen. »Eine Freundin war mit mir in der Stadt bummeln, und wir brauchten Geld, weil ich ein T-Shirt gesehen habe, das ich unbedingt kaufen wollte. Hätte ich mir besser gespart. Liegt noch unberührt im Schrank. Wir sind rüber zur Sparkasse, als mich ein Typ angequatscht hat, ob ich ihm ein paar Euros abheben könnte, da er sich die Hände verätzt hatte. Ich fand das zwar ziemlich daneben, denn er hat mir sofort die Geheimnummer genannt, doch ich wollte dem armen Kerl helfen.«

»Den Namen auf der Karte haben Sie nicht gelesen?«

»Nein, wieso?«

»Kann Ihre Freundin das bestätigen?«

»Natürlich, ich gebe Ihnen die Adresse.« Sie sprang sofort auf und war schon fast aus der Küche, als Lichthaus sie aufhielt.

»Bitte später. Wie sah der Mann aus? Das ist für uns extrem wichtig, wie Sie sich vorstellen können.«

Sie überlegte einen Augenblick. »Er trug Sonnenbrille und eine dieser Wollmützen, die sich manche Typen auch im Sommer aufsetzen. Eine Beanie, meine Mutter sagt immer, sehen aus wie Eierwärmer. Es lugten ein paar dunkle Haare darunter hervor. Er war unrasiert, aber nicht ungepflegt, also keinen Fettkopf oder Mief. Nicht sonderlich groß, vielleicht so wie Sie«, sie deutete auf Siran. »Connie fand ihn süß, die hat das Gesicht wohl besser gescannt als ich. Sah gut aus, schon, nur die Piercings waren irgendwie eklig.«

»Wieso?«

Sie lächelte Sophie Erdmann an, so von Frau zu Frau. »Zwei durch die Lippen und eins in der Zunge. Wie kann man damit gescheit küssen?« Sie errötete.

»Schlank? Muskulös?«

»Schlank, ja, ob er Muskeln hatte, kann ich nicht mehr sagen. Außerdem hatte der Typ ein Tattoo am Arm.«

»Wie sah das aus?«

»Keine Ahnung. So genau habe ich nicht hingeguckt. Mir ist nur was Buntes aufgefallen, weil das so im Kontrast zu seinen Verbänden stand.«

Siran reichte ihr das Bild des vermummten Mannes vor dem Geldautomaten, doch Susanna Bleicher zuckte nur mit den Schultern. »Von der Statur könnte es passen, ansonsten erkennt man ja nichts.«

»Wären Sie bereit, an der Erstellung eines Phantombilds mitzuwirken?«

Susanna Bleicher bestätigte mit einem schnellen Nicken.

Auf dem Rückweg machte sich Enttäuschung breit. Bei Ermittlungen war es oft wie auf der Echternacher Springprozession. Zwei Schritte vor, drei zurück.

Zu allem Überfluss hatte sich auf der Uferstraße oberhalb der Schleuse ein Stau gebildet, und Lichthaus sah nachdenklich zur schmalen Silhouette von Schloss Monaise hinüber.

»Vielleicht helfen die Daten vom Telefonanbieter?«

»Das dauert meistens ziemlich lange, die zu bekommen.«

Sophie grinste vom Beifahrersitz. »Frag mal die NSA.«

Doch keiner ging auf den lahmen Witz ein.

»Was ist mit dem Selbsthilfeverein? Ich würde gerne die Frau vom Foto befragen, endlich mal jemanden finden, der aktiv mit der Strabetz kommuniziert hat.«

»Die machen um zehn auf.«

»Okay. Wir setzen Siran am Präsidium ab und fahren hin.«

*

Der Verein hatte sein Domizil in einem flachen Gebäude inmitten der hoch in den Himmel aufschießenden Wohnblöcke. Da niemand auf ihr Klopfen hin reagierte, traten sie unaufgefordert ein und fanden sich in einer typischen Einrichtung dieser Art wieder. Ein Raum mit Tischen und Stühlen für Feiern, das Seniorenfrühstück oder den Mittagstisch für die Alten, ein Wegweiser wies einen Gang entlang zum Hort und gleich daneben lag eine Tür, an der eine glasierte Tonscheibe mit der Aufschrift »Büro« nebst bunten Blumen hing.

Lichthaus klopfte und öffnete, nachdem ein Herein gerufen worden war, die Tür. Er lächelte, denn hinter einem mit Papieren und Computer überladenen Schreibtisch saß die Frau vom Foto.

Miriam Zeuners war sichtlich ergriffen, nachdem Sophie Erdmann das Schicksal von Sieglinde Strabetz geschildert hatte. Nachdenklich drehte sie ihren Stuhl, sah hinaus in einen verwilderten Garten und strich sich eine der lockigen rotbraunen Strähnen aus der Stirn.

»Sie war verschlossen und so wenig bereit oder fähig, sich zu öffnen, wie ich es hier noch nie erlebt habe. Viele sind einsam, wenn der Partner stirbt und die Kinder sonst wo leben, doch geht fast jeder irgendwann auf die Suche nach neuen Beziehungen. Wir bieten regelmäßig ein Seniorenfrühstück oder einen Mittagstisch an, nur sie kam nie. Außer zu Weihnachten und Ostern.«

»Kennen Sie alle Besucher?«

»Natürlich nicht, aber sie ist mir aufgefallen, saß völlig isoliert zwischen den anderen und sprach kein Wort. Mir kam es vor, als ob sie nicht in der Lage wäre, mit ihren Tischnachbarn in Kontakt zu kommen. Sie müssen wissen, wir mischen immer ein bisschen die Tische, damit Neulinge Anschluss finden. Das funktioniert auch prima, da praktisch jeder hier ähnliche Probleme und Themen hat. Nur Frau Strabetz nicht. Nach einer halben Stunde tratschten alle, doch sie nicht.«

Lichthaus sah, wie traurig die Sozialarbeiterin war, und empfand Sympathie für die vielleicht Vierzigjährige, die ihren stämmigen Körper in übertrieben bunte, auf jung getrimmte Kleidung gequetscht hatte. So viel Mitgefühl in einer egozentrischen Gesellschaft fand man nicht oft.

»Was sie jedoch genutzt hat, war unser Lerncafé, in dem sie den Umgang mit dem Computer gelernt hat.«

»Wie funktioniert das bei Menschen im fortgeschrittenen Alter?«

Sie sah ihn ein wenig belustigt an. »Wir haben ehrenamtliche Mitarbeiter, die mehrmals im Monat hierherkommen und mit einer Handvoll Notebooks auch den Senioren zeigen, wie sie im Internet surfen.«

»Wird das gut angenommen?«

»Das können Sie aber glauben. Die Scheu vor dem Rechner geht auch bei vielen Alten gegen null. Stellen Sie sich mal vor, Sie sitzen alleine in Ihrer Bude und kommen kaum raus, weil das Laufen nicht mehr so klappt, da ist das Netz doch wie ein Fenster in die Welt. Interaktiv und nicht so einseitig wie das Fernsehen.«

»Und die Risiken?«

»Mehrheitlich wird nur geschaut, sich informiert.«

»Hatte Sieglinde Strabetz Internet?«

»Weiß ich nicht.«

»Worüber haben Sie sich mit ihr unterhalten, auf dem Foto lächelt sie sogar.«

»Banalitäten. Man hat so ein Standardrepertoire an Fragen auf Lager und leider vergisst man die Antworten zu schnell, wenn ihnen das Besondere fehlt.«

»Sieglinde Strabetz war also nicht besonders?«

Miriam Zeuners errötete leicht unter ihrem Make-up. »Nein, offensichtlich nicht.«

*

Holger Steinrausch schob die Lesebrille zurecht. »Unsere Täter scheinen sich sehr sicher zu fühlen.«

»Wieso?«

»Sie oder er ziehen praktisch immer zur gleichen Zeit das Geld aus demselben Automaten. Ich habe die Standorte zusammengestellt, die genutzt wurden. Erstens: Sie liegen alle in der Innenstadt. Zweitens: Die großen Verfügungen zu Beginn des Monats finden jedes Mal an dem Geldautomaten der Sparkasse in der Brotstraße statt.«

»Wo ist der genau?«

Steinrausch breitete einen Stadtplan aus. Er war unmittelbar nach der Mittagszeit zu Lichthaus ins Büro gekommen und belagerte nun den kleinen Tisch vorm Fenster. »Hier, kurz bevor Konstantinstraße und Johann Philipp-Straße in die Brotstraße münden. Er kam bisher immer zwischen ein und drei Uhr in der Nacht.«

»Das würde heißen, in circa einer Woche wäre es wieder so weit, wenn es uns gelingt, die Entdeckung der Leiche geheim zu halten.«

»Darauf will ich hinaus. Eine gezielte Überwachung, und wir kriegen den Kerl sehr wahrscheinlich.«

Lichthaus lehnte sich zurück und trank einen Schluck Mineralwasser. »Das ist eine Möglichkeit. Ich werde mit Brauckmann sprechen. – Wo geht der Verdächtige noch hin?«

»Verschieden. Er nutzt gerne außenliegende Automaten, wohl aus Angst, geschnappt zu werden.«

»Mal eine ganz andere Frage. Wenn er immer zu der gleichen Filiale der Sparkassen kommt, könnte es da nicht sein, dass er dort im Anschluss auch mit seiner eigenen Karte oder der eines weiteren Opfers Geld abhebt?«

»Wie kommst du jetzt da drauf?«

»Er geht so stringent vor, dass ich meine, Sieglinde Strabetz könnte nicht das erste und einzige Opfer gewesen sein. Die Masche mit dem Betäubungsmittel spricht dafür. Das ist sehr durchdacht und wirkt, als ob es durch Erfahrung gereift wäre.«

»Stimmt.«

»Dann sollten wir die Aufnahmen des Geldautomaten besorgen, die zeitlich vor und nach dem Abheben von Strabetz' Konto liegen.«

Steinrausch nickte und stand auf. »Gute Idee, ich kümmere mich drum.«

Als Steinrausch draußen war, rief Lichthaus Siran an. »Such bitte alle Fälle zusammen, in denen ein betagter Mensch nach langer Liegezeit tot in seiner Wohnung gefunden worden ist. Fordere die Akten an und stell Vergleiche an.«

*

Als er am Abend nach Hause kam, sah er schon von weitem Carlos Pseudokünstlerkiste auf dem Parkplatz stehen. Zu ihrer Mainzer Zeit hatte er eine uralte Ente gefahren, die Gott sei Dank auseinandergefallen war, um einem Mercedes Coupé Platz zu machen. Er versuchte, eine Erinnerung an Carlos Gesicht heraufzubeschwören, aber sie blieb bruchstückhaft. Über dem runden Kopf mit Doppelkinn hatte eine wilde, wirre Mähne gethront. Carlo war deutlich größer als er und, das musste Lichthaus zugeben, mit dem kräftigen Leib, den stechend blauen Augen und einer martialischen Nase eine imposante Erscheinung. Er bedauerte nur die armen Schüler, an denen sich das übergroße Ego nun abarbeitete. Die Vorstellung, ihm nun begegnen zu müssen, widerte ihn an. Kurz entschlossen fuhr er die Straße weiter zum Karthäuser Hof und spazierte, nachdem er das Auto abgestellt hatte, vorbei an dessen Pferdeställen und dann durch ungepflegte Obstwiesen und Weinberge in Topform durch den lauen Spätfrühlingstag.

Der Obduktionsbericht war am Mittag fertig geworden und hatte herausgebracht, dass man das Opfer überrascht haben musste. Die Armgelenke der Mumie wiesen klare Spuren auf, die verrieten, dass man sie gewaltsam festgehalten hatte. Zusammen mit den Ergebnissen der Kriminaltechnik hatten sie nun ein klareres Bild vom Ablauf der Tat: Der oder die Täter waren in die Wohnung eingedrungen, hatten Sieglinde Strabetz überwältigt und dann das Pentobarbital injiziert. Anschließend war die Leiche in ein überheiztes Schlafzimmer gelegt worden, um den Körper auszutrocknen und Gestank zu vermeiden. Dazu war ein zusätzliches Trockengerät aufgestellt worden. Irgendwann war der Mörder zurückgekehrt, um das Trockengerät wieder an sich zu nehmen, – und hatte dabei die Post hinter Sieglinde Strabetz' Briefschlitz verschoben. Die kriminaltechnische Untersuchung war ansonsten praktisch ergebnislos geblieben. Die Zimmer waren penibelst gereinigt worden. Die Kollegen hatten nur ganz wenige auswertbare Spuren gefunden, die bisher alle ins Leere führten.

Zudem passten die Phantombilder der beiden Studentinnen zu jedem dritten Passanten in der Stadt, unterschieden sich hingegen untereinander wesentlich. Auch die erneute Befragung der Nachbarn war ohne Ergebnis zu Ende gegangen.

Was blieb, waren die Geldautomaten. Brauckmann hatte der Sparkasse und zwei weiteren Banken Verfügungen zukommen lassen, die die Herausgabe der Filme verlangten und dies bis Montag befristet. Wieder einmal stand eine Ochsentour an.

Carlo war noch feister geworden, als er ihn in Erinnerung hatte. Sein Wanst wölbte sich über eine Jeans, die auch Übergröße zu haben schien. Die langen Haare hatte er sich zurückgegelt und seinen Mund mit einem Bart umwachsen lassen, den er zu einem Henriquatre gestylt hatte, wodurch er Lichthaus verblüffend an einen Taxifahrer erinnerte, der ihn mal heimgefahren hatte. Mit großen Schritten und jovialem Lächeln im Gesicht kam Carlo gerade so auf ihn zu, als ob er hier der Hausherr wäre. »Johannes, schön dich zu sehen.«

Lichthaus streckte die Hand weit aus und hielt sich den Kerl vom Leib. »Bitte keine Lügen am frühen Abend.«

Der Dicke lachte gekünstelt, während Claudia ihn flehentlich ansah.

»Wie geht es dir? Ich habe gehört, du bist jetzt auch unter die Staatsdiener gegangen.«

Carlo hob bedauernd die Schultern. »Von der Kunst alleine kann man nur schwer leben, und du kennst ja den Spruch: die Jacke des Beamten sitzt eng, aber sie hält warm.«

Lichthaus lächelte erstmals ohne Mühen, als schon Henriette mit Jakob im Schlepptau heranschoss und in seine Arme stürmte, die er ihnen aufhielt. »Na, ihr beiden, wie geht es euch?«

Während die Kinder auf ihn einplapperten, gab er Claudia und Carlo Zeichen zu gehen. Er zog sich um und werkelte im Garten herum, mähte den winzigen Rasen und schnippelte ein bisschen an den Sträuchern, um irgendwann den Kleinen ihr Abendessen zu geben und sie ins Bett zu legen. Er gönnte Claudia den Besuch, doch jedes Mal, wenn Carlos Lachen aus dem Atelier herausschallte oder er ihn durchs Fenster kritisch vor einem der Bilder sah, keimte der alte Ärger in ihm auf.

Später saßen sie auf der Terrasse unter dem Heizpilz, den er nach langer Räumerei aus dem Schuppen hatte ziehen können, und aßen eine Pizza, die er bestellt hatte. Carlo stieg massiv in den spanischen Rotwein ein und war gegen Mitternacht blau.

»Also, weißt du Claudia«, die Zunge ging schon schwerer als üblich, »deine Bilder sind erste Klasse, deinen Installationen allerdings fehlt es an Biss.«

»Wieso?«, sie war auf der Stelle verunsichert.

»Die Spiegelbildchen finde ich ja ganz nett, aber wo ist die Aussage?«

»Ich wollte ...«

Lichthaus unterbrach sie. »Sie hat es dir vorhin erläutert, oder täusche ich mich da?«

»Ja, ja, aus dem Unsichtbaren Verblüffendes ziehen. Das ist leider Blabla. Kommerzielles Gefummel. Die Dummbeutel kaufen so einen Kram.« Er hob das Glas und trank einen gewaltigen Schluck. »Für mich muss Kunst provozieren, ob sie den Leuten gefällt oder nicht. Ich ...«

»Provozieren?«, Lichthaus übersah Claudias Blicke. »Wie hast du denn die Welt provoziert?«

»Es geht hier nicht um mich, sondern um Claudias Arbeiten.«

»Nun ja, du tauchst hier auf und moserst an Claudias Werken herum, die andernorts beim Fachpublikum gut ankommen.«

»Ach, hör mir doch auf mit diesen Mainstream-Kritikern. Die schreiben den Galeristen nach der Schnauze, damit sich die miesen Schinken verkaufen. Provokante Kreativität richtet sich nicht nach dem Markt, sondern nach der gewünschten Wirkung!«

»Und das kannst du beurteilen.«

»Besser als ein Streifenpolizist allemal«, Carlo kam nun endgültig in Fahrt.

Lichthaus wusste, dass er besser die Bremse zog, die Arroganz dieses Idioten trieb ihn jedoch weiter. »Von wann ist eigentlich dein letztes kreatives Stück, Herr Superschlau? Aus dem vorigen Jahrtausend? Oder gab es da überhaupt ein Werk, entschuldige ein provokantes Opus?«

»Mensch, Johannes, piss dich nicht an. Dich hat sie damals nur genommen, weil du kleiner Bulle immer alles gut findest, was sie macht.« Carlo lachte schallend auf. »Von mir hat sie gelernt, und ich hätte sie zu einer der ganz Großen geformt, dazu muss man allerdings bereit sein und Kritik ertragen können. Hier in diesem Scheißkaff ...«

Claudia war bleich geworden. Maßlose Enttäuschung stand in ihr Gesicht geschrieben. Sie sprach leise, und nur jemand, der sie so kannte wie Lichthaus, sah, wie etwas in ihr zerbrach. »Was soll das jetzt, Carlo. Bist du hergekommen, um mich zu demütigen?« Seine rot unterlaufenen Augen sahen sie wässrig an. »Tut mir leid, aber irgendwann musste ich dir das mal sagen. Machst auf Familienmutter und pinselst zwischendurch deine Bildchen, während draußen die Welt auf dich wartet. Woher nimmst du dabei Inspirationen? Aus den Windeln?« Er lachte weinselig.

Lichthaus Augen klebten an Claudias maskenhaften Zügen, eine Fassade vor dem, was dahinter zerfiel. Ihm platzte der Kragen. »Du musst doch sicherlich kotzen, wenn du morgens in den Spiegel siehst. Dein affiges Auto und dein aufgesetzter Sachverstand sind nur eine Hülle, um dein armseliges Unvermögen zu verdecken. Deine Kreativität hat Mühe mit einer Wanze mitzuhalten. Du hast schon an der Uni vom Talent und den Ideen der anderen gelebt, oder wieso konnte dich dieser Student damals erfolgreich wegen Diebstahls geistigen Eigentums anzeigen?«

Carlo schrie nun. »Der Dreckskerl hat mich aufs Kreuz gelegt. Verdiente dicke Kohle mit meiner ...«

»Ach, habe ich deine zarte Künstlerseele berührt? Soll ich dir mal was sagen: Du träumst vom Feuerwerk und hast nur das Zeug zur Glühbirne.«

Claudia wollte den Streit beenden, ihre Kraft schien aufgezehrt. »Ich denke Carlo, du gehst jetzt besser.«

»Ich geh, wann ich will. Ich ...«

»Du gehst jetzt. Du gehst, weil Claudia es dir sagt.« Lichthaus Stimme war ruhig geworden.

»Und wenn ich nicht gehe?«

»Dann bringe ich dich raus. Und glaub mir, ich hätte eine Menge Spaß dabei.«

Carlo fing sich und sah nach Claudia, doch die war gegangen. »Ich ...«

Lichthaus sprang auf und packte ihn am Kragen. Es kostete ihn alle Energie nicht zuzuschlagen. »Scher dich zum Teufel. Sie hat sich so auf dich gefreut, und du neidisches Arschloch musst sie fertigmachen. Kannst es wohl nicht ertragen, dass sie es bringt, während du mit Mal-Legasthenikern Wasserfarben mischen darfst. Verschwinde!«

»Ich ...«

Er hob die Faust. »Drei Sekunden, sonst helfe ich nach.«

Claudia weinte die halbe Nacht. Er hielt sie in den Armen, doch ihre Verletztheit war so groß, dass nichts sie zu beruhigen vermochte. Lichthaus machte sich Vorwürfe. Er war nur allzu gern in den Streit gegangen, anstatt zu bremsen. Sie konnte wie so mancher Künstler kaum mit Kritik umgehen und würde jetzt viele Wochen zweifeln und so lange gute Ideen verwerfen, bis ein Erfolgserlebnis sie aus der Misere zog.

Doch Carlo hatte auch in ihm einen Stachel gesetzt: War er schuld an Claudias vermeintlich unbefriedigender Entwicklung als Künstlerin? War Trier für sie die Sackgasse?

Er hasste diesen feisten Versager und seine schneidenden Bemerkungen, die aus einem desillusionierten Hirn hervorquollen und trotz allen Wissens darum ihre Wirkung nicht verfehlten.

Samstag

Dave schlug die Augen auf und schielte auf den Radiowecker, der neben der Matratze auf dem Boden stand und einen grauenhaften Song von James Blunt leierte. Es war erst halb sieben, aber er konnte nicht länger schlafen. Er würde heute hin müssen und er hatte Angst, wie immer. Angst vor der Stille des Todes, wie er es für sich nannte. Sein Blick wanderte zu der fleckigen Decke seiner kleinen Wohnung. Er hatte die Zwei-Zimmer-Küche-Bad-Bude vor zweieinhalb Jahren gemietet, damals, als er noch einen Job hatte. Als Programmierer hatte er richtig Geld verdient, bis er an Luke geraten war, der ihn nächtelang in Clubs und Kneipen geschleppt hatte. Viele Drogen und einige Krankmeldungen später war er rausgeflogen, weil er eine Deadline gerissen und seine Firma deswegen eine ordentliche Summe Geld gelassen hatte. Von da an war es laufend bergab gegangen, bis Tekki aufgetaucht war. Er sah zu ihr hinüber.

Sie atmete regelmäßig und war unter der dünnen Decke praktisch verschwunden. Nur ein Arm hing heraus und zeigte ihr tolles Spinnentattoo, das auch für ihren Spitzname Pate stand. Im Grunde kindisch: Thekla, die Spinne aus »Biene Maja«.

Sie hatte ihn aus dem Tief gezogen ganz so, wie in dem Lied von BAP »Du kanns zaubere«. Sie hatte ihn fast völlig von den Drogen weggebracht, die Wohnung entmüllt, und mit einem Mal war wieder ein Sinn in seinem Alltag erkennbar. Als er sie kennengelernt hatte, war er so zugedröhnt gewesen, dass er diesen Abend nicht mehr zusammenbekam, wohl aber den Morgen danach, als dieses faszinierende Mädchen nackt, wie Gott sie geschaffen hatte, neben ihm gelegen und er sie ungläubig betrachtet hatte. Weiße, makellose Haut, braune dichte Haare, bildhübsch, ein Wesen wie aus einem Traum. Sie war zu seiner Verblüffung geblieben, hatte sich in ihn verliebt. Er lag ihr zu Füßen, trug Tekki auf Händen durchs Leben, hatte zu kellnern begonnen, um die nötige Kohle heranzuschaffen. Wochenlang beschäftigten sie sich miteinander, redeten und diskutierten, alberten und hatten viel Sex. Ein Schlaraffenland, wären da nicht die ewigen Geldnöte gewesen.

Tekki arbeitete nichts, besaß nichts und wollte genauso wenig tun, wie sie von sich erzählte. Sie hielt ihn von ihrer Vergangenheit fern und zwang ihn, sich mit den wenigen Brocken zu bescheiden, die sie ihm zuwarf. Sie war zwanzig, stammte aus Düsseldorf und war mit achtzehn von zu Hause weggegangen, da sie es nicht mehr ausgehalten hatte. Was dazwischen war, wusste Dave nicht.

Eines Tages dann, er war gerade von der Schicht zurück und maulte über die Gäste, kam sie mit ihrer Idee, und er war zurückgeschreckt, hatte eine neue Seite an ihr gesehen, die Abgründe auftat, die er dort nie vermutet hätte.

Zunächst hatte sie ihn in eine Diskussion um Sterbehilfe verwickelt. Sie vertrat den Standpunkt, dass das Töten auf Verlangen von vereinsamten Menschen ohne Verwandte oder Freunde, von Greisen, die ihr Leben gelebt hatten und nur auf den Tod zu warten schienen, nicht unmoralisch war. Wer sterben will, soll es auch dürfen. Was taten Ärzte anderes, die beispielsweise in Holland 2011 über dreitausendsechshundertmal aktive Sterbehilfe geleistet hatten? Sie dürften das per Gesetz, hatte er geantwortet, doch Tekki ließ seine Argumentation nicht gelten. Es gehöre für sie zur Selbstbestimmung eines Menschen, seinem Leben ein Ende zu setzen. In Deutschland hingegen dürfe nur Beihilfe zum Suizid geleistet werden und selbst das solle nun wieder unter verschärften Bedingungen möglich werden. Nur was heißt das, hatte sie gefragt und ihn mit brennenden Augen angestarrt. Todeswillige finden hierzulande praktisch niemanden, der ihnen hilft. Wie an das Gift kommen, wie es einnehmen? Irgendwann hatte er ihr zustimmen müssen. In einer Gesellschaft, die freie Selbstbestimmung propagierte, sollte der Freitod erlaubt sein und Unterstützung finden. Dies bedeutete auch: Denjenigen, die sterben wollten, aber nicht wussten wie oder sich nicht selbst trauten, durfte aktiv geholfen werden.

Tekki hatte anschließend die Rakete gezündet. Für viele Philosophen sei moralisches Handeln im Kern, sich für die Aktion zu entscheiden, die für alle den höchsten Nutzen nach sich ziehe. Wenn es ihnen daher gelänge, Sterbewillige oder Menschen auszusortieren, deren Zukunft einen geringeren Nutzen für sie bereithielte, als der sofortige Tod, wäre an einer Tötung kaum etwas Verwerfliches zu entdecken. Und nebenbei könnten sie sich für ihre Dienstleistung ein wenig an deren Vermögen bedienen, denn gesellschaftlich war das ein profitables Sparprogramm, da immerhin die letzten Monate im Leben die höchsten Krankheitskosten verursachten.

Er hatte sie für verrückt erklärt, sie jedoch war so ernst geblieben, wie er es noch nie erlebt hatte. Sie nannte ihm drei Kriterien, die erfüllt sein mussten, dann wäre sie bereit zu töten, selbst wenn der Betreffende nicht direkt nach Sterbehilfe verlangt hätte: die Äußerung von Lebensmüdigkeit, eine erkennbare Bitternis der Einsamkeit und des Alters oder eine unheilbare Krankheit ohne Aussicht auf Besserung der Lage. Er hatte sie abblitzen lassen, konnte sich der logischen Begründung allerdings nicht entziehen. Irgendwann hatte sie ihn kleingekriegt, sie hatten es getan und lebten nicht übel dabei. Tekki achtete immer wie besessen darauf, dass die Kriterien erfüllt waren. Er verstand das zwar nicht, beließ es des lieben Friedens wegen aber dabei. Er liebte Tekki und würde für sie alles tun, selbst morden.

Sein schlechtes Gewissen schlief mittlerweile meistens, vergraben unter einem Sack guter Argumente, doch an den Tagen, an denen er noch einmal hin musste, nur an diesen verdammten Tagen graute es ihn.

In der Küche brühte er sich frischen Kaffee und trank ihn so schwarz, wie sich seine Seele anfühlte. Er stierte nachdenklich auf die chromglänzende Oberfläche der Maschine und schüttelte langsam den Kopf. Nach und nach modernisierte Tekki sein Equipment. Großer Kühlschrank, Waschmaschine und Trockner, einen Rechner vom Feinsten für ihn und so weiter. Ihr Bedarf an einem bequemen Leben füllte die Zimmer und schien unersättlich zu sein.

Ihr erster Geldgeber, wie er ihre Opfer verharmlosend nannte, war ein Vierundachtzigjähriger namens Verhoeven, den Dave noch aus der Zeit kannte, als er während seines Studiums in dessen Einliegerwohnung gehaust hatte. Das Haus lag etwas erhöht und sehr verlassen an einer Straße, die den Petrisberg hinauf Richtung ehemaliger Franzosenkaserne führte. Der Weg zur Uni war kurz. Trotzdem hatte es nur drei Monate gedauert, bis er die Gängeleien nicht mehr ausgehalten hatte und ausgezogen war. Wenn die Mädchen über Nacht blieben, müsste er mehr Miete zahlen, bekam er häufig zu hören, oder sein Auto parke zu nah an der Garage, die Musik sei zu laut. Kaum ein Tag verging, ohne dass es klingelte und der Mann in der Tür erschien, um aus einer vor Bitterkeit verzerrten Visage auf ihn einzukeifen. Verhoeven war hager und hochgewachsen, und wenn er von oben mit seinem durchdringenden Blick auf ihn hinunterschaute, wirkte er wie die personifizierte Inquisition. Selten hatte er einen bösartigeren Menschen kennengelernt, den er niemals auch nur ein kleines bisschen hatte erweichen können und der seine Einsamkeit durch Hass auf alles und jeden kompensierte. Zumeist beendete er seine Tiraden mit der Frage, wieso er sich das überhaupt noch antue.

Für Tekki war Verhoeven der richtige Kandidat, da er die von ihr aufgestellten Kriterien erfüllte. Zunächst observierten sie das Haus während zwei langer Wochen mit einer Minikamera, die auf Bewegungen reagierte und aufzeichnete, was vor sich ging. Es war fast nichts, da sie im November filmten. Selten genug löste ein vorbeifahrendes Auto die Kamera aus und noch seltener Verhoeven selbst. Hier und da fuhr er zum Einkaufen, manchmal stritt er mit dem Postboten oder einem Nachbarn, den größten Teil des Tages jedoch lag das Haus wie verlassen da. Am zehnten Tag, die Uhr des PCs zeigte, dass sich die Aufnahmen bis dahin auf gerade einmal dreißig Minuten summiert hatten, öffnete er ihnen buchstäblich die Tür. Er war zum Mülleimer geschlurft, dessen Box vorne an der Straße stand, als die Haustür zuknallte und er ausgeschlossen war. Doch anstatt betroffen dreinzuschauen oder herumzutoben, bückte er sich neben die Treppe und zog, sich umschauend, ein Kästchen hervor, dem er einen Schlüssel entnahm. Tekki warf sich vor Lachen fast weg, als die argwöhnischen Augen des Mannes exakt in die Linse starrten, um dann beruhigt zu sein.

Alles war klar gewesen, alles vorbereitet, doch wieder trieben ihn Zweifel und Skrupel um. Er brauchte vier Tage, um sich zu entscheiden. Tekki schwieg in dieser Zeit. Du kannst das nur mit dir ausmachen, war ihre einzige Aussage. Er hatte sie zum ersten Mal grob angeschnauzt: »Und was ist mit dir?«

»Ich bin bereit, seit Langem schon«, lautete ihre lapidare Antwort, der er nichts mehr entgegenzusetzen wusste.

Schließlich war er soweit, und sie nahmen den Bus nach Tarforst, taten so, als seien sie Studenten, die spät nach Hause kamen, und stiegen am Wissenschaftspark aus. Von dort waren es nur fünf Minuten zu Fuß. Er kannte den Weg, aber jetzt brannte er sich in sein Gedächtnis ein, wie mit Säure geätzt, führte viel zu schnell zum Ziel. Die schmalen Wege zwischen den Schrebergärten, die vom Widerschein der Lichter der Stadt überstrahlt wurden, lagen verlassen da. Die Kälte des Abends prallte an ihm ab. Tekki schwieg, kein einziges Wort kam über ihre Lippen. Sie trottete tief in Gedanken versunken neben ihm her. Er sprach mit ihr, um sich abzulenken, sie aber blieb stumm. In diesem Augenblick hätte er vieles dafür gegeben, um zu wissen, was in ihr vorging.

Vorsichtig folgten sie dann der Straße und achteten darauf, nicht gesehen zu werden und verkrochen sich vor einem einsam den Berg hinaufkurvenden Auto. Vor dem Haus, im Schatten der Büsche, zogen sie die Kapuzen ihrer schwarzen Sweatshirts über und schlüpften in die Handschuhe. Einen Bewegungsmelder, der sie aus der schützenden Dunkelheit ins Licht gerissen hätte, gab es nicht. Tekki war als Erste an der Treppe und fingerte geschickt den Schlüssel aus seinem Versteck, während Dave auf die Uhr sah. Es war fast ein Uhr, und nichts und niemand rührte sich in dem Haus, dessen Grundriss ihm einigermaßen vertraut war. Tekki war in der Zwischenzeit zur Tür hinaufgestiegen und hatte aufgeschlossen. Das Schloss war gut geölt, denn nur ein sanftes

Klacken war zu hören, als der Riegel zurücksprang. Sie schlichen hinein. Drinnen war es noch dunkler als draußen und sie brauchten eine Weile, um sich daran zu gewöhnen. Sein Herz hatte zum Hals herausgeschlagen, und auch Tekkis ansonsten so gelassen dreinschauende braune Augen flackerten vor Aufregung unter der Skimaske hin und her, die nun beide trugen. Konzentriert auf diesen Blick konnte er ihre Gedanken lesen: Nun gibt es kaum noch ein Zurück.

Das Schlafzimmer lag oben, gleich links neben der Treppe. Verhoeven ließ immer die Jalousien herunter, was ihnen nun sehr gelegen kam. Dave zog die Softair-Pistole hervor, die einer Walther PPK täuschend ähnlich sah, dann knipsten sie das Licht an und stürmten in den Raum. Der Plan war, den Mann zu überrumpeln und zur Herausgabe von Wertgegenständen und der Geheimzahl seiner Karte zu zwingen. Tekki wollte ihn anschließend töten, was er ablehnte. Er wollte unerkannt abhauen, den Alten gefesselt an sein Bett zurücklassen, die Konten räumen und am folgenden Tag der Polizei einen Tipp geben. Sie schien sich dem gebeugt zu haben.

Die hagere Gestalt im Bett schrak hoch und schrie auf, woraufhin Dave ihm die Waffe an die Schläfe drückte und brüllte, er solle das Maul halten. Schweiß rann ihm in die Augen, und er hechelte vor Stress, als der impulsive Greis herumwirbelte und ihm die Skimaske vom Kopf riss. Er erkannte ihn sofort und in seinen Augen las Dave sein Erstaunen. Der eigene Schreck hatte ihn das kurze Überraschungsmoment ungenutzt verstreichen lassen, und ehe er sich versah, sprang ihn Verhoeven behände wie eine Katze an und umklammerte seinen Hals. Die Panik, die Schreie Tekkis, das Groteske der Situation, er, der junge starke Mann, wird von einem klapprigen Alten überwältigt, ließen ihn erstarren, dann handelte er instinktiv. Er packte das unrasierte Kinn mit der Linken und drückte seine andere Hand auf den dünnen Haarkranz. Mit einem Ruck verdrehte er den Kopf seitwärts, spannte seine Muskeln an und überwandt schließlich allen Widerstand. Das Knacken nur Zentimeter von seinen Ohren entfernt war nicht so schlimm, wie das Brechen der Augen. Der Blick verschwamm, wurde richtungslos, schließlich verschwand jeder Ausdruck.

Er hatte es Tekki zu verdanken, dass er nicht die Fassung verlor. Sie nahm ihre Skimaske ab, packte sein Gesicht zwischen ihre Hände und sah ihn eindringlich an, redete beruhigend auf ihn ein. Und er nahm sie so intensiv wahr wie noch niemals zuvor. Die großen braunen Augen, die schmale Nase, ihre vollen Lippen, auf denen kleine Schweißtropfen glitzerten, geschwungene Brauen, schön wie eine Göttin. Er kam zu sich und hatte die Erektion des Jahrhunderts. Er küsste sie wie von Sinnen, und seine Erregung sprang auf sie über. Niemals hatte er intensiveren Sex als in diesem staubigen Schlafzimmer, keinen halben Meter von dem Mann entfernt, den er gerade getötet hatte, dessen Körper weiter Wärme abstrahlte, dessen Augen jedoch nur noch an zwei glänzende Glasmurmeln erinnerten.

Anschließend waren sie so cool, das Haus vorsichtig zu durchsuchen. Verhoeven hatte Ordnung gehalten und Karten und Geheimzahlen sortiert in einer Schublade liegen. Dazu drei Sparbücher mit ordentlich Guthaben. An Wertsachen war ansonsten nicht viel zu holen, auch wagten sie es nicht, allzu lange zu bleiben. Tekki nahm einen alten Füllfederhalter zur Erinnerung mit, wie sie anmerkte. Er griff die vergoldete Armbanduhr, die wahrscheinlich schon fünfzig Jahre auf dem Buckel hatte. Als sie später die Tür ins Schloss zogen und den Schlüssel in sein Versteck zurücksteckten, lag Verhoeven mit verdrehten Gliedern und gebrochenem Genick am Fuße der Treppe, gleich so, als ob er in der Nacht gestürzt wäre. Es dauerte an die zwei Monate, bis irgendwer sich bequemte, nachzusehen, wo denn das alte Ekel geblieben war. Währenddessen verlebten sie seine Rente.

Sie lasen davon im Volksfreund. Dave warf daraufhin Karten und Sparbücher fort, und sie sahen sich nach einem neuen Geldgeber um, der schnell gefunden war.

Die Uhr zeigte fast sieben. Es war Zeit zu gehen. Leider. Widerstrebend stellte er die Tasse in die Spülmaschine. Essen konnte er nichts, noch nicht, einen Bissen herunterbekommen würde er an diesem Morgen erst dann, wenn er es hinter sich gebracht hätte. Er trollte sich ins Bad, für eine Katzenwäsche, eine Handvoll Wasser ins Gesicht gespritzt genügte ihm. Duschen würde er hinterher, wenn er da gewesen war und den Geruch aus Nase und Haut spülen musste.

Als er wenig später die Wohnung verließ und die ächzende Treppe hinabstieg, schlief Tekki tief wie ein Engel mit reinstem Gewissen.

*

Sie lag vor der Eingangstür und lauschte den Kindern, die herunterpoltern, doch glaubte sie kaum noch an Hilfe. Einen halben Tag und die anschließende Nacht lag sie nun hier und versuchte, die Vorbeigehenden auf sich aufmerksam zu machen, allerdings beachtete niemand ihr Rufen oder Klopfen. Ihre rechte Seite war nun vollends taub, und als sie im ersten Licht des heraufziehenden Morgens den Kopf gehoben hatte, sah sie ihren Fuß blau, fast schwarz angelaufen, wie ein unbrauchbares Anhängsel an ihrem Schenkel baumeln. Als es gestern dunkel geworden war, hatte sie die Tür erreicht und zu ihrer Freude kam nach kurzer Zeit eine Person heraufgestiegen. Sie hatte mit der Faust gegen die Tür geschlagen, doch war da draußen kein Zögern, kein lauschendes Einhalten gewesen, als die Schritte zielstrebig an ihrer Tür vorbei nach oben davongingen. Viermal noch keimte Hoffnung in ihr auf und viermal wurde sie bitter enttäuscht. Ihre Stimme war zu einem Krächzen geschmolzen und auch ihre nun schon aufgeriebenen Knöchel brachten nur leise Töne zustande, die der geringste Hauch des Windes mit sich davontragen könnte.

Das Denken fiel ihr zunehmend schwer und immer wieder dämmerte sie mit offenen Augen vor sich hin, gleich so, als ob sie bereits tot wäre. In der Nacht hatte das Blumenwasser in ihren Därmen gewütet und zu einem Durchfall geführt, den sie nicht zu bremsen gewusst hatte. Erst quoll es warm aus ihr heraus, um dann abzukühlen und sie frierend in einer stinkenden Wolke zurückzulassen. Stundenlang hatte sie leise geweint und den Herrn um Hilfe oder einen schnellen Tod angebettelt. Nur nicht mehr so weitermachen, in ihrem Dreck dahinvegetierend.

Die Kinder von oben gehörten zu einer Familie, die von Syrien hergekommen war, und seit Kurzem hier wohnte. Die drei Jungs waren wie die Orgelpfeifen kaum zwei Jahre auseinander und hatten ihr schon einiges abverlangt, wenn sie bei schlechtem Wetter in der Wohnung tobten und ein Stakkato durch die Decke schickten, und auch heute krachten die Stufen unter ihren Schuhen.

Sie klopfte trotz ihrer Hoffnungslosigkeit an die Tür und rief gegen das Getöse an, doch wieder zogen sie unaufhaltsam vorbei, ohne ihre Not wahrzunehmen. Pure Resignation überflutete sie. Ihre Körperspannung ließ nach und sie lag still, bereit aufzugeben.

»Hallo?« Eine glockenhelle Stimme war dort hinter der Tür.

»Hilfe! Ihr müsst mir helfen.«

»Mama! Mama!« Eine Diskussion wurde in einer Sprache geführt, die sie nicht verstand, dann ein vorsichtiges Klopfen.

»Hallo?« Eine andere Person, eine Erwachsene, fragend beunruhigt.

»Hilfe, ich brauche Hilfe.«

»Ich gehe Hausmeister.«

Den letzten Satz vernahm sie wie aus weiter Ferne, sie war ohnmächtig geworden.

*

Dave trottete missmutig die Maarstraße hinunter, vorbei an einer Metzgerei, vor der paradoxerweise gerade hier der herrliche Duft von frischem Brot und Brötchen in der Luft hing, der wohl aus der Bäckerei ein paar Meter weiter stammte. Er bog in die Benediktinerstaße mit ihren kleinen, uralten, eng beieinanderstehenden Häuschen ab. Es klapperte in dem geräumigen Rucksack, den er mitgenommen hatte, als das Werkzeug gegeneinanderstieß. Sein Ziel lag in einem der Wohnblöcke, die in der Kloschinskystraße standen. Die langgezogenen Bauten stammten aus den sechziger

Jahren und waren um diese Uhrzeit im Allgemeinen ziemlich verwaist, da die Menschen am Wochenende zumeist noch schliefen. Anfangs hatte er seinen zweiten Besuch nachts gemacht, doch war er zweimal Bewohnern begegnet, die ihn so aufmerksam musterten, dass er unverrichteter Dinge wieder von dannen ziehen musste. Morgens um sieben ging er als Frühaufsteher durch. Allein der kurze Moment, in dem er in die Wohnungen hineinging oder eben herauskam, war kritisch, jedoch selbst das war auszusteuern, wenn er lange genug vor der Tür lauschte und schließlich blitzschnell handelte.

Als er am Ende das Blocks um die Kurve bog, stand in der Einfahrt ein Notarztwagen mit kreiselndem Blaulicht, und er fluchte vor sich hin, denn damit konnte er seinen Plan abhaken. Wie unbeteiligt trat er zu einem älteren Pärchen und einem Typen in Sportdress, der nassgeschwitzt dem Treiben zusah. Der Bau hatte vier Treppenhäuser, die vorletzte Tür stand weit offen. Zwei Sanitäter mit einer Trage liefen darauf zu.

Dave brach der Schweiß aus, doch er riss sich zusammen und blieb stehen, wartete, wollte sehen, wer auf der Bahre lag, wenn sie wieder herauskommen würden. Genau dieser Eingang war sein Ziel gewesen, aber es konnte nur jemand anderes sein. Er schickte ein Stoßgebet gen Himmel. Sie war tot, tot, musste einfach hinüber sein. Vier Tage würde niemand aushalten, nicht bei dieser Dosis. Der Tross trabte heran. Ein Sanitäter lief vorne, ein Zweiter schob die Trage von hinten, daneben der Notarzt, ein junger Kerl, der eine Infusionsflasche in die Höhe hielt und Anweisungen gab. Das Pärchen vor ihm trat einige Schritte zurück, um Platz zu machen, als er die Kranke sah. Das rechte Bein feuerrot und dick geschwollen, die Zehen fast schwarz. Kot und Urin klebten eingetrocknet an der Kleidung, die Miene unter der Sauerstoffmaske in Ohnmacht erschlafft.

Dave taumelte nach hinten, den Mund ungläubig aufgerissen. Sie war es, sie war es. Er traute seinen Augen nicht, das konnte nicht sein, durfte nicht sein, doch es bestand kein Zweifel. Dann riss er sich zusammen, ließ seine Bestürzung nicht nach außen dringen und hörte zu, als der Notarzt in sein Handy sprach.

»Wir bringen eine Patientin. Agnes Goldhagen, vierundsiebzig. Die Frau lag anscheinend einige Tage nach Sturz in ihrer Wohnung. Stark dehydriert, Herz arbeitet unregelmäßig.«

Der Feuerwehrmann, der den Wagen fuhr, schaute fragend. »BKT?«

»Klar. Liegt ja gleich um die Ecke. Und macht schnell!«

Dave zog sich zurück und rief Tekki an. Es dauerte eine Weile, bis sie ranging und er sie auf den Stand der Dinge bringen konnte.

»Was soll ich tun?«, er hörte, wie sich seine Stimme überschlug, schrill war. »Wenn die zu sich kommt, sind wir im Eimer.«

Tekki zögerte nur einen Augenblick. »Du musst es zu Ende bringen. Folge ihnen ins Krankenhaus und warte auf eine Gelegenheit. Ruf mich dann an.«

Sie drückte wortlos das Gespräch weg, und er ging in die Hocke, Er musste die aufkommenden Ängste zurückdrängen und seine Verwirrung in klare Gedanken umleiten, um handlungsfähig zu werden.

Nach einigen Sekunden war er wieder in Ordnung und sprintete die Kloschinskystraße entlang, als der Notarztwagen an ihm vorbeischoss. Er hatte großes Glück, denn das Brüderkrankenhaus lag mit seiner Notaufnahme nur wenige Hundert Meter entfernt. Die Mauer, die den Park der Klinik von den umliegenden Straßen abgrenzte, hatte einen kleinen Schlupf, durch den viele Eltern ihre Kinder in die Tagesstätte des Krankenhauses brachten. Die schmale Tür war offen, und er jubelte innerlich, seine Chancen stiegen. Ab hier verlangsamte er sein Tempo, um keine Aufmerksamkeit zu erregen. Tekki hatte gut reden. Sie war nie dabei, wenn er die Injektion setzte, war nie da, wenn es ans Töten ging. Immer machte er die Drecksarbeit.

*

Das Telefon riss Lichthaus um Viertel nach sieben aus einer viel zu kurzen Nacht. Die Sonne schien zart durch die Jalousien ins Schlafzimmer, und er wunderte sich, warum die Kleinen nicht schon längst aufgetaucht waren, um ihn oder Claudia zu holen, die neben ihm zur Wand gedreht lag und sich nicht rührte, auch wenn sie wach geworden sein sollte. Gesprochen hatte sie mit ihm noch kein Wort, seitdem sie gestern Abend die Terrasse verlassen hatte. Unwillig schnappte er den Handapparat, ging nach draußen und stellte die Verbindung her.

»Was ist?«

Siran, der immer höfliche Siran, stockte über den Ton, der ihm entgegenschlug. »Alles klar, Chef?«

Lichthaus bremste sich, wollte seine miese Laune nicht an dem Kollegen auslassen. »Tut mir leid, ich bin nur saumäßig schlecht drauf.«

»Kann ich helfen?«

»Danke der Nachfrage, nein. Manchmal sind vermeintliche Freunde die Pest. Worum geht's?«

Beide, froh darum, das weiche Terrain kriselnden Privatlebens verlassen zu können, stiegen in die Routine ein. »Eine Streife hat vorhin angerufen, um mir den Fund einer hilflosen Frau namens Agnes Goldhagen in ihrer Wohnung anzuzeigen.«

»Wie kommen die denn darauf, dich anzurufen?«

»Ich hatte mir überlegt, wenn es weitere Opfer gibt, sind die vom Streifendienst am ehesten dran. Ich habe also drum gebeten, mich sofort zu informieren, sobald etwas in der Art auftaucht. Dass es so schnell ging, hat mich allerdings verwundert.«

»Die Frau lebt noch?«

»Sie lag anfangs im Bad, wo ein kleines Trockengerät eingeschaltet war. Das kam den Kollegen merkwürdig vor.«

»Die stehen in vielen Haushalten herum.«

»So habe ich auch argumentiert und um einen Blitzcheck der

Wohnung gebeten. Ergebnis: keine Karten, kein Bargeld im Portemonnaie. Außerdem hat das Bad eine automatische Lüftung nach draußen.«

»Das ist mir eigentlich ein wenig zu dürftig, um den Staatsanwalt einzuschalten. Glaubst du, es wäre möglich, dass du ins Krankenhaus gehst und die Frau befragst?«

»Klar, dann gehe ich anschließend zu Anne.«

»Melde dich, wenn etwas dabei herauskommt.«

Sie beendeten das Gespräch, und Lichthaus spähte ins Schlafzimmer. Claudia lag mit geöffneten Augen auf dem Rücken und sah unbeweglich an die Decke. Er ging zu ihr und streichelte ihr übers Haar. »Ich mach mal Frühstück.«

Sie sah ihn fragend an. »Musst du weg?«

»Nein.«

»Das ist gut, ich will heute nicht alleine sein.«

»Ich bleib hier. Versprochen.«

Kaum war er unten, rappelte der Festanschluss. Es war Carlo, der kleinlaut Hallo sagte.

»Was willst du?«

»Mich entschuldigen. Ich war doch besoffen.«

»Betrunkene und Kinder sagen die Wahrheit.«

»Kann ich Claudia sprechen?«

»Ich glaube nicht, dass sie dich sehen möchte.«

Carlo wurde ärgerlich »Und das entscheidest du?«

»Ja.«

»Sie darf ...«

»Du kommst hierher zu Besuch, sie hat sich von dir Anerkennung, aber auch kritische Anregungen erhofft. Und was machst du? Du trittst, was sie geschaffen hat und worauf sie stolz ist und sein kann, mit Füßen. Greifst ihr künstlerisches Selbstbewusstsein an, obwohl dir klar ist, dass sie danach in ein tiefes Loch fällt. Ich weiß nicht, wofür du dich rächen wolltest oder welche aufgestauten Frustrationen raus mussten, aber jemanden, den man als Freundin bezeichnet und die einem so unkritisch und wohlgesonnen begegnet, so zu verletzen, ist widerlich. Carlo, du kotzt mich an, und wenn ich dein Gesicht noch einmal in meinem Haus sehen sollte, hau ich dir eine rein.« Er schrie jetzt. »Also fahr zu deinen Schulkindern und mal Strichmännchen, stell dich abends in die Kneipen und gib den Westentaschenpicasso, doch lass uns in Ruhe.«

Er knallte den Hörer auf.

»Papa bist du sauer?«

Henriette stand in der Küchentür und schaute ihn groß an. Sie war im Schlafanzug. Er lächelte sie bitter an und nahm sie in den Arm, als Jakob auch schon herankrabbelte. »Mit dir, Mama oder Jakob bin ich kein bisschen böse.« Er schnüffelte. »Jetzt machen wir deinem Bruder eine frische Hose und dann Frühstück.«

Als sie oben ankamen, rief Claudia ihn zu sich. »War das Carlo?« Tränen füllten ihre Augen.

»Ja.«

»Ich möchte ihn nicht sehen.«

»Ich hab es ihm verboten.«

»Findest du meine Arbeiten auch so ausdrucksarm.«

Er ging zu ihr und setzte sich auf den Bettrand. »Nein, das sind sie nicht, und das weißt du ganz genau. Außerdem, sieh mal die Preise, die du in den letzten Jahren gewonnen hast, und die Ausstellungen, die deine Besucher begeistert haben. Deine Arbeiten sind toll.«

Sie lächelte ihn dünn an und nickte, doch er sah, dass er sie nicht erreichte. Der Stachel des Zweifels steckte tief im Fleisch und es würde dauern, bis er gezogen war.

»Wir machen Frühstück und rufen dich dann.«

Wieder nur ein kurzes Nicken, und erneut glitzerten Tränen in ihren Augen.

*

Die Notaufnahme lag in einem neuen Gebäudeteil, den man samt Hubschrauberlandeplatz vor einiger Zeit errichtet hatte. Es war Samstag, und als Dave, die Mütze tief ins Gesicht gezogen, durch die sich automatisch öffnende Tür trat, sah er das erhoffte Szenario.

Die Stühle im Wartebereich waren voll besetzt, vor der Anmeldung drängten sich mehrere Personen, die ungehalten auf eine dickliche Frau einredeten, die mit stoischer Ruhe ihren Job tat. Er hasste Krankenhäuser. Die Atmosphäre von Krankheit und Elend, der Geruch nach Medikamenten und Blut, geschwängert von Angstschweiß und die bange Sorge in den Gesichtern, widerten ihn an. Er wollte das nicht sehen, war sich aber des Widerspruchs zwischen diesem kindlichen Gefühl und seinem eigenen rohen Verhalten durchaus bewusst.

Da kein Platz frei war, lehnte er sich unauffällig an eine der Wände, von wo aus er das ganze Treiben überblicken konnte. Agnes Goldhagen wurde gerade hereingebracht. Er sah nicht viel von ihr, lediglich den Kopf, an dem völlig verfettete Haare wie glänzende Filzmatten klebten, war kurz durch den Glaskubus des Empfangs zu sehen. Und dann drehte sie ihn. Es war eine gezielte Bewegung, nicht das Herumschlenkern des Schädels einer Ohnmächtigen. Er schloss die Augen. Sie war bei Bewusstsein, und wenn er nicht schnell handelte, würde sie in ihrem Gedächtnis kramen und früher oder später auch fündig werden.

»In die Vier«, tönte es von irgendwoher, woraufhin die Sanitäter nickten und die Trage nach rechts in einen Gang rollten, der zu den Behandlungsräumen führte. Da er selbst einmal nach einem Sturz im Winter als Patient in der Notaufnahme gewesen war, kannte er sich ein wenig aus. Die kleinen Zimmer waren von beiden Seiten durch Schiebetüren zu erreichen, wodurch von hier die Kranken und von dort die Ärzte eintreten konnten. Es gab ein paar einfach ausgestattete Räume, in denen eine Liege stand und man leichte Verletzungen verarztete, daneben aber auch solche mit erweitertem medizinischen Gerät und einen Schockraum, in dem Kranke behandelt wurden, die auf der Schwelle zum Tod balancierten.

Dave schlenderte wie gelangweilt wartend den Gang entlang in Richtung Kabine vier, es war wohl die mittlere Kategorie der Behandlungszimmer. Er studierte die Plakate, die auf richtiges Verhalten während eines Schlaganfalls oder Herzinfarkts hinwiesen, das Leitbild des Krankenhauses kundtaten und salbungsvolle Sprüche des Gründers der Einrichtung zitierten. Ihm war das alles gleichgültig, aber es bot sich so eine Gelegenheit, die Schiebetür leicht zu öffnen und zu lauschen, was dahinter vor sich ging. Anfangs war nichts zu hören, da das laute Rattern eines landenden Helikopters jedes Geräusch übertönte, bis die Rotoren zum Stillstand gekommen waren. Endlich konnte er vernehmen, was in der Vier, die auch groß außen prangte, passierte.

Der Notarzt war noch im Raum und übergab die Kranke an einen Kollegen des Krankenhauses. Ein Monitor piepte im unregelmäßigen Rhythmus ihres Herzens.

»Sie sehen es ja selbst, sie hat eine Fraktur der Hüfte oder des Oberschenkels, da müsst ihr röntgen.« Er sprach jetzt lauter. »Frau Goldhagen, können Sie mich verstehen?«

Eine Pause entstand, und ein kaum hörbares Murmeln drang durch den Ritz nach außen. Er verstand kein Wort, doch das war nicht wichtig. Sie war ansprechbar und damit ungemein gefährlich.

»Der Kollege kümmert sich um ein Zimmer in der Chirurgie, Sie haben sich wahrscheinlich die Hüfte gebrochen, aber das ist halb so wild. Ich muss jetzt weiter.«

Er wandte sich an den Stationsarzt und sprach leise und offensichtlich in Daves Richtung, denn das Flüstern drang zu seinen Ohren vor. »Hängt ihr auch etwas fürs Herz dran.«

Die Schiebetür auf der anderen Seite des Behandlungszimmers wurde aufgezogen und wieder geschlossen, und Dave hatte schon den Griff in der Hand, um hineinzugehen, als er hörte, wie jemand Schubladen öffnete und herumhantierte.

»Ich gebe Ihnen noch eine Infusion. Da sind Zucker, Flüssigkeit und ein Medikament zur Stärkung Ihres Herzens drin. Wir warten dann einen Augenblick und die Schwester bringt ...«

»Ferdi, Notfall im Schockraum, bist du frei?«

»Komme sofort.«

Die Tür auf der anderen Seite knallte zu, und es herrschte Stille. Er sah sich um und registrierte, wie alle Menschen im Wartebereich mit sich selbst beschäftigt waren, nicht einer schaute in seine Richtung. Er zog ganz vorsichtig die Schiebetür ein weiteres Stück auf und trat ein.

Agnes Goldhagen sank zurück und schloss die Augen. Die letzte Stunde war zu viel für sie gewesen. Erst das Kind und dessen Mutter, die offensichtlich den Hausmeister gerufen hatten, wovon sie aber nichts mitbekam, da sie das Bewusstsein verloren hatte. Dann der stechende Schmerz, als wer auch immer sie mit der Wohnungstür nach innen schob, um hineinzukommen. Sie hatte den Mann noch nie gesehen, doch schämte sie sich trotz allem für ihren Zustand, den Gestank, der von ihr ausging und sich im Gesicht des Dunkelhaarigen widerspiegelte. Wenig später kamen die Sanitäter und der Notarzt, die sich so umsichtig um sie kümmerten, ihre Schmerzen und den Durst linderten, einfach nett plauderten, die ganze Zeit über. Ihr liefen Tränen der Rührung aus den Augen, und sie öffnete sie.

Sie schrie und riss die Arme so schnell nach oben, wie es ging, als der dunkle Mann, das Monster aus ihren Träumen, dastand und ein Kissen in den Händen hielt. Dann wurde es dunkel und ein völlig neutral riechender, synthetischer Stoff presste sich mit großer Gewalt auf ihr Gesicht. Sie griff danach, empört darüber, dass alles umsonst gewesen sein sollte, die Mühen und Qualen der vergangenen Tage. Sie zerrte an den Fingern des Kerls, kratzte ihn auch, doch ihr Widerstand reichte nur für Sekunden und erlahmte. Ihre Arme fielen zur Seite und ein Licht knipste sich in der sauerstofflosen Dunkelheit an und nahm sie mit auf die Reise. Ihr Gehirn arbeitete noch einmal auf Hochtouren und entführte sie in einen rasenden Film, schüttete Erinnerungen in so großer Zahl aus, dass die Lawine sie atemlos mitriss. Bevor es Nacht wurde, verblasste Franz, und Michael, ihr Junge, stand neben ihrer Liege, ein Lächeln auf den Lippen. Ihr einziges Kind, das sie verloren hatte und dessen Tod ihr Leben in ein davor und ein danach gespalten hatte.

Schweiß brach Dave aus allen Poren, als er sich mit seinem ganzen Gewicht auf den Kopf stemmte, spürte, wie sich ihre Nase unter dem Druck verbog, und flehte darum, dass die Bewegungen endlich vorbei wären, die Frau hinüber sein würde. Es dauerte jedoch unendliche Sekunden, die sich dehnten wie Monate. Er hatte sein

Glück kaum fassen können, als er sie da liegen sah, die Lider geschlossen und tief schlafend, wie er annahm, ruhiggestellt durch die Infusion. Das Kissen auf einer seitlichen Ablage war einer Einladung gleichgekommen, doch als er sich umdrehte, starrte sie ihn aus blutunterlaufenen Augen an, wie ein Vampir. Die alte Frau hatte mehr Kraft, als er es sich jemals hätte träumen lassen, und nun drückte er ihr bereits eine kleine Ewigkeit die Luft ab und sie zappelte immer noch.

»Ferdi?«

Schritte näherten sich.

»Ich geh in die Vier und schau nach der Patientin.«

Ein Zittern durchlief seinen Körper und ein weiteres Mal erhöhte er den Druck. »Mach schon, mach schon!«, presste er panisch zwischen den Zähnen hervor.

Der Arzt kam wieder, war bereits so nahe, dass er das Quietschen seiner Schuhsohlen auf dem Linoleum hörte, doch er war noch nicht fertig. Verdammt.

Dave richtete sich auf, um schnell fliehen zu können, aber er riskierte, ein Geschrei auszulösen und alle Aufmerksamkeit in seine Richtung zu lenken, und er würde nur mit ganz viel Dusel davonkommen.

Seine Augen starrten auf den Riegel der Tür, als die Schritte zum Stehen kamen. Dave atmete tief ein. Ein Zittern des Griffs und schon glitt die Tür auf.

»Ferdi! Er kollabiert wieder.«

Durch den schmalen Spalt sah er, wie der Arzt in seinem blauen OP-Hemd davonsprintete, ohne auch nur einmal hineingesehen zu haben. Er lachte schrill und leise, voller Panik. Plötzlich begann der Monitor zu piepen und er sah die Nulllinie. Agnes Goldhagen war tot. Erleichterung breitete sich in ihm aus, doch die rennenden Schritte draußen waren eine Warnung. Er warf das Kissen auf das Sideboard und stahl sich aus dem Behandlungsraum. Als er die Tür zuzog, erhaschte er einen kurzen Blick auf das Gesicht einer Krankenschwester, die ihn jedoch nicht zu bemerken schien.

*

Siran stellte den Motor ab, griff die Tüte mit den Baklava für Anne und verließ seinen Toyota. Er hatte auf der ersten Etage eine Parkbucht gefunden, von der aus er eine Treppe hinuntergehen konnte, um direkt zum Eingang der Notaufnahme zu gelangen. Er fröstelte auf dem zugigen Parkdeck, trug auch nur ein dünnes Oberhemd, doch die Sonne drehte endlich von Osten in Richtung Süden und erreichte gerade in diesem Augenblick den schmalen Streifen zwischen den Gebäuden. Die Kraft der Sonnenstrahlen wärmte ihm den Rücken.

Eben als er durch die sich öffnende Schiebetür hineingehen wollte, eilte ihm eine dunkel gekleidete Gestalt fast laufend entgegen. Der Mann schaute vor sich auf den Boden, die Mütze tief im Gesicht und übersah ihn einfach. Sie stießen zwischen den Türflügeln zusammen, und Siran knallte mit der Schulter an den Rahmen, der sich klappernd in seiner Aufhängung bewegte.

»Autsch.«

»Tut mir leid.«

Ihre Blicke kreuzten sich, und Siran sah blaue Augen, dazwischen eine gerade Nase über einem schmallippigen Mund mit Piercings. Der Typ drängte weiter. Siran stutzte einen Augenblick, als sich ein Gedanke zu formen begann, letztendlich jedoch konturlos verschwand. Er schaute dem davoneilenden Mann unentschlossen nach, ging dann aber hinein.

Drinnen herrschte das Chaos vieler Patienten, doch im Bereich des Schockraums war die Aufregung noch größer. Er trat an den Schalter und musste warten, bis eine beleibte Frau mittleren Alters, in Kittel und bewaffnet mit einer Armada an Kugelschreibern, die aus der Brusttasche ragten, herankeuchte.

Sie musterte ihn kurz und kramte eilig in einem Stapel blauschimmernder Durchschläge, bevor sie wortlos, ohne ihn eines weiteren Blickes zu würdigen, davonging.

Lange Minuten später kreuzte sie wieder auf und ließ sich auf den Schreibtischstuhl fallen, das Gesicht gerötet.

»Und, was wollen Sie?«

Ihr Ton war so unfreundlich, wie er es wegen seines türkischen Aussehens häufig zu hören bekam. Er reagierte wie immer: freundlich, aber bestimmt.

»Özdemir von der Kriminalpolizei.« Seinen Dienstausweis hochhaltend beobachtete er die Veränderungen in ihrem Verhalten. Ein Lächeln wurde hochgefahren, die Stimme wechselte auf nett. »Was kann ich für Sie tun?«

»Hier soll eine Agnes Goldhagen liegen. Sie ist in ihrer Wohnung gefunden worden.«

Der Gesichtsausdruck von Beate Clüsserath, als die sie ein Namensschild auf einer üppigen Brust auswies, veränderte sich abrupt. Sie wurde verschlossen und bat ihn darum, sich kurz zu gedulden.

Siran drehte sich zum Wartebereich und musterte die Anwesenden. Junge und Alte, Familien, Paare und Singles, kreischende Kinder und apathisch vor sich hin starrende Kranke verschmolzen trotz aller Gegensätze zu einer homogenen Masse. Es war viel los, und er beneidete keinen der Ärzte.

Ein Kerl mit aggressivem Gesichtsausdruck hielt ein vielleicht zehnjähriges Mädchen auf dem Schoß, dessen glasige Augen deutlich das Fieber zeigten, weswegen sie warteten. »Hier geht es der Reihe nach«, schleuderte er Siran wütend entgegen. »Glaub bloß nicht, dass du dich vordrängeln kannst.«

Eine seitliche Tür öffnete sich und er wurde hereingewunken.

»Heh«, der Typ kam in Wallung und setzte das Kind auf den Sitz neben sich, »ihr wollt mich wohl verarschen.« Er sprang auf und baute sich vor der offenen Tür auf. »Ich hab dir doch ...«

»Polizei«, bellte Siran. Erneut musste er sich mit dem Dienstausweis Respekt verschaffen. »Lassen Sie mich vorbei.«

Entschuldigend die Hände hebend trollte sich der Mann, dessen vom Bett verlegene Haare ölig am Hinterkopf klebten und das Nackentatoo sichtbar werden ließen. Das weiße T-Shirt hatte am Rücken einen Riss und hing aus der Jogginghose.

Drinnen fand Siran sich zwei Ärzten gegenüber. Sie war mittleren Alters, und er noch sehr jung, offenbar Oberärztin und Assistent.

»Wir haben ein Problem«, sie schaute kurz zu ihrem Kollegen, »Agnes Goldhagen ist tot.«

»Mist. Wie ist das passiert? Sie war doch am Leben, als sie hier eintraf.«

»Ja, die Werte waren sogar überraschend gut, die Patientin ansprechbar. Der Notarzt hatte sie gut versorgt, und wir taten das Gleiche. Probleme hat nur das Herz gemacht, wobei sich die Arrhythmie, also die Rhythmusstörungen, besserten, als wir Xylocard in zwanzigprozentiger Konzentration gaben.«

Eine Schwester kam herein, legte Unterlagen auf den Tisch und wandte sich zum Gehen, doch die Oberärztin bedeutete ihr, zu bleiben.

»Und dann?«

»Ganz ehrlich?«

»Natürlich. Wenn ich mich belügen lassen will, sehe ich mir politische Talks an.«

Der junge Arzt grinste kurz, wurde schließlich aber ernst. »Ich bin in den Schockraum gerufen worden, da ein extremer Notfall aus dem Helikopter eingetroffen war, und habe sie alleine gelassen, was aus meiner Sicht in diesem Zustand kein Problem darstellte. Etwa zwei Minuten später ist Sandra rein, weil der Monitor Signal gegeben hat, und fand sie tot.«

»Wann war das?«

Schwester Sandra sprach, ohne gefragt worden zu sein. »Gerade eben. Vor fünf, sechs Minuten vielleicht.«

Siran sah auf seine Uhr. »Da bin ich hereingekommen. Kann so etwas vorkommen?«

Die Oberärztin übernahm. »Natürlich, Alter, die Umstände, unter denen sie die letzten Tage verbracht hat, der Flüssigkeitsverlust, alle können zum plötzlichen Herztod führen. Was uns überraschte, war, dass sie kein Herzflimmern hatte. Wir sind ja sofort mit dem Defibrillator dran, doch da war nichts mehr zu machen.«

»Gibt es solche Ausnahmen?«

»In der Medizin gehören Ausnahmen zum Tagesgeschäft. Es ist aber noch etwas aufgefallen.«

»Zwei Dinge waren merkwürdig«, stieg Sandra wieder ein, »zum einen waren ihre Finger zusammengekrallt und hielten ein Fetzchen unseres Kissens, das allerdings auf dem Sideboard lag. Zum anderen glaube ich, einen Schatten an der gegenüberliegenden Schiebetür, also die zum Ausgang, gesehen zu haben.«

Siran merkte auf. »Mann oder Frau?«

»Ein Mann, hundertprozentig. Dunkle Kleidung und Mütze.«

»Das gibt es doch nicht, mit so einem bin ich zusammengestoßen, als ich hier rein bin.« Er dachte kurz nach. »Ich muss unter Würdigung der Tatsachen von einer Straftat ausgehen. Drei Dinge: Erstens, kein Mensch darf hiervon erfahren, Sie machen sich strafbar, wenn sie Sie anderen von diesem Gespräch erzählen. Zweitens, lassen Sie den Behandlungsraum, wie er ist. Drittens, niemand geht dort hinein, solange wir nicht unser Okay geben.«

Die Oberärztin kam in Fahrt. »Wir brauchen den Raum.«

»Tut mir leid. Ich kläre das mit meinem Chef und der Staatsanwaltschaft, bis dahin bleibt das Ding geschlossen.« Die drei sahen sich genervt an. »Vielen Dank für Ihre Hilfe. Das bringt uns bei den Ermittlungen eventuell ein ganzes Stück weiter.«

Er verließ die Notaufnahme und rief Lichthaus an, der sofort am Apparat war und klärte ihn auf.

»Ich kann hier heute nicht weg.«

»Es wäre schon gut ...«

Lichthaus schnitt ihm das Wort ab. »Ist es aber nicht. Wer hat Bereitschaft?«

»Sophie.«

»Parallelen zu Sieglinde Strabetz?«

»Kann ich dir noch nicht sagen.«

»Dann tun wir mal so, als ob es welche gäbe. Sophie soll die Spurensicherung in Bewegung setzen und Güttler diese Goldhagen untersuchen. Alles muss völlig geräuschlos stattfinden, damit nichts nach draußen dringt. Der Täter darf erst mal nicht mitbekommen, dass wir ihm auf der Spur sind. Schick die KTU auch in die Wohnung und fertige ein Phantombild aus deinen Erinnerungen an.«

Siran stöhnte. »Sonst noch was?«

»Die Staatsanwaltschaft informiere ich gleich selbst von hier aus.

Ach so, macht euch mal Gedanken darüber, woher der Kerl wissen konnte, dass sie gefunden worden ist, und wieso er dann ins richtige Krankenhaus wandert. Ruf mich auf dem Handy an, sobald es etwas Neues gibt.«

Eine halbe Stunde später lief die Maschinerie, und Siran schaute kurz bei Anne auf der Station vorbei. Sie tranken einen schnellen Kaffee im Schwesternzimmer und aßen von dem Gebäck, dann ging es für beide weiter im Dienst.

*

Claudia hatte zuerst nein gesagt, war schließlich aber unwillig auf seinen Vorschlag eingegangen, nach Köln zu fahren und sich dort eine Gemeinschaftsausstellung internationaler Künstler im Museum Ludwig anzusehen. Sie brachten die Kinder nach Wittlich zu Claudias Eltern, die sich über den Besuch zu freuen schienen, und saßen um elf Uhr bereits im Zug nach Köln.

Die Fahrt verlief zunächst schweigend in einem fast leeren Wagon. Dann legte Claudia ihren Kopf an seine Schulter.

»Ich kann nicht verstehen, warum Carlo das gesagt hat. Am Mittag fand er die Idee noch richtig spannend, und am Abend macht er alles nieder.«

Er drückte sie. »Er ist neidisch.«

»Ich glaube, er hat Recht, weißt du ...«

»Das darfst du nicht einmal denken.«

»Und wieso nicht? Was steckt denn hinter den Installationen. Technik ja, aber die Aussage fehlt, da liegt er nicht falsch.«

Lichthaus sah die Häuser eines der zahllosen Dörfer, die im hellen Licht des endenden Maies an ihnen vorüberzogen, und wusste nicht weiter.

»Ich kapier das nicht. Noch vorgestern warst du Feuer und Flamme für deine Idee und ...«

»Komm, lass uns nicht mehr davon reden. Ich muss das erst einmal für mich klar bringen.«

Er sah ein, dass das Thema vorerst durch war.

Kurz vor Köln ging sein Handy.

»Hallo Johannes, hier ist Sophie. Alles klar bei euch? Siran hat so eine Anmerkung gemacht.«

»Geht schon«, log er. »Was gibt es Neues?«

»Stefan ist mit mir ins Krankenhaus und hat sich die Leiche oberflächlich angeschaut, eine Obduktion folgt am Montag. Er hat den Verdacht, dass man die Frau erstickt hat. Das war tierisch riskant für den Mörder, jederzeit hätten der Arzt oder eine Schwester hereinkommen können. Scheint ein abgebrühter Typ zu sein. Wir gehen davon aus, dass er anschließend schnurstracks in die Wohnung gegangen ist. Das Trockengerät fehlt jetzt. Reinke ist mit seinen Leuten vor Ort. Brauckmann fragt wegen der Geheimhaltung.«

»Auf alle Fälle beibehalten, bis wir beurteilen können, ob beide Delikte zusammenhängen.«

In Köln schien die Sonne von einem fast wolkenlosen Himmel und sie genossen den Tag im Museum Ludwig, in der Innenstadt und in einer der Kölschbrauereien, wo sie am Nachmittag ein verspätetes Essen einnahmen. Der Tapetenwechsel zeigte Erfolg, und sie entspannten sich zusehends, drückten den Ärger von sich fort und kamen zur Ruhe.

Gegen sieben waren sie zurück und Claudia machte sich auf den Weg nach Wittlich, um die Kinder zu holen. Lichthaus telefonierte kurz mit Sophie Erdmann, doch es hatte sich nichts weiter ergeben, das sein Kommen noch am Abend gerechtfertigt hätte. Er beraumte für den folgenden Morgen eine Besprechung mit allen Berichten an und beendete das Gespräch mit der Gewissheit, den Groll seines Teams auf sich gezogen zu haben. Es war ihm egal. Dann nahm er die Kamera und ging ins Atelier, das von der im Südwesten schon tiefer stehenden Sonne durchflutet wurde.

Sonntag

Die Kollegen waren beisammen. Steinrausch, Sophie Erdmann, Siri, Brauckmann und Reinke warteten bereits, als Lichthaus das Besprechungszimmer betrat und eine Tüte mit Kuchenteilchen auf den Tisch zu den Kaffeetassen stellte und Sophie um ihre Zusammenfassung bat.

»Neben den Einzelheiten, die in Siris Bericht stehen, sind wir mit dem Geschehen im Krankenhaus nur wenig weitergekommen. Die Kameras am Eingang haben den Täter aufgenommen. Wir konnten zumindest seine Größe abschätzen. Rund einsfünfundachtzig, dazu schlank.«

Siran legte eine Phantomzeichnung auf den Tisch. »So habe ich ihn im Gedächtnis behalten. Seine Mütze war tief ins Gesicht gezogen, es lugte keine Strähne hervor, da der Bart aber einen starken Schatten geworfen hat, denke ich, er hat dunkle Haare.«

Lichthaus betrachtete das Bild und grinste. »Das ist wie mit unseren Zeugen. Wenn es an die Details geht, werden sie unsicher. Was gibt der Vergleich mit der Personenbeschreibung von Susanna Bleicher und ihrer Freundin her?«

»Das passt schon ganz gut. Die Piercings, die Nase. Ich habe noch überlegt, woran der Mann mich erinnert, doch bin ich nicht drauf gekommen.«

»Schade. Hat die Wohnung etwas hergegeben?«

»Welche?« Reinke sah von seinen Unterlagen auf.

»Die von Agnes Goldhagen.«

»Kaum mehr als das Appartement oben am Weidengraben. Auch hier wurde intensiv geputzt, allerdings sind uns ein paar Haare zusätzlich in den Staubsauger geraten. Ich hoffe nicht, dass sie von den Leuten stammen, die sie geborgen haben. Sollen wir einen Abgleich machen?«

»Ja, mit allen.«

Reinke nickte und machte sich Notizen.

»Wer ist die Ermordete?«

Sophie sah auf ihren Tablet-PC. »Sechsundsiebzig, verwitwet. Die Familie hat bis vor zehn Jahren in Braunschweig gewohnt, dann sind sie hierher gezogen, da Franz Goldhagen, der Mann der Getöteten, aus Trier stammte und zurück wollte. Verwandte gibt es keine, der einzige Sohn ist laut Register schon neunzehnfünfundachtzig bei einem Verkehrsunfall ums Leben gekommen.«

Brauckmann fragte nun mit. »Freunde?«

»Wir haben die Bewohner des Blocks gefragt. Bis vor etwa einem Jahr ist sie immer mal wieder mit einer älteren Dame gesehen worden, die mit ihr spazieren ging, seitdem jedoch nicht mehr. Im Haus war sie isoliert, da sie wohl viel meckerte.«

»Und der Mann?«

»Ist vor ein paar Jahren verstorben.«

»Also auf den ersten Blick ähnlich einsam wie Sieglinde Strabetz. Was ist mit dem Trockengerät? Passt das zu den Spuren aus dem Appartement am Weidengraben?«

Reinke übernahm. »Ja, der Beschreibung durch die Streife zufolge könnte es passen. Wir versuchen, den Hersteller festzustellen und dann die Staubspuren eindeutig zuzuordnen.«

»Wir brauchen einen Vergleich, damit wir die beiden Fälle wenn nötig zusammenbringen können. Weiter. Siri, prüfe bitte die Konten von Agnes Goldhagen. Was noch?««

»Wir haben Rechnungen gefunden, laut denen Sieglinde Strabetz ein Notebook irgendeiner Billigmarke besaß. Dass die das geklaut haben, also ich hätte das billige Teil nicht mitgenommen. Außerdem haben sie das Netzteil liegen lassen. Komisch. Für uns ist das schade, ich hätte mir die Festplatte gerne einmal genauer angeschaut.«

Steinrausch meldete sich. »Ich habe die Verbindungsliste des Anschlusses bekommen. Telefoniert hat sie eigentlich nur mit Ärzten und einem Taxiunternehmen.«

»Überprüfen. Die kriegen einiges mit.«

»Warte mal. Sie hat aber täglich etwa sechs Stunden im Netz gehangen.«

»Sechs Stunden? Nicht schlecht. Gibt es Freunde, also Facebook oder so etwas in der Art?«

»Es ist Wochenende, das geht nicht so schnell.« Steinrausch

blickte über den Rand seiner Lesebrille zu Brauckmann hinüber. »Danke übrigens für die Blitzbeschlüsse.«

»Was ist mit Agnes Goldhagen? Hatte sie auch einen PC?«

»Prüfen wir.« Reinke machte sich eine Notiz.

»Siri, sah der Mann, mit dem du am Krankenhauseingang zusammengestoßen bist, dem Kerl am Geldautomaten ähnlich?«

»Ja und nein. Auf den Filmen sieht man so wenig, dass ich mir nicht zutraue, das mit Gewissheit zu sagen. Unmöglich ist es allerdings nicht. Außerdem ähnelt er, wie gesagt, dem Phantombild der Studentinnen.«

Lichthaus fasste zusammen. »Wir haben eindeutige Parallelen. Zweimal einsame, alte Damen. In beiden Fällen lief ein Trockengerät, das nun verschwunden ist, und beide wurden ermordet. Die verdächtigen Personen sehen sich zumindest ähnlich. Morgen prüfen wir, inwiefern auch Agnes Goldhagen etwas injiziert wurde und ob sich jemand an ihren Konten bedient. Holger, wir müssen Altfälle aufdröseln, in denen entsprechend Männer und Frauen tot in ihren Wohnungen gefunden worden sind. Hat die Prüfung der Videoaufnahmen von den Geldautomaten schon etwas ergeben?«

»Nichts. Wahrscheinlich läuft das ins Leere.«

»Stimmt. Kommen wir zum Geldautomaten in der Brotstraße.«

Die Gruppe diskutierte angeregt und kam überein, trotz des Aufwands die Observierung für einige Nächte vorzubereiten.

*

Heinz39. »Hallo Adelheid, ich würde dich gerne zu mir einladen.«
Adelheid. »Hast du auch ein Passwort für deinen Raum, Heinz?«
Heinz39. »ZnieH.«
Adelheid. Z-n-i-e-H. Enter. »Da bin ich. Schön von dir eingeladen worden zu sein.«
Heinz39. »Ich verfolge schon ein paar Tage deine Einträge und finde, du klingst sympathisch. Was treibt dich in den Senioren-Chat?«
Adelheid. »Komische Frage.«
Heinz39. »Die meisten, die hier chatten, sind isoliert und einsam, suchen Kontakte, doch du wirkst nicht so, nicht war?«
Adelheid. »Das täuscht. Den ganzen Tag in der Wohnung. Seit ich in Rente bin, komme ich nicht mehr so raus, und dann ist mir vor zwei Jahren mein Hans gestorben.«
Heinz39. »Das tut mir leid. Zu meinem Bedauern geht es mir nicht viel anders.«
Adelheid. »Danke für dein Mitgefühl. Wieso geht es dir auch so?«
Heinz39. »Ich bin verwitwet. Eigentlich sind das normalerweise die Frauen, doch meine Elke ist an Krebs gestorben, und ich habe sie ja alleine gepflegt.«
Adelheid. »Das war tapfer von dir. Ich weiß, wie schwer es ist, einen Kranken zu pflegen, hatte zehn Jahre lang meine Mutter bei mir, die immer hinfälliger wurde.«
Heinz39. »Als der Herr sie mir schließlich genommen hat, waren dann ja alle Kontakte eingeschlafen. Die Kinder sind schon ewig weg, leben im Norden. Wir sehen uns nur selten.«
Adelheid. »Hast du Enkel?«
Heinz39. »Drei. Sind mein ganzer Stolz, aber ich bekomme sie zu meinem Bedauern ja nur zwei- oder dreimal im Jahr zu Gesicht. Mein Sohn ist in Flensburg, er hat Zwillinge, meine Tochter lebt in Hildesheim. Ihr Mädchen sieht aus wie Elke. Wie steht es mit dir? Auch Familie?«
Adelheid. »Oh ja! Zwei Söhne und vier Enkel. Wir telefonieren

jeden Abend. Einmal mit Frederik, den anderen Tag mit Sebastian. Sie meinen, dann wüssten sie wenigstens, dass es mir gutgeht. Frederik will mich zu sich nehmen, doch ich weiß nicht so recht.«
Heinz39. »Bist du aus Trier?«
Adelheid. »Nein, aber es käme mir so vor, als ob ich meinen Hans alleine ließe. Stell dir mal vor, ich sterbe da oben in Berlin und werde dort beerdigt, während mein Hans hier liegt. Ist das nicht eine grauenvolle Vorstellung?«
Heinz39. »Da hast du sicher Recht. Ich will eines Tages auch zu meiner Elke.«

*

Als Lichthaus nach Hause kam, waren die Installationen verpackt und aus dem Atelier in die ehemalige Scheune gewandert, in der Claudia früher gearbeitet hatte und nun fertige Arbeiten gelagert wurden, um sie interessierten Kunden zeigen zu können. Er war traurig, als er sah, wie sie mit Kohle Skizzen von den Kindern und der Umgebung aufs Papier warf. Eigentlich lustlos, doch eine stark reduzierte Darstellung der Reben faszinierte ihn, da sie die Eintönigkeit der Monokultur eingefangen hatte.

»Das ist für mich.«

Sie schaute auf. »Was?«

»Das würde ich mir gerne ins Büro hängen. Es setzt dann praktisch die Aussicht fort.« Unterhalb des Fernsehturms lag einer der wenigen Weinberge, die unmittelbar an die Stadt grenzten. Von seinem Fenster aus sah er genau auf die Reben, und es wäre schön, den Ausblick im Bild aufzunehmen.

»Ich mach es dir fertig. Otto war übrigens eben da.«

»Wie geht es ihm? Er macht sich ziemlich rar in letzter Zeit.«

»Ganz gut. Er ist auf einen Kaffee geblieben und hat erzählt. Findest du es nicht auch schlimm, dass die Alten nur von ihren Krankheiten sprechen?«

»Das beschäftigt sie halt am meisten. Was ist denn jetzt?«

»Grauer Star. Er kann kaum noch lesen und wird wohl im kommenden Monat operiert.«

»Ich werde in den nächsten Tagen mal nach ihm sehen.«

Otto, ein alter Winzer und ihr Nachbar war zu Beginn ihrer Zeit in Eitelsbach quietschfidel und immer zu einem Spaß mit Henriette aufgelegt gewesen, doch eine Krebserkrankung vor etwa zwei Jahren hatte den Mann gebrochen. Obwohl er gut durch die Bestrahlung gekommen war und auch bisher keine neuen Befunde vorlagen, trottete er ziellos daher und vergreiste zusehends. Es schmerzte, ihm dabei zuzusehen.

Da das Wetter noch gut war, die Meteorologen jedoch Tief Angelika ankündigten, spazierten sie eine Runde durchs Ruwertal. Als sie zurückkamen und gerade die Tür öffnen wollten, klingelte das Telefon. Claudia nahm das Gespräch an, und bereits die Art, wie sich ihr Rücken versteifte, zeigte Lichthaus, dass es sich unangenehm anließ.

Sie lauschte einige Sekunden, schloss kurz die Augen und atmete tief ein, bevor sie sagte: »Carlo, ich bin fertig mit dir. Ich brauche keine angeblichen Freunde, die nach ein paar Gläsern Wein ihr schmieriges Geschleime einstellen und auf einmal ohne Scham und völlig undifferenziert alles niedermachen.«

Carlo schien etwas zu erwidern, doch Claudia hörte nicht weiter zu. »Ich will nichts mehr von dir hören oder wissen. Scher dich fort aus meinem Leben.« Sie knallte den Apparat auf die Station. »Jammert rum, er hätte es gar nicht so gemeint.«

Sie schluckte einen Fluch hinunter und ging wortlos ins Wohnzimmer. Als sich Lichthaus ein wenig später zu ihr gesellte, sah er keine Tränen, sondern Wut in ihren Augen. Sie lächelte ihn tapfer an. »Ich glaube, heute Abend trinke ich mal ein Glas Wein.«

Es geht aufwärts, schoss es ihm durch den Kopf, und er stieg in ihren Weinkeller hinab.

Montag

Lichthaus hasste Obduktionen und war froh, dass Agnes Goldhagen bereits unter einem weißen Tuch verschwunden war, als er in den provisorischen Sektionssaal trat. Güttler unterhielt sich mit Brauckmann, während sein Assistent den Stahltisch und die Instrumente reinigte.

Der Rechtsmediziner lächelte. »Na Johannes, alles wieder in Ordnung?«

»Was meinst du?«

»Sophie sagte gestern Abend, du wärst ziemlich mies drauf.«

Lichthaus sah zu Brauckmann hinüber, der den Bericht studierte. »Später. Was habt ihr gefunden?«

»Der Allgemeinzustand war gar nicht mal schlecht, also organisch war sie gesund, jedoch sehr dehydriert. Die Kollegen in der Notaufnahme haben auch die richtigen Maßnahmen ergriffen. Gestorben ist sie an Ersticken. Man hat ihr ein Kissen aufs Gesicht gedrückt, das in dem Behandlungsraum gelegen hat. Wir haben es herkommen lassen und die Faserspuren unter ihren Fingernägeln und in den Atemwegen schon abgeglichen. Die Hüfte war gebrochen. Ich gehe mal davon aus, dass das von einem Sturz herrührt, ohne sagen zu können, ob das ein Unfall war oder absichtlich herbeigeführt worden ist. Weitere Verletzungen hat sie keine.« Er machte eine bedeutungsvolle Pause. »Bis auf eine fast verheilte Einstichwunde, wie sie schon Sieglinde Strabetz hatte.«

»Du siehst also Parallelen?«

»Eindeutig ja. Die Analysen sind noch nicht beendet, aber es würde mich wundern, wenn wir hier nicht auch Pentobarbital nachweisen können. Die Einstichstelle ist wieder im Zwerchfell, da die Tote allerdings recht beleibt war, hat sie die Dosis nicht voll abbekommen. Wir haben verändertes Gewebe gefunden. Was bei Sieglinde Strabetz letal wirkte, hat hier nur für eine längere Betäubung gereicht.«

»Wie wurde sie überwältigt?«

»Mittels Poppers, Chloroform, Äther oder auch Lachgas. Nach der vergangenen Zeitspanne ist das nicht mehr eindeutig nachweisbar.

»Was ist Poppers«, wollte Brauckmann wissen.

»Amylnitrit, Isopropylnitrit, Cyclohexylnitrit beziehungsweise ein Gemisch von dem Mist. Wird manchmal als Sexdroge bezeichnet, da die Anwendung stimulieren soll.«

»Was auch immer er benutzt haben mag, es zeichnet sich ein Schema ab: Er kommt in die Wohnung, stellt die Frauen still und spritzt ihnen hinterher Pentobarbital, um sie unauffällig umzubringen.«

»Ja, nur warum so umständlich?« Güttler schüttelte den Kopf. »Pentobarbital und Ende.«

»Vielleicht quetscht er zunächst die Passwörter, Geheimzahlen und so weiter aus ihnen heraus und ermordet sie erst dann.«

»KO-Tropfen könnten auch so wirken.«

Brauckmann lachte auf. »Der Kerl muss Apotheker sein, um das alles auf die Reihe zu kriegen.«

»Eventuell hat er fachkundige Helfer oder aber er zieht sich die Infos aus dem Internet, da findet man heute so ziemlich alles.«

Im Büro war nur Steinrausch. Sophie Erdmann bereitete die Überwachung vor und war vor Ort. Siran war nochmals zur Sparkasse, um weitere Filme und Kontoauszüge zu besorgen.

Steinrausch hatte im Gemeinschaftsbüro, das er mit den anderen teilte, das Fenster aufgemacht und ließ die laue Frühlingsluft herein, obwohl sich im Westen Richtung Luxemburg bereits Wolken am Himmel ballten. Es wurde diesig und zunehmend schwül.

Lichthaus erzählte von den Ergebnissen der Obduktion, und dass sie ab sofort den Tod der beiden Opfer als einen Fall betrachten müssten, und fragte dann: »Hast du schon was gefunden?«

Steinrausch hob die Schultern. »Natürlich. Es werden immer wieder Tote in ihrer Wohnung aufgefunden, doch ist die Liegezeit normalerweise sehr kurz. Eigentlich konnte ich in einem Zeitraum von achtzehn Monaten lediglich drei Fälle isolieren, in denen es mehrere Wochen waren. Ein Bert Verhoeven lag im vergangenen Jahr zwei Monate in seinem Haus in Kürenz.«

Die Tür öffnete sich und Siran kam herein. Er setzte sich schweigend und hörte zu.

»Der Aktenlage nach ist er die Treppe hinuntergestürzt und hat sich dabei das Genick gebrochen. In Schweich lag Brunhilde Junker zwei Wochen im Bad. Das war im Herbst. Hier wurde eine Obduktion vorgenommen, die eindeutig einen Herzinfarkt nachweist. Sie fällt also aus. Zuletzt wieder eine Frau. Veronika Zachert auf der Kenner Ley in einem der Hochhäuser. Im Oktober. Vermutliche Liegezeit neun Wochen. In diesem Fall sollten wir genauer hinsehen, da sie wie unser erstes Opfer mumifiziert war. Die Streifenbeamten machten extra einen Vermerk und Fotos.« Steinrausch reichte ein Foto herum. Die Tote saß im Sessel ihres Wohnzimmers, war vollständig bekleidet und schaute augenlos wie Sieglinde Strabetz ins Nichts. »Eine Obduktion wurde nicht angeordnet, da sie große Probleme mit Diabetes hatte. Der Hausarzt hat als Todesursache dann auch ein Zuckerkoma diagnostiziert. Siri, haben die von der Sparkasse die Kontoauszüge von Veronika Zachert auf die Schnelle herausgerückt?«

Siran wedelte mit einigen Blättern. »Der Justiziar hat mich gefragt, ob wir ein Altenheim ausheben, und einen Azubi losgejagt. Der hat sie schnell beschafft. Die Kollegen von der Bereitschaft waren so freundlich, sie dort zu holen. Zum Glück sind die Dinge heute alle digitalisiert, früher hätten die erst im Keller Journale wälzen müssen. Ich habe dem Justiziar die Sachlage oberflächlich geschildert, und er meinte, die Rentner seien keine schlechte Zielgruppe.« Er grinste. »Das sind seine Worte. Die meisten würden aus Angst relativ viel Geld bar oder auf den Girokonten halten und bezögen häufig Renten, die sie nicht völlig aufbrauchen. Das nehme in den letzten Jahren zwar rapide ab, doch gebe es davon immer noch genügend. Die Renten der drei Damen sind übrigens ziemlich üppig.«

»Unser Täter ist demnach gut informiert unterwegs.«

Siran blätterte durch die Kopien, auf denen lange Kolonnen zu erkennen waren. »Wann ist Frau Zachert verstorben?«

»Anfang Oktober, gefunden wurde sie Mitte Dezember.«

»Treffer. Es wurde bis zur Sperrung des Kontos durchgehend Geld abgehoben.«

»Wieso fällt das denn nicht auf?«

»Weil nur der Kontostand zum Todestag gemeldet wird. Wenn der Nachlassverwalter die Kontoauszüge nicht detailliert mit den Abbuchungen der Zwischenzeit durchgeht, bleiben die Barverfügungen unentdeckt, zumal das Todesdatum ja eigentlich nicht feststeht.«

»Rund siebentausend Euro sind in diesem Fall verschwunden.« Siran sah auf. »Bei Sieglinde Strabetz waren es über zwanzigtausend. Stellt euch vor, es gibt noch weitere Opfer, da kommt ganz schön was zusammen.«

»Unser Täter lebt nicht schlecht. Wie sieht es mit Filmaufnahmen aus?«

»Nicht gut. Die Sparkasse löscht routinemäßig nach sechs Monaten. Morgen ist der erste Juni, das heißt allenfalls die Dezemberverfügungen könnten noch was hergeben. Ich setze mich gleich ans Telefon.«

»Bleibt bitte dran. Ich fahre jetzt zu Sophie, wir müssen die Überwachung strukturieren und dann die Schichten einteilen. Die Kollegen unterstützen uns zwar, aber nachts sind wir dran.«

Beide verdrehten die Augen. Im Hinausgehen fragte Siran, ob wieder alles in Ordnung sei bei ihm zu Hause, und Lichthaus erzählte ihm, was los gewesen war. Vor wenigen Jahren hätte er nie Persönliches preisgegeben, doch Siran war selbst sehr offen, gleichzeitig jedoch verschwiegen. Bei ihm waren Berichte aus seinem Privatleben sicher.

Eine der Bürokratie geopferte Stunde später parkte er an der Basilika, wo er überraschenderweise einen freien Parkplatz fand, und ging die Konstantinstraße hinunter, bis diese auf die Brotstraße traf.

Neutral beurteilt war der Versuch, den Täter zu erwischen, ziemlich vage, da eine Reihe weiterer Automaten alternativ zur Verfügung standen, doch die Regelmäßigkeit, mit der die Abhebungen an dieser Stelle stattgefunden hatten, ließ ihn ein wenig hoffen. Sie würden ein spezielles Überwachungsgerät einsetzen, das die Geheimzahlen filtern und bei Eingabe der gesuchten Zahlenkombination Alarm schlagen sollte.

Das Glück war auf ihrer Seite: Schräg gegenüber dem Geldausgabeautomaten wurde ein Einzelhandelsgeschäft renoviert. Da die Arbeiten praktisch abgeschlossen waren, es bis zum Einzug aber noch vierzehn Tage dauern sollte, hatte sich der Eigentümer einverstanden erklärt und ihnen erlaubt, von hier aus zu observieren. Sie mussten also nur Geduld haben. Er persönlich rechnete damit, dass der Täter in den nächsten beiden Nächten Geld abheben würde, da seine Nervosität nach dem Mord an Agnes Goldhagen groß sein müsste und er nicht lange würde warten wollen, um das restliche Vermögen an sich zu bringen.

Er fand Sophie im zukünftigen Verkaufsraum in Begleitung einer Kollegin der KTU, die ihr die Funktionsweise des Überwachungssystems erklärte. Den langatmigen Ausführungen entnahm Lichthaus eigentlich nur eins: Sie sollten am besten die Finger von der Technik lassen.

Sie drehte sich um. »Hallo Johannes. Wieder alles in Ordnung?«

Er sah sich genötigt, die Wochenendgeschichte nochmals zu erzählen, wobei Carlos Verhalten auch bei Sophie nur ein Kopfschütteln hervorrief.

»Was für ein Blödmann«, war ihr klares Urteil, bevor sie sich wieder auf die Überwachung konzentrierte. »Also hier vorne wird einer von uns unmittelbar hinter der Tür warten, während der andere im Hinterzimmer ruhen kann. Wir haben eine Liege organisiert und, stell dir den Luxus vor, es gibt sogar eine Toilette. Ich glaube, zu zweit kommen wir so über die Runden.«

»Funktioniert der Sender?«

»Ja. Wir haben ihn eben mit meiner Karte ausprobiert. Kein Problem. Jetzt ist er auf die PIN der Toten eingestellt.«

»Welche Bewaffnung?«

»Dienstwaffe, Pfefferspray, einen Teaser. Die Kollegen des Kriminaldauerdienstes im alten Präsidium wollen uns unterstützen. Außerdem sind zwei Streifenbesatzungen ständig alarmbereit und in höchstens drei Minuten hier.«

»Okay. Wer macht die erste Schicht?«

»Von acht bis zwei Siri und ich, dann Holger zusammen mit einem von der Streife.«

»Also ich ...«

»Polizeidirektoren schieben keinen solchen Einsatz. Vor allem nicht, wenn sie zu Hause gebraucht werden.«

»Wollt ihr mich loswerden?«

»Bloß nicht. Bleib. Es kann nur schlimmer kommen.«

»Sobald sich etwas tut, benachrichtigt ihr mich aber sofort.«

Dienstag

Siran gähnte, ohne sich die Hand vor den Mund zu halten, es war ohnehin niemand da, der ihn hätte sehen können. Er überwachte müde den Monitor, der das Tastenfeld des Automaten in mieser Auflösung zeigte. Ein Uhr neunzehn. Nach Schließung der Geschäfte hatte es einen kleinen Fluss an Geldsuchenden gegeben, der aber schon lange vor zwölf auf ein ganz schmales Rinnsal zusammengeschmolzen war, um nun völlig zum Erliegen zu kommen.

Sophie schlief seit Mitternacht auf der Liege im Hinterzimmer. Manchmal konnte er sie im Schlaf sprechen hören. Hier und da zerschnitt das Knarzen der alten Federn die Stille des Geschäftsraums. Er war froh, dass sie nicht im Auto hocken mussten, denn so gab es immerhin die Gelegenheit, sich zu bewegen.

Nachtdienste hatten ihm selten etwas ausgemacht, und auch heute drohte er nicht einzuschlafen, obwohl ihm furchtbar langweilig war. Ein Geräusch ließ ihn aus seinen Gedanken aufschrecken, doch es war nur ein Angestellter der Wach- und Schließgesellschaft, der die Eingänge der Geschäfte kontrollierte. An seiner Tür ging er vorbei, ein übergewichtiger müder Mann, der ihm zu alt für den Job erschien, wohl ein Rentner, der sein schmales Portemonnaie aufbesserte.

Dann herrschte wieder Ruhe. Der Regen hatte am Nachmittag eingesetzt und fiel lautlos aus einer dichten Wolkendecke auf das Pflaster der Brotstraße, die in einer Geisterstadt hätte liegen können, da es in der Innenstadt nur wenige Mietwohnungen gab, alles war zu Geschäftsräumen umgewandelt worden.

Sein Handy pfiff wie ein Vogel, und er sah eine Nachricht von Anne, gespickt mit einer ganzen Kohorte an Smilies. Ein Lächeln machte sich auf seinem Gesicht breit, und es durchflutete ihn warm. Sie war wach geworden, und er hatte ihr augenblicklich gefehlt. Strahlend antwortete er so, wie es Verliebte tun, und schickte die Worte durch die Nacht in das Bett seiner Sehnsucht. Stille und Dunkelheit beflügelten seine Gedanken, die sich um ihre Beziehung, um die Zukunft drehten, die er sich ersehnte.

Er war nie der impulsive Draufgänger, der Ladykiller gewesen, und selbst wenn immer mal wieder Mädchen offensiv auf ihn zugekommen waren, ging er zumeist nicht darauf ein. Lockere Beziehungen ohne Gefühle interessierten ihn nicht. Es war ihm unverständlich, wie manche Paare miteinander ins Bett gehen konnten, sogar gemeinsame Kurzurlaube verbrachten, um sich anschließend wochenlang nicht zu sehen. Diese Reduktion auf das Körperliche, diese Fuckbodies, wie sie sich selbst bezeichneten, blieben ihm fremd. In Trier verhielt er sich zu Beginn sehr zurückhaltend. Erst als er Tanja Jünflich auf einem Lehrgang kennengelernt hatte, war er aufgetaut und hatte sich gerade in sie verliebt, als ein Irrer sie vor seinen Augen erschoss. An diesem Tod hatte er lange und schwer getragen, und eigentlich war es Anne gewesen, die wie eine Erscheinung in sein Leben getreten war und ihn diese Bürde ablegen ließ. Sie kamen schnell zusammen. Ihre körperlichen Bedürfnisse überrumpelten ihn anfangs, allerdings hatte er sich sehr schnell und mit großem Vergnügen darauf einlassen können. Er grinste. Anne wollte noch nichts vom Zusammenwohnen hören, doch faktisch taten sie es bereits, da er ausnahmslos jede Nacht bei ihr verbrachte.

Als er nun so in der Hocke dasaß und in den Regen schaute, der in kleinen Fontänen vom Pflaster sprang und sich in den beleuchteten Fenstern spiegelte, fasste er den Entschluss, Anne zu fragen, ob sie ihn heiraten wolle. Er strahlte so, als ob er es schon getan hätte, als Bewegung auf den Monitor kam. Er spähte aus dem Fenster.

Ein Mann, dunkel gekleidet, die Mütze tief ins Gesicht gezogen, fummelte nach seinem Portemonnaie. Siran riss sich los.

»Sophie!«

Sie war nur wenige Sekunden später da. Auf Observation schliefen sie in den Stiefeln, wie es im Western so oft hieß, damit der Einsatz nicht gefährdet wurde. Der Alarm, ein durchdringendes Piepsen, meldete sich, als Strabetz' PIN eingegeben wurde.

»Also los.«

»Sophie, soll ich die Kollegen rufen?«

»Beeil dich, sonst ist er weg.«

Siran sprudelte die Bitte um Unterstützung in sein Funkgerät, dann war er bereit.

Sie zogen die Walther P99, entsicherten die Waffen und traten leise in den Regen. Der Kerl, der sich unter das schmale Vordach des Geldautomaten drückte, hatte ihr Kommen anscheinend nicht bemerkt. Wortlos trennten sie sich. Siran näherte sich geduckt schleichend von rechts aus Richtung Hauptmarkt, während Sophie der Zielperson den Fluchtweg in die andere Richtung abschneiden wollte. Gerade öffnete sich der Geldausgabeschlitz und der Mann griff hinein, doch mit der anderen Hand wühlte er unter seiner Jacke. Sie stutzte, da der Regen aber zugenommen hatte, konnte sie nicht erkennen, was er dort hervorzog. Von links kamen Schritte die Konstantinstraße herunter. Sophie war kurz abgelenkt, als der Kerl herumwirbelte. Ein dunkles Grollen rollte die Brotstraße hinunter, als die Kugeln gefolgt von einem langen Funkenschweif auf sie abgeschossen wurden. Sie war trainiert, um mit solchen Situationen umzugehen, und warf sich instinktiv hinter den Hausvorsprung einer Eisdiele, blieb aber wohl nur unverletzt, weil der Mann stark verriss, schlichtweg keine Übung im Umgang mit der riesigen Waffe zu haben schien. Querschläger jaulten in die Nacht, ein Schaufenster zerbarst in unzählige Splitter, die auf sie herabregneten und sich mit dem Regenwasser mischten.

Siran schrie. »Polizei, stehen bleiben.«

Wieder das Krachen der Kanone. Noch ehe sie den Kopf heben konnte, bellte schon Sirans Walther durch die nächtlichen Straßen. Die Schüsse vermischten sich mit weiteren Detonationen aus der großkalibrigen Pistole, die die dunkle Gestalt wild abfeuerte. Als Sophie sich endlich herumgerollt hatte und auf die Knie kam, war der Spuk vorüber, und Siran jagte zur Straßenecke, um dem Täter zu folgen, brach jedoch plötzlich die Verfolgung ab.

Sie schrie. »Los, hinterher ...«

Doch dann hörte auch sie die lang anhaltenden Schmerzensschreie, die der Regen nicht zu verschlucken vermochte. Schreie der Qual, der Überraschung, Schreie, wie sie nur höchste Lebensangst hervorbringt.

*

Elisabeth Ring, die alle Welt nur Eli nannte, hatte es eilig. Vor einer Stunde hatte Jenny, ihre dreijährige Tochter, die Tür zum Schlafzimmer aufgerissen und war weinend in ihre Arme gekrochen. Sie musste nicht lange fragen, was los war, denn die Kleine glühte.

Torsten war ebenfalls von dem kläglichen Wimmern wach geworden und hatte Licht gemacht. Er war der Macher in ihrer kleinen Familie und ging ins Bad, um das Thermometer zu holen. Neununddreißig Grad Fieber zeigte das Ding an und wie oft in solchen Situationen hatte es an Fiebersaft oder einem Zäpfchen gefehlt, so sehr sie auch suchten. Sie war schließlich ins Auto gestiegen, um in der Jesuitenapotheke Medizin zu besorgen, während Torsten mit kalten Wickeln die Temperatur zu drücken versuchte.

Immer wieder bewunderte sie ihn für seine pragmatische Ader, der sie so wenig entgegenzusetzen hatte. Sie war ungeschickt und fühlte sich in der mathematischen Theorie zu Hause. Formeln so lang wie die Chinesische Mauer waren für sie transparenter als so manche Straßenkarte, und eigentlich hätte sie nie geglaubt, dass ein Mann sich für ein solch vergeistigtes Mauerblümchen, als das sie sich selbst sah, interessieren würde. Nun, Torsten hatte es getan. Anfangs für sie so ungewohnt, hatte sie mit seiner Freundlichkeit nicht umzugehen gewusst, da ihre letzte Beziehung schon ewig zurücklag, doch bei allem Ungeschick in praktischen Dingen war ihrem analytischen Gehirn sehr schnell klar geworden, wie groß die Chance war, die sich ihr bot.

Er hatte geworben, sie sich verliebt und nachgegeben, ihn seitdem ganz fest gehalten. Er war nicht Leonardo di Caprio, doch ihre beste Freundin war überrumpelt gewesen und hatte sie um den hübschen Jungen, wie sie sich ausdrückte, beneidet. Ein Jahr später heirateten sie und nochmals zwölf Monate weiter war Jenny unterwegs. Ihren Beruf als Mathelehrerin, ihren Traumberuf, hatte sie phasenweise an den Nagel gehängt, würde aber im Sommer, wenn Jenny in den Kindergarten konnte, wieder anfangen zu unterrichten. Es war auch nötig, denn Torstens Architekturbüro entwickelte sich zwar stetig, leider jedoch langsam. Es würde noch eine Zeit dauern, bis er so viel verdiente, wie er es in ihren Augen schon lange wert war. Sie bewunderte seine Kreativität und all die Ideen, die er mit schnödem Stein und anderen Materialien umsetzte. Zum ersten Juli stand nun erst mal der Umzug in ein kleines Reihenhäuschen in Trier Nord an, von wo aus sie mit dem Fahrrad oder zu Fuß zur Arbeit gelangen konnten.

Eli parkte in der menschenleeren Konstantinstraße und stieg aus dem alten Opel, den Torsten von seinem Vater übernommen hatte.

Mutter zu sein, hatte sie geängstigt und die Vorstellung, mit dem Säugling etwas falsch zu machen, war durch so manche schlaflose Nacht gegeistert, doch mittlerweile hatte sie die Bedenken hinter sich gelassen und liebte es, jeden Entwicklungsschritt Jennys genau zu beobachten. Sie genoss das Leben mit ihrer Tochter, auch wenn es sie nötigte, nachts in die Stadt zu fahren, um Medikamente zu holen. Es war ihr schon lange klar, dass es nicht bei dem einen Kind bleiben würde, zumal Torsten auf ein Zweites drängte. Doch erst wollte sie den Job sichern, dann ein zweites Baby.

Die Leere und Stille der ansonsten so bevölkerten Straße befremdete sie und bereiteten ihr eine unterschwellige Angst. Sie ging schneller und sah sich um. An der Ecke bog sie ab und stellte sich gerade die Frage, warum sie mitten in der Nacht nicht bis vor die Apotheke gefahren war, als in ihrem Rücken Schüsse krachten. Sie drehte sich um, als ein Schlag in ihren Unterleib fuhr und sie wie eine Puppe durch die Dunkelheit wirbelte. Die kleine braune Handtasche flog davon und der Autoschlüssel klirrte über den Boden. Ihre Wahrnehmung jedoch war auf den Schmerz reduziert, der in ihren Eingeweiden brannte, und so schrie sie, so laut es ihre Stimmbänder konnten. Gellend. Wieder, immer wieder.

Irgendwann, ihr kam es wie eine Ewigkeit vor, starrte sie ein stressverzerrtes Gesicht an und redete auf sie ein, doch sie schrie. Nicht mehr so stark zwar, aber sie schrie. Ihr Körper begann, unkontrolliert zu zucken, und neue Gesichter tauchten in ihrem enger werdenden Gesichtsfeld auf. Eine Frau, ein Polizist in Uniform. Arme hielten sie fest und drückten dort unten, wo sich ein Wolf festgebissen zu haben schien und ihr die Eingeweide herausriss.

Plötzlich spürte sie den Tod herangaloppieren und stöhnte in Verzweiflung auf. Tief und kehlig, so als ob er schon auf ihrem Rücken säße. Sie kämpfte jetzt um ihr Leben. Nicht der Schmerz pochte in ihrem Kopf, die Todesangst. Die Angst, Torsten und Jenny nie wiederzusehen. Dann fühlte sie den Atem des Todes, von dem so mancher erzählte, den man zurückgeholt hatte. Schwärze war ihr letzter Eindruck, bevor der Faden riss.

Siran drückte mit aller Kraft einen Berg aus Mullverbänden auf die stark blutende Wunde, die ein Querschläger in den Unterleib der Passantin gerissen hatte, die in diesem Augenblick die Augen verdrehte. »Bleib hier, hörst du, bleib hier!«, schrie er die Verblutende an, während endlich der Notarztwagen quer durch die Fußgängerzone heranflog. Die Profis sprangen heraus, und er taumelte zurück, froh über den Regen auf seinem Gesicht, der die Tränen wegwusch.

Er war mit Sophie zu der schreienden, sich am Boden windenden Frau gerannt und in ein Déjà-vu gestolpert, das ihn direkt in die Küche des Alleenhofs zurückriss, als er Tanja mit zerschossenem Schädel nach vorne fallen sah. Er hatte die Bilder besiegt und um das Leben gekämpft, das aus dem verletzten Körper ausziehen wollte. Zum Glück war eine Streife gerade in diesem Augenblick eingetroffen und hatte ihm und Sophie, die verbissen half, das Verbandszeug gereicht, den Notarzt gerufen und die Verfolgung des Flüchtigen organisiert. Das Ringen mit dem Tod hatten sie bis zum Eintreffen des Arztes gewonnen, jetzt wuchteten die Sanitäter die leblose Gestalt in den Rettungswagen, der nachgekommen war, und schlossen die Türen.

Doch der Wagen fuhr nicht sofort an, nur hektisches Geschrei und das Knallen eines Defibrillators war zu vernehmen. Einmal, Pause, zweimal, Pause, dann rasten sie davon und ließen sie voller Blut inmitten von aufgeweichten, verdreckten Mullbinden und dem Restmüll der Erstversorgung, stehen. Er sah Sophie in die Augen, die desillusioniert in die seinen schaute, wo sich ihr wohl dasselbe Bild bot.

Einer der Streifenpolizisten sah ihn unter einer tropfenden Mütze an. »Er ist weg. Die Kollegen haben zwar einen Kerl verfolgt, der weggerannt ist, ihn aber verloren.«

Siran erwachte aus seiner Starre. »Verdammt noch mal, geht denn in dieser Nacht alles schief? Sucht weiter! Irgendwo wird er ja stecken. Vielleicht gibt es noch eine Chance.«

Der Uniformierte ging auf Distanz und sprach in sein Funkgerät, während sie in das Ladenlokal zurückkehrten und Reinke und sein Team anforderten.

»Du oder ich?«, fragte Sophie.

»Du, wenn es dir nichts ausmacht.«

Sie verzog ein wenig die Mundwinkel, nickte aber und wählte Lichthaus' Nummer.

*

Dave zitterte am ganzen Leib, so sehr hatte ihn der Vorfall schockiert. Er atmete tief ein beruhigte seinen Puls, damit ihn sein Schnaufen unter der Plane nicht verraten würde. Unermüdlich zermarterte er sich den Kopf. Erst die Panne am Samstag, die er im letzten Moment gerade noch so hatte beheben können und nun das hier. Sie waren aufgeflogen, da bestand kein Zweifel. Man jagte sie.

Er war losgesprintet, war an der Frau vorbeigerannt, die grauenvoll brüllend auf dem Pflaster lag, und hatte sich unter einer weiteren Kugel weggeduckt, die der zweite Bulle auf ihn abschoss. Sie zerriss seine geliebte Jacke und ließ das Futter herausquellen, setzte mit einem pfeifenden Geräusch ihren Flug in die Nacht wirkungslos fort. Sie hatten ihn nicht verfolgt, warum auch immer, und er gelangte unbehelligt zu seinem Fahrrad. Eilig stopfte er die Knarre und das Geld, das er noch verkrampft in der Hand hielt, in den Rucksack und raste durch den dichter fallenden Regen davon.

Hinter dem Kasino gab es einen Parkplatz, von wo aus man in die Nagelstraße abbiegen konnte, doch die Bullen waren schon da. Blaulicht zuckte über die Wände und Panik überfiel ihn. Er wollte nur weg. Hektisch warf er das Rad zwischen zwei parkende Autos und rannte geduckt weiter, bis er sich gegenüber einer kleinen Passage befand, die an einem Geschäft für Musikinstrumente vorbei bis zur Fleischstraße führte. Alles war ruhig, er jedoch zögerte. Vielleicht zwanzig Meter müsste er nun quer über die Straße laufen. Wie auf dem Präsentierteller.

Auf einmal hörte er Stimmen in seinem Rücken, und Taschenlampen zerschnitten mit ihren Strahlen die Dunkelheit wie die Lichtschwerter aus Star Wars, die er als Junge so bewundert hatte. Dave fasste sich ein Herz und sprintete hinüber, um in der schmalen Gasse zu verschwinden. Schwer atmend drückte er sich an die Wand und lauschte. Ein Polizeiauto fuhr oben vorbei, und er duckte sich, wurde aber plötzlich vom Lichtstrahl des Suchscheinwerfers erfasst, der sich tausendfach in den Regentropfen brach. Er saß in der Falle. Sie schrien, er solle stehen bleiben.

Nie war er schneller gelaufen. Mit aufgerissenem Mund und panikverzerrten Zügen flog er förmlich davon, froh nicht zu rauchen, doch schon nach wenigen Schritten tauchten ihn die aufgeblendeten Scheinwerfer des Autos in gleißendes Licht. Er schrie auf, als das Martinshorn losbrüllte, während er über die Querstraße schoss, um in den schmalen Durchgang zur Johannisstraße zu verschwinden. Gegen den Streifenwagen war er ohne Chance, und dort, wo der nicht hinkam, würden ihn die bereits heraneilenden Bullen jagen wie einen Hasen, den man zu Tode hetzte. Doch er wollte sich wehren und griff schon nach dem Rucksack, um die Pistole herauszureißen, als hinter ihm die Bremsen kreischten.

Dave riskierte einen Blick und sah, wie das Polizeiauto um ein Haar mit dem wahrscheinlich einzigen PKW kollidierte, der um diese Zeit durch die Stadt rollte. Blaulicht flackerte, und hektische Stimmen schrien durcheinander. Der andere Autofahrer hatte seine Karre abgewürgt und orgelte wie wild an der Zündung. Dave nutzte seine Chance, bog ab, trat platschend in eine Pfütze und verschwand nach wenigen Metern in einer Durchfahrt, die zum Hof eines großen Wohnhauses gehörte. Hier herrschte völlige Dunkelheit und nach ein paar Schritten stolperte er über eine niedrige Stufe und schlug lang hin. Blaulicht flackerte durch die Nacht, und noch bevor er wieder auf die Füße kam, hatte die Streife das Tor erreicht. Er sah das Gesicht des Fahrers, dessen Augen die Nacht nicht zu durchdringen vermochten, und robbte schnell in den Schatten der Mülltonnen, die unter einem Dach standen. Erneut der Suchscheinwerfer, der ihn jedoch diesmal nicht erfasste, und der Wagen rollte langsam davon.

Dave keuchte mit weit aufgerissenem Mund und pumpte Sauerstoff in seine Lungen, die zu platzen drohten. Plötzlich rebellierte sein Magen, und er übergab sich auf einen kleinen Rasen, während sich ein Sturzbach Regenwassers vom Vordach aus in seinen Nacken ergoss. Obwohl die Nacht lau war, zitterte er am ganzen Leib.

Was hätte er dafür gegeben, in Sicherheit zu sein und einfach in trockenen Klamotten herumzuliegen und auszuruhen. Doch wie sollte er hier wegkommen? Tränen der Hoffnungslosigkeit stiegen in ihm auf. Er war so gut wie geliefert. Hatte er sein Glück zu sehr strapaziert? Er bemühte sich, gleichmäßig zu atmen.

Das Grundstück wurde durch eine Mauer begrenzt, die zu einem geschlossenen Parkplatz führte. Nun etwas ruhiger zog er sich auf die Mauerkrone und sondierte die Lage. Nichts, aber das konnte täuschen. Vorsichtig ließ er sich auf die fast leere Fläche hinab und duckte sich hinter einen Ford Focus. Abermals lauschte er und dann kamen sie. Er sah das blau-silberne Auto auf das Tor zurollen. Kein Blaulicht, kein Martinshorn, ganz leise klopften sie jetzt wohl die Straßen ab, wahrscheinlich stiegen sie auch aus und durchsuchten die Höfe und Grundstücke. Eine Razzia, deren Ziel leicht zu erahnen war.

Daves Herz setzte einen Augenblick aus. Die Parkfläche grenzte an ein Grundstück. Er hetzte wie ein gejagtes Tier hinüber und sprang an einer moosigen Bruchsteinmauer empor, die vielleicht zwei Meter hoch war. Seine Hände fanden Halt, und er strampelte sich mit letzter Kraft hinauf, während er aus den Augenwinkeln schon einen Schatten sah, der sich anschickte, mit der Taschenlampe die Parkfläche auszuleuchten, die er gerade überquert hatte. Endlich oben angekommen ließ er sich ins Dunkel fallen und landete auf einem tropfnassen Rasen, unterdrückte den Fluch, als er sich die Schulter an einer Rasenkante stieß, und krabbelte auf allen Vieren zurück in den Schutz der Mauer. Würden auch die Bullen sie überwinden?

Sobald sich seine Augen an das Dämmerlicht gewöhnt hatten, bemerkte er links einen Stapel Holz, der mit einer dicken Plane abgedeckt war. Er schlüpfte darunter, praktisch in letzter Sekunde, bevor ein Lichtstrahl von der Mauer herab in den Garten leuchtete. Er bewegte sich nicht und hielt die Luft an. Da waren Atemgeräusche, und durch einen Schlitz in der Plane sah er einen Lampenkegel hin und her huschen und auch über sein Versteck hinwegstreichen. Mit zusammengepressten Lippen wartete er auf das Unvermeidliche, doch nach einer gefühlten Ewigkeit war das

Kratzen der Stiefel zu hören, als der Polizist von der Mauer sprang und seine Schritte sich entfernten.

Seitdem lag er bewegungslos in der klammen Enge, ignorierte das sanfte Krabbeln einer Spinne auf seiner Haut, stellte sich tot, in seinem Hirn jedoch wogte eine Flut aus Fragen hin und her, wie sie es geschafft hatten, ihn so zu überrumpeln.

*

Im Laden herrschte bedrücktes Schweigen, als Lichthaus zeitgleich mit Brauckmann eintraf und er in betroffene Gesichter schaute. »Was ist mit der Frau?«

»Wir haben eben im Krankenhaus angerufen. Sie operieren noch und geben keine Auskunft.« Sophie hob resigniert die Schultern.

»Der hat ohne Vorwarnung losgeschossen. Ein Irrer.«

»Wer hat das Opfer getroffen?«

»Es war ein Querschläger. Ob von Siri oder dem Mistkerl kann man bisher nicht sagen, da beide in die gleiche Richtung gezielt haben. Der Wunde nach zu urteilen, tippe ich auf die Magnum, mit der er draufgehalten hat.«

»Magnum?« Brauckmann schüttelte den Kopf.

»Oder etwas in der Art. Dem Knall nach war es jedenfalls eine großkalibrige Waffe.«

Lichthaus sah Siri an. »Geh mal davon aus, dass es der Täter war, denn unsere Geschosse produzieren selten Querschläger. Die verformen sich, sobald sie irgendwo aufschlagen, da verlieren sie zu viel Energie, um noch große Wunden zu reißen.«

Siran nickte. »Gott sei Dank.« Er war froh, nicht als Schütze infrage zu kommen, wenn auch eine Restunsicherheit bestehen blieb, bis sie die Kugel begutachten konnten.

Lichthaus rieb sich die Augen.

Das Klingeln des Handys hatte ihn rausgeworfen, kurz nachdem er endlich eingeschlafen war. Wie so oft kam alles zusammen. Eigentlich benötigte er zu Hause eine entspannte Atmosphäre, sobald ein schwieriger Fall seiner ganzen Aufmerksamkeit bedurfte. Hier konnte er abschalten und sich aus dem Spiel mit den Kindern oder einem guten Gespräch mit Claudia die Energie ziehen, die er dringend benötigte. Wenn aber auch dort Anspannung herrschte, summierte sich der Druck. Seine Einschlafprobleme waren da nur ein erstes Signal.

Er war mit keinem guten Gefühl an den Apparat gegangen, irgendwie war ihm der Ton bedrohlich vorgekommen, und er sah sich nach dem Bruchteil einer Sekunde bestätigt. Sophies Stimme war bereits die vorweggenommene Bestätigung ihres Scheiterns.

Brauckmann unterbrach seine Gedanken. »Was sagt die Spurensicherung?«

»Sie erheben noch die Spuren.«

»Der Täter?«

»Nicht gefunden. Die Fahndung läuft, und die halbe Innenstadt wird abgesucht, bislang ohne Erfolg.«

»Haben wir die Geschosse?« Brauckmann war bereits einen Schritt weiter. »Wenn morgen die Presse informiert wird, muss ich mit Sicherheit sagen können, wer die Frau verletzt hat.« Spleeth, der Leiter der KTU, kam herein und grüßte.

»Zurück aus dem Urlaub?«

»Um Mitternacht war er zu Ende, und halb zwei konnte ich schon raus. Ist zum Kotzen, oder?«

Alle nickten, doch kaum einer hatte Mitleid mit dem immerzu unfreundlichen Kerl. Der wartete erst gar nicht auf eine Antwort. Er hielt eine Tüte in die Luft. »Die EC-Karte hat er stecken gelassen, mal sehen, ob Fingerabdrücke drauf sind. Wir konnten drei Projektile finden, die aus der Dienstwaffe stammen müssten, dazu vier Kugeln Kaliber 357. War wahrscheinlich ein Colt Python mit Kurzlauf. Wie oft haben Sie abgedrückt?«

Siran reichte ihm die Walther. Es fehlten genau drei Patronen.

»Da sind Sie raus aus der Nummer.« Spleeth drehte sich um und ging hinaus, wobei er noch im Eingang mit einem Mann zusammenstieß, der völlig durchnässt, ein kleines Kind auf dem Arm, hereintaumelte.

Er lallte fast unverständlich, die Augen schockweit. »Haben Sie meine Autoschlüssel gefunden. Ich brauche doch das Auto, um ...« Er brach ab und sah die Beamten an. Plötzlich schrie er. »Was habt ihr mit meiner Eli gemacht? Was?«

Sophie trat auf ihn zu. Das Kind wirkte apathisch und viel zu dünn angezogen, die Haare klatschnass. Sie versuchte, es dem Mann abzunehmen, der aber presste den kleinen Körper fest an seine Brust. »Nein, nicht auch noch Jenny.«

Sie hob die Hände, während alle anderen unbeweglich die Szene verfolgten. »Ihr Kind sieht krank aus.«

»Sie wollte Medizin holen. Und dann klingelte plötzlich das Telefon.«

»Hat Ihre Tochter ein Medikament bekommen?«

»Wie denn, Eli ist ja nicht zurück...«

Lichthaus rief einen Krankenwagen, das Mädchen brauchte Hilfe, während Sophie weiter auf den Mann einredete.

»Wollen Sie die Kleine nicht auf eine Liege legen und zudecken?«

Sie ging voraus, und er folgte ihr wortlos, setzte seine Tochter auf die dünne Matratze und begann, ihr die nassen Kleider auszuziehen.

Das Kind schlug die Augen auf, als er es in die Decke wickelte und sanft rieb. »Wo ist die Mama?«

Er weinte nun wieder. »Krank, wir besuchen sie morgen.«

Das schien sie zu beruhigen, sie schlief ein.

Siran trat hinzu und erklärte ihm, was vorgefallen war. Er war wie in so mancher Zeugenbefragung offen und absolut ehrlich, sprach mit ruhiger und fester Stimme und erreichte seinen Zuhörer. Torsten Ring hielt die Hand seiner Tochter und hörte zu, war aufmerksam und beschrieb dann sein Auto und den Schlüsselbund, der schnell gefunden war. Ein Arzt kam herein und beugte sich über das Kind. Wieder gelang es Siran, die Schockstarre des Mannes zu durchdringen und ihn zu bewegen, mit dem Krankenwagen mitzufahren, ins Krankenhaus, nicht nach Hause, von wo er gekommen war, um irrwitzigerweise seinen Wagen zu suchen, ein krankes Kind auf dem Arm. Lichthaus hoffte, dass man auch ihn ruhigstellen würde.

Den Rest der Nacht liefen die Ermittlungen ins Leere. Sie warteten im Präsidium auf ein Ergebnis der Fahndung, doch der Täter war wie vom Erdboden verschluckt. Allein die Tatsache, dass Eli Ring außer Lebensgefahr war, hob die Stimmung ein wenig. Das Projektil hatte jedoch einen solchen Schaden angerichtet, dass ihr die Eierstöcke und ein Teil der Gebärmutter entfernt werden mussten. Sie würde einer sehr, sehr langen Rehabilitation entgegengehen.

Gegen fünf brachen sie die Großfahndung ab. Bald würde der Berufsverkehr einsetzen, wodurch die Lage unübersichtlich wurde.

*

Dave lag unter der Plane und wartete, bis die Dämmerung anbrach und die Stadt aus dem Schlaf erwachte. Noch bevor ihn ein Bewohner erblicken konnte, schlich er zu der hinteren Haustür, die in den Garten hinausführte, und fand diese unverschlossen. Es widerstrebte ihm, doch er ging in den dunklen Hausflur, dessen septische Sauberkeit er mit seinen verdreckten Schuhen durchbrach, und stahl sich durch die Vordertür davon.

Nach wie vor war kaum jemand unterwegs, und da er in der Ferne wieder einen Streifenwagen zu sehen glaubte, überquerte er die Fahrbahn und betrat unbeteiligt schauend das Mutterhaus, die Klinik der Borromäerinnen. Er wusch sich im Gäste-WC das Gesicht und so gut es ging den Dreck von der Kleidung, ohne zu ahnen, dass nur zwei Etagen über ihm Eli Ring um ihr Leben kämpfte, während ihre Tochter auf der Kinderstation behandelt wurde.

Kurz nach sieben Uhr verließ er den Besucherbereich einer Station, in die er sich verkrochen hatte, und ließ sich mit dem Strom der zur Schule strebenden Kinder bis zur Nagelstraße treiben, wo er zu seiner größten Verblüffung sein Fahrrad wiederfand. Nur im T-Shirt radelte er los, ihm war recht kalt, doch so fiel er nicht auf.

*

Tekki hatte irgendwann Ruhe gefunden und sich voll angezogen auf das Bett gelegt. Draußen war es mittlerweile hell, und die Vögel zwitscherten in einen sonnigen Morgen, der nach dem Regen der vergangenen Nacht wie sauber gewaschen daherkam.

Als Dave nicht nach Hause gekommen war, hatte sie eine böse Ahnung beschlichen. Sie trabte in der Wohnung auf und ab, trank ein Glas Wein, rauchte auf dem Minibalkon eine Zigarette und tigerte wieder herum. Sie wagte es nicht, ihn anzurufen, hatte aber zunehmend ein ungutes Gefühl, so ganz anders als sonst, wenn er für Bares sorgte.

Gegen drei war ihre Geduld aufgebraucht und sie ging nach unten vor die Haustür, jedoch streunte nur eine Katze über die Straße und verschwand in Richtung Schammattdorf. Medard war ein kleiner Stadtteil, der noch hinter der Matthiaskirche lag, in der die Gebeine des Apostels begraben sein sollten, woran sie in etwa so fest glaubte wie an acht fliegende Untertassen. Sie wohnten in einem Mehrfamilienhaus in zweiter Reihe vom Ufer, doch als sie jetzt vor der Tür stand, hörte sie vom Pacelliufer überdeutlich das Rauschen der LKW, die Luxemburg oder Frankreich zustrebten.

Nach einigen Minuten begann sie zu frieren und fragte sich, was sie eigentlich hier tat, außer aufzufallen. Sie lief genervt nach oben und stellte den Lokalsender ein, der kurz nach zwei die Eilmeldung über eine Schießerei brachte. Ihr stockte der Atem, jedoch wurde von einem flüchtigen Täter gesprochen.

Sie rauchte später auch in der Wohnung, was sie aus Rücksicht auf Dave ansonsten nie tat, wartete und grübelte, überlegte, was er falsch gemacht hatte, fluchte auf Dave, der unbedingt die Pistole hatte haben müssen.

Ihre Vorgehensweise war wasserdicht, und es wollte ihr partout nicht einleuchten, wo das Leck war. Vereinsamte Rentner zu töten war ihr keinen Gewissensbiss wert, wenn deren Leben nur noch ein Dahinvegetieren war, sie sich den Tod herbeisehnten und das auch so sagten. Ausdrücklich. Sie bewunderte Länder, in denen jeder abtreten konnte, wann immer ihm danach war, wo Sterbehilfe ein gesellschaftlich akzeptiertes Tun war.

Bislang hatten sie niemandem Schmerzen zugefügt, allerdings war diese eine, die überlebt hatte, gestürzt und hatte sich dabei an der Hüfte verletzt. Und da ihr Handeln in Deutschland nicht geduldet war, hatten sie dann … Ansonsten schliefen sie ein, bevor das Ende kam. War das nicht der tolle Tod, von dem alle so oft sprachen? Sie gingen nur zu den Einsamen, zu Menschen, die ihr Hiersein als Last empfanden und deren Dahinscheiden eine Befreiung war. Diejenigen, die sich nur gegen den Tod wehrten, weil sie Angst vor dem Danach hatten, nicht aber im Diesseits verhaftet waren. Dass sie das Geld nahmen, war in Ordnung, denn wer steckte es sich letztendlich in die Taschen? Der Staat oder entfernte Verwandte, die sich ewig nicht gekümmert hatten.

Dave war zu ihrem perfekten Gefährten geworden, nachdem sie sich Hals über Kopf ineinander verliebt hatten. Er gehörte zu ihrem jetzigen Leben, auch wenn am Horizont ganz weit draußen dunkle Wolken aufzogen. Sicher, er vergötterte sie und war für ihre Idee nach einigem Widerstand zu begeistern gewesen. Allerdings machte er ihr in der letzten Zeit Sorgen. Er hatte Gefallen gefunden an dem Dahintreiben ohne Geldnot und warf nur allzu gerne Prinzipien über Bord, die ihr wichtig waren, ohne die sie nicht weitermachen wollte. Mittlerweile tendierte er dazu, nicht mehr richtig zu selektieren, suchte nicht nach Einsamen, die mit der Welt abgeschlossen hatten, sondern wollte wahllos Opfer finden, um an die Kohle zu kommen, wie er sagte. Das befremdete sie genauso wie die schwere Waffe, die er immer öfter mit sich herumschleppte. Er veränderte sich zusehends, seitdem er moralische Grenzen überschritten hatte, nahm Züge an, die ihr missfielen und auch Angst bereiteten. Bislang hatte sie ihre Bedenken ignoriert, so sehr hing sie an seiner Gegenwart, doch jetzt, nach einer durchwachten Nacht, die sämtliche Gehirnwindungen durchzuspülen vermochte, nahmen sie Gestalt an und nährten Zweifel. Ganz deutlich war er zu spüren, der Knick im Steigflug ihrer Beziehung.

Ein Piepen des Smartphones hatte sie aus den Gedanken gerissen. Eine Nachricht von ihm: Bin davongekommen, war aber knapp.

Liege in einem Garten und warte darauf, dass ich ihn sicher verlassen kann. Mach dir keine Sorgen. hdgdl D.

Sie hatte nicht geantwortet, da sie nicht wusste, ob er das Telefon auf lautlos gestellt hatte, sondern nahm sich die nächste Zigarette. Eine Schießerei in der Innenstadt. Es lief aus dem Ruder, sie würden aufhören müssen, mussten es beenden, solange ihnen hierzu die Zeit blieb.

Sie starrte immer noch an die Decke, als es an der Tür klapperte und Dave im Schlafzimmer stand. Die Kleidung verdreckt, das Gesicht grau vor Überanstrengung und Sorge, die Hände zitterten unkontrolliert. Sie sprang auf und schlang die Arme um seinen Hals, so erleichtert war sie, ihn gesund zu sehen. Er presste sich an sie und begann zu weinen. Ihre Zweifel, die ihr die Nacht eingepflanzt hatte, verwelkten in Rekordtempo.

»Mensch Tekki, das war so knapp. Die haben mich fast geschnappt. Wir sollten auf Tauchstation gehen.«

Sie küsste ihn wieder. »Ja, du hast Recht. Was war los?«

Er erzählte von den Ereignissen.

»Wie sind sie dir auf die Spur gekommen?«

»Ich weiß es nicht.«

»Was ist mit dem Geldautomaten? Gehst du immer zum selben?«

»Ja, eigentlich schon. Der liegt ...«

Sie schrie ihn an, konnte seinen Leichtsinn nicht fassen. »Bist du bescheuert? Es war doch klar, dass die Polizei nach Mustern sucht, sobald sie Verdacht schöpft.«

Dave war kurz vor dem Durchdrehen, das sah sie, als er sie jetzt von sich stieß, und brüllte. »Wenn du alles besser kannst, frage ich mich, warum ich es bin, der die Drecksarbeit macht?«

Sie nahm ihn wieder in den Arm.

»Komm, lass uns wegfahren. Das Geld reicht noch für einen Urlaub.«

»Wir haben aber keinen Geldgeber mehr.«

»Das machen wir, sobald etwas Gras über die Sache gewachsen ist. Wir sollten von der Bildfläche verschwinden.«

»Meinst du, die Bullen können uns finden?«

Sie dachte kurz nach. »Nein, ansonsten wären sie schon hier. Wir müssen wirklich aufhören. Solange wir noch davonkommen können.«

»Und wovon sollen wir dann leben?«, blaffte er und lachte verständnislos auf.

Sie sah ihm nach, als er aufgebracht ins Badezimmer ging, und wieder brannte die Flamme ihres Zweifels. Er war ihr mit einem Mal fremd. Der Riss zwischen ihnen, der sich weiter öffnete und sie auseinandertrieb, war nicht zu leugnen. War er zu kitten? Sie würde kämpfen.

*

Die Pressekonferenz war eine Gratwanderung zwischen der Wahrheit und dem, was sie aus fahndungstechnischen Gründen nicht herausgeben wollten. Die Pressesprecherin blockte einige Fragen ab, anschließend ging es zum Präsidenten, der die Berichte gelesen hatte, die noch in der Nacht geschrieben worden waren. Kritik an der Fahndungsarbeit wurde wenig geäußert, mehr jedoch an der Vorgehensweise von Siran und Sophie. Außerdem hakten die anwesenden Journalisten immer nach, wie es passieren konnte, dass der Täter entkommen war, obwohl praktisch alle verfügbaren Kräfte den Einsatz unterstützt hatten.

Müller hatte auf bohrende Fragen und offene oder versteckte Kritik in solchen Fällen gern mit beißendem Zynismus reagiert, was Lichthaus stets verabscheut hatte. Nun aber war er in der Rolle desjenigen, der seine Leute gegen so manchen versteckten Vorwurf verteidigen musste.

Um die Mittagszeit spuckte ihn die Mühle aus und er fuhr nach Hause, um zu essen und kurz zu schlafen, da der Schlafmangel ihn zu lähmen begann. Henriette blieb an zwei Tagen auch am Mittag im Kindergarten, daher waren sie heute mit Jakob allein.

Als sie die Teller zusammenräumten, überraschte Claudia ihn mit einer Frage. »Vermisst du Müller?«

»Wie bitte?«

»Na, du hast dich gerade ordentlich über die Anfeindungen aufgeregt, die der ansonsten abfängt.«

Er dachte einen Moment nach. »Dich interessiert, ob ich irgendwann einmal sein Nachfolger werden will?«

»So ungefähr.«

»Ja und nein. Als Hauptkommissar bleibe ich ganz nahe am Geschehen, während der Kriminaldirektor weniger stark eingebunden wird und mehr die Verwaltungsseite abarbeitet. Aus der Perspektive heraus möchte ich ihn lieber nicht beerben. Auf der anderen Seite hat man als Kriminaldirektor praktisch keine Einsätze mehr, ich hätte Distanz zu dem Dreck, mit dem wir uns so oft rumschlagen, und es gäbe ja auch ein paar Scheine on top.«

»Ich fände es ganz gut. Interessante Fälle kannst du weiter begleiten, bist aus dem Hickhack der Routine aber raus. Außerdem haben wir dann mehr von dir.«

»Das wird ohnehin noch dauern. Müller hat außer seiner Arbeit praktisch nichts, er wird demnach bis zum letzten Tag im Präsidium auflaufen. Das wäre dann in drei Jahren.«

Sie strich ihm über die Haare. »Warten wir es ab.«

»Was machst du zurzeit?«

»Ich sitze hier und rede mit dir«, wich sie aus.

»Du weißt schon, was ich meine.«

»Nichts. Heute Morgen habe ich die Kohlezeichnung für dich gerahmt und dann im Atelier aufgeräumt.«

»Es ist schade um die Installationen.«

Sie zog ihn hoch und nahm ihn in den Arm. »Lass mir Zeit.«

»Ich seh dich eben nicht gerne traurig.«

»Carlo war ein guter Freund, habe ich zumindest geglaubt. Seit jeher war mir sein Urteil wichtig, und umso mehr muss ich über seine Äußerungen nachdenken. Da hilft es auch nicht, sich vor Augen zu führen, dass er betrunken war. Sei doch froh über die Pause, so verschwinde ich nicht dauernd im Atelier.«

»Mir wäre es lieber, ich würde dich so schief wie immer vor dich hin singen hören und zusehen können, wie etwas Neues wächst.«

Sie küsste ihn. »Kommt schon wieder.«

Kurz darauf lag er auf der Couch und schlief eine gute Stunde.

*

Zurück ins Präsidium zu fahren, fiel ihm extrem schwer, da er kaum eine Idee hatte, wie sie weitermachen konnten. Der Mörder war ungemein geschickt. Er hinterließ praktisch keine Spuren und verkleidete sich bis zur Unkenntlichkeit. Was ihnen fehlte, war die Opfer-Täter Beziehung, das Band zwischen ihnen, über das sie zu balancieren hatten, um den Kerl dingfest zu machen. Aber zwei isolierte Frauen?

An der Ampel am Wasserweg war er so tief in seine düsteren Gedanken versunken, dass er die Grünphase verpasste und während die hinter ihm wartenden Fahrer ein Hupkonzert anstimmten, als Einziger noch durchkam.

Es war Steinrausch, der ein kleines Licht im Tunnel anzündete. Den erfahrenen Kollegen hatten die Ereignisse der Nacht betroffen gemacht, doch kannte er diese Situationen bereits zur Genüge und wusste diese einzuordnen und zu verarbeiten. Gleich am Morgen hatte er die neuen Hinweise gesichtet und einfach weitergemacht.

Als Lichthaus den Gang entlanglief, rief Steinrausch ihm durch seine geöffnete Bürotür zu: »Es gibt Neuigkeiten.«

Lichthaus ging in das Büro, das bis auf Steinrausch leer war. »Wo sind die anderen?«

»Sophie war fertig und ist nach Hause, Siran ist ins Krankenhaus, um nach dieser Eli Ring zu schauen.«

»Was hast du?«

»Zunächst noch ein Foto vom Täter. Vom letzten Dezember, als er Geld von Veronika Zacherts Konto abgehoben hat. Kurz darauf ist sie gefunden und das Konto aufgelöst worden. Ihr Nachlassverwalter hat wegen der Kontobewegungen eine Anfrage an die

Volksbank gestellt, die auch beantwortet worden ist, offensichtlich wurde das Verfahren aber eingestellt. Die Akte kommt morgen, ich verspreche mir allerdings nicht viel davon.«

»Wir sehen sie uns auf alle Fälle an.«

Er nahm das Foto, auf dem er ebenso wenig erkennen konnte, wie auf denen, die ihnen bereits vorlagen. Eben nichts. Eine vermummte Gestalt.

»Wie willst du weitermachen?«, fragte Steinrausch.

»Ich weiß es nicht genau. Wie so oft stehen wir vor einer Wand und schauen nicht drüber. Es ist zum Weglaufen: Die Chance, ihn beim Geldabheben fassen zu können, können wir uns nach den Vorfällen von heute Nacht abschminken, die Mikrospuren geben kaum etwas Verwertbares her, eine Täter-Opfer-Beziehung ist einfach nicht erkennbar. Aber es muss doch einen Weg gegeben haben, auf dem diese entstanden ist. Auch Parallelen zwischen den Toten haben wir genug, nur keine Verbindung. Was ist mit Ärzten oder Betreuern?«

Steinrausch hob die Schultern. »Nichts.«

»Mist. Sachbearbeiter bei der Krankenkasse?«

»Das habe ich noch nicht geprüft, doch ich habe wie besprochen die Verbindungsdaten von Sieglinde Strabetz besorgt, und auch gleich die von Agnes Goldhagen.«

»Wieso auch die von Agnes Goldhagen?«

»Sie hatte einen Vertrag beim selben Provider, also habe ich sie gleich mit angefragt.«

»Gute Idee. Veronika Zachert?«

Steinrausch grinste zufrieden. »Kommen morgen. Sie war woanders. Verhoeven allerdings nicht.«

»Sehr gut«, der Spürsinn des erfahrenen Kollegen zahlte sich mal wieder aus, »Und was ist bisher rausgekommen?«

Wieder grinste Steinrausch breit. »Unsere beiden Omas waren aktive Chatter.«

»Was?« Lichthaus grinste ungläubig. »Chattest du?«

»Nein, ich nutze das Internet, aber gechattet habe ich noch nie. Allerdings bin ich auch nicht so mutterseelenallein zu Hause, wie unsere Opfer.«

Lichthaus war verblüfft. »Ich hätte nicht erwartet, dass Leute in dem Alter in Chatrooms unterwegs sind.«

»Ich habe mich mal ein bisschen schlaugemacht. Allein in Deutschland gibt es mehrere Seniorenforen, die einige Chats anbieten. Was weiß ich? Flirt ab sechzig und solche Sachen.«

»He, Holger, das ist doch bald was für dich.«

Steinrausch grinste. »Blödmann, kommst du auch noch hin.«

»Was sollen wir damit anfangen?«

»Irgendwo muss der Täter die Informationen über die Opfer herbekommen. Diese Foren sind die einzigen Gemeinsamkeiten der Toten, die wir bisher haben.«

»Wo haben die beiden gechattet?«

»Auf der Seniorenseite eines Trier-Chats.«

»Das gibt's? Davon habe ich noch nie gehört. Können wir auf die Protokolle zugreifen?«

»Hab ich schon probiert, nur bislang keine Antwort bekommen. Ich bleibe aber dran.«

*

Kurz darauf saß Lichthaus in seinem Büro und versuchte, sich auf Vorlagen und Mitteilungen, Berichte und eine unendliche Kette sonstiger Verwaltungsakte zu konzentrieren. Der Antrag von Marie Guillaume auf eine viskose-elastische Sitzpolsterung ihres Schreibtischstuhls beschäftigte ihn sehr. Aber seine Gedanken schweiften immer wieder zu dem Fall ab, der im Sande zu verlaufen drohte, wenn es ihnen nicht gelang, neue Fakten herbeizuschaffen.

Frustriert schob er den Stapel Papier beiseite und begann eine Skizze, die ihm beim Denken helfen sollte. Weit kam er nicht, denn außer den beiden Opfern, die er mit einem Pfeil verband, hatte er nur wenig Konkretes und musste viele Mutmaßungen anstellen. Den Mörder hatten sie in der letzten Nacht mit Gewissheit massiv verschreckt. Er würde zunächst auf Tauchstation gehen und sie hätten die Chance erst mal verpasst, ihn auf frischer Tat oder durch einen Fehler zu fassen. Sie mussten den Weg des Täters zu seinen Opfern verstehen und diesen rückwärts abspulen. Die Daten der Chats könnten hier einen ersten Anhaltspunkt bieten, doch wie tickten die Senioren? Waren sie gutgläubig? Oder eher misstrauisch? Wie gelang es, ihren Argwohn zu überwinden? Er startete seinen Internet-Browser und fand das Leibniz-Institut für Altersforschung in Jena.

Spontan rief er dort an und wurde sofort mit einem Mann verbunden, der ihm lachend mitteilte, man beschäftige sich in seinem Institut mit den Alterungsprozessen im Körper, altersbedingten Technologien, die Altersprobleme zu beheben halfen, nicht aber mit der Psychologie und Soziologie des Alterns. Schließlich gab er ihm die Nummer einer befreundeten Psychologin, die an der Uni Heidelberg zum Thema Alterspsychologie forschte.

Ohne große Erwartungen tippte er die Zahlen und war überrascht, als schon nach dem zweiten Klingeln abgehoben wurde.

»Eisner.«

Die Frau am anderen Ende hatte eine vollklingende, unmittelbar sympathisch herüberkommende Stimme. Lichthaus stellte sich vor und erklärte sein Anliegen. Isabell Eisner hörte ihm wortlos zu, bis er geendet hatte.

»Und wie kann ich Ihnen da helfen?«

»Wenn ich das so genau wüsste.«

Sie lachte melodisch. »Sie müssen ganz schön verzweifelt sein, Herr Kommissar.«

»So schlimm ist es auch nicht, nur kommt manchmal der Punkt in den Ermittlungen, da braucht man einen neuen Blick, einen neuen Ansatz von außen.«

»So eine Art Frischzellenkur?«

»Ja, das trifft es ziemlich gut. Ich versuche mal eine Frage. Ansatzpunkt einer Fahndung ist immer die Herstellung einer Täter-Opfer-Beziehung. Im überwiegenden Teil der Verbrechen gibt es einen Faden, der die beiden verbindet. In unserem Fall gelingt es uns einfach nicht, ihn zu entdecken. Auffallend ist hingegen, dass beide Opfer sehr isoliert lebten. Ich denke, das könnte ein Ansatzpunkt für unsere Ermittlungen sein. Was ich nun brauche, ist ein

Verständnis für die Gedankenwelt und das Leben der Senioren, damit ich hieraus den Faden zum Täter spinnen kann.«

»Nun, wichtig ist an dieser Stelle Einsamkeit und Alleinsein voneinander zu trennen. *Wenn dich alles verlassen hat, kommt das Alleinsein. Wenn du alles verlassen hast, kommt die Einsamkeit*, schreibt Alfred Polgar, ein österreichischer Schriftsteller. Alleinsein ist nicht zwingend schlimm, es gibt Situationen, in denen es eine Befreiung ist, denken Sie an die Trennung von Paaren, die seit Jahren nichts als Streit kennen. Oder ein Einsiedler, der sich ganz aus der Gesellschaft zurückzieht. Einsam ist anders. Hier haben wir auch ein seelisches Problem. Im Seniorenratgeber unserer Hochschule wird das so formuliert: Einsamkeit fühlt sich dunkel und schwer an, legt sich wie Mehltau auf die Seele. Eine Melange aus Leere, Traurigkeit, Verlust, Enttäuschung und ungestillter Sehnsucht.«

»Da trifft aber auf alle Altersgruppen zu.«

»Richtig. Nach einer Trennung oder dem Tod des Partners im Alter gibt es die sogenannte emotionale Einsamkeit. Die gewohnte Nähe fehlt. Befindet sich der Zurückbleibende jedoch in einem gesunden sozialen Netz aus Freunden, Familie, Vereinen und so weiter, wird er seine Trauer eines Tages überwinden und die Einsamkeit abstreifen. Unsere gesellschaftliche Entwicklung läuft dem leider zuwider. Familiäre Strukturen sind oft nur noch rudimentär vorhanden, Kinderlosigkeit oder große räumliche Distanz zu den eigenen Kindern sind verbreitet, es gibt weniger Bindung zu den Nachbarn. Wenn dann noch die Freunde und Bekannten wegsterben, wird das soziale Netz noch löchriger. Auf einmal tritt zur emotionalen Einsamkeit die soziale Isolation hinzu. Niemand ruft an, plötzlich geht man den Leuten auf die Nerven, weil man versucht, ihnen ein Gespräch aufzudrängen. Man hat kaum mehr Kontakte und verlernt es schließlich, mit anderen zu sprechen, Small Talk zu machen. Man kapselt sich ab.«

»Und im Altenheim?«

»Ich habe mal die Aussage gelesen: Da ist man gemeinsam allein.«

Lichthaus wusste, wovon sie sprach. Als vor einigen Jahren eine seiner Tanten im Westerwald ins Heim ging, hatte er sie besucht und war von der Stille entsetzt. Eine Gruppe alter Menschen, die zusammen am Tisch saßen, also nicht isoliert waren, hatten während des ganzen Essens kein einziges Wort miteinander geredet. Grauenvoll.

»Warum lassen die Menschen es so weit kommen? Warum tun sie nichts dagegen?«

»Nun, das ist ein schleichender Prozess. Wenn die ganze Tragweite erkannt wird, sind die Betroffenen oft nicht mehr in der Lage, allein da herauszufinden. Manche Wissenschaftler beschreiben zwei Phasen der sozialen Isolation, wobei der Übergang natürlich fließend ist. Zuerst zieht sich der Vereinsamende zurück, lacht weniger und so weiter. Wenn Verwandte, Freunde oder Nachbarn diese Zeichen einer Wesensveränderung erkennen, können sie helfen, indem sie weiter das Gespräch mit dem Betroffenen suchen. Gut ist, sie einzubinden. Da reichen schon der Häkelclub und der ein oder andere Kaffeeklatsch im Monat. Kümmert sich aber niemand oder findet der Betroffene nicht selbst heraus, dann verschlimmert sich alles, und es folgt die zweite Phase. In der sind die Leute völlig abgekapselt und kommunikationsunfähig. Sie nehmen oft Medikamente, sind krank, denken an den Tod, manche rutschen in den Alkoholismus ab. Hier ist es schwer zu helfen, oft bleibt nur eine systematische Therapie, wenn man den Betroffenen überhaupt noch erreichen kann.«

»Was denken Sie, nach wem sucht mein Täter?«

»Nach Menschen auf der Schwelle zur zweiten Phase. Praktisch total vereinsamt, aber noch nicht absolut hoffnungslos.«

»Also wenn jemand nach jedem Strohhalm greift.«

»Gewissermaßen ja.«

»Wie kann er das denn beurteilen? Wie weiß er, dass einer so weit ist?«

»Erfahrung.«

»Er kennt sich mit Alten aus, ein Altenpfleger zum Beispiel.«

»Genau. Oder der Hausarzt, der Seelsorger, der Briefträger, quasi alle, die mit vielen in Berührung kommen und sich die Zeit nehmen, ein Gespräch zu führen.«

»Das hilft mir nicht. Das ist zu allgemein. Und das wären auch zu viele, bei denen wir recherchieren müssten.«

Sie lachte freundlich und aufmunternd. »Das ist Ihr Job.«

»Was ist mit dem Internet? Die Opfer waren in einem Senioren-Chat aktiv.«

»Das passt. Vereinsamte Alte gehen zunehmend ins Netz und nutzen Chats zum Austausch. Außerdem gilt hier: Gleich und Gleich gesellt sich gerne. Einsame suchen oft Leidensgenossen, die auch allein vor sich hinleben.«

»Nur sind doch im Netz fast alle nur mit Decknamen unterwegs. Unser Mörder würde so keine Adresse herausfinden.«

»Wenn er gut ist, geben die Betroffenen ihre Adresse selbst preis.«

»Sie denken an ein erstes Treffen mit der Cyberliebe?«

»Ich hätte es anders ausgedrückt, aber genau das wäre ein Weg.«

»Was meinten Sie mit: Wenn er gut ist?«

»Nun, er muss sie knacken, aus ihrem Kokon locken. Aber ganz ehrlich, so richtig vorstellen kann ich mir nicht, dass das gelingt. Diese Art Mensch traut kaum noch jemandem, wieso dann einer fremden Person in einem Chat?«

»Vielleicht gerade da. In der Anonymität, wo man seine Identität verschleiern kann.«

»Ja, das leuchtet mir ein. Haben Sie noch weitere Fragen?«

»Im Augenblick nicht. Könnte ich Sie eventuell nochmals ansprechen?«

»Natürlich.«

Sie sprachen ein wenig über die Polizeiarbeit und psychologische Aspekte und beendeten dann das Gespräch.

*

In Eitelsbach kam er noch rechtzeitig an, um mit den Kindern zu essen, bevor sie ins Bett mussten.

Otto war vorbeigekommen und wie gewöhnlich zum Abendbrot geblieben. Er saß bereits zwischen den Kindern auf der Eckbank und lachte mit Jakob oder spielte mit Henriette irgendein Kartenspiel, während Claudia den Tisch deckte.

»Du bist schon da?«

»Wir sind alle völlig platt nach der letzten Nacht. Außerdem stecken wir in einer Sackgasse.«

»Wen jagst du denn?«, Otto schaute von seinen Karten auf, was Henriette dazu brachte, die Augen zu verdrehen. Lichthaus fiel auf, wie klapprig er geworden war. Im vergangenen Jahr hatten sie seinen achtzigsten Geburtstag gefeiert, und irgendwie kam es ihm so vor, als habe sich der Alterungsprozess seitdem beschleunigt.

Lichthaus grinste. »Einen Typen, der einsame alte Winzer umbringt.«

»Muss ein Idiot sein.«

»Wieso?«

»Die haben doch nichts in bar. Alles steckt in den Weinstöcken.«

»Das weiß man aber nicht. Wie sollte ein Verbrecher darauf kommen?«

Otto sah ihn aus wachen blauen Augen an. »Jeder hat Konten. Klaust du die Auszüge, bist du informiert.«

Lichthaus tippte eine Notiz in sein Handy, Otto hatte ihn auf eine Idee gebracht: Spyware.

»Wie geht es dir, Otto?« Lichthaus setzte sich an den Tisch, und Jakob machte so lange Theater, bis er auf seinem Schoß saß. Dort kaute er an seinem Brot und warf seiner Schwester einen triumphierenden Blick zu.

»Gut, mir geht es so weit gut, körperlich, nur die Tage sind so elend lang. Weißt du, ich habe mein ganzes Leben gearbeitet, da blieb nicht viel Zeit für Hobbys, und nun langweile ich mich kaputt. Das Fernsehen ist der letzte Mist, und Kreuzworträtsel hängen mir zum Hals heraus.«

»Hilf deinem Sohn«, schlug Lichthaus vor, doch sein Freund winkte nur ab. »Für den Weinberg bin zu schwach, im Keller weiß er alles besser, hat ja auch die Technik völlig verändert, und für die Buchhaltung fehlt mir das Wissen.«

Claudia schenkte Wein ein. Sie hatte Farbreste an den Fingern, was Lichthaus beruhigte. Sie war wieder an der Arbeit.

»Wenn du möchtest, kannst du mir ein wenig zur Hand gehen. Ich habe heute geräumt und Farben entsorgt. Da sind alte Arbeiten aufgetaucht, von denen ich gerne welche rahmen würde. Das klappt alleine manchmal nicht so gut.«

Otto sagte gleich zu, offensichtlich freute er sich, dass man ihn brauchte.

Der Abend verging wie so mancher vor ihm. Als es an der Zeit war, brachte Lichthaus die Kinder ins Bett, was seine Aufgabe war, sofern er zu Hause war. Dann saßen sie noch eine Weile zusammen. Otto ging erst, als Lichthaus mehr gähnte als sprach. Es war nach zehn.

Im Bett sackte Lichthaus sofort weg, rappelte sich aber noch einmal auf. »Das war nett von dir.«

»Was?«

»Eigentlich brauchst du doch niemanden für die Rahmen.«

»Dein neuer Fall gibt mir halt auch zu denken. Ich habe mir die Frage gestellt, wie man es anstellen kann, dass er nicht so oft allein drüben in seiner trostlosen Wohnung sitzt. Und seine Hilfe ist mir willkommen, bei den Kindern oder im Atelier.«

Er küsste sie, dann schlief er ein.

Mittwoch

Siran kochte Tee, zu dem er seine türkische Teemaschine verwendete. Er war ganz vertieft in den Ritus. Gedankenverloren spülte er die Teeblätter, als Lichthaus hereinkam.

»Morgen.«

Siri schreckte auf. »Ich habe dich gar nicht gehört. Auch einen Tee?« Er stellte die eigentümliche Kanne auf die Heizplatte.

»Ja, aber nur auf die Schnelle, Pieper steht es nach einer Besprechung.«

»Was kannst du dem Präsidenten denn Neues erzählen?« Sophie sah von einer Akte auf. »Übrigens, wir wissen nun, wie der Täter uns durch die Lappen gegangen ist. Von der Johannisstraße ist er in einem Garten verschwunden und dort über eine Mauer auf den Parkplatz hinter dem Mutterhaus gesprungen. Von da ging es über eine zweite Mauer in den nächsten Garten ohne Zufahrt zur Straße. Die Streife hat dort zwar mit der Taschenlampe geleuchtet, ihn aber nicht gesehen.«

»Wieso nicht?«

»Dem Anschein nach hatte er sich unter einer Plane versteckt. Die Bewohner haben die Polizei gerufen, da er mit seinen Schuhen das Treppenhaus versaut hat und sie Angst vor einem Einbrecher bekommen haben. Die KTU ist dran.«

Er nickte zufrieden und erzählte kurz von dem Gespräch mit Isabell Eisner. »Eigentlich wollte ich Holger fragen, ob die Protokolle schon da sind.«

»Welche Protokolle?«

»Die Unterhaltungen der Opfer in dem Senioren-Chat.«

Sophie sah ihn verständnislos an. »Und warum?«

Siran war an diesem Tag schneller. »Das ist eventuell ein Weg, wie Opfer und Täter zusammengekommen sind. Der Provider kennt die Namen, sodass wir die Person identifizieren könnten, mit der sie sich im Chat getroffen haben.«

»Wo ist der Haken?«

»An die Daten des Providers zu kommen, die weigern sich ziemlich vehement.«

»Kann man ja verstehen.«

Lichthaus schüttelte den Kopf. »Es geht um Mord.«

Siri sprang auf und nahm den Tee von der Platte, um drei Gläser zu füllen.

»Ich auch, bitte.« Steinrausch war durch die Tür getreten und wedelte mit einem Stapel Blätter. »Ohne den Druck der Staatsanwaltschaft würden wir noch lange warten.«

»Wie sah der aus?«

»Brauckmann sagte, entweder sie helfen uns oder wir beschlagnahmen den Server und lesen die Nachrichten aller Teilnehmer.«

»Dann ging es schnell, kann ich mir denken.« Sophie grinste, doch Lichthaus wurde ungeduldig.

»Konntest du etwas finden?«, fragte er Steinrausch.

»Wie denn das? Ich habe die Unterlagen seit«, er schielte auf seine Uhr, » exakt drei Minuten.«

»Okay. Seht euch die Inhalte an, wir treffen uns um zwölf. Spleeth oder Reinke sollen auch dazukommen.«

Der Termin beim Präsidenten endete wie das Hornberger Schießen, da Lichthaus auf annährend alle Fragen nur unbefriedigende Antworten geben konnte.

»Mensch, Lichthaus. Die Presse sitzt uns wegen der Schießerei im Nacken, und solange wir mit den Morden mauern, werden die keine Ruhe geben.«

»Ich kann es nicht ändern. Noch ist der Typ ein Phantom, das wir nicht zu greifen wissen.« Er berichtete von der schmalen Spur des Chats und Pieper sprang drauf an.

»Das könnte was bringen. Wir haben doch vor Kurzem diesen Kramer vom Betrugsdezernat auf den Lehrgang geschickt, um sich mit Netzkriminalität auseinanderzusetzen. Ziehen Sie den hinzu.«

Lichthaus war überrascht vom Aktionismus des Präsidenten und griff gerne zu, denn außer Siran war seine Kommission ziemlich unbeleckt von allen Themen, die sich ums Internet und Cyberkriminalität drehten.

*

»Das ist der Horror pur!« Sophie stöhnte. »Dieses Blabla macht mich fertig. Agnes Goldhagen nannte sich Goldie, und Sieglinde Strabetz trat als Täubchen auf.«

Nils Kramer grinste und schob sich die Brille nach oben. »Was sucht ihr denn überhaupt?«

Das Treffen am Vormittag war ohne Ergebnis geblieben. Spleeth mit Reinke im Schlepp hatten kaum etwas anzubieten, da die DNA-Analyse andauere. Immerhin hatte die KTU anhand der Fußspuren im Treppenhaus die Schuhgröße des Täters feststellen können: vierundvierzig. Und an der Plane, unter der sich der Täter versteckt hatte, waren Anhaftungen gefunden worden, die DNA enthielten. Die Analysen waren aber noch nicht abgeschlossen. Die Kugel half leider nicht weiter, da bisher noch keine andere registriert worden war, die auf die Tatwaffe und dessen Besitzer hingewiesen hätte.

Das Lesen der Chat-Protokolle erschien ihnen irgendwie sinnlos, da sie nicht genau wussten, worauf zu achten war. Nils Kramer sollte ihr Ausweg sein. Er war einer der Kollegen, die sich auf Netzkriminalität spezialisiert hatten, und beteiligte sich gerne an den Ermittlungen. Allerdings hatte Lichthaus erst den Präsidenten vorschieben müssen, um ihn aus seinem Dezernat herauszueisen.

Lichthaus legte ihm dar, welche Informationen sie sich von den Protokollen erhofften: »Wir wollen feststellen, ob es jemanden gibt, mit dem beide Opfer in Kontakt gestanden haben.«

»Das ist doch ganz einfach. Wir filtern, welche doppelt sind, und lassen uns die Adresse geben.« Fast schien Kramer enttäuscht über diese simple Aufgabe.

»Und wenn jemand mehrere Namen verwendet?«

»Dann verfolgen wir die IP-Adressen, die der Anbieter speichert. Habt ihr die angefordert?«

Steinrausch sah Kramer verunsichert an. »Auch auf die Gefahr hin, mich als unwissend zu outen, könntest du uns mal erklären, was das ist?«

»So etwas wie deine Anschrift. Der Provider ordnet deinem Computer eine IP-Adresse zu und die hinterlässt du bei allem, was du im Internet unternimmst. So können wir nachvollziehen, von welchem Rechner aus der Kontakt zu den Opfern hergestellt worden ist. Im Prinzip schaut sich der Router des Anbieters die IP-Adresse an, die sendet, und verbindet diese mit der, die angesprochen werden soll, quasi wie eine Telefonistin, die durch Stöpseln zwei Leitungen zusammenschaltet. Wenn du den Router hast, den man in diesem Fall auch den Man-in-the-middle nennt, kannst du Sender und Empfänger eindeutig identifizieren. Muss man sich zu dem Chat anmelden?«

»Ja.«

»Dann sollte das kein Problem sein.«

»Würdest du das dem Staatsanwalt erklären?«

»Wer hängt an dem Fall dran?«

»Brauckmann.«

»Geh hiermit besser zu Cornelia Otten, die hat sich auf die Cyberkriminalität spezialisiert.«

Lichthaus lächelte. »Ich rufe sie gleich an und kündige dich an. Es ist ohnehin Zeit, dass ich mich mal wieder bei ihr melde.« Sie hatte ihn in der schwersten Krise seines Berufslebens gestützt. Er war suspendiert worden, weil Müller ihn für den Tod eines Kollegen verantwortlich gemacht hatte. Für das Gespräch ging Lichthaus in sein Büro. Sie tratschten erst ein wenig, dann trug er sein Anliegen vor, und schon kurz darauf hatte er die Zusage, den Beschluss am folgenden Morgen zu bekommen.

Als er ins Büro des Teams zurückkam, machte sich langsam Frustration breit, denn die Chat-Protokolle von Agnes Goldhagen und Sieglinde Strabetz zeigten keine Dopplung eines Nutzernamens, was eigentlich nicht verwunderlich war, da sich jeder nennen konnte, wie er wollte. Sie würden auf die IP-Adressen warten müssen, die dann hoffentlich eindeutige Ergebnisse bringen würden.

Sophie und Siran hatten zwischenzeitlich damit begonnen, eine vergleichende Sprachanalyse durchzuführen, doch hiermit kamen sie nicht schnell voran, da gerade Sieglinde Strabetz sehr viel gechattet hatte und somit hunderte von Seiten zu überprüfen waren.

Lichthaus setzte sich dazu und versuchte auch sein Glück, kam jedoch ebenfalls zu keinen Erkenntnissen. Er warf die Ausdrucke auf den Tisch. »Die schreiben ja fast alle den gleichen Kram. Wie sollen wir denn da einzelne Schreibstile analysieren und vergleichbar machen?«

Es war zum Auswachsen. Irgendwann gingen sie nach Hause und hofften auf den kommenden Tag, der dann vielleicht einen Fortschritt bringen würde, oder sogar den Durchbruch.

Donnerstag

Adelheid. »Hallo Heinz39. Willst du nicht mehr mit mir sprechen?«

Pause.

Adelheid. »Wo bist du? Wir konnten doch so angeregt miteinander plaudern. Habe ich etwas Falsches gesagt?«

Pause.

Adelheid. »Heinz? Geht es dir gut? Du fehlst mir. Solange habe ich mich nicht mehr mit einem Mann so schön unterhalten. Es fehlt mir, du fehlst mir so sehr. Heinz? Ich weine viel. Heinz?«

*

Die Miene, die Nils Kramer aufgesetzt hatte, als er am Vormittag zu Lichthaus ins Büro trat, verhieß wenig Gutes, und der Eindruck sollte nicht täuschen. Der Provider hatte ihnen die geforderten Unterlagen schon am Morgen zur Verfügung gestellt, und Kramer war schnell ans Werk gegangen, allerdings stand er nun mit leeren

Händen in seinem Büro und machte einen zerknirschten Eindruck.

»Wir finden den Computer nicht.«

Lichthaus verdrehte die Augen. »Du sagtest doch gestern, es sei kein Problem?«

Kramer zuckte mit den Schultern. »Es gibt keine IP-Adresse doppelt.«

»Mist! Also kommen wir darüber nicht weiter?«

»Nicht unbedingt. Wenn er von unterschiedlichen Orten aus operiert, haben wir auch mehrere IPs. Er könnte zum Beispiel von einem CyberCafé aus oder mit einem offenen WLAN wie bei McDonald's arbeiten.«

»Wie würdest du jetzt vorgehen?«

»Die Toten standen mit insgesamt vierundachtzig Personen in Kontakt. Mit einigen haben sie nur ab und an geplaudert, während es mit anderen längere und lange Dialoge gegeben hat. Es sind natürlich die zweiten, die uns besonders interessieren sollten, siebzehn bei Agnes Goldhagen und neunzehn bei Sieglinde Strabetz. Wir müssten also die sechsunddreißig IP-Adressen durchgehen und die User überprüfen. Ist ein Nutzer mit beiden Opfern in Kontakt gewesen, haben wir mit hoher Wahrscheinlichkeit den Täter. Bei den Verbindungen über ein öffentliches WLAN haben wir natürlich verloren. Sollte allerdings ein und dasselbe bei beiden auftauchen, könnten wir dort fragen, ob Filmaufnahmen zu den Kontaktzeiten gemacht worden sind.«

Lichthaus dachte nach. Vermutlich weniger als sechsunddreißig Personenkontrollen waren überschaubar, jedoch könnte das nach den ersten Überprüfungen zu Veröffentlichungen im Netz führen, die den Täter warnten. Außerdem würde der Staatsanwalt vor einer solchen Aktion ohne klaren Tatzusammenhang zurückschrecken. Sie stocherten ja eigentlich im Nebel. »Die Idee ist gut, doch ich fürchte, wir bekommen das nicht so ohne Weiteres durch. Wir gehen ja nur vagen Vermutungen nach. Lass mir die Protokolle mal hier, ich versuche, die forensischen Linguisten beim BKA zu aktivieren.«

»Woher kennst du die denn?«

»In meiner Zeit im LKA hatten wir mal einen Fall, da benötigten wir für die Analyse von Erpresserbriefen die Spezialisten vom Bund. Mal sehen, ob ich da noch einen aus der alten Truppe erwische.«

Die forensischen Linguisten hatten damals mit erstaunlichem Erfolg die Gruppe der Verdächtigen eingegrenzt, indem sie die Briefe auf bestimmte Stilmerkmale hin untersuchten. Sie kamen zu dem Ergebnis, dass der Autor Muttersprachler war, obwohl er absichtlich Fehler eingebaut hatte, die auf einen Ausländer als Verfasser hindeuten sollten. Am Ende des Schreibens hatte er aber einen so komplexen Satz konstruiert, den ein Fremdsprachler so nie hätte formulieren können. Außerdem fanden sie altersspezifische Formulierungen und dialektische Fehler. Ihr Profil lautete: zwischen dreißig und fünfundvierzig Jahre, Ausbildungsniveau Abitur oder höher, aus Hessen. Nur einer der Verdächtigen passte zu diesen Beschreibungen und hatte auch schnell die Tat gestanden.

Lichthaus hatte Glück. Er erreichte Reinhold Wolff, den er von dem Erpresserfall noch kannte und der immer noch als Linguist beim BKA arbeitete, an seinem Schreibtisch. Ohne große Diskussionen und auf dem kurzen Dienstweg bat er um eine Kopie der Gespräche, die ihm Marie Guillaume wenig später zusandte.

*

Eli Ring tauchte aus einem schwarzen Loch langsam wieder auf, spürte erst sich selbst und dann die Schmerzen, die dumpf in ihrem Unterleib pochten. In Ihrem Gedächtnis trieben nur sinnlose Bilder umher, die ihr immer wieder entglitten und davonschwammen. Nur die Schmerzen waren da, die einzige Konstante ihres Zurückfindens ins Leben.

Nach einer Weile fiel ihr auf, dass sie die Augen geschlossen hatte, und sie schlug sie auf. Torsten saß an ihrem Bett und strahlte sie mit Tränen in den Augen an.

»Alles wird gut.« Er küsste sie auf die Stirn, in seinem Blick jedoch las sie die Lüge.

»Was ist los?«

»Du bist angeschossen worden.«

»Was ist mit mir passiert?« Sie verstand erst nicht, aber dann ploppten die Erinnerungen an einen Knall und einen Schlag in den Unterleib auf. Sie hörte einen Schlüssel auf dem Pflaster klimpern. Jenny! »Wie geht es Jenny?«

»Gut, sie darf im Augenblick nicht zu dir, da ihr Infekt noch nicht abgeklungen ist.«

»Was ist mit mir?«

»Sie mussten dich operieren.« Er zögerte und begann zu weinen, Tränen strömten über seine Wangen. »Du hast großes Glück gehabt, es hätte auch ... Wir werden keine Kinder mehr haben können. Aber Hauptsache, du bist überm Berg. Sie gehen davon aus, dass du ansonsten wieder ganz die Alte sein wirst.«

»Wer hat auf mich geschossen?«

»Die Polizei sucht ihn.«

Minutenlang sprach sie kein Wort und sah an ihm vorbei aus dem Fenster. »Ich habe Schmerzen.«

Torsten rief die Schwester, die eine Infusion anhängte. Die Schmerzen ebbten ab und verschwanden, zumindest die körperlichen.

*

Um die Mittagszeit rief Claudia an. Jakob war gestürzt und hatte sich an einer Treppenstufe den Kopf aufgeschlagen. Es blutete heftig, und sie musste mit ihm zum Arzt fahren, also bat sie ihn, Henriette um spätestens vier Uhr vom Kindergarten abzuholen.

Der Hörer war noch warm, als der Apparat erneut seinen hässlichen Piepton von sich gab. Es war Wolff vom BKA aus Wiesbaden.

»Das ging aber schnell.« Lichthaus war überrascht.

»Das war bis hierhin keine große Sache. Wir haben die Dateien durch unser Kriminaltechnisches Informationssystem für Texte, kurz die Kiste, gejagt und sofort Ergebnisse erhalten. Eben habe ich selbst mal drübergeschaut und denke, ein Chat-Teilnehmer ist mit zwei Namen unterwegs und lügt, macht auf alt, ohne es zu sein.«

»Könnten Sie mir eine kurze Begründung geben?« Lichthaus zog einen Block heran, um mitzuschreiben.

»Natürlich. Ich möchte Sie nur bitten, auch noch eine offizielle Anfrage an uns zu richten, damit der Bericht justiziabel wird. Genießen Sie das, was ich Ihnen jetzt sage, bitte noch mit Vorsicht, da wir nur eine Schnellanalyse gefahren haben, auch wenn ich nicht denke, dass die grundsätzlichen Aussagen noch kippen könnten. Nun, wir nähern uns der Thematik ja wissenschaftlich. Bei Briefen, die verglichen werden, schauen wir zuerst auf die äußere Form, also wo steht was, gibt es sonstige Formalia. In E-Mails und bei anderen elektronischen Texten geht das natürlich nur eingeschränkt. Doch auch hier kann man nach Regelmäßigkeiten suchen, etwa ob gleiche Einrückungen am Zeilenanfang verwendet werden, ob Interpunktion und Rechtschreibung korrekt sind oder – im Idealfall – immer wiederkehrende Fehler auftauchen, die es ermöglichen, den Text einem Autor zuzuordnen. In Ihrem Fall haben die Texte von zwei Chattern solche Übereinstimmungen. Besonders aber auf der Lexemebene, also was die Verwendung von Wörtern und den Wortschatz betrifft, weisen die Beiträge von zwei Schreibern erstaunliche Gemeinsamkeiten auf. Eine ganze Reihe von Formulierungen und Wörtern tauchen in zwei Dialogen auf. Wir übermitteln Ihnen diese im Bericht. Auf der inhaltlichen Ebene, die wir noch eingehender analysieren müssen, ist uns bereits aufgefallen, dass zwei Teilnehmer dieselbe Taktik angewandt haben. Zunächst sind sie im öffentlichen Chat freundlich, aber zurückhaltend, deuten vermeintliche Probleme so an, dass Chatter in ähnlicher Lebenssituation anbeißen. Die Syntax wiederum verrät uns, dass diese Person, die unter zwei Namen schreibt, eindeutig Muttersprachler beziehungsweise Ausländer sein muss, die in Deutschland sozialisiert wurde, also die gesamte schulische Laufbahn hier absolviert hat. Das Bildungsniveau würde ich als recht hoch ansiedeln, der Ausdrucksweise zufolge schätze ich zumindest Abitur oder einen vergleichbaren Abschluss.«

»Woran erkennen Sie das?«

»Die Satzkonstruktion ist komplex, besteht aus Satzgefügen, was noch einen anderen Aspekt mit sich bringt, dazu aber später. Der Satzaufbau. Menschen mit, sagen wir einmal, einem Hauptschulabschluss bauen meistens einfache Sätze. Außerdem haben wir kaum grammatikalische Fehler, sogar die Kommas sitzen richtig.«

»Kommata«, rutschte es Lichthaus heraus.

»Nein, Kommas sind schon richtig, seit der letzten Reform«, erklärte Wolff, ohne eingeschnappt zu sein.

»Sieh an, man lernt nie aus. Worüber geht der Austausch?«

»Da ist er oder sie, einigen wir uns der Einfachheit halber mal auf er, ja? Also, er ist äußerst geschickt. Er besetzt die Themen des Alters gut und authentisch: Vergangenheit und Krankheit, ans Haus gebunden sein, Verlust von sozialer Bindung und das Alleinsein. Selbst von früher berichtet er wirklich glaubhaft. Manchmal kommt es mir so vor, als ob vereinzelt eine zweite Person mitschreibt, das lässt sich aber analytisch nicht nachweisen.«

»Das sagt Ihnen Ihr Bauchgefühl?«

»Ich würde eher von Erfahrung sprechen. Wenn wir weiter analysieren, werden wir vielleicht auch das sicher herausfinden.«

»Okay, ich behalte also im Hinterkopf, dass es vielleicht noch eine zweite Person geben könnte, die gleichzeitig mitschreibt. Wie sieht es mit dem Alter aus?«

»Hm, hier bin ich unentschlossen. Aber auf keinen Fall im Rentenalter.«

»Woran machen Sie das fest?«

»Zum einen baut er wie gesagt komplexe Sätze, das könnte ein Hinweis sein. Untersuchungen haben gezeigt, dass ältere Menschen eher zu einfachen Satzgefügen neigen.«

»Da kenne ich aber viele Senioren, die extrem wortgewandt sind.«

»Da liegt ein Problem meiner Analyse. Die seniorenspezifische Sprache gibt es nicht per se, selbst wenn die Regressionstheorie das zu vermitteln versucht. Neue Studien zeigen, dass die Sprache der Älteren von der Situation abhängt. Sie wollen sich nicht durch ihre Wortwahl von anderen Gruppen abgrenzen, so wie das die Jugendlichen tun, sondern sprechen in Abhängigkeit von ihren Lebensumständen sehr unterschiedlich. Was wir in Senioren-Chats sehr selten finden, insbesondere wenn die Schreiber schon betagt sind, also deutlich über siebzig, sind Anglizismen. Hier macht er Fehler. An mehreren Stellen rutschen ihm welche durch, die ein Senior so kaum nutzt.«

»Was war es?«

»Cool und Fake.«

Lichthaus lachte auf. »Ernsthaft?«

»Ja. Interessant ist auch, dass er vom Rechner spricht anstatt vom Computer. Die Sprache zu verstellen, gelingt den meisten Menschen nur phasenweise. Wenn Sie so viel chatten, wie Ihre Zielperson, fallen Sie irgendwann aus dem Rahmen dessen, den Sie vorzugeben versuchen. In Chats haben wir das ganz oft: Sich in der Anonymität des Netzes neu erfinden wollen, es dann aber nicht durchhalten und in alte Muster zurückfallen.«

»Ich fasse also noch einmal zusammen: Sie haben unter den 36 untersuchten Dialogen zwei herausgefunden, an denen sich scheinbar dieselbe Person, aber unter verschiedenen Namen beteiligt hat: Einmal bei Sieglinde Strabetz, einmal bei Agnes Goldhagen?«

»Ja, die beiden Personen weisen systematische Sprachgewohnheiten auf, das gleiche Muster.«

»Entschuldigen Sie meine Nachfrage, doch basierend auf Ihrem Ergebnis muss ich weitere Fahndungsmaßnahmen einleiten können. Wie sicher sind Sie sich, dass es sich um ein und dieselbe Person handelt?«

»Ziemlich sicher. Allerdings konnten wir bislang nicht alle Analysen durchlaufen lassen.«

»Das heißt?«

»Die Prüfung auf formale Eigenheiten fehlt noch, also wiederkehrende Schreibfehler, besonders aber die Verwendung von bestimmten Partikeln wie *eben, sehr* und so weiter sowie von Funktionswörtern, das sind zum Beispiel Präpositionen oder Konjunktionen, also auf, vor, zwischen oder während, denn, weil, und so weiter. Außerdem Auffälligkeiten in der Satzstellung. Hierzu brauchen wir etwas Zeit.«

»Wir sprachen bisher nur vom allgemeinen Chat. Was tut er im privaten Chatroom.«

»Übt sich in Geduld. Erzählt viel von sich und seiner Vergangenheit und betont die Einsamkeit. Auch hier wirkt er authentisch. Entweder hat er Erfahrung mit betagten Menschen und deren Lebensumständen oder er hat sich intensiv damit auseinandergesetzt. Mir kommen diejenigen, die er ködert, wie ein trockener Schwamm vor. Die ersten Tropfen nehmen sie nicht auf, wenn dann aber die Poren geöffnet sind, saugen sie alles auf. Oft zeigen sich die älteren Chatter nicht besonders kritisch und glauben alles, was der andere von sich gibt. Ein Vertrauensverhältnis baut sich ab einem gewissen Punkt rasch auf.«

»Haben die Opfer ihm ihre Adresse genannt?«

»Nein.«

»Könnten Sie ihn erkennen, wenn er wieder aktiv wird?«

»Natürlich. Seine Formulierungen sind linguistisch gesehen sehr individuell. Wir würden nach Schlüsselwörtern suchen, da würde er auch bei einer schnellen Durchsicht leicht auffallen.«

»Wie wählt er seine Zielpersonen aus?«

»Das kann Ihnen meine Analyse nicht bieten. Fragen Sie einen Psychologen oder einen Experten auf diesem Gebiet.«

Lichthaus bedankte sich und beendete das Gespräch. Claudias Plastik fand ihren Weg in seine Hände und ebenso automatisiert blickte er zum Petrisberg hinauf, ohne etwas wahrzunehmen. Die Fahndung war in ein sehr spekulatives Fahrwasser geraten, was nicht überraschte, da konkrete Spuren allesamt in eine Sackgasse zu weisen schienen. Die Panne am Geldautomaten, noch dazu mit einer Verletzten, war verheerend, und selbst wenn das niemand so formulierte, waren viele dieser Meinung. Er konnte es keinem verdenken, doch musste er unter diesen Umständen einen weiteren Flop unbedingt vermeiden.

Er zog das Blatt aus seiner Schublade hervor, auf dem er ihren Ermittlungsansatz skizziert hatte, und betrachtete es lange. Ihr Ansatz war richtig. Sie suchten Parallelen zwischen den Toten, da sie Opfer desselben Täters waren, das zumindest sah er als gesichert an. Die Schnur, die sie allerdings gespannt hatten, war äußerst dünn, bestand sie doch einzig darin, dass beide mit einem Chat-Partner kommuniziert hatten, der sich auf identische Weise wie der des anderen Opfers ausdrückte. Virtuelle Welt, virtuelle Fahndung. Er hasste es.

Schließlich rief er die Fahndungsgruppe zusammen. Nachdem er die Kollegen informiert hatte, beauftragte er Siran mit der Vorbereitung einer Hausdurchsuchung, sobald Kramer den Besitzer der speziellen IP-Adressen herausgefunden hatte. Er wollte gleich am kommenden Morgen zuschlagen. Ganz früh, noch vor sechs. Cornelia Otten war einverstanden und unterschrieb den Beschluss.

Wenig später war er in Richtung Kindergarten unterwegs.

Henriette war völlig fertig. Sie saß schlapp auf der Bank im Flur zwischen ihren Spielkameraden und trank den Rest aus ihrer Flasche. Sand klebte in den Haaren, die Backen waren rot vor Anstrengung.

Sandra, ihre Erzieherin grinste. »Den ganzen Tag im Sandkasten und auf der Schaukel sind schon hart.«

Er nahm seine Tochter auf den Arm und trat hinaus in den warmen Sonnenschein das Nachmittags. In Eitelsbach setzte er Henriette kurzerhand in die Wanne und wusch ihr gerade den Dreck ab, als Claudia hereinkam. Sie sah völlig geschlaucht aus.

»Was für ein Horror. Er hat bis zum Arzt wie verrückt gebrüllt. Otto war mit und hat ihm das Tuch auf die Stirn gedrückt.«

Er stand auf und nahm sie in den Arm. »Was ist mit der Wunde?«

»Sie musste geklammert werden, eine Gehirnerschütterung hat er nicht. Jetzt schläft er. Ich habe ihn unten aufs Sofa gelegt.«

»Und Otto?«

»Ist sofort nach Hause. Wollte noch nicht einmal auf einen Sprudel reinkommen. Ich glaube, der war auch platt.«

Lichthaus zog Henriette aus dem Wasser, obwohl sie lautstark protestierte, trocknete sie ab und zog sie an.

Als er sich später über seinen Sohn beugte, schlief Jakob. Seine Brust hob und senkte sich im ruhigen Atemzug des Schlafenden. Ein fester Verband prangte auf seiner Stirn. Er hatte große Ähnlichkeit mit seinem Vater, als der ein kleiner Junge war, wie sie erst kürzlich wieder auf alten Fotos festgestellt hatten. Die blonden Haare, die später nachdunkeln würden, und die großen braunen Augen waren nicht alles. Selbst Blick und Körperhaltung schienen identisch zu sein.

»Tut das noch weh?« Henriette war von dem dicken Pflaster sichtlich beeindruckt. Er nahm sie in den Arm.

»Ich denke nicht, sonst würde er nicht schlafen. Heute wird aber nicht mehr getobt.«

»In Ordnung.« Sie flitzte in den Garten, wo Claudia unter dem Sonnenschirm saß und ein Wasser trank.

»Konntest du weg?«

»Ja. Morgen muss ich eventuell früh los, sofern wir die Hausdurchsuchung starten.«

»Habt ihr einen Verdächtigen?« Sie sprach gedämpft, so wie sie es immer tat, wenn er von den Fällen erzählte. Lichthaus gab ihr ganz offen alle Details weiter, schließlich sollte sie wissen, warum sie so oft auf ihn verzichten musste. Andererseits ersparte er ihr die schlimmen Einzelheiten, da ihre schöngeistige Künstlerwelt viel zu weit von der schnörkellosen Brutalität mancher Verbrechen entfernt war und sie allzu sehr verstören würde.

Sie waren gerade beim Essen, als das Telefon ging. Es war Siran. »Wir haben ihn.«

»Erzähl mehr! Was macht er?«

»Kann ich dir nicht sagen, die Meldung ist noch ganz frisch. Ein Christof soundso, siebenundzwanzig Jahre alt.«

»Okay, bring die Adresse raus. Morgen um halb sechs Razzia. Wir holen den Kerl aus dem Bett. Holger und Sophie begleiten mich. Du hast dir mal eine Pause verdient. Dazu vier Uniformierte, falls es Ärger gibt. Wir treffen uns um fünf im Präsidium.«

Er wandte sich um und sah Claudia lächelnd an. »Es sieht so aus, als ob wir Glück hätten. Morgen schnappen wir uns den Verdächtigen.«

Er ging früh zu Bett, die Nacht jedoch war kurz. Jakob weinte schon um Mitternacht. Offensichtlich hatte er Schmerzen und griff sich dauern an den Verband. Es dauerte, bis er sich beruhigt hatte und das Zäpfchen wirkte. Auch als endlich Stille eingekehrt war, kam Lichthaus lange nicht zur Ruhe.

Freitag

Die Sonne ging gerade strahlend auf, als er sich mit steifen Gliedern vom Schreibtisch erhob, um wenigstens ein paar Stunden zu schlafen. Der Bildschirm war nun schwarz und leer und sah so ganz anders aus als gerade eben, als noch die Zahlenkolonnen darübergeflimmert waren. Draußen herrschte kaum Verkehr, und nur das aufgeregte Gepiepe der Spatzen im Busch vor dem Haus war deutlich zu hören. Gähnend trat er ans Fenster und sah den Tau auf den Dächern der Autos glänzen, die in der realen Welt auf die Abfahrt warteten. Die halbe Nacht hatte er am Rechner gesessen und gespielt, gesurft oder gechattet, war in der Cyberworld aufgegangen. Er liebte diese Nachtsitzungen, wenn niemand störte, sie drüben im Schlafzimmer lag und tief schlief, und einzig Gleichgesinnte durch das niemals ruhende Netz geisterten. Hier traf er um diese Zeit die wirklichen Hacker und Cracker, die Leute, denen kaum eine Firewall widerstand, die sich darauf konzentrierten, Schwächen in den Sicherheitssystemen der großen Anbieter offenzulegen. Es ging ihnen oftmals nicht darum, Schaden anzurichten, sondern Lücken zu zeigen. Meistens beteiligte er sich an den Attacken und lernte dabei viel von den Superbrains der Szene und organisierte manchmal mit deren Hilfe seine eigenen Aktionen. Man kannte ihn mittlerweile, denn er war gut.

Er trank den letzten Schluck kalten Kaffees aus der Tasse, dann trottete er nach drüben und schlüpfte lautlos unter die Decke. Müdigkeit hing wie Blei in seinen Gliedern, doch es dauerte, bis sich sein Hirn abschaltete, laufende, manchmal rasende Befehlszeilen in den Hintergrund drängte, das Adrenalin neutralisierte. Kaum war er eingeschlafen, klingelte es an der Tür.

Einen Hammer auf den Kopf zu bekommen, konnte nicht grausamer sein, und er taumelte mehr auf die Füße, als dass er ging, beachtete nicht die Maulerei von der anderen Bettseite, und drückte auf die Gegensprechanlage.

»Was ist denn los, Mann? Ich bin total müde.«

»Christof Westermann?«

»Ja?«

»Polizei! Öffnen Sie die Tür.«

Er zuckte zusammen, Angst kam in ihm auf und alle Müdigkeit zerstob. »Was?«

»Polizei, aufmachen, sonst verschaffen wir uns Zutritt«, die Stimme war hart, duldete keine Diskussionen.

»Ich ...«

»Das ist die letzte Aufforderung.«

Er öffnete die Haustür, um Schlimmeres zu vermeiden, und noch während er die Stiefel auf der Treppe poltern hörte, drang ihm der Schweiß aus allen Poren. Waren sie aufgeflogen? Aber wie hatte das geschehen können?

Schon nach wenigen Sekunden erschienen Beamte in Zivil und Uniform auf dem Treppenabsatz.

Er ging zum Angriff über. »Was soll das, noch dazu um diese Uhrzeit? Weisen Sie sich zuerst aus.«

Der mittelgroße Mann zog einen Dienstausweis aus der Innentasche seiner Windjacke, und für einen Moment konnte er den Kolben einer Waffe sehen.

»Mein Name ist Lichthaus. Hier ist der Durchsuchungsbeschluss. Würden Sie uns bitte hineinlassen.«

Er las und schaute irritiert auf. »Meine Freundin schläft.«

»Dann wollen wir sie mal wecken.«

Ihm blieb nicht die Zeit zu protestieren, denn sie schoben ihn sanft, aber unmissverständlich zur Seite und insgesamt sechs Beamte strömten in die Wohnung, darunter eine Frau. Einer der Uniformierten ergriff seinen Arm, führte ihn die Küche und bedeutete ihm, Platz zu nehmen.

»Sie warten hier.«

»Was soll das Ganze?«

Aus dem Schlafzimmer drang ein Schrei, und er sprang auf, doch die behandschuhte Hand drückte ihn eisenhart zurück.

»Sitzen bleiben.«

»Aber ...«

»Kein Aber. Die Kollegen machen das nicht zum ersten Mal. Es wird schon nichts passieren.«

»Was wollen Sie denn von uns?« Er schrie jetzt, nur war seine Stimme schrill, Angst lag in ihr, nicht zu überhören. Wie hatten sie ihn gefunden?

Der Beamte ignorierte ihn.

Die folgende Stunde war schrecklich. Er durfte mit niemandem reden und musste zusehen, wie seine Rechner, viele Unterlagen in Ordnern und auch seine nun angezogene Freundin mitgenommen wurden. Ihr kämpferischer Blick, den er durch den Spalt der Küchentür erhaschte, gab ihm Zuversicht. Sie war kampfbereit, er allerdings nur ratlos.

Die Müdigkeit kam zurück, und er döste vor sich hin, träumte sogar kurz, war eingeschlafen, als dieser Lichthaus und die Beamtin vor ihm auftauchten.

»Sie begleiten uns aufs Präsidium. Wir haben einige Fragen zu klären.«

»Bin ich festgenommen?«

Sie übernahm das Gespräch. »Nein. Vorerst nicht.«

»Ich will einen Rechtsanwalt.«

»Brauchen Sie einen?«

»Ich weiß es nicht.«

Die Frau sah ihn kalt an. »Halten wir es so: Sollte sich der Verdacht gegen Sie bei unserer Befragung erhärten und wir Sie als Tatverdächtigen vernehmen wollen, müssen wir Sie darüber ohnehin unterrichten, dann können Sie immer noch einen Rechtsbeistand hinzuziehen. Ich denke, damit können Sie einverstanden sein.«

Ihr Lächeln war echt, doch die Härte ihrer Stimme war es auch. Er bekam Angst.

*

Lichthaus sah aus dem Fenster und reckte sich. Die Uhr zeigte neun und es war nun Zeit, die Vernehmung zu beginnen. Knapp zwei Stunden hatten sie die beiden schmoren lassen und würden sich zuerst die Freundin vorknöpfen. Eine seltsame Person. Sie hatte die Beamten aus dem Zimmer geworfen, nachdem sie den ersten Schrecken überwunden hatte. Eine große Frau mit langen braunen Haaren, deren ausladende Hüften unter dem Nachthemd spannten. Ihr Aufzug war ihr nicht peinlich, das sah Lichthaus sofort, sie schickte sie nur raus, um ihre Position in einem Spiel zu festigen, das sie noch nicht ganz verstand. Nur Sophie durfte bleiben. Das sei ihr recht. Corinna Ludens hatte den Durchsuchungsbeschluss genau gelesen und viele Fragen gestellt, war ruhig, aber unfreundlich geblieben und hatte die Herausgabe all ihrer Privatsachen verweigert, da der Beschluss nicht auf sie, sondern auf Christof Westermann ausgestellt war.

Sie stand auf dem Gang und rauchte aus dem Fenster.

»Hier ist rauchen verboten.«

Sie schnippte die Zigarette hinaus und drehte sich um. »Dann halten Sie mich nicht so lange fest.«

»Es hält Sie niemand fest. Wir wollen ...«

Wortlos wandte sie sich ab und ging zum Ausgang.

Lichthaus rief ihr hinterher. »Die letzte Tür links sitzt Marie Guillaume. Bitte vereinbaren Sie für Morgen einen Termin. Bei uns im Präsidium.«

Sie kam zurück und sah ihn offen an. »Dann hätten wir das ja geklärt. Was wollen Sie von mir?«

»Auf dem Gang oder in meinem Büro?«

Corinna Ludens ging an ihm vorbei, setzte sich an den Besuchertisch und sah sich um, während Lichthaus Sophie Erdmann anrief, um sie zu bitten, am Gespräch teilzunehmen.

»Schöne Bilder.« Sie spielte mit ihren Haaren.

»Hat meine Frau gemalt.«

Sie sah ihn abschätzend an und lächelte. »Hätte ich Ihnen gar nicht zugetraut.«

Ihr Lächeln hatte Kraft. Lichthaus grinste und begann mit der Aufnahme der Personalien. Sophie kam rein und setzte sich dazu.

»Wo waren Sie am letzten Montag zwischen neunzehn und drei Uhr?«

»Zu Hause.«

»Kann das jemand bezeugen?«

»Christof.«

»Das heißt, er war auch in der Wohnung.«

»Bis zehn auf alle Fälle, danach bin ich zu Bett und sofort eingeschlafen. Ich habe den ganzen Tag gearbeitet und war hundemüde.« Sie zog eine blaue Weste enger um die Schultern. Sie hatte nur ein T-Shirt übergeworfen und war in Jeans gesprungen, nun fror sie. Er schloss das Fenster.

»Was arbeiten Sie?«

»Angestellte in einem Bioladen.«

Lichthaus schaute erstaunt auf.

Sie bemerkte seinen Blick und legte nach. »Und nicht mit voller Stundenzahl. Zu mehr habe ich keine Zeit, da ich mich in der AG Frieden engagiere und hier einige Projekte begleite. Außerdem muss ich noch mein Studium beenden.«

»Was studieren Sie?«

»Ist das wichtig?«

Lichthaus zuckte die Schultern.

»Geschichte und Politologie.«

Er schielte auf das Geburtsdatum. Sie war dreißig. »Was arbeitet Ihr Freund?«

»Irgendein IT-Job für die Bitburger Brauerei. Fragen Sie mich nicht, er erzählt oft von diesem Zeug, doch ich verstehe kaum etwas, kann die Programme, die ich benötige, nur anwenden.«

»Am Montag war er also bis zehn zu Hause? Sicher?«

»Absolut.«

»Nun, wir haben den Verdacht, dass Ihr Freund im Netz kriminelle Machenschaften entwickelt, daher auch unsere Hausdurchsuchung.«

Corinna Ludens richtete sich auf. »Davon weiß ich nichts.«

Sie log, das sah ihr Lichthaus an. Manch einer, den sie befragten, log annährend perfekt, und sie gingen diesen Typen wahrscheinlich häufig auf den Leim, doch diese Frau war es nicht gewohnt, die Unwahrheit zu sagen. Er hätte einiges darauf gewettet, dass ein Lügendetektor maximal ausgeschlagen wäre.

»Ehrlich?«

»Ja! Er ist nicht kriminell. Gerecht und gerade heraus, ja. Aber nicht kriminell.«

»Was hat das eine mit dem anderen zu tun?« Sophie Erdmann schaute verwirrt.

»Seine Grundhaltung deckt sich exakt mit meiner Einstellung zu Gerechtigkeit und Verteilung von Wohlstand auf der Erde und natürlich in erster Linie in Deutschland. Manchmal frage ich mich, ob ihr alle mit Scheuklappen durch die Gegend lauft. Die Reichen werden immer reicher, und das mit zunehmender Geschwindigkeit, und die Armen immer ärmer. Selbst das Bürgertum wird ausgehöhlt durch Reallohnverluste und kalte Progression. Schaut euch doch mal um! Die Branche, die in der Krise praktisch keine Auswirkungen gespürt hat, ist die für Luxusgüter. Kreuzfahrten, die das Jahreseinkommen eines Arbeiters kosten, boomen. Und dann hinterziehen diese Typen auch noch Steuern ohne Ende und können sich jetzt sogar per Gesetz freikaufen, wenn sie das Ganze richtig anleiern. Das ist Kriminalität, das ist ungerecht.«

»Und Ihr Freund ist gerecht?«

»Ja.«

»Wie äußert sich das?«

»Er kämpft für die Armen. Ist im Personalrat und der Gewerkschaft und setzt sein Wissen für die ein, die sich nicht wehren können.«

»Auf welchem Weg?«

»Fragen Sie ihn selbst.«

»Ich will es von Ihnen wissen.«

»Werden Sie aber nicht.«

»So helfen Sie ihm ganz sicher nicht.«

Sie zuckte mit den Schultern. »Was wollen Sie? Stellen laufend Fragen, die ich nicht beantworten kann, und rücken nicht mit dem raus, was Sie ihm konkret vorwerfen. Von mir hören Sie ab jetzt kein Wort mehr. Also?«

»Das geht nicht, die Daten sind unter Verschluss.«

Sie brauste auf. »Das ist unmöglich. Sie dringen bei uns ein wie in einem Polizeistaat und erklären nicht einmal, warum.«

»Doch, aber wie Sie heute Morgen schon richtig bemerkt haben, richten sich unsere Untersuchungen gegen Ihren Lebenspartner. Da Sie nicht verheiratet sind, stehen Ihnen weder ein Aussageverweigerungsrecht noch ein Auskunftsrecht zu.«

Sie funkelte ihn an. »Stellen Sie endlich Ihre Fragen, damit ich aus diesem Laden herauskomme!«

»Wo war er am Samstagvormittag?«

»Auch das kann ich nicht sagen, da war ich zur Arbeit.«

Lichthaus atmete hörbar aus. »Okay, das war es vorerst.«

»Und für die paar Punkte lassen Sie mich zwei Stunden warten?«

Sophie sah die Frau unfreundlich an. »Ja, wir hatten uns mehr von Ihnen versprochen.«

Corinna Ludens rauschte grußlos aus dem Büro und schlug die Tür hinter sich zu.

*

Der Job in der Brauerei ödete ihn an. Nichts war langweiliger, als für eine Abfüllanlage zuständig zu sein, die praktisch ohne Probleme lief. Und sollte es doch einmal zu einem Ausfall kommen, hatte nur der Kundenservice des Anlagenbauers die nötigen Codes, um einzugreifen. Klar hatte er sie ausspioniert und beim letzten Problem so schnell selbst eingegriffen und das Problem behoben, dass es niemandem aufgefallen war. Doch der Alltag war so oft eintönig. Seine Gedanken gingen dann auf die Reise zum Netz, arbeiteten an neuen Aktionen oder strukturierten das nächste Hacking. Hierfür lebte er.

Hier gelang es ihm nicht, sich ins Netz zu beamen. Der Vernehmungsraum war fensterlos, und es roch muffig. Neben einem Tisch, zwei unbequemen Stühlen, von denen er einen nun schon eine Ewigkeit plattsaß, und einer Kamera, deren rotes Lämpchen zeigte, dass man ihn aufnahm, war er leer. Seitlich befand sich der unvermeidliche Spiegel, hinter dem er unter Garantie beobachtet wurde. Eine Zeitlang hatte er mit dem Gedanken gespielt, zu klopfen oder irgendwelche Provokationen abzufeuern, sich schließlich aber dagegen entschieden.

Er schrak auf, als die Tür aufging und Lichthaus mit einem ihm unbekannten Kollegen im Schlepptau hereinkam, den er als Nils Kramer vorstellte.

Sie nahmen die Personaldaten auf, dann ging es unvermittelt los. »Wo waren Sie in der Nacht von Montag auf Dienstag?«

»Diese Woche?«

»Ja.«

»Zu Hause.«

»Wer kann das bezeugen?«

»Meine Freundin.«

»Bis zehn Uhr. Was war danach?«

»Ich verstehe nicht. Sie lag im Bett.«

Der zweite Polizist machte nun mit. »Eben. Sie schlief und fällt damit als Zeugin aus.«

Er war die ganze Nacht am Rechner gewesen, doch das sollten die Kerle nicht erfahren. »Habe ich also Pech gehabt, nur weil meine Freundin eingeschlafen ist? Worum geht es eigentlich?«

»Mord und versuchter Totschlag.«

Er sprang auf. »Was?«

»Setzen Sie sich.«

»Ich bin doch kein Mörder.«

»Sie sollen sich setzen«, Lichthaus' Stimme hallte durch den Raum. Er nahm wieder Platz.

»Ich war die ganze Nacht zu Hause.«

»Kennen Sie eine Agnes Goldhagen oder eine Sieglinde Strabetz?«

»Nein.«

»Der Chat-Name der Damen ist, nein war, Goldie und Täubchen?«

Christof brauste auf. »Sagen Sie mal, wollen Sie mich verarschen? Woher soll ich denn zwei Tanten kennen, die mit so Schwachsinnsnamen durchs Netz geistern?«

»Ihre IP-Adresse taucht in den Chat-Protokollen auf.«

Westermann lachte erleichtert auf. »Warum sagen Sie das nicht gleich? Mein Server ist Teil von Tor. Da kann Gott weiß wer über meine IP gegangen sein.«

Lichthaus schaute verständnislos, Kramer hingegen interessiert. »Welche Position haben Sie?«

»Seit drei Jahren ist mein Server *exit node*.«

Nun ging Lichthaus dazwischen. »Ich verstehe kein Wort. Bitte noch mal für Nicht-Spezialisten.«

Kramer übernahm den Job. »*Tor* oder auch *The Onion Routing* ist ein Netzwerk, in das zunächst einmal einige Menschen ihren Rechner als Proxy-Server zur Verfügung stellen.« Er sah Lichthaus prüfend an, aber der schien noch nicht zu begreifen. »Ein Netz besteht doch aus verknoteten Fäden, richtig?«

Lichthaus nickte.

»In dem elektronischen Netz wird ein solcher Knotenpunkt, der die Teilnehmer miteinander verbindet, Proxy genannt oder Proxy-Server.«

»Also wenn ich eine Seite im Internet aufrufe, werde ich nicht direkt mit dieser verbunden, sondern dieser …«

»Proxy hängt dazwischen, genau. Über den wird kommuniziert. Und der kennt dadurch natürlich die IP-Adressen, also quasi die Postanschrift, der Teilnehmer und kann genau sagen, wann hier eine Kommunikation stattgefunden hat. Alle diese Informationen können wir im Bedarfsfall von den Proxy-Betreibern erfahren. Eventuell speichern die auch die Inhalte.«

»Aber bei Tor läuft das doch wohl anders. Ist das nicht nur was für Experten?«

»Jeder kann sich in dem Netzwerk anmelden, um dann im Internet zu surfen, ohne seine Identität aufzudecken«, stellte Kramer klar.

»Und wie funktioniert nun diese Anonymisierung bei Tor?«

Westermann kam Kramer zuvor. Er war erleichtert, da die Befragung eine Richtung nahm, die ihm keine Angst mehr bereitete. »Ganz grob, es ist eigentlich ein ganz einfaches Prinzip. Der Nutzer installiert sich ein Programm, das heißt Onion-Proxy. Und über dieses Programm geht er dann ins Internet. Es sucht sich selbst aus den Proxy-Servern, die sich im Netzwerk zusammengeschlossen haben, einen aus, an den es seine Verbindungsanfrage richtet, zum Beispiel: Gehe zu der Website von X. Oder, in Ihrem Fall: Gehe zum Chatroom.«

»Ja, dann brauchen wir doch nur die Informationen von diesen Servern abzurufen.« Man sah Lichthaus das Unverständnis im Gesicht an.

»So einfach ist das nicht, denn bei Tor verbindet der Proxy nicht einfach einen Teilnehmer mit einem anderen, sondern der Eingangsknoten wählt einen weiteren Server, der wieder auf einen dritten zugreift, von dem aus das eigentlich anvisierte Ziel, etwa eine Internetseite, angesprochen wird. Und dieser letzte Server war in Ihren Fällen mein Rechner. Deshalb steh ich auf Ihrer Liste. Aber ich, nein, mein Computer kann nicht wissen, von wem die Kommunikation ursprünglich gestartet worden ist. Er war nur der Endknoten in einer Kette von dreien.«

Lichthaus verstand. »Wenn wir beide Teilnehmer ermitteln wollen, müssten wir den Eingangsknoten, den Server in der Mitte und den Schlussknoten kennen.«

Kramer nickte. »So in etwa, ein Großteil der Server sitzen nur in der Mitte also nicht am Eingang oder Ende.«

»Die IP-Adressen der Proxy-Server von Tor werden wohl geheim gehalten, oder?« Lichthaus sah Westermann fragend an.

»Nein, keineswegs, die werden veröffentlicht.«

Lichthaus' Blick wanderte zu Kramer. Der zuckte mit den Schultern. »Wir haben die Teilnehmer-Informationen nicht mit der Liste der Tor-Server abgeglichen.«

Lichthaus gab sich damit zufrieden. Er dachte nach. »Es gibt also keine Möglichkeit, den Täter auf diesem Weg zu finden.«

»Null. Es sei denn, er war so dumm, Cookies zuzulassen, also die automatische Installation von kleinen Programmen durch eine besuchte Webseite, dann bestünde eine Chance.«

»Oder Javaskript aktiviert hat«, warf Westermann ein.

»Kannst du das prüfen?«

»Klar.«

Die beiden Polizisten standen auf und verließen den Befragungsraum. Westermann atmete auf. Geschafft.

*

Lichthaus und Kramer gingen in den Nebenraum, von wo aus sie Westermann beobachten konnten.

»Was machen wir mit ihm?«

Kramer zuckte mit den Schultern. »Wenn die Kollegen nachweisen können, dass er tatsächlich nur das Ende der Kette ist, müssen wir ihn laufen lassen. Endknoten zu sein ist ja nicht strafbar.«

»Eine Rückverfolgung können wir wirklich nicht machen?«

»Nein. Die Server stehen über die ganze Welt verstreut. Der Absender wird vielleicht an einen Eingangsknoten in Frankreich vermittelt, der ihn dann nach Costa Rica weitergibt, der in die

USA überführt, von wo aus der Empfänger angesprochen wird. Juristische Hebel kannst du in dem Fall vergessen.«

»Und wenn er es doch war?«, hakte Lichthaus nach.

»Finden es die Kollegen heraus. Wir haben außer dem Server ja noch die anderen Rechner mitgenommen.«

Zehn Minuten später war Christof Westermann entlassen, allerdings mit der Auflage, sich zur Verfügung zu halten und Trier auf absehbare Zeit nicht zu verlassen.

*

Der Bus spuckte sie am Flughafen Frankfurt-Hahn in einen sonnigen Junimorgen und sie verschmolzen mit den vielen Menschen, die in den Hunsrück kamen, um von der ehemaligen US-Base aus in den Urlaub zu starten. Dave hasste die Billigflieger, in denen man wie in einer U-Bahn saß, doch es war die einfachste Möglichkeit gewesen, wegzukommen. Tekki zog vor ihm einen schweren Koffer die Rampe nach oben und suchte nach dem richtigen Schalter um das wuchtige Ding aufzugeben. Sie hatte Shorts an, unter denen ihre langen Beine unendlich erschienen, und bei aller Eifersucht gefiel es ihm, wie andere Männer ihr hinterherschauten. Sie war bildhübsch. Gerade drehte sie den Kopf, um zu schauen, ob er hinter ihr war, und lächelte ihn an. Sein Argwohn, den er ihr gegenüber gehegt hatte, war verraucht, auch wenn er gestern noch der Meinung war, irgendetwas stünde zwischen ihnen, etwas, was Tekki immer weiter wachsen ließ.

Nach einer elenden Wartezeit, während der er zeitweise den Eindruck bekam, die Angestellten an der Abfertigung wären im Bummelstreik, erreichten sie den Schalter. Tekki zeigte ihren Flugschein und den Ausweis vor, den sie seit nun fast vierzehn Monaten vor ihm geheim hielt. Er küsste ihren nackten Oberarm, drückte seine Lippen auf das Spinnentattoo, wobei er auf den Pass schielte. Sie bemerkte seinen Versuch, einen Blick zu erhaschen, und hielt ihm das Dokument vor die Nase. Er las einen Namen, den er gar nicht in einen Zusammenhang mit seiner Tekki bringen konnte.

»Zufrieden?« Ihr Lächeln war das einer Mutter zu ihrem ungezogenen Kind, das zwar seinen Kopf durchgesetzt hatte, nun aber doch enttäuscht dastand.

»Dieser Name ist für mich ohne Bedeutung. Du bist und bleibst Tekki.«

Sie ging nicht darauf ein, denn der Mann am Schalter sprach sie an, und es fiel ihm auf, wie perfekt das Englisch war, in dem sie antwortete. Er verstand kaum die Hälfte, obwohl in der IT-Branche Englisch eine Standardsprache war. Der Typ lachte über einen Witz, der Dave entgangen war, packte den Koffer auf das Laufband und winkte sie weiter.

»Wow, dein Englisch ist super.«

Sie ignorierte ihn, wie sie es immer tat, wenn er in ihre Vergangenheit vordringen wollte. Normalerweise ärgerte ihn das, doch die Aussicht auf ein paar Wochen in Spanien und der Vertrauensbeweis, ihm den Ausweis gezeigt zu haben, ließen es an ihm abperlen.

Dann ging es durch das Gate.

Zwölf Tage später, Mittwoch

Lichthaus sah Siran an, der seinen Tee unendlich rührte und nicht wirklich zuversichtlich schaute.

»Mensch Siri, wir ermitteln nun schon seit zwei Wochen und kommen unserem Täter keinen Schritt näher, und jetzt sollen wir auch noch dieser Erpressungsgeschichte hinterherrennen, auf die wir zufällig gestoßen sind, als wir Westermanns Rechner untersucht haben. Das hat mit unserem Fall nichts zu tun. Wir geben den Vorgang am besten ab.«

»Nun, das ist doch wenigstens mal einmal ein Fahndungserfolg.«

»Toll.« Lichthaus murrte ein wenig vor sich hin, wusste andererseits, dass Siran Recht hatte. »Schick diesem Kerl eine Vorladung. Er soll hier auflaufen und, wenn er will, einen Rechtsbeistand mitbringen.«

Ihre Fahndung verlief im Nichts. Die weiteren Spurenauswertungen hatten keine brauchbaren Ergebnisse gebracht. Zeugenaussagen waren bis zur Wertlosigkeit vage geblieben. Alle Kontobewegungen und Kameraaufnahmen des Täters zeigten stets dasselbe Bild. Ein vermummter Mann, dessen Identität perfekt verborgen blieb. Steinrausch und sein Team hatten alle Filme gesichtet und waren frustrierend gescheitert. Vor einer Woche hatten sie begonnen, die laufenden Chats anhand des Sprachprofils mitzulesen, das vom BKA erstellt worden war, doch die wenigen Ähnlichkeiten, die sie mit Hilfe des Rasters gefunden hatten, waren bei näherer Betrachtung eher zufälliger Art. Der Täter schien sich zurückgezogen zu haben. Oder war er in eine andere Region oder ein anderes Netz gewechselt?

»Was hältst du von einem Lockvogel?«, fragte Siran zögerlich.

»Du meinst im Chat?«

»Ja, klar im Chat. Kann doch jeder rein und sich ein Phantasieprofil erstellen. Warum nicht wir?«

»Aber wie soll das aussehen?«

»Nun, ich habe mit Sophie darüber diskutiert. Anhand des Profils der beiden toten Frauen und der Protokolle ihrer Chats müsste ein begabter Linguist doch in der Lage sein, die ideale Zielperson zu simulieren. So können wir feststellen, ob er sich wirklich verzogen oder einfach noch kein neues Opfer gefunden hat. Vielleicht legt er nach der Schießerei ja nur eine kleine Pause ein. Wenn wir ihm aber ein ideales Opfer präsentieren … Vielleicht beißt er ja an? Das Geld könnte ja langsam knapp werden.«

»Wir haben nur ein Problem. Wenn er über die Anonymisierungssoftware arbeitet, bleibt er im Nebel.«

»Zu den beiden Rentnerinnen ist er irgendwann auch persönlich gekommen.«

»Das ist richtig, nur wissen wir immer noch nicht, wie er die Adressen herausbekommen hat.«

»Das können wir herausbekommen, wenn wir ihm eine Falle stellen und ihn in eine überwachte Wohnung locken.«

»Zu gefährlich. Eine solche Verantwortung will ich nicht übernehmen. Der Mann muss schnell und lautlos arbeiten, wie sonst hätte es ihm gelingen können, seine Opfer in ihren Wohnungen zu überwältigen? Da braucht nur einmal jemand nicht hundertprozentig aufzupassen ... Nein, das Risiko ist mir zu groß.«

Siran schnaubte. »Was denn dann?«

»Keine Ahnung. Ich denke drüber nach.«

»Schön. Sollen wir Westermann für morgen bestellen?«

»Ja, und auch diese Ludens, seine Freundin.«

Siran stand auf und verschwand gerade durch die Tür, als das Telefon ging. Es war Claudia, das sah er an der Nummer.

»Hallo«, er freute sich über die willkommene Abwechslung, doch war das nur von kurzer Dauer.

Sie war sauer und fauchte in den Hörer. »Was hast du mit meinen Installationen angestellt?«

»Nichts?«

»Und wieso lädt mich eine Galerie in Düsseldorf ein, die Arbeiten dort auszustellen?«

»Ich habe Fotos gemacht und verschickt.« Er klang schuldbewusst.

»Geht es dir noch gut? Es ist doch wohl meine Entscheidung, wann und wem ich meine Sachen zeige, oder?«

»Du warst so niedergeschlagen. Ich dachte, eine Anerkennung von anderer Seite würde dir helfen, den Frust zu überwinden.«

Sie schwieg lange Sekunden, dann legte sie wortlos auf.

»Scheiße.« Er betrachtete die Weinberge und ließ seinen Blick von dort aus auf das Bild mit den Reben wandern, das seit einigen Tagen an der Stirnwand seines Büros hing. Gerade jetzt, wo Claudia sich wieder zu finden schien. Der Schuss war nach hinten losgegangen. Er hatte die Fotos, die er gemacht hatte, bevor sie die Installationen

abgebaut hatte, heimlich an Galerien gesendet, in der Hoffnung, eine positive Reaktion würde Claudia helfen, ihre Selbstzweifel zu überwinden.
Die Tür ging auf und ein junger Polizist in Uniform kam herein.

Lichthaus fuhr aus der Haut. »Können Sie auch anklopfen?«

»Ich hatte ...«

»Was ist denn schon wieder?«

Er sah, wie Schweiß auf die Stirn des Polizeimeisters trat. »Nun, die Kriminaltechnik hat mich gebeten, Ihnen den Bericht vorbeizubringen. Es sei wichtig.«

»Na, dann geben Sie mal her.«

Er nahm den dünnen Ordner entgegen, und der Uniformierte beeilte sich, mit einem Nicken aus der Höhle des Löwen zu entkommen. Lichthaus schaute ihm hinterher, sein Blick verharrte auf der geschlossenen Tür und er murmelte zu sich selbst. »Langsam wirst du wie Müller. Reiß dich mal zusammen.«

Dann schlug er den Bericht auf und verstand augenblicklich, warum Reinke ihm das Ergebnis hatte unmittelbar zukommen lassen. Die Analyse der meisten sichergestellten Haare hatte ergeben, dass sie den Helfern oder aber den Ermordeten selbst zuzuordnen waren. Alle außer vier. Die KTU hatte deren DNA mit den Informationen ihrer Datenbanken verglichen. Und hatten einen Treffer gelandet: eine junge Frau namens Luisa Pohl, geboren am 19. Juli 1993.

Die Akte enthielt eine Vermisstenanzeige. Das Mädchen war am Tag nach ihrem Abitur abgehauen. Die Eltern, Justus und Elena Pohl, zeigten das Verschwinden ihrer Tochter zwei Tage später an, die Suchanzeige wurde jedoch einen Monat später gestoppt und zwar auf Verlangen der Vermissten selbst, wie er dem Aktenvermerk entnahm. Die Kopie der Akte, die Reinke wer weiß woher bekommen hatte, sagte nichts darüber aus, warum dies geschehen war. Vielleicht war sie gefunden worden, wodurch die Anzeige sich von selbst erledigt hatte, sie war schließlich volljährig, oder sie war von allein nach Hause zurückgekehrt und hatte sich gemeldet. Lichthaus betrachtete das Foto von Luisa Pohl. Trotz der schlechten Qualität war zu erkennen, dass sie ein auffallend hübsches Gesicht hatte. Da das Bild schwarzweiß war, konnte er nicht exakt sagen, ob ihr Haar braun oder schon eher schwarz war.

Er lehnte sich zurück und spielte mit der Figur. Wie kommt das Haar einer ehemals vermissten jungen Frau in die Wohnung eines Mordopfers? Öffnete sich die Tür jetzt einen ganz kleinen Spalt, den es zu nutzen galt, um den Fall zu lösen?

Sophie war nach dem ersten Klingeln am Apparat und lauschte konzentriert seinen Ausführungen. Nur eine Stunde später kam sie mit Adresse und Telefonnummer der Pohls durch die Tür.

Sie setzte sich. »Die Pohls sind nicht irgendwer, wir müssen da vorsichtig vorgehen.«

»Wieso?«

»Justus Pohl entstammt einem alten Geldadelsgeschlecht an der Ruhr. Sein Urgroßvater gründete im neunzehnten Jahrhundert einen Betrieb, der damals revolutionäre Chemikalien entwickelte und rasant wuchs. Das Unternehmen ist irgendwann verkauft worden. Man hat dann neue Firmen gegründet und wieder weiterveräußert, sich hier und dort beteiligt, alles Namen, die ich noch nie gehört habe. Es müssen jedoch lukrative Geschäfte gewesen sein. Mit einem Vermögen von rund achthundert Millionen liegen sie auf Platz einhundertvierzig der reichsten Deutschen. Justus Pohl ist zweiundsechzig und gilt als sperriger Patriarch, im Internet gibt es einige Kommentare über ihn, die Bände sprechen. Ich fasse es mal so zusammen: ein extrem arroganter Kotzbrocken. Verheiratet ist er mit Elena, seiner zweiten Frau, der Mutter von Luisa.«

»Was ist mit der ersten Ehe?«

»Wurde vor ewigen Zeiten geschieden. Die Frau war eine Barbara von Zietchow. Eine Ehe der Marke Geldadel trifft alten Adel. Das ging anscheinend daneben. Luisa ist das einzige Kind von Justus. Sie muss der Traum aller Eltern gewesen sein. Bildhübsch und hochbegabt. Die Mutter ist Musikerin und hat ihr Talent offensichtlich vererbt. Mit drei ans Klavier, mit sechs an die Geige. Mit der hat sie Jugendwettbewerbe gewonnen, war bei *Jugend musiziert* ganz oben dabei, die Juroren sprachen von dem Potenzial für eine Solokarriere. In der Schule top, sie überspringt eine Klasse und macht mit noch siebzehn Abi. Und plötzlich haut sie ab. Die Eltern sind am Boden zerstört und geben eine Vermisstenanzeige auf.«

»Die sie stoppt. Und was nun?«

»Ich habe dich avisiert. Man erwartet bereits deinen Anruf.«

Er blies die Backen auf. »Auf das Telefonat freue ich mich jetzt schon.«

Sie reichte ihm grinsend einen Zettel mit der Telefonnummer.

Lichthaus sah sie schief an. »Danke, bitte bleib hier, für solche Gespräche habe ich gerne Zeugen.«

»Soll ich mitschneiden?«

»Ja.«

Er stellte den Lautsprecher an, wählte die Nummer, und er hätte gewettet, dass das Klingeln noch nicht im Raum verhallt war, als der Hörer schon aufgenommen wurde.

»Pohl.« Eine herrische Stimme, befehlsgewohnt, keinen Widerspruch duldend.

Grimassen schneidend schaute er zu Sophie hinüber. »Guten Morgen, Herr Pohl, mein Name ist Lichthaus, ich bin Kriminaldirektor in Trier.«

»Sie wurden mir bereits angekündigt. Was kann ich für Sie tun?«

»Es geht um Ihre Tochter ...«

Pohl unterbrach, fast schon unhöflich. »Was ist mit ihr?«

Lichthaus war sich nicht sicher, ob Angst oder Widerwille der Stimme ein unterschwelliges Timbre gegeben hatte, doch irgendwelche Emotionen hörte er selbst durch die Telefonleitung.

»Nun, wir haben ein Haar von ihr gefunden.«

»Wie bitte?« Pohl lachte.

»Es geht nicht um irgendein Haar, sondern die Tatsache, dass es an einem Tatort aufgetaucht ist.«

»Tatort?«

»In der Wohnung wurde eine Frau ermordet.«

Die rasche Folge sich verschlechternder Informationen zeigte Wirkung. Es dauerte, bis eine Reaktion erfolgte. »Wo ist sie?« Unterdrückte Angst, oder hat er sie niederringen müssen, schwang in der Frage mit. Der Mann war voller Sorge. Seine Selbstsicherheit bekam Risse.

»Wir wissen es nicht. Ich will auch gleich klarstellen, dass wir Ihre Tochter nicht verdächtigen. Die Spurensicherung hat nur ausgewertet, was gefunden worden ist, und durch einen Vergleich mit den Daten, die seinerzeit erhoben worden waren, sind wir auf Sie gestoßen.«

Der Geschäftsmann, der Taktiker gewann nun in Pohl die Oberhand. »Sind Fehler möglich?«

»Inwiefern?«

»Eine falsche Analyse?«

»Nein, die Tests sind wasserdicht, gerichtsfest sogar.«

Pohl zögerte einen Augenblick und änderte dann die Strategie. »Ich will offen zu Ihnen sein. Luisa ist weggelaufen, als sie ihr Abi hatte und volljährig war. Von heute auf morgen.«

»Hatte es Streit gegeben?«

»Haben Sie Kinder?«

»Ja, auch eine Tochter, doch die ist erst drei Jahre alt. Und einen achtzehn Monate alten Sohn.«

»Sie werden es erleben. Eines Tages kommt der Moment, da sie Ihnen fremd werden. Ich hatte trotz aller Arbeit ein enges Verhältnis zu ihr und kann bis jetzt nicht sagen, was es war, was mein einziges Kind aus dem Haus getrieben hat.«

»Warum wurde die Anzeige zurückgezogen?«

»Sie hat angerufen und uns jegliche Suche nach ihr verboten. Ist bei Ihren Kollegen vorstellig geworden, um diesen Willen kundzutun, hat ihnen sogar verboten, uns mitzuteilen, wo genau sie aufgetaucht ist.«

Lichthaus machte sich eine Notiz. »Seitdem hatten Sie keinen Kontakt mehr?«

»Nein«, er zögerte, und noch ein klein wenig der harten Fassade bröckelte. »Wir warten jeden Tag darauf, von ihr zu hören oder sie vielleicht sogar sie wiederzusehen. Egal was auch geschehen sein mag, sie wird immer willkommen sein. Und Sie können mir glauben, ich werde meinen nicht unerheblichen Einfluss und mein Vermögen einsetzen, um sie vor jeglicher Verfolgung zu schützen.«

»Davon gehe ich aus.« Tatsächlich zweifelte Lichthaus keine Sekunde daran. Und er hatte die versteckte Drohung wahrgenommen. Der weiche Punkt dieses stählernen Typs war seine Tochter. Würde er noch andere entdecken?

»Ich erwarte, dass Sie uns informieren, sobald sich Neues ergibt.« Pohl hatte sich gefangen, die Fassade war wieder intakt, und er versuchte, in eine gute Position zu kommen. Jetzt schon, obwohl kaum etwas vorlag. Clever. Sie würden es schwer haben, wenn Luisa Pohl tatsächlich involviert sein sollte.

»Das ist Sache der Staatsanwaltschaft.«

»Ich darf doch sehr bitten. Hier geht es um unsere Tochter, und da ...«

»Verstehen Sie mich nicht falsch. Es steht Ihnen offen, beim Ministerium, beim Polizeipräsidenten oder bei wem auch immer die relevanten Informationen zu erbitten. Sie Ihnen zu geben, würde meine Kompetenz überschreiten. Es ist auch nicht mein Aufgabengebiet, und daran muss ich mich halten.«

»Doch der kleine Beamte! Ich dachte, Sie wären über das Stadium hinaus.« Pohl höhnte, versuchte, ihn aus der Reserve zu locken.

»Das habe ich von den Rechtsanwälten mächtiger Männer gelernt. Stets fordern sie Offenheit und Flexibilität, wenn es um ihre Interessen geht. Doch die geringste Verfehlung reicht aus, um nach allen Regeln der Juristerei zur Rechenschaft gezogen zu werden.«

»Also dann hätten wir das ja geklärt. Guten Tag.«

Pohl legte auf, noch ehe Lichthaus etwas erwidern konnte. Ihm war es egal, da das Gespräch ohnehin eine Wendung genommen hatte, auf die er gerne verzichtete. Er wandte sich an Sophie, die sich kopfschüttelnd eine Strähne aus der Stirn strich.

»Nett, oder?«

Sie zuckte die Schultern. »Das kennen wir ja schon. Was denkst du über diese Luisa?«

»Als alleinige Täterin fällt sie aus, da wir eigentlich einen Mann suchen. Auf irgendeinem Weg muss das Haar jedoch in die Wohnung gekommen sein. Eventuell ist sie der Schlüssel, den wir so lange gesucht haben. Ja, ich glaube, wenn wir sie finden, sind wir dicht am Täter. Ich wüsste gerne mehr von ihrem Leben vor dem Abtauchen. Sie war anscheinend bei den Kollegen, um die Suche nach ihr zu unterbinden. Vielleicht können wir da anfangen.«

»Soll ich ...«

»Nein, ich setze Steinrausch daran, der kennt ja alle Welt in unserem Business. Sieh du mal, ob irgendwelche Unterlagen bei den Krankenkassen und Rentenversicherungen vorliegen. Wenn sie arbeitet, gibt es auch Akten, und von irgendetwas muss sie ja leben.«

Sophie machte sich Notizen, und er wartete, bis sie fertig war. »Siran will einen Lockvogel auf den Täter ansetzen, doch habe ich meine Bedenken.«

»Ich weiß. Aber ich halte die Idee für gut, da wir so wieder aktiv werden. Das Durchkämmen der Chats führt doch zu keinem Ergebnis, wir brauchen da einen Profi, der das Ganze mit einem Programm durchspielt.«

»Dann hört erst mal damit auf. Ich kümmere mich um Hilfe und diskutiere die Lockvogelidee mit Brauckmann. Bei ihm liegt die Entscheidung.«

*

Graugans. »Bist du da, Silberlocke? Ich warte auf dich. Dein Federvieh.«

Silberlocke. »Ich habe dich vermisst. Wo warst du?«

Graugans. »Es ging mir nicht so gut. Du weißt ja, die Depressionen. Bin zwei Tage lang nicht aus dem Bett gekommen. Die Stille, diese Stille zieht mich manchmal so nach unten. Nur das Ticken der Uhr, wenn der Fernseher ausgeschaltet ist. Draußen lachen sie, fahren in ihren Autos weg, zu Freunden oder in Urlaub, nicht war. Immer an mir vorbei. Nie ist ein Mensch für mich da.«

Silberlocke. »Warum sprichst du in solchen Momenten nicht mit mir? Was war denn los?«

Graugans. »Ich habe mir lange überlegt, ob ich noch einmal mit dir sprechen soll. Ich wünsche mir eine Hand, Wärme. Aber dann denke ich, eigentlich spreche immer nur ich von mir. Du hörst mir zu und gibst nie etwas preis, versteckst dich hinter der Anonymität deines Computers. Ich will so nicht weitermachen.«

Silberlocke. »Es ist schwer sich zu öffnen, wenn das Leben einen zur Auster macht. Ich war nie verheiratet, hatte während einiger Abschnitte meines Lebens Freundinnen, die jünger wurden, bis die letzte mir zeigte, dass es vorbei war. Sie wohnte hier, aß hier, tätschelte mir auch den Arm, und vereinzelt gab es einen Kuss, doch das andere holte sie sich woanders, dort wo die Haut strammer, die Bewegungen dynamischer waren. Irgendwann warf ich sie raus und bemerkte, dass sie mich bestohlen hatte. Da war das Geld, nicht viel, ein paar Wertgegenstände, auf die ich pfeifen kann. Doch die Illusion, Zukunft in einer Beziehung zu haben, ist mit ihr durch die Tür verschwunden. Hinterher ist man schlauer. Seitdem halte ich die Schalen zusammen und lass niemanden herein. Ich werde nicht mehr verletzt, aber auch nicht gestreichelt.«

Graugans. »Wir sind alle unsere Wege ins Alleinsein gegangen, und es fällt so schwer, wieder herauszufinden. Der Chat mit dir gibt mir aber Halt, ich denke abends an dich, wenn ich einschlafe und morgens, sobald ich aufstehe. Immer läuft der Computer, du brauchst nur zu schreiben.«

Silberlocke. »Gestern warst du offline.«

Graugans. »Ja, aber es musste sein, ich wollte mit mir ja ins Reine kommen.«

Silberlocke. »Inwiefern?«

Graugans. »Welchen Weg wir gehen sollten, du und ich.«

Silberlocke. »Und was hast du herausgefunden?«

Graugans. »Ich will dich nicht verlieren, so aber auch nicht weitermachen.«

Silberlocke. »Was meinst du damit?«

Graugans. »Darf ich dir eine Frage stellen?«

Silberlocke. »Nur zu.«

Graugans. »Was bedeute ich dir wirklich?«

Pause.

Graugans. »Bist du noch da?«

Silberlocke. »Ja, ich denke nach.«

Graugans. »Lass dir Zeit.«

Silberlocke. »Ich habe wie gesagt Angst vor Verletzungen. Ich baue mir ein Bild von dir, das so ist, wie du dich hier gibst. Aber vielleicht bist du ganz anders. Das würde mich tief treffen.«

Graugans. »Da sind wir beide in der gleichen Situation, nicht war. Lass uns doch klein anfangen. Ich möchte mehr von dir wissen. Wir können dann ja sehen, wie es weitergeht.«

Silberlocke. »Ich verstehe nicht ganz.«

Graugans. »Was siehst du, wenn du aus dem Fenster schaust.«

Silberlocke. »Ich sehe über den Garten auf die Stadt.«

Graugans. »Die Stadt?«

Silberlocke. »Ja, sie liegt mir zu Füßen.«

Graugans. »Wie schön, ist es deine eigene Wohnung?«

Silberlocke. »Ja, zuerst nur gemietet, zuletzt aber gekauft. Ich habe lange davor zurückgeschreckt, Eigentum zu erwerben, war immer unterwegs, von einem Orchester zum anderen.«

Graugans. »Du bist Musiker? Wie aufregend?«

Silberlocke. »Nicht ganz so, wie du denkst. Nur die zweite Reihe.«

Graugans. »Welches Instrument spielst du?«

Silberlocke. »Klavier als Begleitung für Solisten und im Orchestergraben oft das Cembalo.«

Graugans. »Und es gab nie jemanden, der diese Liebe mit dir geteilt hat, mit dir zusammen gespielt hat?«

Silberlocke. »Doch, ich hatte auch Freundinnen unter meinen Musikern, aber es war nie von Dauer. Aber dass jetzt alle, mit denen ich früher musiziert habe, krank sind oder unter der Erde liegen, betrübt mich. Ich lebe sehr zurückgezogen mit meiner Musik. Doch sie genügt mir meistens.«

Graugans. »Hast du keine anderen Freunde gehabt, außer den Musikern?«

Silberlocke. »Wenige, ich hatte ja kaum Gelegenheit, soviel wie ich unterwegs war. Und die wenigen sind tot oder leben weit weg.«

Graugans. »Wie ich das nachvollziehen kann. Wie alt bist du, oder trete ich dir zu nahe?«

Silberlocke. »Du zuerst.«

Graugans. »Vierundsiebzig.«

Silberlocke. »Junges Mädchen. Ich bin schon achtundsiebzig.«

Graugans. »Und dann im Netz?«

Silberlocke. »Ich habe früh elektronische Musik gemacht, da bin ich wohl so in die Technik hineingewachsen. Und jetzt, wo ich kaum noch vor die Tür komme, der einzige Weg mich mal mit jemandem auszutauschen. Gott sei Dank habe ich dich gefunden.«

Graugans. »Das hast du ja toll gesagt, nicht war?«

Silberlocke. »Magst du Musik?«

Graugans. »Ja. Leider konnte ich nie ein Instrument lernen, doch ich war oft in Konzerten. Damals, als alles noch besser war.«

Silberlocke. »Vielleicht werden wir einmal gemeinsam hingehen.«

Graugans. »Das wäre zu schön, um wahr zu sein. Ich bin alleine und du auch, das sind gleich zwei einsame Gestalten. Wenn wir zusammen wären, gäbe es niemanden in der Einsamkeit.«

Silberlocke. »Nun, das kann man irgendwann ins Auge fassen.«

»Komm aus dem Quark. Ich habe keinen Bock mehr auf das Gelaber.« Dave trommelte mit den Fingern auf der Tischplatte. Tekki trat hinter ihn und schaute ihm über die Schulter.

»He, bleib ruhig.« Sie lehnte sich an ihn, und er meinte zu spüren, dass sie unter dem Top keinen BH trug. Vorsichtig griff er nach ihrer rechten Brust, doch sie zog sich zurück.

»Erst die Arbeit, dann das Vergnügen.« Sie biss ihm zärtlich ins Ohr und küsste ihn auf die Wange.

Die zehn Tage in Spanien waren die richtige Entscheidung gewesen. Kaum hatten sie das Flugzeug verlassen, war die Anspannung wie eine Zwangsjacke von ihr abgefallen, und auch Dave war relaxter. Sie fuhren von Jerez aus an die Küste und fanden problemlos ein Appartement mit herrlichem Blick aufs Meer. Der Atlantik war noch viel zu kalt, um zu baden, doch das Wetter spielte mit, und die warmen Temperaturen ließen auf den nahenden Sommer hier in Deutschland hoffen. Ihre Beziehung hatte aus dem Tal herausgefunden, in das sie vor dem Urlaub getaumelt war. Gutes Essen, Nichtstun und der entspannte Sex nach einem Strandtag hatten dazu beigetragen.

Hier zu Hause war Dave sofort auf die Suche nach einem neuen Geldgeber gegangen, und sie spürte seine Ungeduld. Er war davon angetrieben, wieder an Geld zu kommen, weiterzumachen wie zuvor. Alles Bitten, noch zu warten, verhallte ungehört. Gestern war er erstmals grob geworden und hatte den Rechner angeschrien, oder vielmehr seinen Chat-Partner, der ihn gar nicht hören konnte. Wohl aber Tekki. Sie wollte ihm helfen, sein Gleichgewicht wiederzufinden, war ihm nahe und redete ihm gut zu, schlug Unternehmungen vor, doch er fand keine Ruhe. Seit zwei Tagen nervte er sie nun schon mit seinem Mantra: Wir brauchen Geld.

»Wen hast du bisher ausgesucht?«

»Einen alten Sack. Dem spiele ich eine kinderlose Witwe vor. Da bin ich relativ weit. Der ist ziemlich offen. Stell dir mal vor, nach vier Tagen bin ich bereits beim Austausch von persönlichen Daten.«

»Warum bist du denn so ungeduldig?«

Er sah sie mit großen Augen an. »Keine Ahnung. Irgendetwas treibt mich.«

»Wen noch?«

»Ein anderer Mann. Da bin ich erst am Anfang. Er scheint zwar vielversprechend zu sein, hat aber riesige Angst, sich zu öffnen.«

»Sind die beiden unglücklich in ihrer Einsamkeit?«

»Weiß ich nicht.«

»Aber Dave, wir hatten doch gesagt, nur die, denen das Leben kaum mehr was bedeutet.«

»Ja, ja, das kriege ich auch noch raus.« Er wandte sich wieder dem Bildschirm zu.

Tekki öffnete den Mund, um etwas zu sagen, seine Haltung allerdings zeigte ihr, dass er nicht reden wollte.
Sie ging enttäuscht nach nebenan. Ließ ihn allein.

*

Der Nachhauseweg war an diesem Abend nicht einfach. An praktisch allen Tagen freute Lichthaus sich auf seine Familie, doch nun stand eine Diskussion an, die er selbst heraufbeschworen hatte. Seine Entscheidung, hinter Claudias Rücken Fotos von ihren Installationen an zwei bedeutende Galeristen zu schicken, war dumm gewesen. Claudia hatte sich schneller als erwartet gefangen und war wieder an die Arbeit gegangen. Allerdings hatte sie nicht die Installationen wieder hervorgeholt, sondern einen Zyklus begonnen, den sie wie so oft aus seinen Fällen ableitete. Nicht dass sie eine morbide Inspiration brauchte, sondern ganz im Gegenteil, sie malte gegen die Schattenseiten des Lebens an, die sein Beruf ihr zeigten.

Also war Einsamkeit ihr aktuelles Thema. Als Erstes hatte sie die Kohlezeichnung eines alten Mannes angefertigt. Nur das Gesicht, doch der Ausdruck, den sie ihm verlieh, war bedrückend. Seitdem waren mehrere Bilder gefolgt, und Carlo und das, was er angerichtet hatte, schien vergessen zu sein, bis eben heute.

Er parkte vor dem Haus und stieg aus. Henriette stand schon im Schlafanzug am Fenster der Küche und klopfte ihm zu. Ihr Lächeln war Balsam. Mit dem ellenlangen Schlüssel zu ihrer altertümlichen Tür betrat er den Flur und ging hinein. Es war bereits kurz vor acht, und Jakob hockte am Boden und rieb sich die Augen, während Claudia den Tisch abräumte. Nur sein Gedeck stand noch vereinsamt an seinem Platz.

»Hallo.« Er trat zu Claudia, doch sie wandte sich ab.

»Bring die beiden bitte ins Bett.«

Lichthaus verdrehte die Augen und nahm seinen Sohn hoch,

der sofort den Kopf auf seine Schulter legte, und machte sich, Henriette im Schlepptau, auf den Weg nach oben.

»Papa.«

»Ja?«

»Die Mia hat mich heute getreten.«

Was für eine interessante Geschichte, doch er ließ das Drama des Streits um ein Sandförmchen über sich ergehen. Der Wortschwall endete, als sie mit der Zahnbürste zu Werk ging und er Jakobs wenige Zähnchen reinigte. Während Henriette noch in einem Bilderbuch blätterte, nahm er sich Zeit und konzentrierte sich auf seinen Sohn, der allzu oft von seiner eifersüchtigen Schwester in den Hintergrund gedrängt wurde. Er zögerte die Abendroutine hinaus, doch irgendwann schliefen beide, und er trottete ins Atelier.

»Ich hab es gut gemeint.«

Claudia ließ den Pinsel sinken. »Ich habe eine Stinkwut.«

»Also ...«

Sie hob die Hände. »Nein, jetzt bin ich dran. Stell dir mal vor, ich würde während einem deiner Fälle, die beendet erscheinen, du dem Frieden aber nicht traust, der Presse von deinem Fahndungserfolg erzählen und am folgenden Tag würde genau das in der Zeitung stehen, woran du nicht glaubst.«

»Das kannst du nicht vergleichen.«

Sie lachte auf und wurde zynisch. »Nein, meine Kunst ist ja nicht so schwergewichtig wie der Müll, den du täglich von der Straße räumst.«

Er war falsch unterwegs, wie fast immer, wenn er sich mit Claudia stritt. Verhöre oder Zeugenbefragungen gingen ihm locker von der Hand, doch ein Streit zu Hause war für ihn stets weiches Terrain. »Das habe ich so nicht gemeint, und du weißt ganz genau, dass ich deine Arbeit bewundere und respektiere.«

»Das scheinst du aber vergessen zu haben, als ich die Sachen wegräumen wollte.«

»Eben nicht. Ich musste dir zeigen, dass du auf dem Holzweg bist, wenn dich Carlos Dummgeschwätz beeinflusst.«

Sie schaute ihn an und verdrehte die Augen. Doch ihr Blick war weicher geworden, ein gutes Zeichen. »Du bist manchmal so naiv. Glaubst du, der Brief von diesem Galerieheini ändert etwas?«

»Nicht heute, doch irgendwann vielleicht.«

»Da wäre ich wohl auch von selbst hingekommen.«

Lichthaus zuckte die Schultern. »Ja, da hast du Recht.« Er grinste vorsichtig. »Aber cool ist das schon.«

Sie war nicht überzeugt. »Ist das nicht genau das, wovon Carlo gesprochen hat?«

»Wie meinst du das?«

»Na, kommerziell?«

»Ich glaube, man kann erst wirkungsvoll sein, wenn man einen Namen hat. Sieh dir doch die vielen Aktionskünstler an. Sie können nichts, wollen aber über Provokation bekannt werden. Das geht praktisch immer daneben. Kunst muss doch nicht um jeden Preis provozieren. Soll doch jeder Künstler seine Talente einsetzen, wie er will. Der eine liebt es, eine Landschaft zu malen, der andere abstrahiert. Na und, wenn es dem Betrachter gefällt? Du suchst oft Themen mit einer Aussage und machst das spitze.«

»Die Installationen haben keine Aussage.«

»Doch. Und sie faszinieren.«

»Warum hast du mir das nie so gesagt?«

»Weil du es nicht hören wolltest.«

»Ich ...«

»Der Galerist hat dir gezeigt, wo deine Stärken liegen. Mir hättest du niemals geglaubt.«

Sie warf ein Stück Zeichenkohle nach ihm und lächelte. »Idiot.«

»Ja, der bin ich. So etwas mache ich nie mehr.«

Sie kam zu ihm und streichelte ihm die Wange. »Zur Strafe musst du das Zeug verpacken und mit mir hinbringen.«

»Nach Düsseldorf?«

Sie nickte.

Donnerstag

Christof Westermann hockte im Vernehmungsraum und wartete. Lichthaus betrachtete ihn durch die Scheibe. Er ließ ihn lange schmoren, damit er, wie es ein Ausbilder mal gesagt hatte, schön zart würde. Der schlaksige Junge war nervös, das sah man sofort. Sie hatten ihn auf seiner Arbeitsstelle von einer Streife abholen und herbringen lassen und nun würden sie die Attacke reiten.

Mit Kramer im Schlepptau riss Steinrausch, der alte Fuchs, die Tür des Besprechungsraums auf und ging zügig hinein. Er knallte die Akten auf den Tisch und hantierte mit dem Aufnahmegerät. Den Wartenden ignorierte er zu Anfang, dann legte er ohne Vorwarnung los.

»Sind Sie Christof Westermann?«

»Ja. Wo ist Herr Lichthaus?«

»Heute frage ich, oder haben Sie ein Abonnement auf den Kollegen?« Westermann schwieg eingeschüchtert. »Nun gut. Wir haben auf einem Ihrer Rechner Drohbriefe an diverse Firmen gefunden. Was hat das zu bedeuten?«

Der Hacker wurde bleich. »Ich ...«

»Reden Sie ja nicht um den heißen Brei herum, nebenan wird Ihre Freundin befragt, und wenn die auspackt, sieht es zappenduster für Sie aus.«

Lichthaus grinste und schaute durch das zweite Fenster des Beobachtungsraums dort hinüber, wo Corinna Ludens von Siran und Sophie gegrillt wurde, doch sie war ein anderes Format.

»Was ist das denn für ein Unsinn«, zeterte sie. »Woher soll ich wissen, was Christof mit seinem Computer anstellt.«

Sophie hob die Hände. »Er wird gerade nebenan in die Mangel genommen. Dann werden wir ja sehen.« Sie stand auf, und auch Siran erhob sich.

Corinna Ludens wirkte verunsichert. »Und was wird das nun wieder? Was ist jetzt mit mir?«

»Sie warten hier, bis es weitergeht.«

»Sie können mich doch nicht ...«

Siran setzte sein charmantestes Lächeln auf. »Doch Frau Ludens, das können wir.«

Steinrausch las nebenan gerade einen der Erpresserbriefe vor. Die KTU hatte mehrere Schreiben auf einem der Rechner von Christof Westermann gefunden, die darauf hindeuteten, dass große Konzerne erpresst worden waren oder werden sollten. Ein Zufallsfund. Dem Hacker war es gelungen, in die Computersysteme von insgesamt neun Firmen einzudringen, und er hatte sensible Daten runtergeladen, mit deren Veröffentlichung er drohte. Eins der Unternehmen war zwischenzeitlich an die Öffentlichkeit gegangen und hatte Anzeige erstattet, soweit der Stand der Dinge. Die anderen hatten bislang keinerlei Kontakt mit der Polizei aufgenommen. Auf allen Schreiben fehlte die Unterschrift, doch prangte eine Robin-Hood-Zeichnung unter dem Text, der die Zahlung eines hohen Betrags verlangte.

Westermanns fahle Gesichtsfarbe wechselte nun vollends in ein Weiß, wie es Lichthaus in all seinen Jahren noch nie gesehen hatte.

Steinrausch zog die Lesebrille ab. »Nun? Was sagen Sie dazu?«

»Also ...«

»Wir hören!«

»Ich habe damit nicht das Geringste zu schaffen.«

Steinrausch sah Kramer von der Seite an und lächelte. »Und wir zwei glauben an den Osterhasen.« Dann schrie er. »Wollen Sie uns für dumm verkaufen? Das soll doch wohl ein Witz sein! Ein fremder Hacker dringt in den Rechner eines Hackers ein? Oder verleihen Sie Speicherplatz an Unbekannte?«

»Ich ...«

»Sie erpressen diese Firmen!«

»Der Server wird auch von anderen genutzt.«

Kramer sah von einem Bericht auf. »Das glaube ich Ihnen nicht. Das wäre ein totaler Anfängerfehler, außerdem lagen die Schreiben auf Ihrem persönlichen Rechner und nicht in einem Verzeichnis auf dem Server.«

Der Junge rieb sich den Mund. »Ich sage nichts mehr ohne meinen Anwalt.«

Steinrausch nickte. »Das ist eine gute Idee, den werden Sie nämlich brauchen. Ein Kollege bringt Ihnen das Telefon.«

Sie trafen sich im Büro von Sophie, Siran und Steinrausch. Siran kochte Tee. »Die sind bald reif«, sagte er über die Schulter.

»Der Robin Hood des Netzes?« Lichthaus sah in die Runde.

Kramer lachte lustlos auf. »Tja, die meinen anscheinend, über die Anonymisierungssoftware könnten sie aus Firmen Geld herauspressen und an die Bedürftigen verteilen. Eigentlich ja eine ehrenvolle Idee. Die nehmen nichts für sich selbst, sondern erpressen horrende Spenden an mildtätige Einrichtungen wie *Brot für die Welt* und so. Interessant wird es, wenn wir die runtergeladenen Daten auswerten.«

Sophie nickte. »Ja, da bin ich auch mal gespannt drauf, denn warum sollte eine Firma zahlen? Entweder Technikspionage oder irgendeine Sauerei.«

Lichthaus grinste. »Am Ende finden wir unter den Erpressten die nächsten Straftäter.«

Kramer sah ernst zu ihm auf. »Freu dich nicht zu früh. Die Datensätze liegen zwar auf dem Rechner, sind aber so gut gesichert, dass wir bisher nicht rankommen.«

»Ihr habt doch die Erpresserbriefe gefunden.«

»Das schon, allerdings nur weil er einen Fehler gemacht hat. Sein Textprogramm hat eine Sicherungskopie auf den nichtgesicherten Bereich gelegt. Ich würde wetten, der eigentliche Pfad führt direkt in den geschützten Teil seiner Daten.«

»Er muss aber nicht zwingend erfahren, dass wir die Dateien nicht geknackt haben, oder?«

Siran grinste. »Dann werden wir ihn mal in dem Glauben bestärken, wir wüssten Bescheid.«

*

Das Gesicht des jungen Hackers hatte nicht wieder an Farbe gewonnen, obwohl ein Anwalt neben ihm saß. Lichthaus kannte den unscheinbaren Mann nicht, der sich als Ingo Zang vorgestellt hatte und seiner Einschätzung nach höchstens dreißig Jahre alt war. Er setzte sich und beobachtete wieder die Befragungen hüben wie drüben.

Steinrausch wirkte formell. »Nun Herr Westermann, ich denke, die Bedenkzeit war nun lange genug. Fürs Protokoll und Ihren Rechtsbeistand nur so viel: Wir sehen Sie als dringend tatverdächtig, unberechtigterweise in die Netzwerke von neun Unternehmen eingedrungen zu sein, dort geschützte Dateien heruntergeladen zu haben, deren Inhalt sie anschließend verwendeten, um Geld von den Firmen zu erpressen.«

Der Anwalt machte seinen ersten Vorstoß. »Woher haben Sie diese Informationen?«

»Wir konnten Dokumente, insbesondere Briefe unter den Dateien Ihres Mandanten finden, die eindeutige Hinweise geben.«

»Wie haben Sie die Daten entschlüsselt? Meine Verzeichnisse sind alle gesichert?«

Steinrausch mimte den Überlegenen. »Auch wir haben Experten.«

»Wieso haben Sie die Speichermedien überhaupt sichergestellt. Gibt es eine richterliche Anweisung.«

Steinrausch reichte sie ihm und legte gleich zwei der Erpresserbriefe bei. Es entstand eine Pause.

Sophie hatte Corinna Ludens ebenfalls die Schreiben vorgelegt. Sie las und warf die Blätter auf den Tisch. »Davon weiß ich nichts, doch ich bin stolz auf Chris, sollte er das getan haben. Er nimmt es von den Verbrechern und gibt es den Armen.«

Sophie klatschte pathetisch in die Hände. »Und dafür geht er nun ins Gefängnis.«

»Die RAF hat früher immer von Verbrecherstaat gesprochen und ich glaube, die lagen gar nicht so falsch damit. Ihr Bullen stellt euch schützend vor dieses reiche Pack, die Millionen scheffeln, indem sie in Afrika oder irgendwo sonst auf der Welt ihre miesen Geschäfte abziehen.«

Siran versuchte, die Tirade zu bremsen. »Ändern Sie die Gesetze! Das ist möglich in einer Demokratie.«

Ludens schnaubte. »Der deutsche Wähler ist zu opportun. Wenn die Stütze reicht, ist er zufrieden. Wegbereiter der Macht des Geldes.«

Sophie sah in die brennenden Augen der Frau, die voll in Fahrt war. »Und Sie bestimmen, wer von denen, die diese Macht besitzen, schlecht genug ist, um erpresst zu werden und wer nicht.«

»Was gibt es da zu entscheiden? Steckt sie alle in einen Sack und haut drauf. Ihr werdet immer den Richtigen treffen.«

»Das war bisher also erst der Anfang?«

Corinna Ludens öffnete wutentbrannt den Mund, aber dann bremste sie ein. Diese intelligente Frau bekam die Kurve, und Lichthaus erkannte aus dem Beobachtungsraum, wie Sophie Erdmann ihre Enttäuschung nur eben so verbergen konnte. Fast wäre ihr die Furie auf den Leim gegangen, doch jetzt lächelte sie freundlich.

»Davon weiß ich nichts. Das habe ich ja bereits gesagt.«

Lichthaus wandte sich der anderen Runde zu, hier war aktuell Stillstand. Er murmelte in Steinrauschs Headset, über das sie verbunden waren.

»Die Ludens setzt sich ab, nutze es aus.«

Der zuckte nicht mit der Wimper. »Ihre Freundin schiebt Ihnen gerade die Erpressung in die Schuhe, will nichts gewusst haben.«

Westermann sprang auf. »Das glaube ich nicht.«

»Soll ich die Bänder holen?«

Der Schlag hatte gesessen, ihr Beschuldigter vergrub die Hände im Gesicht.

Lichthaus war zufrieden. Sie kamen zwar mit ihren Mordfällen nicht weiter, doch hier waren sie dicht dran.

Kramer verstrickte den Hacker nun in eine Fachdiskussion, aus der sich Zang und Steinrausch schnell ausklinkten. Es ging um das Knacken von Datenbanken. Westermann diskutierte lahm mit, blieb allerdings auf der allgemeinen Schiene und machte keinen Fehler.

»Wieso ausgerechnet diese Firmen?«, warf Steinrausch überraschend ein.

»Das sind Schweine ...«

»Ruhe!«, herrschte der Anwalt, doch es war zu spät.

»Schweine also. Inwiefern?«

Zang hatte hektische Flecken auf den Wangen. »Sie sagen erst einmal nichts mehr. Was soll diese Suggestivfrage?«

»Was habe ich suggeriert? Wir können mit dem Gesprächsprotokoll vor den Richter laufen und niemand wird eine Beeinflussung heraushören. Oder täusche ich mich da?«

Lichthaus ballte die Faust. Steinrausch lag vorn und zog gleich wieder an. »Hören Sie zu, Herr Westermann. Wir checken gerade alle Ihre Daten. Sie gehen uns nicht mehr vom Haken. Sie haben erpresst, wieso auch immer. Ich lasse Ihnen eine Viertelstunde zur Beratung. Nutzen Sie diese, um die Situation mit Ihrem Rechtsbeistand zu bewerten. Anschließend erwarte ich klare Aussagen: Sie legen die Karten auf den Tisch oder Sie werden unter Eid vor dem Richter reden müssen, denn die Beweise reichen entspannt für eine Anklage.«

Lichthaus drehte sich um. »Sophie und Siran, Westermann ist fast daran auszupacken. Er sucht mit seinem Anwalt eine Strategie.«

Siran schaute unmerklich zum Spiegel. »Frau Ludens, wir haben jetzt eine ganze Stunde um den heißen Brei herumgeredet.« Lichthaus grinste. Ihr netter Aramäer kannte sich in deutschen Redensarten besser als so mancher, der hier geboren worden war. »Ihr Freund ist im Augenblick dabei, sich mit seinem Rechtsanwalt zu beraten. Es geht nun nicht mehr darum zu leugnen, sondern den Schaden zu begrenzen. Wo er Ihre Rolle in einem Geständnis sehen wird, bleibt abzuwarten.«

»Was wollen Sie mir sagen? Soll ich noch schnell gestehen, damit ich mildernde Umstände kriege?« Sie lachte auf. »Wenn Sie beweisen können, was Sie uns unterstellen, dann zeigen Sie mich an. Vor Gericht werde ich mit Bestimmtheit die richtigen Worte finden.«

»Wofür?«

»Warten Sie es doch ganz einfach ab.«

Sophie sah sie gelangweilt an. »Wissen Sie, Ihr Engagement bei Aktion Frieden in Verbindung mit den Adressaten der, sagen wir mal, Zwangsspender liegen so nahe beisammen, da sieht jeder den Zusammenhang. Sie hassen Ausbeuter aller Couleur und sind bereit diese auszunehmen. Von Ihrem Standpunkt aus gesehen, kann ich das sogar nachvollziehen, und Sie glauben gar nicht, wie weit ich hinter dieser Idee stehen könnte, doch mein Job ist es, diejenigen zu finden und der Justiz zuzuführen, die ein Verbrechen begangen haben, und Erpressung gehört nun einmal dazu.«

Corinna Ludens standen mit einem Mal Tränen in den Augen. »Die Guten in den Knast, die Bösen zum Empfang bei der Kanzlerin oder wo auch immer. Wie mich das anwidert.«

»Nun?«

»Glauben Sie mir, ich habe von keiner Erpressung gewusst und würde wetten, dass Christof genau das aussagen wird, sofern es etwas auszusagen gibt. Er ist so harmlos und einfach zu manipulieren. Wenn es an dem ist, wollte er mir nur gefallen, denn ich kämpfe schon seit Jahren gegen diese Ungerechtigkeit an, organisiere Mahnwachen und lass mich dabei von allen möglichen Leuten anpöbeln. Man muss es aushalten, wenn man für seine Überzeugungen eintritt und etwas erreichen will. Außerdem haben die Armen keinen Fürsprecher. Wen interessiert es, unter welchen Umständen ein T-Shirt in Asien genäht wurde? Oder nehmen Sie Frontex, diese Organisation der EU zum Schutz der Außengrenzen. Ich sage zur Sicherung des europäischen Wohlstands. Bei ihren Operationen wie Hera, Nautilus, Hermes und wie sie alle heißen, geht es doch nur darum, die ärmsten Schlucker von uns fernzuhalten. Wir lassen die im Meer ersaufen, die in Somalia oder wo auch immer in der Sahelzone keinerlei Perspektiven haben und ihre Heimat verlassen.«

Lichthaus hörte Corinna Ludens' Monolog zu und gab ihr Recht. Ihre Einstellung war sozial, und wenn er ganz ehrlich war, solidarisierte er sich mit einer Idee, wie sie und ihr Freund sie lebten. Als Privatmensch. Hier aber war es seine Aufgabe,

Verbrechen aufzudecken, die in diesem Umfeld begangen wurden, und die Täter einer Strafe zuzuführen.

Corinna Ludens hatte begonnen, eine Strähne ihrer Haare um einen Finger zu drehen, immer wieder, und ließ resigniert den Kopf hängen, während sie sprach. »Er hängt nachts ewig vor dem Notebook und klimpert darauf ein, bewegt sich in einer Community von Hackern. Was sie da abziehen, ist mir schleierhaft. Ich denke, Wikileaks und Snowden pushen zurzeit Leute, die sich gegen das System auflehnen wollen.«

»Haben Sie Kenntnis von solchen Aktionen?«

»Ich wiederhole mich gerne: nein!«

Kurz darauf brachen sie ab, da eine weitere Befragung sinnlos war, und kamen gerade in dem Augenblick zu Lichthaus, als Westermann mit seinem Anwalt eintrat. Der schmale Junge war schwer in den Armen von Corinna Ludens vorzustellen, doch offensichtlich waren sie ein Paar. Zittrig, aber mit entschlossener Miene setzte er sich an den Tisch und wartete, bis alle bereit waren.

Zang schaute in die Runde. »Mein Mandant wird eine Aussage machen, und ich hoffe, Sie nehmen diese Bereitschaft so zur Kenntnis, dass sie sich mildernd auswirken wird.«

Steinrausch bestätigte. »Wir werden uns in diesem Sinne beim Staatsanwalt für ihn einsetzen. Ich muss Ihnen natürlich nicht sagen, dass die abschließende Entscheidung beim Richter liegt.«

Der Anwalt nickte und gab seinem Mandanten ein Zeichen, nun zu beginnen.

Was nun kam, war für die Zuhörer verblüffend, denn Westermann legte ein umfassendes Geständnis ab. Seine Freundin war ahnungslos.

»Haben Sie schon einmal etwas von Stuxnet gehört?«

Steinrausch schüttelte den Kopf, Kramer nickte und erklärte. »Ein angeblich von amerikanischen Militärs in den Iran eingeschleustes Schadprogramm, das zum Beispiel die Zentrifugen in Urananreicherungsanlagen sabotierte. Sie müssen sich das einmal vorstellen, ein Geheimdienst, so wenigstens der Vorwurf der Iraner, lanciert eine Art Virus in Steuerungsanlagen, die komplexe Maschinen antreiben. So kann man mehr Schaden anrichten als Hunderte von Bomben. Cyber-War.«

Westermann übernahm. »Stuxnet wurde ganz einfach via USB Stick in Umlauf gebracht. Irgendwer steckt einen präparierten Stick in einen Windows-Rechner, der mit einem Netzwerk verbunden ist und infiziert hierdurch alle, die dranhängen.«

»Wieso hängt eine Steuerungsanlage in einem Netz?«, fragte Steinrausch nach.

»Zum Beispiel für Fernwartungen«, erklärte Kramer, bevor Westermann fortfuhr.

»Das Programm ist so gestaltet, dass es sich unendlich weiterverbreitet. Von einem System zum folgenden. Man spricht dann auch von einem Wurm. Ich habe mich da drangehängt. Vor einiger Zeit hat mir ein befreundeter Hacker erzählt, dass es völlig problemlos wäre, einen Stick so zu manipulieren, dass das angegriffene System die Software nicht erkennen könne, diese also ungehindert eindringt, Daten abfängt, Gespräche aufzeichnet, Tastatureingaben protokolliert und nach draußen gibt. Die Software sei leicht zu besorgen.«

Kramer wurde neugierig. »Wie ging das vonstatten?«

»Dazu sage ich nichts. Der Freund entwickelt solche Programme für eine Institution, die Cyber-Angriffe für Auftraggeber gestaltet.«

Steinrausch war verblüfft. »Da ruft man an und kann sich geheime Daten bestellen?«

»Nein, die muss man sich schon selbst besorgen. Der Programmierer liefert nur das spezifische Werkzeug dazu. Das ist dann aber für den Anwender kein Problem mehr. Die Entwickler sitzen irgendwo in Asien, ich weiß es selbst nicht.«

Steinrausch staunte genauso, wie seine Kollegen hinter dem Spiegel. »Und der hat Ihnen dann so ganz locker das Programm überlassen?«

»Eine Uraltversion aus dem letzten Jahr.«

»Uralt?«

»Das ist ein Wettlauf. Die einen entwickeln die Schadsoftware, die anderen die Schutzsoftware. Ein neuer Wurm oder Trojaner oder was auch immer wird entdeckt und abgewehrt, der nächste taucht auf.«

»Wo ist dieser Freund?«

»Keine Ahnung. Wir kommunizieren nur anonym über Tor.«

»Ist das ein Freund?«

»In Ihrer Welt wahrscheinlich nicht, in meiner durchaus. Ich kann mich auf ihn und er sich auf mich verlassen.«

»Wie konnten Sie die Software verwenden, wenn sie veraltet war?«

»Schauen Sie sich den Sicherheitsstandard der meisten deutschen Unternehmen an. Sie werden schnell sehen, dass hier zu wenig in Sicherheit investiert wird. Da kommen Sie oft mit relativ einfachen Mitteln an Informationen, die für den Laden zentral sind.«

»Was haben Sie gemacht?« Kramer wirkte elektrisiert.

»Im Internet ein wenig gesurft und Angestellte ausfindig gemacht. Anschließend in den privaten Computer eingedrungen und gewartet.«

»Wie sind Sie hineingekommen?«

»Fragen Sie das im Ernst?« Er wartete, doch als er keine Antwort bekam, fuhr er fort. »WinRAR ist ein Programm zum Komprimieren von Dateien. Ähnlich wie ZIP. Es gibt in der Software eine Lücke, die ich ausgenutzt habe. Der Mann hat von mir ein paar MP3 Musikdateien komprimiert bekommen und hat die Lieder spontan auf seinem Rechner gehört. Hierbei hat sich eine Malware installiert, die mir Zugriff auf das System erlaubt hat, über die ich ihm den Wurm untergeschoben habe. Hat er einen Stick zu Hause und in der Firma genutzt, war ich drin.«

Krämer strahlte bewundernd, doch Steinrausch war fassungslos. »Sie dringen in den privaten Rechner eines Mitarbeiters ein, schieben dem eine Software unter, die seinen Stick infiziert, der dann eine Schadsoftware aktiviert, die das Firmennetzwerk ausspioniert? Wie dreist ist das denn?«

Westermann nickte. »Genau, so einfach geht das. Alternativ hätten wir auch einen Klon von Bitcrypt verwenden können. Dieses Programm schafft es, wichtigste Daten in dem angegriffenen Netzwerk zu verschlüsseln, die nur gegen Bezahlung wieder freigeschaltet werden.«

Lichthaus drehte sich vom Spiegel weg und grinste Siran an. »Ich könnte noch nicht einmal eine solche Software hochladen.«

Siran schüttelte den Kopf. »Sieht aus wie ein schüchterner Streber und ist doch ein totaler Profi mit krimineller Energie.«

Im Befragungsraum ging es weiter. Kramer diskutierte einige Details, die keiner der anderen verstand, bevor Steinrausch das Verhör von der Technik wegführte.

»Wie wurden die Zielunternehmen ausgewählt?«

»Wir haben nach Firmen gesucht, die sich als besonders, wie soll ich sagen, bestrafungswürdig darstellten.«

»Kapier ich nicht.«

Zang bewegte sich nach langer Zeit erstmals wieder. »Es wurde ein Kriterienkatalog entworfen.«

»Von wem?«

»Mein Mandant ist Teil einer anonymen Gruppe, die auf diesem Weg für Gerechtigkeit sorgen möchte.«

Westermann brauste plötzlich auf und erinnerte frappierend an seine Freundin. »Was sollen denn die ganzen Proteste und Eingaben, die Manager scheißen doch drauf. Ein paar lauwarme Worte und weiter geht das Geldverdienen. Die haben allesamt Dreck am Stecken, wogegen niemand etwas unternimmt, aber wir kriegen das raus.«

»Wer sind diese wir?«

»Gleichgesinnte in einer Community.«

»Kennen Sie Namen?«

»Klar: Hero, Servant of justice, insgesamt einundzwanzig.«

»Klarnamen?«

»Fehlanzeige, die finden Sie nie im Leben.«

»Wie wurden die Firmen unter Druck gesetzt?«

»Das liegt doch auf der Hand. Wir haben uns Firmeninterna gezogen, deren Veröffentlichungen für die angegriffenen Unternehmen äußerst peinlich oder gefährlich hätten werden können.«

»Wohin ging das Geld?«

»Gemeinnützige Institutionen. Die Firmen haben sogar Spendenquittungen erhalten, und zwei von denen machen mit ihrer Wohltätigkeit auch noch Werbung.«

»Liegen diese Daten auf Ihren Rechnern?«

»Sie haben doch angeblich alles geknackt. Warum lesen Sie es nicht einfach da nach?«

Steinrausch schwamm, aber Kramer sprang ein. »Sie wissen genau, wie lange das braucht.«

Steinrausch wandte sich an Zang. »Sie sollten Ihren Mandanten motivieren, uns Zugang zu gewähren.«

Der Anwalt lächelte. »Was wollen Sie denn noch? Er hat Ihnen alles gesagt. Übrigens, für Ihre Ausgangsermittlungen zu der nächtlichen Schießerei: Herr Westermann hat für den fraglichen Zeitpunkt ein Alibi. Er stand im Netz mit einem befreundeten Hacker in Verbindung. Dieser ist bereit, das zu bezeugen.«

Lichthaus drehte sich vom Spiegel weg. »Jetzt haben wir einen Täter, doch unserem Mörder sind wir kein Stück nähergekommen.«

Siran zuckte die Schultern und grinste ergeben. »Besser als nichts.«

Westermann wurde von Brauckmann unter Auflagen entlassen und verließ gegen Mittag das Präsidium. Lichthaus stand neben Sophie Erdmann am Fenster, als das ungleiche Pärchen davonschlenderte. »Wie Pat und Patachon.«

*

Silberlocke. »Hallo mein Federvieh. Wo bist du?«

Graugans. »Ich warte ja schon auf dich. Wie war dein Tag?«

Silberlocke. »Spannender hätte er nicht sein können. Ich bin aufgestanden und habe mir Brötchen und eine Zeitung gekauft, und du glaubst es nicht: alleine gefrühstückt. Haha. Lassen wir die Ironie. Klavier gespielt. Dann wieder Stille und Einsamkeit. Ich vermisse es so sehr, mit jemand anderem zu musizieren, zu hören, wie die Instrumente miteinander zu sprechen beginnen.«

Graugans. »Sie sprechen?«

Silberlocke. »Ja, nur zusammen bringen sie die Luft zum Schwingen.«

»Tekki, hör dir mal diese gequirlte Scheiße an.«
Sie ging zu ihm und las die letzten Zeilen. »Er hat Recht.«

»Was, du kannst dem Geschwafel etwas abgewinnen.«
Sie sah ihn verächtlich an. »Manchmal bist du ein totaler Banause. Natürlich kommunizieren Musikinstrumente miteinander. Die Harmonien müssen zusammenpassen. Sie ...«

»Kennst du dich aus?«

»Ich habe mal Geige gespielt.«

»Na komm, dann mach du mal weiter.«

Er rückte vom Computer weg und ließ sie Platz nehmen.

Graugans. »Jetzt weiß ich, was du meinst. Das Ineinandergleiten der Instrumente, so wie im Orchester immer alle Stimmlagen besetzt sein sollten, damit die Harmonie stimmt.«

Silberlocke. »Ich wusste ja noch gar nicht, dass du dich mit Musik auskennst!«

Graugans. »Meine Mutter spielte hervorragend Geige. Es war ein Genuss, ihr zuzuhören.«

Silberlocke. »Und da hast du nie Lust bekommen, es selbst zu versuchen?«

Tekki dachte nach, dann tippte sie weiter. Dave las staunend mit.

Graugans. »Meine Familie stammt aus dem Sudetenland. Wir waren dort sehr wohlhabend. Mein Vater hatte als Kaufmann in Aussig die Geschäfte meines Großvaters übernommen. Die Familie meiner Mutter kommt aus der Nähe und brachte seit vier Generationen Rechtsanwälte und Notare hervor, die alle richtig erfolgreich waren und ihre Kinder bürgerlich erzogen haben. Dazu gehörte natürlich auch eine musische Erziehung. Bei meiner Mutter war die aber so erfolgreich, dass sie auf der Geige richtig gut wurde und einmal sogar in Prag gespielt hat. Aber dann… «

Silberlocke. »Ich kann es mir vorstellen. Vertreibung, Notunterkunft, Heimatlosigkeit und Armut.«

Dave grinste. »Super Reaktion. Noch ein bisschen auf die Tränendrüse gedrückt. Die Story ist aber schon dick aufgetragen.«

»Er kann sie nicht prüfen. Die Unterlagen aus dem Sudetenland sind alle verschwunden.«

»Was du alles weißt.«

Sie reagierte nicht darauf.

Graugans. »Sie ist daran eingegangen. Kaum vierzig und sie bekam eine Lungenentzündung, von der sie sich nie wieder erholte. Ließ sich hängen und starb einfach so.«

Silberlocke. »Hat sie denn nicht mehr gespielt?«

Graugans. »Anfangs schon, doch alle haben sie deswegen angefeindet. Ich kann sie verstehen. Meine Mutter hat den Verlust der Heimat und des geborgenen Lebens in Wohlstand und Kunst nie verwunden. Also spielte sie in ihrer Depression nur traurige Stücke. So etwas wie Samuel Barbers Adagio for Strings.«

Silberlocke. »So schön, so traurig.«

Graugans. »Die Menschen haben zunächst geweint, denn es ging doch allen gleich schlecht. Später aber wollten sie in die Zukunft schauen und sich am Leben erfreuen. Da war ihre Musik fehl am Platz. Irgendwann packte sie die Geige ein und nie wieder aus. Ich glaube, an dem Tag ist sie eigentlich gestorben. Danach wartete sie auf den Tod.«

Dave jubilierte. »Jetzt hast du ihn, der schwimmt in Tränen, mein

Wort drauf. Er wird uns genauer sagen, wer er ist. Wir können ihn knacken. Frag ihn aus, los mach schon.«

Tekki sah seine Augen und wurde traurig. »Erst einmal will ich wissen, was er fühlt.«

»Blödsinn. Er ist reif, also pflücken wir ihn uns.«

Silberlocke. »Wo ist ihre Geige jetzt?«

Graugans. »Hier bei mir, ich habe sie nie aus den Händen gegeben.«

Silberlocke. »Wie gerne würde ich sie einmal berühren, ihre Seele fühlen, sie spielen und nach all den Jahren wieder zum Singen bringen.«

Graugans. »Bist du auch oft traurig und spielst dann deine Musik?«

Silberlocke. »Manchmal höre ich auch nur.«

Graugans. »Welches Stück?«

Silberlocke. »Kennst du Arvo Pärt?«

Graugans. »*Spiegel im Spiegel* habe ich gehört und *Fratres.*«

Silberlocke. »Damals war er noch so konsequent mit seiner Musik, ich liebe diese Stücke. Nur ist da niemand, der sie mit mir spielt.«

Graugans. »Meiner Mutter hätte es auch gefallen. Es ist so traurig.«

Silberlocke. »Wollen wir es einmal zusammen hören?«

»Ist das geil, da kann ich mir sogar die Suche sparen, der kommt von selbst aus dem Loch.« Dave tanzte durch den Raum.

Graugans. »Mal sehen. Ich muss darüber nachdenken.«

Silberlocke. »Tu das, meine Liebe, ich habe Zeit. Bis zum nächsten Mal.«

Graugans. »Ja, bis zum nächsten Mal.«

Sie saß vor dem geschlossenen Bildschirm und hing ihren Gedanken nach, als sie Dave wahrnahm. Er stand fassungslos hinter ihr, sie konnte seinen beschleunigten Atem in ihrem Nacken spüren.

»Bist du noch ganz dicht? Der war fällig. Jetzt hat er Zeit zum Nachdenken und würgt dich morgen vielleicht ab.«

»Er ist kein Kandidat. Dieser Mann will für seine Musik leben. Ja, er ist einsam, aber er hat es nicht über.«

»Was soll denn dieser Moralscheiß? Wir sind fast pleite. Das zählt.«

Tekki wirbelte herum. »Willst du ein billiger Mörder werden? Einer, der für ein paar Kröten Menschen killt, ganz egal, wen es trifft, oder helfen?«

»Ach hör doch bloß mit dieser Tour auf.« Er äffte ihre Stimme nach, indem er gekünstelt hoch sprach: »Sie wollen nicht mehr leben und niemand darf ihnen beim Sterben helfen, doch wir tun es einfach.«

Sie schrie ihn an. »Halt deine Klappe, Dave! Diesen Mann werden wir nicht«, sie zögerte, dachte an die eventuell mithörenden Nachbarn, wurde leiser »nehmen. Er passt nicht.«

»Das bestimmst du also mittlerweile?«

Ihre Stimme schmolz zu einem Flüstern zusammen, doch schnitten die Worte schärfer als ein Skalpell. »Wenn du ihm etwas antust, mache ich dich fertig, hast du mich verstanden?«

Plötzlich lösten sich seine angespannten Gesichtszüge, und er blickte ihr traurig in die Augen. »Warum streiten wir uns eigentlich so oft in letzter Zeit?«

Sie zuckte die Schultern und sah ihn stahlhart an. »So ist das nun einmal in einer Beziehung, sie nutzt sich ab.«

»Ich will nicht, dass es sich abnutzt und wir uns fetzen. Verdammt noch mal, in Spanien hatten wir doch auch keinen Streit.«

»Das war im Urlaub, hier aber verlierst du den Blick für das, worum es mir geht.«

»Ich verstehe das nicht.«

»Eben. Worüber sollen wir also diskutieren? Du siehst das Geld und ich den Menschen.« Sie ließ ihn stehen und ging in die Küche. Eine Aura wie eine eisige Wolke umgab ihren schmalen Körper.

Er wagte es nicht weiterzusprechen. Eine Weile später ging er ihr nach. Sie stand am Fenster und schaute auf die Häuser des Schammatdorfs, als er in den Raum kam. Vorsichtig legte er von hinten seine Arme um sie und küsste durch die dichten braunen Haare ihren Nacken. Sie wandte sich nicht um, doch ihre rechte Hand strich über seine Wange, und die Spannung verflog.

»Du hast mal Geige gespielt?«

»Ja, und ich war gar nicht einmal schlecht.«

»So richtige Klassik?«

»Mhm.« Sie sprach nicht weiter, sondern hing wieder ihren Gedanken nach. Dave konnte sie sich kaum vorstellen, mit Violine und feinen Kleidern beim klassischen Konzert. Für ihn war sie die rauchende Tekki, die in dunklen Clubs zu der schrägsten Musik ausgelassen tanzte, meistens schwarz gekleidet, die Haare wild abstehend.

Ein Ruck durchlief ihren Körper, und sie schien aus einer anderen Welt zurückzukehren. »Komm«, flüsterte sie ihm ins Ohr. »Sex ist besser als Streit.«

Freitag

Jasmin Huber wäre sicherlich als Sechzehnjährige durchgegangen. Sie maß allerhöchstens einen Meter und sechzig, war dazu zierlich, und auch ihre aschblonden kurzgeschnittenen Haare zu wasserblauen, fast farblosen Augen gaben dem hübschen Gesicht etwas Mädchenhaftes. Doch der Eindruck täuschte. Sie steuerte mit gerade einmal vierundzwanzig Jahren bereits auf ihre Promotion zu, nachdem sie ihren Master in Germanistik mit dem Schwerpunkt Linguistik abgelegt hatte.

Siran hatte die Doktorandin angeschleppt, die nun in Jeans und einfachem T-Shirt mit Totenkopfaufdruck am Fensterbrett lehnte und die Bilder betrachtete.

»Sie wollen also, dass ich den Lockvogel spiele?«

»So würde ich das nicht bezeichnen.«

»Lassen wir doch die Wortspiele.« Sie grinste ihn an und zeigte eine gleichmäßige Reihe kleiner weißer Zähne. »Ich soll mich in einem Chat als Seniorin ausgeben, die vereinsamt nach Kontakt sucht. Nebenbei erwarten Sie eine Analyse des Geschreibsels meiner Gesprächspartner, damit wir auf Basis der Ergebnisse den Täter isolieren. Also bin ich der Edellockvogel.«

Lichthaus grinste zurück. »Sie haben Recht, so in etwa stelle ich mir das vor.«

Jasmin Huber dachte einen Augenblick nach. »Reizen würde mich das Projekt ...«

»Ich möchte Sie auch darauf hinweisen, dass die Aktion nicht ohne Risiken ist.«

»Ich weiß, Siran hat es mir schon erklärt.«

»Wenn wir miteinander arbeiten, müssen Sie sich zwingend an die Sicherheitsabsprachen halten.«

»Die da wären?«

Sophie sah auf ein Blatt, das vor ihr auf dem Besprechungstisch lag. Sie waren in Lichthaus' Büro, obwohl das eigentlich zu klein war, um sich mit vier Personen bequem zu besprechen. »Da wir nicht sagen können, wie der Täter die Adressen seiner Opfer findet, dürfen Sie nur geschützte Verbindungen nutzen. Außerdem ist es absolut verboten, Daten herauszugeben oder sich gar mit dem Kerl zu treffen.«

»Halten Sie mich für blöd?«

Siran lachte. »Nein, nur muss es offiziell festgelegt werden.«

Jasmin Huber hob die Schultern. »Von mir aus. Allerdings muss mir die Uni eine Freigabe erteilen.«

»Wie lange dauert so etwas?« Lichthaus war zufrieden, Siran hatte die junge Frau anscheinend gut aufgeklärt, und es taten sich keine unüberwindbaren Hürden auf. Der Kontakt war ein Zufallsprodukt gewesen. Sirans Anne hatte eine ältere Schwester, deren alte Schulfreundin mit Jasmin Huber liiert war. Der Zufall wollte es, dass diese gerade an einem Forschungsprojekt zu Sprachverhalten im Internet arbeitete. Insbesondere ging es hierbei um die Jugendsprache, zum Beispiel um verwendete Abkürzungen. Am Rande ging sie aber auch der Frage nach, ob sich die Wortwahl anderer Altersgruppen in netzgestützter Kommunikation verändert.

»Sie sollten Ihren Staatsanwalt einschalten, der kann dann den Präsidenten der Uni anrufen, und schon liegt der Wisch vor.«

»Machen wir.«

Ein paar Minuten später war Lichthaus wieder allein und besprach sich am Telefon mit Brauckmann, der wenig Begeisterung aufbrachte, da er die Risiken sah. »Wenn dieser Huber etwas zustößt, kommen wir so was von unter die Räder. Sehen Sie zu, dass nur vom Präsidium aus gearbeitet wird.«

»In Ordnung.«

»Wie sieht es mit den anderen Spuren aus?«

»Der anderen Spur.«

»Nur eine? Das ist ja unglaublich.«

»Sagen wir mal, nur eine, die uns etwas weitergebracht hat. Wir suchen nach einer Luisa Pohl, deren Haar in einer der Wohnungen aufgetaucht ist.«

»Und?«

»Nichts. Sie ist nirgends gemeldet und hebt auch nichts von den Konten ab, die sie schon zum Zeitpunkt ihres Weggehens hatte und die nicht aufgelöst worden sind. Ob sie irgendwo ein neues Konto angelegt hat, können wir noch nicht sagen. Eine Anfrage bei Banken läuft, und auch bei der Schufa, falls sie mal im Minus war, müsste das dort vermerkt sein.«

»Schade. Was ist mit der Familie?«

»Die weiß nichts, sie ist regelrecht abgetaucht.«

»Sie muss doch eine Krankenkasse haben?«

»Mit Anfang zwanzig ist man eben meistens gesund. Ob sie zwischenzeitlich gearbeitet hat und zwangsweise versichert wurde, klären wir momentan. Sophie kümmert sich darum und gibt kurzfristig Bescheid.«

»Halten Sie mich auf dem Laufenden. Bis dann.«

Sie legten auf.

Lichthaus griff nach der Figur. Sie hatten in der Tat nur einen einzigen Hinweis, der weiterhelfen könnte. Sollte der Täter abtauchen und keine weiteren Straftaten begehen, wäre es sehr gut möglich, dass er für immer davonkäme. Nicht auszudenken, doch der Kerl arbeitete fast perfekt. Wie auch immer er an die Adressen kam, er öffnete die Türschlösser sehr professionell, betäubte, bestahl und tötete seine Opfer, um anschließend praktisch spurlos zu verschwinden. Was blieb ihnen?

Lichthaus listete auf:

- Luisa Pohl (Verbindung zum Täter unklar)
- Opfer-Täter-Beziehung, Seniorenchat (Kontakt, doch IP nicht auffindbar)
- Konten (Spur inzwischen kalt, da Täter vom Auffinden der Toten weiß)
- neue Opfer (?)
- Verbleibende DNA-Spuren (Relevanz unklar)
- Trockengerät (Marke)

Er lehnte sich zurück und durchkämmte in Gedanken nochmals den gesamten Fall. Dann ergänzte er:

- Technik (Täter hat Informationen über Opfer (Adresse), doch wie hat er sie sich beschaffen können?)

Den letzten Punkt umrandete er rot. Hier lag das fehlende Glied der Kette, die ihn zum Mörder führen würde und für ihren Lockvogel das größte Risiko darstellte.

Er griff sich den Telefonhörer und rief Sophie Erdmann an.

»Ihr habt doch die Chats gelesen.«

»Ja?«

»Gibt es irgendeinen Hinweis, wie es dem Täter gelungen sein kann, die Adressen herauszufinden?«

»Nein, aber das hatten wir ja schon.«

»Auch keine Fragen, die darauf hindeuten?«

»Mag sein, doch wenn ich dir sage, ich wohne in Trier-Ost, findest du trotzdem nicht meine Wohnung.«

»Wurden Fotos ausgetauscht?«

»Ja, die Strabetz hat eins online gestellt. Du meinst, er hat auf der Lauer gelegen?«

»Das wäre immerhin eine Möglichkeit.«

»Glaube ich nicht, er würde doch auffallen. Außerdem am Weidengraben, bei all den Hochhäusern käme es doch einem Zufall gleich, wenn sie ihm über den Weg liefe. Und wie hätte er ihr unbemerkt bis zu ihrer Wohnung folgen können? Er hätte allenfalls erfahren, in welchem Block sie wohnte.«

»Stimmt auch wieder.« Er war enttäuscht. »Er muss es über das Netz gemacht haben. Anders geht es einfach nicht. Ich spreche mit Kramer.«

Er legte auf und rief Steinrausch an. »Konntest du schon Infos zu Luisa Pohl finden?«

»Allerdings. Ich habe bei ihr zu Hause angerufen und die Mutter erreicht. Sie war deutlich offener als ihr Mann. Das Mädchen war so etwas wie ein Wunderkind, und wenn du mal in Youtube unterwegs bist, kannst du sie sogar auf ein paar Videos sehen, die während unterschiedlicher Wettbewerbe aufgenommen worden sind.«

»Was für Wettbewerbe?«

»Sie ist eine hochbegabte Geigerin. Hat zum Beispiel einen Preis in NRW gewonnen und galt als Anne-Sophie Mutters Erbin, wenn man den Medien glaubt. Die haben übrigens auch die Familie ein bisschen durchleuchtet. Eigentlich nichts Aufregendes, sieht man einmal davon ab, dass sie Geld ohne Ende haben. Der Alte ist der Paschatyp. Alle springen nach seiner Pfeife, sie wohl eher die reiche Ehefrau, die sich gern im Kunstbetrieb tummelt, da sie ansonsten wenig zu tun hat. Schirmherrin über eine Kinderfördereinrichtung und so weiter.«

»Irgendwo muss es ja gestunken haben, sonst wäre das Mädchen nicht weg.«

»Als ich das gefragt habe, wurde sie undeutlich, was ja auch nicht verwundert. Luisa ist das einzige Kind und war über Jahre der Sonnenschein der Eltern. In der Schule immer top und dann die Erfolge in der Musik. Hübsch dazu, fast zu schön, um wahr zu sein. Doch mit siebzehn, kurz vor dem Abi, sie hat eine Klasse übersprungen, ist Sand ins Getriebe gelangt. Sie weigerte sich aufzutreten und hat nur noch einen Wettbewerb gespielt. Der Alte hat keinen Druck gemacht, sie schien mit ihm so ziemlich alles machen zu können. Irgendwann gab es radikale Veränderungen bei ihr. Der erste Freund, äußerliche Veränderungen, Haare gefärbt und das ganze Programm des Widerstands.«

»Darf gar nicht dran denken. Mir schwant Böses.«

»Bis Henriette so weit ist, hast du ja noch ein bisschen. Was die Eltern nicht gemerkt haben wollen, ist ihr Meinungswandel hin zu radikaler Gesellschaftskritik. Irgendwann brach sie einen Streit vom Zaun über die vielen Gesetze und Normen in Deutschland, den gängelnden Staat und die beschränkte Selbstbestimmung. Die Pohls waren ziemlich überrascht und würgten ihre Argumente ab, sagt die Mutter heute. Luisa war danach immer öfter und länger unterwegs, und bis jetzt kann niemand sagen, wo sie gewesen ist. Angeblich bei ihrem Freund, den sie aber schon lange zuvor abgeschossen hatte. Dann kam das Abitur. Note 1,3. Am Tag nach der Feier mit Überreichung der Zeugnisse ist sie weg. Alles scheint sie im Voraus geplant zu haben. Ihre Konten hat sie angezapft, Klamotten und was man sonst so braucht, wenn man unterwegs ist, eingepackt, die Geige allerdings hat sie zurückgelassen. Den Rest kennst du ja. Vermisstenanzeige, die zurückgezogen wurde. Die Mutter ist richtig am Ende, der Vater wohl auch, markiert nur nach außen den harten Hund. Die private Krankenkasse hat aus Essen vor einem Jahr eine Rechnung geschickt. Irgendeine Zahnbehandlung. Pohls sind sofort zur Adresse gefahren, die sie beim Arzt angegeben hatte. Doch in dem Haus hat sie nie gewohnt. Einfach weg. Im Melderegister ist sie nie aufgetaucht. Ob sie zwischenzeitlich irgendwo angestellt war, prüft Sophie.«

»Was sagen die Kollegen vor Ort?«

»Die konnten sich noch gut an den Fall erinnern. Auch dass sie mal bei einer Demonstration für irgendetwas festgenommen worden und ...«

»Für irgendwas? Wofür genau?«

»Wusste man in Düsseldorf auch nicht mehr. Nur noch, dass es bei der Demo einen Ausbruch von Gewalt gegeben hat und dass sie nicht daran beteiligt war.«

»Versuche bitte, es herauszufinden. Eventuell ist sie in einer Szene abgetaucht, die sie nach Trier geführt hat.«

»Mache ich. Also die haben sie von der Demo aufs Revier mitgenommen und wollten gleich die Eltern anrufen, als Luisa ihnen die Stelzen beschlagen hat. Der Kollege meinte, in der Art hätte ihn noch niemand zusammengefaltet. Höflich und gleichzeitig hart, absolut bestimmt und sehr selbstsicher.«

»Da blitzt das Erbe durch. Der Apfel fällt nicht weit vom Baum.«

»Da man auf der Wache keine Lust auf eine Beschwerde hatte, hat man sie laufen lassen und nur einen Vermerk gespeichert, die Eltern aber nicht informiert.«

»Bilder?«

»Nein.«

»Gut, wenn du was über die Demo rausfindest, sag mir bitte Bescheid.«

Steinrausch lachte. »Da wär ich von selbst nicht drauf gekommen.«

*

Dave ging ins Wohnzimmer, um den anderen Kandidaten im Chat zu suchen, einen Mann Anfang siebzig, der vor ein paar Monaten seine Frau verloren hatte und hierunter litt. Eigentlich passte auch er nicht optimal in ihr Schema. Seine Kinder wohnten in Mainz und Mayen, also nicht allzu weit weg, doch war der Kontakt zwischen den Familienmitgliedern ziemlich dürftig. Alle drei oder vier Wochen ein Telefonat, ganz selten mal Besuche. Er grinste in sich hinein: In der Not fraß der Teufel bekanntlich auch Fliegen, also würde er sich mit der zweiten Wahl befassen, seine Nummer eins war ja tabu. In seinem Magen regte sich ein

Rest der Wut, die er am Mittag gespürt hatte, doch die Ereignisse danach hatten sie in den Hintergrund treten lassen.

»Was machst du denn da?« Er war sprachlos stehen geblieben und spürte wie die Aggression zurückkam. Tekki saß, nur mit T-Shirt und Slip bekleidet, vor dem Rechner und chattete. Das Rollo der Gaube war heruntergezogen, und er sah ihre konzentrierten Züge, die das Licht des Monitors fahl beleuchtete. Sie reagierte wieder nicht, sondern tippte weiter.

Irgendwo glühte eine Sicherung in seinem Kopf und gab Alarm, als er sie so da sitzen sah, inmitten seines Wohnzimmers, das sie zusammen gemütlich eingerichtet hatten. Die bequeme Couch unter den farbig gestrichenen Dachschrägen, dazu einige Pflanzen und natürlich der Computer, sein Computer. Ihr Refugium, in das sie sich zurückzogen und wo es bisher keine Geheimnisse gegeben hatte. Er trat hinter sie.

Graugans. »Kennst du die Beethoven-Sonaten für Geige und Klavier in der Einspielung von Itzhak Perlman und Vladimir Ashkenazy?«
Silberlocke. »Ich habe Perlman einmal gesehen. Seine Soil Stradivari, die er von Menuhin hat, ist ein Traum, den er wie kein anderer verdient.
Graugans. »Ich beneide dich.«

Dave polterte los. »Tekki, was soll das denn? Wenn wir ihn nicht als Geldgeber nehmen, solltest du auch nicht weiter mit ihm in Kontakt bleiben.«

»Und warum nicht? Du sagst doch immer, es ist unmöglich, uns ausfindig zu machen, dann kann ich doch mit ihm chatten.«

»Was ist mit dir los? Beethoven und Sonaten. Das ist alles Blödsinn. Im Pozzadir tanzt du zu irgendeinem Gothic-Song auf dem Tisch und jetzt plötzlich die Klassikwelle? Lass mich mal an den Rechner, schließlich muss ja einer für Kohle im Portemonnaie sorgen.«

Wieder nahm ihre Stimme diesen gefährlichen Ton an und Wut blitzte in ihren Augen wie helle Funken. »Jetzt bin ich dran, und du wartest gefälligst. Glaub bloß nicht, du könntest mir Vorschriften machen.«

»Das ist mein ...«

»Unser Computer. Und im Augenblick bin ich an der Reihe.«

Er versuchte, ihren Arm zu greifen, sie aber sprang behände wie eine Katze auf die Füße und nahm unwillkürlich eine aggressive Abwehrhaltung ein. Es war ein grotesker Anblick, die zierliche Gestalt nur in T-Shirt und Slip und in Kampfposition, doch nach Lachen war ihm nicht. Ihr Gesichtsausdruck machte deutlich, dass sie es ernst meinte, ihre Worte unterstrichen es nur: »Fass mich nicht an oder du lernst mich kennen!«

Dave zuckte zurück, sie würde nach ihm schlagen, wenn er ihr näher käme, die Wut kochte jedoch in ihm und ließ ihn nicht zurückstecken. Er schrie. »Wenn das so weitergeht, ist hier bald Schluss.«

»Dann wirf mich einfach raus. Und sonst merk dir eins: Ich bin hier, weil ich es will, weil ich dich will. Aber zwinge mir nie deinen Willen auf. Niemals, das macht keiner mehr mit mir. Verstanden?«

»Ich ...«

»Du wolltest mir verbieten, mit Silberlocke zu chatten. Was fällt dir ein?«

»Ich ...«

Tekki drehte sich weg. »Verschwinde und lass mich in Ruhe.«

Sie setzte sich und las Silberlockes Antwort. Dave trollte sich in die Küche. Seine Wut zerfloss in der Trauer um ihre in die Brüche gehende Beziehung. Was sollte er bloß tun?

*

Lichthaus schrie auf, als ihm der Metallfuß, auf dem Claudia eine ihrer Installationen justiert hatte, aus der Hand rutschte und schmerzhaft auf den Zehen landete.

»Was ist los?«

»Das Ding ist mir auf den Fuß gefallen.«

Sie schaute erleichtert. »Gott sei Dank ist nichts passiert.«

»Och, danke für deine Fürsorge.« Er verzog das Gesicht. »Ich dachte, du magst die Sachen nicht.«

Sie grinste ihn schief an. »Mittlerweile wieder. Außerdem: Selbst schuld. Ohne dein Schreiben würden wir wahrscheinlich etwas Schöneres tun.«

»Ich habe Hunger«, versuchte er es auf die quengelige Tour.

»Jammer nicht!« Jetzt lächelte sie breit. »Gewöhn dich an die Arbeit. Morgen geht es schließlich weiter, da musst du das Ganze nach Düsseldorf karren und dort wieder ausladen.«

Lichthaus ersparte sich eine Antwort und trug humpelnd den schweren Ständer in den VW-Multivan, den sie nach Jakobs Geburt angeschafft hatten.

Er hatte sich Zeit genommen, ihr zu helfen, war früh nach Hause gekommen, um der Bürokratie und dem Fahndungsvakuum zu entfliehen, das sich ihm heute besonders machtvoll präsentiert hatte. Kaum hatte er das Gespräch mit Sophie beendet, hatte er einen Anruf vom Präsidenten erhalten, den es nach einer Zusammenfassung der Arbeitsergebnisse gelüstet hatte. Missmutig fuhr er hinüber, nur um mitzuteilen, dass es nichts mitzuteilen gab. Pieper war enttäuscht, doch musste er seine Ansprüche den Fahndungsproblemen beugen. Glücklicherweise hatte sich der Presserummel in der verstrichenen Zeit gelegt, sodass von dieser Seite kein Druck auf die Ermittlungen ausgeübt wurde.

Lichthaus hatte schon die Schubladen abgeschlossen, als Siran und Steinrausch durch die Tür marschiert kamen. Er hatte auf einen Fortschritt gehofft, den sie melden würden. Doch die beiden wollten wohl nur ihren Frust ablassen.

Müde setzte sich Siran auf einen der Stühle und schaute in den sonnigen Nachmittag. »Wie geht es weiter?«

»Ich weiß es nicht.« Er nahm die Liste, die er mittags geschrieben hatte, und schob sie den beiden über den Tisch. »Mehr gibt es nicht. Die Fahndung nach einer jungen Frau, die allerhöchstens lauwarm ist, da wir keine Ahnung haben, wann und wie das Haar in die Wohnung des Opfers gekommen ist. Zudem eine wässrige Lockvogelaktion der Marke *Die Hoffnung stirbt zuletzt*.«

Steinrausch zuckte die Schulter. »Ich fürchte, die Ermittlungen werden erst wieder in Schwung kommen, wenn wir die nächste Leiche finden müssen. Vielleicht gibt es dann endlich Spuren, die uns weiterhelfen – falls der Zufall gut gelaunt vorbeikommt.«

»Irgendwann geht der Kerl wieder auf Suche. Der braucht doch Geld. Und dann stößt er auf unseren Lockvogel«, versuchte Siran, Optimismus zu verbreiten.

»Nur wann? Jasmin kann sich die Finger wund tippen, und nichts passiert, da wir im falschen Zeitfenster sind. Wie lange sollen wir das laufen lassen? Vier Wochen? Ein Jahr?« Die beiden sahen Lichthaus betreten an und schwiegen. »Warten wir es ab. Dieses verfluchte Internet macht es den Verbrechern zu einfach, da hinken wir mit unseren Fahndungsmethoden richtig hinterher.«

Steinrausch schnaubte. »Es gibt ja auch keine internationalen Gesetze.«

»Was hilft es denn zu jammern? Wir müssen das Beste draus machen.« Siran ließ sich einfach nicht kleinkriegen.

Aber Steinrausch hatte offensichtlich keine Lust, sich von diesem Zweckoptimismus anstecken zu lassen. Er stand auf und verabschiedete sich ins Wochenende. Siran trollte sich auch und war schon am Ausgang, als Lichthaus noch etwas einfiel.

»Was ist eigentlich mit dem Trockengerät?«

»Die KTU hat ein Modell gefunden, das passen könnte. Baumarktserien. Das Ding wird in drei Ketten verkauft. Keine Chance.«

»Der macht keine Fehler.«

Siri sah ihn ernst an. »Doch, irgendwann. Tschüss. Schönes Wochenende.«

Normalerweise nahm Lichthaus seine Leichen nicht mit in den Feierabend und grübelte hier weiter über der Lösung eines Falls, es sei denn, sie befanden sich in einer akuten Situation. Die Verbrechen durften nicht unentwegt präsent sein, da sie dann in sein Privatleben eindrangen, ihn ablenkten und seine Aufnahmefähigkeit für das alltägliche Geschehen in seiner Familie begrenzten oder gar völlig blockierten. Er kannte genügend Kollegen, denen diese Trennung nicht gelang, wodurch Ehen und Beziehungen zuhauf in die Brüche gingen.

Doch diesmal lag der Fall anders. Es gelang ihm nicht, die Gedanken an die Arbeit abzustreifen. Die Mordkommission betrat hier Neuland, da das Netz bei ihnen noch nie Basis für die Anbahnung und Verschleierung eines Mordes gewesen war. Lichthaus nutzte zwar beruflich wie privat laufend das Internet, sei es am PC, mit dem Tablet oder Smartphone. Doch die Welt des Hackings und der dahinterliegenden Techniken war ihm fremd. Allein dieses TOR-System hatte ihn überrascht. Wie einfach es war, seine Identität zu verschleiern. Und nun die Fahndung. Kramer hatte ihn gewarnt. Zwar hatte der Täter über das Netz Bekanntschaft mit seinen Opfern geschlossen, die hatten aber nicht ihre Straße und Hausnummer in dem Chat angegeben. Also musste er eine andere Möglichkeit gefunden haben, um im Netz an ihre Adressen zu kommen. Daher handelte es sich bei dem Gesuchten wohl um einen erfahrenen Hacker. Mit ihm durch den Lockvogel in Verbindung zu treten, war das Eine, ihn zu identifizieren das Zweite. Viele Probleme bauten sich auch auf, da die Polizei noch nicht über genügend Experten verfügte, die dazu notwendig wären.

Laut Kramer war die Szene der Hacker sehr unübersichtlich, da sie über die ganze Welt verstreut waren und nur die wenigsten ihr Gesicht zeigten. Praktisch alle traten unter Pseudonymen auf. Bei ihnen nach einem Tatverdächtigen zu fahnden, hielt ihr Netzspezialist für vollkommen aussichtslos. Es war zum Auswachsen.

»Bist du im Stehen eingeschlafen?« Claudia trat neben ihn und drückte ihm einen der Spiegel in die Hand.

»Nein, ich habe nur über den Fall nachgedacht.«

»Ihr kommt nicht weiter?«

»Keinen Schritt, aber lass gut sein.« Er schob die Überlegungen weg, war sich jedoch des beklemmenden Gefühls bewusst, etwas Wichtiges übersehen zu haben.

Samstag

Tekki war weg. Einfach so. Er war, nachdem sie gestern Abend noch ewig mit Silberlocke, wie ihn dieser Name ankotzte, über Komponisten und Stücke, selbst über bestimmte Interpretationen gechattet hatte, mit seinem neuen Geldgeber in Kontakt getreten. Es war gut gelaufen, und er kam langsam in die Vertrauensphase, in der die Leute zu reden begannen, auch übers Geld. Als er dann mitten in der Nacht zu Bett gegangen war, hatte Tekki schon geschlafen.

Heute Morgen hatte sie dann unvermittelt neben dem Bett gestanden und ihn geweckt. »Ich muss fort. Am Sonntag bin ich zurück, vielleicht sogar schon Morgen.«

Er hatte sich noch halb im Schlaf rumgedreht, doch sie war bereits in der Tür gewesen. Sie hatte ihre große Tasche in der Hand und war ausgehfertig, die Haare glatt gekämmt, in Bluejeans und dazu einer hellblauen Bluse, die er noch nie gesehen hatte. Irgendetwas stimmte nicht.

»He, was ist nun wieder los?«

»Nichts, ich komme wieder.«

»Wohin willst du?

»Ist nicht wichtig.«

»Ich möchte aber ...«

Sie entzog sich einem Gespräch, indem sie die Wohnung verließ wie eine flüchtige Bekannte, ohne große Abschiedsszene. Die Wohnungstür hatte geklickt, und er war verwirrt zurückgeblieben.

Nun saß er in seiner vertrauten Umgebung, die ihm jetzt, da er allein war, so leer vorkam. Trotz der frühen Stunde begann er zu trinken, um den Frust wegzuspülen, der seine Seele zerfraß.

*

Lichthaus stellte den Wagen auf den Parkplatz und sah zu Claudia hinüber, die interessiert das Haus inspizierte. Meiers Galerie gehörte zu den renommiertesten in Düsseldorf, und auch wenn Claudia es nicht offen zeigte, glänzten ihre Augen ein wenig vor Stolz. Das moderne Gebäude lag in der Steinstraße unweit der Königsallee. Die Ausstellungsräume schienen sich über zwei der drei Etagen zu erstrecken, was bei einer Fensterfront von bestimmt zehn Metern auf einiges an Fläche schließen ließ.

Eine halbe Stunde später war der Multivan leer und Claudia diskutierte mit dem Galeristen die Aufstellung und Beleuchtung der fünf Installationen, die vereinbart waren. Das konnte dauern, und so verdrückte er sich nach draußen. Familie Pohl wohnte in Düsseltal, dem traditionellen Wohnviertel der Reichen. Kurz entschlossen sagte er Claudia Bescheid und fuhr die wenigen Minuten hinüber. Die Wohnlage war herrlich. Der Lärm des Flughafens war hier nicht zu hören, und in den mit vielen Bäumen bestandenen fast reinen Wohnstraßen gab es kaum Durchgangsverkehr.

Er stellte sein Auto ab und ging die paar Meter zum Anwesen zu Fuß. Der Himmel hatte sich bedeckt, doch die steigende Luftfeuchtigkeit hatte die Wärme durch Schwüle ersetzt. Lichthaus war sicher, dass hinter der Mauer, die ein enormes Eckgrundstück umschloss, ein nicht minder großes Haus zu finden sein müsste, und wurde nicht enttäuscht. Als er um die Ecke in einen abgelegenen Weg bog, konnte er zwischen den Stäben eines schmiedeeisernen Gitters hindurch auf das Haus schauen und hielt den Atem an. Ein goldener Käfig für einen Teenager zeigte sich in seiner ganzen Pracht. Die Villa war wohl, dem Stil der Gründerzeit nach zu urteilen, um die vorletzte Jahrhundertwende erbaut worden. Eine lange Auffahrt führte durch den Park zu einer Eingangstür, die in strahlendem Weiß auf die Besucher wartete. Das Gebäude hatte zwei Etagen, und auch das zweigeschossige Dach schien voll ausgebaut zu sein. Die Fassade war klar gegliedert, weiße Bänder grenzten symmetrisch Backsteinsegmente voneinander ab. Schöne, zum Teil oben abgerundete Sprossenfenster, ein Erker und phantastisch bepflanzte Beete und Rhododendren, die in allen Farben blühten, gaben dem Ensemble einen ungemein herrschaftlichen Anstrich, und jeder, der hier stand und durch das Tor schielte, nahm gewiss die Aura von sehr viel Geld wahr.

Das Anwesen lag völlig still da. Die Doppelgarage, von den Sträuchern fast verborgen, war verschlossen. Im Haus rührte sich nichts. Einmal glaubte er hinter einem der Fenster im Dachgeschoss eine Bewegung wahrgenommen zu haben, doch konnte dies genauso gut eine Täuschung gewesen sein. Nachdem er sich so eine Weile umgeschaut hatte, sah er den Eindruck bestätigt, den das Gespräch mit Justus Pohl bei ihm hinterlassen hatte: Reichtum über Generationen, den man auch gerne zeigte. Auf dem Weg zu seinem Auto stellte er sich Luisa, die er auf Youtube mit ihrer Geige gesehen hatte, in diesem Haus vor und verstand, warum sie Reißaus genommen hatte.

»Sie da, bleiben Sie mal stehen.«

Lichthaus wandte sich um und sah einen Hünen in schwarzer Uniform auf sich zukommen. Er war kein Polizist, aber groß, schlank und muskulös, wie er war, wirkte er so bedrohlich, wie es die SS-Männer auf den Champs-Élysées in Paris einst getan haben mussten.

»Ja bitte.«

Der Typ kam heran und fixierte Lichthaus aus kleinen grauen Augen. »Was tun Sie hier?«

»Wer will das wissen?«

»Werd bloß nicht frech.«

»Ich bin auf dem Weg zu meinem Auto.«

»Ich will wissen, was Sie hier wollen.« Der Wachmann irgendeiner Security-Firma, auf dem Namensschild stand Dorst, plusterte sich auf. »Ich bin für die Sicherheit mehrerer Villen in dieser Straße verantwortlich. Also?«

»Und was ist mit der Polizei?«

»Ach, die kann man doch vergessen.«

»So, kann man das?«

Das Gespräch begann, den Mann zu verwirren. Er sah irritiert zur Seite. Lichthaus zog seinen Dienstausweis aus der Tasche und hielt ihn dem Kerl unter die Nase.

»Ich bin die Polizei.«

Er wandte sich ab und stieg in sein Fahrzeug. Als er wenige Sekunden später an dem Wachmann vorbeifuhr, arbeitete es erkennbar noch immer in dessen Kopf.

»Dumm, stark und wasserdicht«, murmelte er vor sich hin und trat aufs Gas.

*

Tekki beobachtete den Mann, der so auffällig zu dem Fenster hinaufgesehen hatte, hinter dem sie stand, und nun in seinem VW Multivan davonfuhr. Er war nicht der normale Gaffer, der sich am Reichtum anderer aufgeilte, und mit offenem Mund hereinglotzte wie in einen Zoo. Dieser Typ hatte das Anwesen sondiert. Das hatte offensichtlich auch Dorst gemerkt, der schon seit einer Ewigkeit in dieser Gegend hier aufpasste. Deshalb hatte er ihn angesprochen.

Sie sah sich in ihrem alten Zimmer um, das ihr so vertraut geblieben und doch so ungemein fremd geworden war. Ein Buch aus der Schule lag noch so im Regal, wie sie es dort zurückgelassen hatte. Das Bett, in dem Jan sie vor einer gefühlten Ewigkeit defloriert hatte, war sauber bezogen, und sie hätte sich sofort hineinlegen können. Alles wie gehabt, alles, wie sie es nicht mehr wollte, und trotzdem zogen die Gummibänder ihrer Sozialisation an ihr, waren darauf aus, sie zurückzuholen zu dem, was sie hinter sich gelassen hatte.

Die Geige. Zuletzt hatte Tekki sie wie ein Stahlband wahrgenommen, das sie an das Leben hier gekettet hatte. Sie hatte sie fast freudig in ihren Kasten gelegt, weggesperrt, als sie gegangen war. Doch sie zu vergessen, war ihr niemals wirklich gelungen. Silberlocke, der alte Musiker, hatte sie an einer ihrer schwächsten Stellen erwischt.

Mittlerweile sehnte sie sich nach dem Instrument, in dessen Spiel sie so gerne versunken war. Wenn sie gut drauf war, trieb sie das Instrument an seine Leistungsfähigkeit und lachte mit ihm. Doch auch in Augenblicken des Traurigseins, an den schweren Tagen, war sie eine Trösterin. Ein einfacher unaufgeregter Strich mit dem Bogen über die Saiten und sie sang ihr beruhigend ins Ohr, wie die Sirenen für Odysseus. Die Geige war Luisas Freundin gewesen. Konnte sie es auch für Tekki sein?

Mit Dave zu streiten, tat ihr ungemein weh, doch sie konnte das Leben so nicht weiter aushalten. Er war seit dem Vorfall in der Stadt launisch wie eine Diva, begann, sie zu maßregeln und ihr Vorschriften zu machen. Tekki schüttelte ungläubig den Kopf, während ihr Blick auf das Foto ihrer Eltern fiel. Es stand in einem Silberrahmen auf dem Regal, und nun, nach der Zeit des Abstandhaltens, sah sie die beiden ganz nüchtern. Ihr Vater war ein für die meisten sehr unnahbarer Mensch. Sie aber war überzeugt, dass auch er Opfer gewesen war, Opfer der harten Erziehung ihres Großvaters. Vater war ein großer Mann, von dem sie die schlanke, hoch aufgeschossene Figur und wohl auch die Härte geerbt hatte, die Dave manchmal beklagte. Seine Frau hatte das oft zu spüren bekommen, und so hatten sich beide ihr Leben arrangiert: jeder für sich selbst und ab und zu mit dem anderen. Sie glaubte nicht, dass einer von ihnen eine weitere Beziehung unterhielt, jedenfalls nicht, als sie hier noch gelebt hatte, würde dafür aber nicht die Hand ins Feuer legen. Ihre Mutter hatte eine gerade angelaufene Karriere als Pianistin dem Geld ihres Mannes zuliebe aufgegeben und verzauberte nun höchstens ein paar Freunde mit ihrem grandiosen Spiel. Die intensivsten Momente mit ihr hatte sie unten im Salon gehabt, wenn sie an der Geige und Mutter am Steinway-Flügel losgelegt hatten. Nie hatte sie einen Menschen kennengelernt, der so in der Musik aufging. Sie war es, die ein Band zwischen der Mutter und ihrem einzigen Kind geschaffen hatte. Darüber hinaus gab es keine Berührungen, im direkten wie im übertragenen Sinn des Wortes. Der Flügel war zum Lebensinhalt ihrer Mutter geworden. Den Luxus, den ihr Mann ihr bieten konnte, genoss sie, weil er ihr den Alltag ungemein erleichterte.

Dafür musste sie manchmal gesellschaftlichen Verpflichtungen nachgehen, aber das nahm sie in Kauf, um sich dann wieder ganz ihrer Musik hinzugeben. Tekki wusste nicht zu sagen, wann sie zuletzt von dieser bildschönen Frau umarmt worden war, die so hölzern sein konnte wie Pinocchio.

Vater war das Gegenteil. In ihrer Gegenwart fiel seine Maske. Er trug sie auf Händen durch das Leben, alberte mit ihr herum und ließ ab und an alles andere hinter sich, zeigte ihr sein wahres Gesicht: weich und liebevoll. Als Jan und nach ihm einige andere Jungs hier aufschlugen, wirkte er wie gekränkt. Es hatte den Anschein, als ob er sein kleines Mädchen nicht hergeben wollte, und intrigierte dauernd gegen diese Verbindungen. Damals hatte es laufend zwischen ihnen gekracht, wobei Mutter meistens zu ihrem Mann hielt. Eines Tages war der goldene Käfig zu eng geworden, und sie drohte darin einzugehen. Irgendwann überkam sie das Gefühl, ihr Leben hier sei unecht. Sie beschloss, zu gehen, sobald sie achtzehn sein würde und das Abitur in der Tasche hätte. Wollte an irgendeinem Konservatorium beginnen, egal wo auf der Welt, wollte irgendwo anders leben, nur nicht zu Hause.

Dass alles anders gekommen war, lag an ihr und an Friedrich.

Unten in der Küche hantierte Gerda mit irgendetwas herum. Sie war Anfang zwanzig gewesen, als sie hier zu arbeiten begonnen hatte, doch nun durchzogen graue Strähnen ihr Haar. Als Tekki eintrat, sah sie zu ihr auf und lächelte. »Es ist so schön, dass du wieder da bist, Luisa.«

»Ich werde gleich gehen, ich kann nicht bleiben.«

»Aber ...«

»Bitte Gerdi, mach es mir nicht so schwer. Die Zeit ist noch nicht reif.«

»Das sagst du nun schon so lange.«

Sie nahm die zierliche Frau in den Arm und drückte sie an sich. Gerda gab ihr schon immer das, was Mutter ihr vorenthielt. Wärme und ungeteilte Zuneigung. Die Haushälterin war die Einzige, mit der Tekki Kontakt hielt und die sie ab und zu anrief.

»Erzähl niemandem von meinem Besuch.«

»Warum bist du denn überhaupt gekommen, wenn du nicht bleibst?« Tränen füllten die Augen.

»Ich habe die Geige geholt. Irgendwie muss ich wieder spielen.«

»Schön. Wo wohnst du jetzt?«

»Bei einem Freund.«

»Ist er nett?«

Tekki lachte auf und sah Gerda bewegt an. »Mach dir mal keine Sorgen.«

»Du rufst aber weiterhin an?«

»Klar, wie immer.«

»Schön. Ich habe dir was gekocht.«

Tekki sah auf die Uhr. »Wann kommen sie zurück?«

»Spät. Sie verbringen den Tag bei irgendeinem Geschäftsfreund deines Vaters.«

»Sehr gut. Sag mal, Dorst ist doch noch immer hier Wachmann.«

»Ja.«

»Hast du seine Nummer? Er hat eben mit einem Mann vor dem Haus gesprochen, der hat vor dem Haus rumgelungert. Ich würde gern wissen, ob er herausbekommen hat, wer das war.«

Gerda sah sie aufmerksam an. »Steckst du in Schwierigkeiten?«

»Nein«, log sie lachend. »Ich will nur sichergehen, dass Dorst alles im Griff hat, nicht dass der Kerl hier einsteigen will und dir was passiert.«

Sie hatte noch nicht eine Gabel gegessen, als Gerda wieder da war.

»Du brauchst dir keine Sorgen zu machen. Stell dir vor, es war ein Polizist.«

»Ehrlich?« Sie lachte gequält.

Wie gut, dass ihr Mund leer war, sonst wäre ihr das Essen im Hals stecken geblieben. Angst schnürte ihr den Atem ab, doch dann beruhigte sie sich. Ein Zufall, es musste ein Zufall gewesen sein, denn es gab nicht die geringste Verbindung zwischen Trier und ihrem Elternhaus. Der Hunger kam langsam zurück, während sie sich das so lange einredete, bis sie daran glauben konnte.

Nach dem Essen ging sie zum Steinway & Sons Flügel ihrer Mutter und ließ die Finger ein wenig über die Tasten laufen. Sie hatte immer neben der Geige auch Klavier gespielt, schon um sich fürs Konservatorium vorzubereiten, nun allerdings waren ihre Hände steif, wirkten wie eingefroren, und ihr graute es bereits jetzt vor den ersten Strichen mit dem Bogen über die Saiten. Ihre Finger wussten sehr wohl, wohin sie mussten, doch sie im Spiel zu koordinieren, würde anfangs nur schwer klappen.

Eine halbe Stunde später verließ sie das Haus. Gerda hatte ihr noch ein paar belegte Brote und etwas zu trinken mitgegeben. Sie weinte und bat Tekki, nicht wieder so lange fortzubleiben, was sie zu ihrem eigenen Erstaunen versprach. Die Haushälterin, die ihr so viel mehr war, würde niemandem von ihr erzählen, daran hegte sie keinen Zweifel.

In der Einfahrt drehte sie sich ein letztes Mal um und verspürte nicht wieder den Groll, unter dem sie einst gegangen war. Ihr Inneres war in Schwingung geraten, und sie konnte noch nicht sagen, wohin ihr Weg sie führen würde. Vielleicht half ihr die Musik, so wie früher.

Zwei Straßen weiter, kurz vor der Bushaltestelle, verließ sie das ruhige Viertel und wurde vom Lärm auf der Durchgangsstraße umhüllt. Sie eilte weiter, verlangsamte aber vor einem der Mietshäuser ihren Schritt und sah zu Friedrichs Wohnung hinauf. Neue Gardinen hingen an den Fenstern zur Straße, und es schien auch ein Kind dort oben zu wohnen, denn die Scheibe der Küche war mit ungelenken Scherenschnitten beklebt, wie Luisa sie selbst zu Muttertag im Kindergarten gebastelt hatte. Sie lächelte und erreichte schließlich mit einem Hechtsprung noch den Bus Richtung Bahnhof. Auf der Karlsstraße, kurz bevor sie aussteigen musste, kam ein weißer Porsche Cayenne neben dem Bus zu stehen. Tekki schaute ihren Gedanken nachhängend auf das große Auto hinunter und erhaschte einen Blick auf das verschlossene Profil ihrer Mutter. Der Schock durchfuhr sie wie ein Blitz, als sie sah, wie die grauen Augen unbeteiligt die Buswand entlangwanderten, unaufhaltsam zu ihr hin, zur Kreuzung ihrer Blicke. Doch gerade, als der Moment gekommen zu sein schien, sprang die Ampel um, und der SUV sprintete davon, um in der Immermannstraße aus ihrem Blickfeld zu verschwinden. Sie atmete auf. Doch nicht so spät, wie gedacht. Glück gehabt.

Den Geigenkasten und die Tasche mit den Noten und ihrer Verpflegung an sich gedrückt eilte sie in die große Bahnhofshalle, den Kopf gesenkt, um weitere Begegnungen mit Bekannten aus der Vergangenheit zu vermeiden. Sie zog Geld an einem Automaten und dachte an die Schießerei in Trier.

Wenig später kam sie auf dem Bahngleis an. Der Zug war schon eingesetzt, und sie sprang sofort hinein, darauf wartend, dass die Bahn endlich anrollen und sie davontragen würde. Schweigend verbrachte Tekki die Zugfahrt nach Trier. Traurigkeit erfasste sie, als hinter Koblenz der Zug in der untergehenden Sonne die Moselschleifen entlangfuhr und das goldene Licht fast kitschig die Weinberge ausleuchtete. Was für ein friedlicher Anblick, sie aber schmerzte er, denn sie sah in ihm das Symbol für etwas in ihrem Leben, das unterzugehen schien. Der Aufruhr, der in ihr gekeimt war, wuchs schnell heran. Ihr Leben stand vor einem Wendepunkt, und sie sah bislang nicht, wo dort Raum für Dave war, der ihr so fremd geworden war, der aufbrauste und nicht verstand, worum es ihr ging. Er reduzierte ihr Tun auf das Geld, verkannte ihre Motivation, hatte sie wohl nie wirklich erfasst. Die Vorstellung, Dave heute am Ende eines Tages zu begegnen, der all das aufgewühlt hatte, was sie so lange schon verdrängte, war ihr unerträglich. Sie brauchte Zeit, um zu verarbeiten, erst dann würde sie zurückkönnen.

In Trier nahm sie sich ein Zimmer in einem kleinen Hotel unweit des Bahnhofs. Sie verließ es an diesem Abend nicht mehr, trank die beiden Dosen Bier, die sie noch schnell im Supermarkt gekauft hatte, und begab sich auf die Suche nach Antworten, die ihr die Nacht nicht brachte.

*

In der Galerie war Claudia fertig. Alle Exponate standen auf ihrem Platz und Lichthaus war begeistert. Zu Hause im Atelier hatten die einzelnen Arbeiten eng beieinanderstehen müssen, doch die Weite des Raums, die allein ihnen vorbehalten war, und eine professionelle Beleuchtung brachten sie voll zur Entfaltung. Meier, der selbst gekommen war, schien ebenso zufrieden zu sein. Claudia strahlte ein Glück aus, das er die letzten Wochen über vermisst hatte, und erzählte während der Heimfahrt voller Enthusiasmus von ihrem Nachmittag.

Irgendwo unterwegs durch die Eifel aßen sie noch gut, luden in Wittlich die Kinder ein, die mal wieder bei den Großeltern gewesen waren, und lagen weit nach Mitternacht müde, aber entspannt im Bett und schliefen aneinandergeschmiegt ein.

*

Das alte Schloss stellte keine wirkliche Herausforderung dar. Vorsichtig setzte er den Spanner mit der schmalen Seite in den Zylinder, drehte den Haken nach rechts und schon war die Tür offen.

Die Wohnung lag in einem Dreifamilienhaus, glücklicherweise jedoch im Erdgeschoss, was ihn unbeobachtet die Haustür knacken lassen hatte. Hier in Konz-Karthaus gab es einige dieser noch nicht wirklich alten Gebäude, die trotzdem bereits ziemlich runtergekommen waren. Nicht so dieses. Der Flur roch frisch nach dem Samstagsputz, und auch an den Wänden waren im Zwielicht keine Flecken oder gar Graffiti zu sehen.

Nachdem sie in Verhoevens Haus nur mit Glück gelangt waren, hatte er sich das Werkzeug zum Schlösseröffnen besorgt. Im Netz bekam man für nicht einmal zwanzig Euro problemlos ein vollständiges Set. Er hatte es nicht glauben wollen, dann aber seine Technik nach und nach verfeinert, indem er sich eine Vielzahl handelsüblicher Schlösser und Zylinder gekauft und stundenlang geübt hatte. Mittlerweile widerstand ihm kaum noch eine ungesicherte Tür, denn es war eine reine Gefühlssache. Ohne genauere Untersuchung war auch nichts zu sehen, da das Schloss unbeschädigt blieb.

Er drückte vorsichtig auf das Türblatt, und die Wohnung stand ihm offen. Zum Glück gab es keine Kette, die vorgelegt werden konnte.

Er grinste und zog die Kapuze des dunkelblauen Einwegoveralls enger. Auf das Aussaugen der Zimmer würde er heute verzichten müssen, da der Lärm sicherlich die Nachbarn von oben weckte. Um nicht Hautschuppen und Wimpern zu verlieren, hatte er daher sein Gesicht dick mit Fettcreme eingerieben.

Leise steckte er das Einbrecherset in die Umhängetasche. Nun begann die kritischste Phase.

Heribert Peters wohnte erst seit einigen Monaten hier. Im Chat hatte er erzählt, wie schwer es ihm gefallen war, das Haus zu verkaufen, in dem er mit seiner Christa über vierzig Jahre verbracht hatte, doch Gartenarbeit und Pflege des Grundstücks überstiegen irgendwann seine Kraft. Er zog hierher, nur wenige Minuten vom Friedhof entfernt, und litt sehr unter dem Verlust seines Eigentums. Auch seine Kinder konnten ihm kein Trost sein. Sie lebten an anderen Orten, und ohnehin war ihre Verbindung zu keiner Zeit wirklich eng gewesen. Sein Leben hatte er mit Arbeit verbracht. Nach Christas Tod hatten sie eine Zeitlang wieder Kontakt gepflegt. Nun war es wieder wie vorher: Sie lebten ihr Leben und kümmerten sich kaum um den Vater, so wie sie sich vorher schon nur selten bei Christa und ihm gemeldet hatten. Arme Christa. Aber sie hatte wenigstens ihn gehabt. Er aber war einsam, einfach nur einsam. Zudem waren die Mitbewohner im Haus zu ihm unfreundlich, wieso auch immer.

Lange Passagen monologisierte er im Chat über die Unzuverlässigkeit der Menschen und deren Unachtsamkeit gegenüber dem Leid der anderen. Peters wäre selbst für Tekki das ideale Opfer, doch sprach er von Zielen, von Zukunft und Hoffnung, was ihn eigentlich ausschloss. Dave war es egal. Der Mann lebte allein, war ohne viele Kontakte, hatte einen guten Job gehabt und daher sicherlich eine auskömmliche Rente. Als er am Abend im Chat erzählte, er würde nur noch mit Schlafmitteln zur Ruhe kommen und heute wäre es mal wieder soweit, hatte sich Dave kurzerhand zum Handeln entschieden, weil er praktisch pleite war.

Wohin Tekki wohl gefahren war? Immer noch ging ihm diese Frage durch den Kopf, selbst jetzt. Schnell streifte er den Gedanken ab, denn er wollte Geld besorgen, damit er ihr Leben weiter finanzieren konnte, er hoffte, Tekki so an sich zu binden.

Die Luft, die ihm entgegenschlug, quoll abgestanden aus einem rabenschwarzen Flur. Er hatte schon von außen die heruntergelassenen Jalousien gesehen und die kleine Taschenlampe zwischen die Zähne geklemmt, um die Hände frei zu halten. Ihr schmaler Lichtkegel erfasste links eine Kommode, darüber den Spiegel und gegenüber eine Garderobe. Standard. Rechts durch eine offene Tür leuchtete schwach eine Digitaluhr, die zu einem Herd zu gehören schien, die Küche.

Dave konzentrierte sich. Am Ende der Wohnung, das hatte er von außen gesehen, lag ein Balkon, also befand sich geradeaus das Wohnzimmer. Die Tür neben der Küche führte vermutlich zum Bad oder der Toilette, da diese in vielen Häusern nebeneinanderlagen, damit nur ein Abflussrohr in den Kanal geführt werden musste. Was blieb, war eine Tür auf der rechten Seite, in seinen Augen das Schlafzimmer.

Die Ruhe der Wohnung war gespenstisch, und selbst das leise Quietschen seiner weichen Schuhsohlen auf dem Holzboden dröhnten ihm unnatürlich laut in den Ohren. Und draußen wartete noch nicht einmal Tekki auf ihn, so wie er es gewohnt war. Verdammt, wie sie ihm fehlte.

Behutsam drückte er die Klinke nach unten. Sie knirschte vernehmlich und ihm stockte der Atem, doch dann war die Tür offen, und Dave betrat das Schlafzimmer.

Heribert Peters atmete langsam und schwer in tiefem Schlaf. Er lag ausgestreckt in der dem Fenster zugewandten Hälfte eines Ehebetts. Die andere war leer. Peters hatte den Rollladen gesperrt, sodass die Straßenlaterne das Zimmer genug erhellte, um sich orientieren zu könnenn.

Dave trat leise an das Bett, nahm das Fläschchen mit dem Betäubungsgemisch und träufelte es auf ein weiches Tuch, während er die Luft anhielt. Ohne zu zögern, beugte er sich vor und presste es dem Schlafenden auf Mund und Nase. Er spannte die Muskeln an und wartete darauf, dass der Mann wach wurde, doch Peters' Reaktion war untypisch. Die letzten Opfer hatten die Augen aufgerissen und versucht, den Angriff abzuwehren, bevor die Droge sie in kürzester Zeit bewusstlos machte, jetzt aber stimmte etwas nicht. Jede Regung blieb aus, Peters lag still wie eine Puppe und ließ die Prozedur über sich ergehen. Dave zählte nervös die Sekunden herunter, die es brauchte, um mit Gewissheit eine Ohnmacht hervorzurufen. Er schwitzte und seine zum Reißen angespannten Nerven ließen ihn überdeutlich das große Karo der Bettwäsche, ein kleines Foto der Frau und die ordentlich über eine Stuhllehne gefalteten Kleider registrieren. Endlich war die Zeit um, und er zog das Tuch von Peters' Gesicht.

»Scheiße!«

Das Atemgeräusch war verstummt oder so verflacht, dass es nicht mehr wahrzunehmen war. Unterdrückt fluchend ließ er den Rollladen vollständig herunter, um dann das Licht anzuknipsen. Der Mann schien tot zu sein. Ob es die Kombination mit dem Schlafmittel war, das zu nehmen er im Chat angekündigt hatte, oder er ganz einfach zu viel der Poppers auf das Tuch gekippt hatte, würde er wohl nie feststellen, doch die ein wenig geöffneten Lider und die völlige Erschlaffung der Gesichtsmuskulatur ließen kaum einen Zweifel.

Seine Spritze mit der tödlichen Substanz konnte er getrost in der Tasche lassen.

Missmutig zuckte er mit den Schultern und machte sich daran, die Wohnung vorsichtig zu durchsuchen. Wenn er keinen Weg zu den Konten fand, würde er mit leeren Händen dastehen.

Viel war es anfangs wahrlich nicht, was er an sich nehmen konnte. Im Portemonnaie gerade einmal einhundert Euro, die alte Digitaluhr war kaum des Klauens wert, und auch die Schränke offenbarten nichts, wofür es sich gelohnt haben könnte, den Mann zu töten. Was für ein Flop. Doch in der Schublade des kleinen Schreibtischs im Wohnzimmer öffnete sich der Sesam wie im Märchen.

Fein sortiert lagen dort die Karten von zwei Konten und, er glaubte seinen Augen kaum, von vier Sparkonten, dazu die Geheimnummern und Passwörter auf einem einzigen Blatt säuberlich untereinander notiert. Allesamt von der Commerzbank. Er rechnete hoch. Achttausend waren maximal von den Sparkonten zu holen und knapp fünftausend auf den beiden Girokonten. Sollte der Alte bis Anfang Juli unentdeckt bleiben, wäre das Gleiche nochmals drin. Er steckte alles ein, zog ringsherum die Rollläden vorsichtig nach oben und ging, nicht ohne den Heizlüfter im fest verschlossenen Schlafzimmer eingeschaltet zu haben. Das Versehen, den Mann sofort getötet zu haben, hatte sich beheben lassen, der Rest war schon beinahe Routine. Keine Menschenseele begegnete ihm, und wenn jemand hinter dem Fenster lag, weil er nicht schlafen konnte, wen wollte er beschreiben? Einen Mann in schwarzer Kleidung.

Eine Stunde später betrat er seine leere Wohnung, die Taschen mit zehntausend Euro gut gefüllt. Er war mit dem Rad direkt in die Innenstadt gefahren und hatte alles abgeräumt, was verfügbar war.

Nun setzte er sich müde auf den Balkon und rauchte einen Joint wegen des schlechten Gewissens, dazu ein paar Pillen, die er wie Smarties gegen den Kummer um seine Beziehung einwarf. Wenig später schlief er tief und fest, das Gesicht in Tekkis Kissen vergraben, das noch so gut nach ihr roch.

»Also, wenn ich hier für euch arbeite, lassen wir das sofort mit dem Frau Huber und Sie sein. Ich bin Jasmin.« Sie schaute in die Runde und fuhr fort, als Lichthaus und sein Team nur grinsend nickten. »Ich konnte mir gestern die Analyse des BKAs ansehen.« Nachdem Brauckmann zugestimmt hatte, war der Linguistin ein Tisch im Büro von Steinrausch, Siran und Sophie freigeräumt und mit einem PC versehen worden, woraufhin diese sofort losgelegt hatte. »Die Untersuchung war übrigens top, allerdings für mich nur zum Teil nützlich, da ich den Kerl ja locken soll. Zum Identifizieren des Täters im Chat haben sie mir jedoch wertvolle Tipps gegeben.«

Lichthaus wusste, wovon sie sprach. »Du meinst sicher die individuellen Spracheigenheiten des Mannes?«

»Genau. Das BKA hat eine ganze Liste angefertigt. Seit vorgestern bin als Elfi im Chat angemeldet und stochere vorsichtig herum. Ich bleibe sehr vage, setze aber die Begriffe ein, von denen ich glaube, dass sie für den Täter eine Signalwirkung haben.«

Sophie unterbrach den Redeschwall. »Welche sind das?«

Jasmin drehte sich um und lächelte sie an. Die blauen Augen blitzten. »Ich habe die Konversation der drei Opfer eingescannt und auf Wörter und Formulierungen untersucht, die bei allen gleichermaßen vorkamen. Das BKA ist genauso mit dem Schreiben des Täters vorgegangen.«

Siran war erstaunt. »Glaubst du, er filtert die Antworten?«

»Das kann ich dir nicht sagen, doch gehe ich davon aus, dass er, um nicht zu lange suchen zu müssen, auf Schlüsselbegriffe reagiert.«

»Welche waren das?«

»Logischerweise einsam, alleine, traurig und die entsprechenden Substantive. Dann aber auch Formulierungen und Satzfragmente. Auffallend war für mich, dass alle angegeben haben, keine Kinder zu haben, ohne Freunde zu sein und sich isoliert zu fühlen. Vor allem das Letzte wurde auf recht unterschiedliche Weise ausgedrückt: abgeschnitten sein, sich im Vakuum befinden oder andere

Bilder wurden verwendet. Manche waren richtig poetisch. Strabetz sprach einmal vom Treiben auf hoher See mit unendlich leerem Horizont.«

Lichthaus merkte auf. »Hältst du die bisherigen Opfer für lebensmüde?«

»Agnes Goldhagen deutete es ein- oder zweimal an, wenn auch nur ganz zaghaft. Sieglinde Strabetz war da schon deutlicher. Sie benutzte Formulierungen wie: Wäre es doch gut vorbei. Sie thematisierte sehr offen ihre Verzweiflung, die sie dazu trieb, nicht mehr leben zu wollen.«

»Also eigentlich ist dieses Gefühl bei allen vorhanden gewesen.«

»Ja.«

Sophie schwenkte zurück. »Die forensischen Linguisten haben uns zwar die Analyse der Sprache erstellt, die unser Täter benutzte, nicht aber sein taktisches Vorgehen. Wie erschleicht er das Vertrauen seiner Opfer?«

»Ich bin kein Sprachpsychologe, doch wenn man sich die Konversationen ansieht, werden die Muster schnell deutlich. Ich habe den Eindruck, dass er beobachtet und lauert, auf seine Schlüsselwörter wartet.«

»Sich also eher inaktiv verhält?«

»Ja.«

Steinrausch kam herein und setzte sich dazu, während Lichthaus weiterfragte. »Er wartet also auf den richtigen Kandidaten?«

»Genau. Ich bin alte Chat-Protokolle durchgegangen und es scheint so, als hätte ich ihn noch ein weiteres Mal gefunden. Gleiche Wortwahl, gleicher Satzbau, sogar die Argumente waren identisch oder ähnlich. Aber die Unterhaltungen wurden brüsk beendet.«

»Wann?«

»Exakt kann ich das nicht sagen, doch war Sendepause, nachdem diese Frau, sie nannte sich im Chat Adelheid, von ihren Kindern und dem laufenden Kontakt zu ihnen erzählt hatte. Die Arme ist noch lange Zeit durch den Chat gegeistert und hat ihn gesucht, nur nicht gefunden, denn der Mann war schon unter einem neuen Pseudonym unterwegs.«

»Hast du die alten Chats durch?«

»Nö. Das ist ein extremer Aufwand, da ich die Protokolle alle auf meinen Rechner ziehen und auswerten muss.«

»Bleib bitte dran.«

Sie steckte sich ein Bonbon in den Mund. »Klar.«

»Wie geht er weiter vor, ich meine, wenn die Unterhaltung so richtig in Gang gekommen ist?« Lichthaus kniff die Augen zusammen. »Ich muss das verstehen, damit wir dich absichern können.«

»Wenn er einen potenziellen Kandidaten ausmacht, lädt er ihn oder sie sofort in seinen privaten Chatroom ein.«

»Was heißt das?«

Jasmin grinste Lichthaus an. »Du hast noch nie gechattet, oder?«

»Nein, muss ich zugeben.«

»In den meisten Chats gibt es öffentliche Bereiche, in denen jeder mit jedem quatschen kann. Also wie auf der Straße. Hier macht man flüchtige Bekanntschaften. Sobald die Chatter intimere Dinge miteinander austauschen wollen, eröffnet einer von ihnen einen privaten Chatroom und sie unterhalten sich ab diesem Moment nur noch zu zweit.«

»Macht er den ersten Schritt?«

»Ja. Er lädt einen Teilnehmer in seinen privaten Raum ein. Öffentlich ist er immer nur kurz präsent.«

Siran sah auf die Uhr und stand auf. »Schon zehn. Ich mache mal Tee. Holger, könntest du aus dem Schrank die Simit holen?«

»Die was?« Jasmin war in die Sitten und Gebräuche der Kollegen noch nicht eingeweiht.

»Ich habe gestern mit Anne Sesamringe gemacht und euch ein paar mitgebracht.«

Steinrausch ging zum Schrank, während Siran am Becken werkelte.

Jasmin sah fragend zu Sophie, die lachte. »Er versorgt uns regelmäßig mit seinem türkischen Tee und manchmal auch mit irgendeinem Gebäck. Wenigstens einmal in der Woche. Freu dich drauf, ist immer lecker.«

Wenig später saßen alle wieder beisammen.

»Was passiert im Privat-Chat?«

Jasmin schluckte ihren Bissen runter und wandte sich Lichthaus zu. »Er gibt sich offen, spielt den Einsamen auf seiner emotionalen Insel, um den Partner zu knacken.«

»Ist das schwer?«

»Ich glaube nicht. Die drei Opfer breiten spätestens beim dritten Treffen bereitwillig ihr Leben vor ihm aus.«

»Fragt er nach Geld?«, Steinrausch war wie immer der Pragmatiker.

»Indirekt. Er bohrt den Beruf an, erkundigt sich nach einem Haus oder Urlauben, natürlich auch nach Kindern oder der Familie.«

Siran drehte einen Sesamkringel in den Fingern. »Und dazu braucht er zwischen drei und vier Wochen.«

Jasmin sah auf die Chat-Daten. »Tatsächlich.«

Siran sah sie an. »Ich habe das einmal in ein Zeitraster eingebaut. Von der ersten Einladung in den privaten Chatroom an benötigt er tatsächlich nur so wenig Zeit. Jedes Opfer hat er selbst am Abend vor dem Überfall noch kontaktiert.«

Lichthaus schaute die junge Frau an. »Der Mann ist gefährlich, und wir wissen immer noch nicht, wie der die Adresse der Zielpersonen herausfindet. Daher gilt eine eiserne Regel: Nie von zu Hause aus als Elfi ungeschützt ins Netz.« Jasmin nickte. »Außerdem will ich jeden Abend einen Bericht, der mir den Fortschritt anzeigt. Einmal in der Woche gehen die Protokolle zu einem weiteren forensischen Linguisten, der so etwas wie eine Nachlese macht.«

»Aber ...«

»Bitte kein aber. Die Sicherheitsstandards werden nicht diskutiert.«

Jasmin sah einen Augenblick so aus, als wollte sie die Diskussion fortsetzen, sah dann jedoch ein, wie nutzlos dieses Unterfangen wäre, und nickte nur.

Wenige Minuten später war Elfi online.

Sophie klopfte an Lichthaus' Tür. »Wir haben Neuigkeiten von Luisa Pohl.«

»Komm rein!«

Sie nahm Platz und sortierte ihre Zettel. Lichthaus fiel auf, wie blass sie war. Von der frischen Bräune, die ihre Haut in den vergangenen Jahren schon im Mai überzogen hatte, war noch nichts zu sehen. War sie überarbeitet?

»Sie hat in einem Altenheim in Soest gearbeitet und war dort krankenversichert. Daher ging bei den Pohls keine weitere Rechnung mehr ein.«

»Das passt doch, oder?«

»Macht sie aber auch nicht automatisch zur Mittäterin.«

»Richtig. Wie lange war sie dort?«

»Elf Monate, bis letztes Jahr im August.«

»Was war ihre Tätigkeit?«

»Geht hieraus nicht hervor.«

»Ruf dort mal an und frag nach jemandem, der mit ihr zusammengearbeitet hat.«

*

Wolfgang Zinnenberg erhob sich ächzend aus seinem Sessel, nachdem er unwillkürlich zusammengefahren war, als die Türglocke ihn aus dem Mittagsschlaf gerissen hatte. Die Sonne hatte sich weiterbewegt und schien nicht mehr auf die Jalousien, die er heruntergelassen hatte. Seit zwei Tagen hatte ein Hoch heiße Luft aus dem Süden gen Norden gepumpt und bereits im Juni die erste Hitzewelle des Sommers angefacht. Wer konnte das sein? Er erwartete niemanden, hatte das schon seit ewigen Zeiten nicht mehr getan, es sei denn, er hatte Noten bestellt. Mittwochnachmittag, Wolfgang war ratlos.

Das Häuschen war winzig. Lediglich sechzig Quadratmeter maß der Bungalow aus Fertigbetonplatten, bot neben Bad, Küche und Wohnzimmer eben noch Platz für einen kleinen Flur und das Schlafzimmer, in dem es so eng war, dass zwischen Schrank und

Bett gerade ein halber Meter blieb, um vorbeizugehen. Doch für ihn war es geradezu ideal. Weil er niemanden störte, wenn er Musik hörte oder selbst den Stummelflügel spielte, der im Wohnzimmer, geschützt vor Zug und Temperaturschwankungen, in einer Ecke stand. Zudem hielt es brütende Hitze zuverlässig draußen und war auch im Winter gut isoliert. Deshalb hatte er, als sein Vermieter es vor zwei Jahren verkaufen wollte, sofort zugeschlagen, allein schon, um nicht umziehen zu müsse.

Er zog die Jalousie nach oben und ging nach vorne. Die Haustür hatte keinen Spion, und so trat er ans Küchenfenster und linste hinaus.

Eine junge Frau mit langen braunen Haaren zum Knoten hochgesteckt, schlank gewachsen, in der rechten Hand einen Geigenkasten schaute wartend auf die Tür. Sie war leicht gekleidet. Ein grünes T-Shirt, kurzer Rock und Sandalen.

Zinnenberg zögerte, doch seine Neugierde war geweckt. Ein Geigenkasten! Nun, was sollte schon passieren, und da ihn die Besucher nicht gerade bestürmten, seit drei Monaten war niemand mehr hier gewesen, öffnete er die Tür einen Spalt.

»Was wollen Sie?« Er erschrak selbst über den Klang seiner Stimme. Schroff und kratzig, wie die eines wunderlichen Kauzes.

Wenn sein Ton sie irritiert oder gar beleidigt hatte, ließ sie sich nichts anmerken. Sie war hübsch, eigentlich bildschön, wie er nun feststellte, während sie antwortete. »Mir hat jemand erzählt, dass Sie gerne einmal wieder Fratres von Arvo Pärt spielen würden.«

Sie musterte ihn, den langen, dürren Kautz in seinen Baumwollhosen, dessen ungebügeltes Hemd an den Enden hochgeschlagen war. Wolfgang war sich seiner skurrilen Gestalt sehr bewusst, hatte schon immer seinen zu langen Hals und den wie oben aufgeschraubten Kopf gehasst, der nun nur noch von wenigen Haaren nicht besonders attraktiv gekrönt war. Zinnenberg taumelte zurück.

»Sie ... wie …?« Er schrie: »Gehen Sie, hauen Sie ab! Das können Sie nicht wissen.«

Sie zuckte zusammen. Eine tätowierte Spinne schaute kurz unter dem Ärmel des T-Shirts hervor.

Er sah die Enttäuschung in ihrem Gesicht. Was tat er bloß? Wolfgang besann sich. Sie konnte den Tipp nur von Graugans haben, und die meinte es sicherlich gut mit ihm. Doch wie hatte sie ihn finden können?

»Entschuldigen Sie, bitte, ich benehme mich wie ein Idiot.«

Sie betrachtete ihn regungslos. Wolfgang nahm einen weiteren Anlauf. »Es würde mich freuen, mit Ihnen zu spielen, so grotesk das Ganze hier auch ist.«

Ihre Miene war undurchdringlich, als sie ihn wieder fixierte. »Sie brauchen keine Angst vor mir zu haben. Eine Freundin hat mir von Ihnen erzählt, und wir konnten Ihre Adresse herausfinden.«

»Wie das?«

»Gibt es so viele Pianisten im Ruhestand, die an genau den Orten gespielt haben, von denen Sie gesprochen haben?«

Er lächelte bei ihrer Wortwahl: Gesprochen. »Nein, ich glaube, nein. Wer ist Ihre Freundin?«

»Sie ist Graugans und wird es für Sie immer bleiben, Silberlocke.« Sie sah amüsiert auf den bleistiftschmalen Haarkranz, der ihm noch geblieben war.

Wolfgang trat zur Seite und verdrängte alle unguten Gedanken, die es mit sich brachte, wenn man Fremde in die eigenen vier Wände einließ. Sie ging ohne Zögern an ihm vorbei. Der Hauch eines Parfums streifte seine Wahrnehmung und löste eine große Woge aus Erinnerungen an Begegnungen mit den unterschiedlichsten Frauen aus. Gute wie schlechte. Freuden, aber noch viel mehr Enttäuschungen, die so oft in der unsteten Theaterwelt zu Hause waren.

»Gehen Sie bitte geradeaus ins Wohnzimmer. Viel Platz zum Verlaufen habe ich hier nicht.«

Sie lächelten sich zum ersten Mal an, und es tat gut.

»Darf ich Ihnen etwas zu trinken anbieten?«

»Später, ich möchte zuerst spielen.«

»Jetzt gleich?«

»Ich denke, wir finden und erkennen uns am ehesten in der Musik. Alles andere kann warten.«

Sie öffnete den Geigenkasten und entnahm ein Instrument, dem er die Extraklasse ansah.

»Ich möchte sie hören.«

Sie zierte sich nicht, setzte die Geige an und spielte einen Teil des ersten Satzes von Bruchs Violinkonzert in g-Moll. Wolfgang war fasziniert von ihrer Fingerfertigkeit und dem Klang des Instruments, das die Töne sehr lebhaft, wie leicht flackernd erklingen ließ und insbesondere die hohen Tonlagen extrem lang und voluminös trug.

Sie hatte die Augen geschlossen und wurde in höchster Konzentration eins mit der Musik und ihrer Violine. Ein außergewöhnliches Talent, nur, was wollte dieses Mädchen von ihm? Kam herein, nannte nicht ihren Namen und spielte mit einem Gefühl für die Geige, wie er es nur selten erlebt hatte. Er würde sie ausfindig machen, eine solche Begabung war irgendwo schon in Erscheinung getreten. Doch dann hörte er wieder zu.

Ab und an verzog sie unwillig das Gesicht, und Wolfgang konzentrierte sich auf die Feinheiten. Es waren kleinste Fehler, die sie ärgerten. Ein Ton, der nicht exakt saß, der Strich des Bogens, der ihr nicht gefiel, Kleinigkeiten, die ihm zeigten, mit welchem Anspruch dieses Mädchen unterwegs war. Ihre Geige war alt, er schätzte sie auf mindestens einhundert Jahre, wenn nicht älter. Der Bauart nach musste sie aus der italienischen Schule stammen. Der Lack leuchtete honigfarben, Steg und Schnecke waren in perfektem Zustand.

Irgendwann setzte sie ab und sah ihn fragend an.

»Italien?«

»Giuseppe Rocca, aus der Zeit, als er noch nicht soff.«

Er blies die Backen auf. »Sie haben einen guten Sponsor.«

Ein solches Instrument wurde mit zweihundert- bis dreihunderttausend Euro gehandelt, und diese Violine war sicherlich eher an der oberen Grenze, so perfekt, wie sie klang und ihr Zustand war.

Ihr Lächeln wurde undurchdringlich. »Ja.«

»Warum haben Sie ...«

»Versuchen Sie es mit einem du.«

»In Ordnung. Ich heiße Wolfgang.«

»Tekki, ein Spitzname, das soll aber genügen.«

»Aha. Warum hast du dich eben geärgert?«

»Ich hasse es, wenn ich unsauber spiele.«

»Nuancen.«

»Auf die kommt es in der Musik doch an, oder?«

»Ja, eigentlich schon. Hattest du eine Spielpause?«

»Du passt gut auf.«

»Deinem Spiel sieht man an, wie gut du warst und wie schnell du wieder dorthin kommen wirst. Im Moment hakt es noch ein wenig. Das geht aber zügig vorbei, wenn du dranbleibst.«

»Wir werden sehen.«

»Keine Angst. Ich habe in vielen guten Orchestern gewirkt und bekannte Solisten gesehen, die auch eines Tages ausgestiegen und irgendwann wiedergekommen sind. Oftmals waren sie gereift und besser als vorher.«

Sie lächelte ihn dankbar an, und er sah ihre perfekten Zähne und den klaren Blick der braunen Augen, die hier und da helle Flecken in der Iris hatten. Wieder fragte er sich, was dieses Mädchen von ihm wollte.

»Wieso bist du hier?«

»Graugans hat mich ...«

»Sie hat dir von mir erzählt, okay, das kann ich glauben, doch jemand, der so spielt, so jung und hübsch ist, muss hinaus in die Welt, auf die Bühnen, will Erfolg haben und nicht in einem Bungalow wie diesem Plattenbau mit einem alten Sack Hausmusik machen. Tu mir einen Gefallen und sei offen und ehrlich. Ich bin zu alt, um belogen werden zu wollen.«

Tekki sah nachdenklich aus dem Fenster, suchte nach den richtigen Worten. »Vor zwei Jahren habe ich alles über Bord geworfen, was mir bis dahin wichtig war, und bin weg, auch von der Musik.« Sie schwieg.

Wolfgang wunderte sich, warum sie gerade mit ihm ein solches Gespräch begann. Wahrscheinlich war aktuell niemand da, der Verständnis für sie hatte, und das suchte sie nun bei ihm. »Dir fehlt die Orientierung?«

»Vielleicht. So wie ich im Augenblick lebe, kann ich nicht weitermachen, das weiß ich, seitdem ich die Geige wieder spiele.«

»Und ich soll dir helfen, dich zu finden.«

Es war keine Frage, und sie schaute ihn lange an.

»Die Musik war mir alles, und ich versuche herauszufinden, ob sie es erneut werden kann. Hierzu muss ich musizieren, nicht alleine, sondern mit anderen.«

»Nun, dann lass uns die Suche beginnen.« Er stand auf und ging schwerfällig zum Flügel, froh darüber, in den letzten Tagen fleißig geübt zu haben. Er würde einigermaßen mithalten können. Sie aber hielt ihn noch einen Augenblick zurück.

»Spionier mir nicht nach, bitte. Der Weg hierhin war steinig und nicht ohne dunkle Momente. Meine Familie sucht mich, da bin ich ganz sicher. Sie sollen mich noch nicht finden. Ich verspreche dir, wenn ich mich entschieden habe, werde ich alles erklären. Missbrauch nicht mein Vertrauen.«

Sie hatte ihn schon durchschaut, bevor er selbst wusste, was genau er wollte. War es nicht egal? »Versprochen. Fratres?«

Sie nickte nur. Kurz darauf ertönte Pärts Musik, sein Tintinnabuli, sein Klingeln der Glocken. Wolfgang ging darin auf. Im Stillen dankte er Graugans.

Neun Tage später, Mittwoch

»Ich hab ihn!« Jasmin triumphierte und sah sich nach den Kollegen um. Der Tag war warm, und sie trug nur Hotpants mit einem Top. Müller hätte gewiss an ihrem leichten Outfit herumgemäkelt, doch der laborierte an seinem Herzen, und den anderen war es egal. Siran und Sophie traten hinter sie und schauten gebannt auf den Bildschirm.

»Wartet mal, ich hole Johannes.« Steinrausch griff zum Telefon. Nur wenige Sekunden später kam Lichthaus schon durch die Tür.

»Mensch, habt ihr eine Hitze hier.« Er blies die Backen auf und öffnete einen Knopf an seinem Hemd.

Sie hatten über eine Woche gewartet, bis die junge Wissenschaftlerin nun endlich einen Erfolg vermelden konnte, und Lichthaus musste zugeben, dass er am Vortag fast schon so weit gewesen war, den Versuch zu beenden. Wahrscheinlich wäre es auch dazu gekommen, hätte ihn nicht die hoffnungslose Alternativlosigkeit davon abgehalten.

»Du hast ihn?«

»Ja, ich bin mir sicher.«

»Kannst du uns das erklären?«

»Der Täter wählt immer wieder neue Pseudonyme. Der Name, mit dem er sich mir nähert, ist *Waschbär*!«

»Waschbär?« Sophie lachte auf.

»Bescheuert«, pflichtete ihr Siran bei. Schweiß glänzte auf seiner Stirn.

Jasmin grinste. »Wenn ihr die Namen lesen würdet, die sich die Senioren verpassen, könntet ihr es kaum glauben. Anfangs war unser Mann noch wenig innovativ. Da nannte er sich Heinz39 Bei Agnes Goldhagen war er Peter40 und für Sieglinde Strabetz trat er als HorstTrier auf. Die Parallelen zwischen den Chats sind einfach zu erkennen. Er hat mich, wie offensichtlich die Opfer auch, erst einmal schreiben lassen. Nachdem ich dann so eine Woche regelmäßig im Chat war, hat er gestern angefangen, mit mir zu plaudern. Nettigkeiten. Du sprichst so einfühlsam, hat er mir geschrieben, oder: Ich kann mich so gut in dich hineinversetzen. Und so einen Quark.«

Lichthaus drängelte. »Und heute?«

»Immer mit der Ruhe. Schau hier: Reinhold Wolff hat folgende Eigenheiten als typisch für unseren Täter beschrieben.« Lichthaus lächelte, als er sie von unserem Täter sprechen hörte. Jasmin hatte sich in der Tat vollends auf die Aktion eingelassen. »Er verwechselt holen und nehmen miteinander.«

»Das tun in Trier circa die Hälfte der Einheimischen.«

»Schon klar, doch zudem verwendet er häufig die Formulierung *zu meinem Bedauern*. Außerdem vertippt er sich immer bei dem Ausdruck *nicht wahr*. Er vergisst das H!«

Sirans Augen begannen zu leuchten. »Beides hat er nun auch im Chat mit dir getan?«

»Genau. Was hinzukommt, ist seine Angewohnheit, *dann* mit dem Modalpartikel *ja* zu kombinieren. Und zwar in dieser Reihenfolge: *dann ja*. Hier, das hat er gerade geschrieben. *Da kannst du dann ja mal drüber nachdenken*. Und vorhin: *Das können wir dann ja mal sehen*. Viele benutzen diese Kombination umgekehrt, also *ja dann*. Diese Dinge werden so typisch wie ein Fingerabdruck. Da wir all diese Eigenarten auch in den Chats der Toten gefunden haben und er dieselbe Vorgehensweise anwendet, bin ich mir ziemlich sicher, dass ich ihn habe. Noch ein Beispiel, mir schreibt er: *Hallo Elfi, ich würde gerne dich zu mir einladen*. Dieser Adelheid hat er geschrieben: *Hallo Adelheid, ich würde gerne dich zu mir einladen*. Gleiche Wortwahl und diese merkwürdige Wortfolge *gerne dich*. Ich wette einen Tausender, das ist der Kerl!«

Sie drehte sich wieder dem Bildschirm zu.

Elfi. »Entschuldige, dass du warten musstest, aber ich habe mir gerade einen Tee gekocht.«
Waschbär. »Das macht doch nichts, wenn wir eins haben, ist es Zeit, nicht war?«

Jasmin drehte sich um. »Seht ihr, da ist es schon wieder.«

Elfi. »Da muss ich dir Recht geben, doch sobald ich mit dir plaudere, vergeht die Zeit wie im Fluge.«
Waschbär. »Das freut mich, wenn es dir gefällt. Wieso bist du eigentlich so alleine? Gibt es da keinen Mann, keine Kinder oder Freunde?«
Elfi. »Leider habe ich nie den Richtigen finden können. Mein Leben lang habe ich gearbeitet und gut Geld verdient, war sogar mal im Ausland, den Mann fürs Leben habe ich aber leider nie gefunden.«
Waschbär. »Du warst im Ausland?«

Jasmin kratzte sich am Kopf. »Verdammt, wo soll sie denn gewesen sein?«

Elfi. »In Südafrika. Ich war dort als Assistentin der Bauleitung. Wir haben ein riesiges Bauprojekt hochgezogen. Ich war da fast zwei Jahre.«
Waschbär. »Das ist ja interessant. Erzähl!«

Lichthaus stockte der Atem. Hatte Jasmin sich festgefahren?

Elfi. »Die Holzmann AG hat zu Beginn der 70er Jahre in Richards Bay den Hafen zu einem Tiefwasserhafen ausgebaut. Eine tolle Zeit, damals am Pazifik.«

Siran wurde nervös. »Stimmt das?«
»Mein Opa war dabei, und vor zwei Jahren bin ich mit meinen Eltern dort gewesen. Ich kenne das ganz gut.«

Waschbär. »Du kannst mir dann ja mal davon erzählen.«

Wieder klimperte Jasmin drauflos, und Lichthaus bedeutete den anderen, sie in Ruhe zu lassen. Er wollte gerade gehen, als Steinrausch, den Telefonhörer zwischen Kopf und Schulter geklemmt, ihn mit einer Handbewegung zum Bleiben aufforderte.
»Sollen wir eine Wohnung vorbereiten?« Siran sprach leise, um Steinrausch, der sein Gespräch noch nicht beendet hatte, nicht zu stören.
»Was für eine Wohnung?« Sophie verstand nicht gleich.
»Um die Falle dort zuschnappen zu lassen.«
»Ach so.«
Lichthaus sah Sophie nachdenklich an. Sie wirkte blass und abgespannt. Seit einiger Zeit schon war sie unkonzentriert. Gestern hatte sie eine Besprechung verpasst und eben gerade wie abwesend aus dem Fenster gesehen. Was war bloß los? Er brauchte sie, und zwar voll konzentriert, so wie gewöhnlich. Sie war seit ihrem Dienstantritt in Trier vor nunmehr drei Jahren seine wichtigste

Mitarbeiterin. Klar, Siran und Steinrausch waren ihm wertvolle Kollegen und auf ihre Art so etwas wie Freunde. Doch zu Sophie hatte sich eine Beziehung entwickelt, die über das Dienstliche hinausging. Das lag nicht nur daran, dass sie mit Stefan Güttler, ihrem Rechtsmediziner und einem der ersten Freunde Lichthaus' in Trier, zusammen war. Er empfand in der Zusammenarbeit mit ihr und auch bei den Freizeitaktivitäten, die sie mit den beiden ab und zu entfalteten, eine große Übereinstimmung im Denken und Handeln, was für die Teamarbeit ein glücklicher Zufall war. Er würde unbedingt mit ihr reden müssen.

»Alles klar mit dir?«

Sie straffte sich. »Ja, ich bin nur ein bisschen angeschlagen. Wahrscheinlich die Hitze.«

Lichthaus nickte und konzentrierte sich wieder auf Siran. »Ich denke, wir sollten die Wohnungsfrage angehen. Frag Kramer, ob wir die Möglichkeit haben, es dann so aussehen zu lassen, als schriebe sie von dem Ort aus.«

Siran nickte. »Das müsste über einen Proxy funktionieren.«

Lichthaus verdrehte die Augen. »Klär mich auf.«

»Ein Computer läuft in der Wohnung und geht auch da ins Netz, während wir von hier aus den Rechner steuern. Von außen wirkt das so, als ob Jasmin dort arbeiten würde.«

»Okay, regle das bitte mit Kramer.«

»Sie war an ihrem alten Konto.«

»Wer?« Lichthaus drehte sich abrupt zu Steinrausch um.

»Luisa Pohl. Wir haben ihr Konto überwacht. Am Samstag hat sie am Bahnhof in Düsseldorf dreihundert Euro abgehoben.«

»Hast du die Uhrzeit?«

»Nein, mehr weiß ich nicht.«

Siran war elektrisiert. »Im Bahnhof gibt es bestimmt Kameras.«

Steinrausch grinste. »Schon erledigt. Die Düsseldorfer lassen die Bänder kassieren und schicken uns eine Kopie.«

Lichthaus nickte zustimmend, war aber verwirrt. »Wieso denn wieder Düsseldorf, wenn wir hier ein Haar von ihr finden?« Alle schwiegen. »Was macht sie am Bahnhof? Ist sie gekommen oder gefahren? War sie per Zufall dort? Wir müssen das herausfinden. Vielleicht war sie auch zu Hause? Ich rufe da jetzt mal an.«

*

»Pohl?«

Die Stimme klang leer, wie nicht von dieser Welt. Eine Frau, anscheinend die Mutter von Luisa. Ein leichter Akzent brach sich Bahn. Lichthaus hatte ein Foto von Elena Pohl gesehen, das sie bei einer Wohltätigkeitsveranstaltung zeigte, die sie großzügig unterstützte. Eine gutaussehende Frau, schlank mit tollen braunen Haaren. Luisa, das wusste er aus der Aufnahme bei Youtube, glich ihr in Figur und Schönheit und wohl auch im musikalischen Talent. Äußerlich war sie ganz die Tochter ihrer Mutter. Ihr Vater hingegen war groß und breitschultrig, hatte eisengraue Haare und stechend blaue Augen. Egal was er an Luisa weitergegeben haben mochte, auf den ersten Blick war dies nicht zu erkennen.

Lichthaus stellte sich Elena Pohl vor und erklärte die Situation. Er nahm ihre Überraschung wahr, fast wirkte es wie ein kleines Erschrecken. Ihre Stimme klang grell. »Sie ist hier?«

»Das können wir nicht mit Bestimmtheit sagen. Sicher ist nur, dass Geld von ihrem Konto abgehoben wurde. Hat sie ein hohes Guthaben?«

»Mein Mann lässt jeden Monat einen Betrag auf das Konto überweisen. Er will ihr signalisieren, dass wir nicht böse sind und sie immer unterstützen werden. Sie kann ja von überall her darauf zugreifen, hat es aber bisher nicht getan. Wie hoch der Kontostand ist, weiß ich nicht, ich denke aber, einige tausend Euro müssten es schon sein.«

»War ...?« Er beendete seine Frage nicht, denn Elena Pohl sprach mit jemandem, der im Raum war: »Es ist die Polizei aus Trier.«

»Hier Justus Pohl.«

Lichthaus zuckte vom Hörer zurück, so laut waren die Worte gebellt worden. Er wiederholte seine Fragen.

»Knapp zwanzigtausend Euro müssten es mittlerweile sein. Aber wen interessiert das? Haben Sie eine Vermutung, wo sie sein könnte?«

»Nein, wir wissen nur, dass am Samstag in Düsseldorf über das Konto verfügt wurde. Es kann auch jemand gewesen sein, der die PIN kennt.«

»Aber ...«

»Wir haben die Filme aus den Überwachungskameras und dem Geldautomaten angefordert, um dies zu verifizieren. Was mich interessiert, ist die Frage, ob sie zu Hause gewesen ist.«

»Würde ich dann dieses Gespräch führen?«

Idiot, ging es Lichthaus durch den Kopf. »Das kann ich nicht beurteilen. Es wäre ja auch möglich, dass sie da war, man es Ihnen aber nicht erzählt hat.«

Die Bemerkung schien Pohl zu treffen. »Das ...« Er brach ab und wandte sich offensichtlich an seine Frau. »Hol bitte Gerda her!« Dann war er wieder in der Leitung. »Gerda Blissens ist unsere Haushälterin.«

Wenige Sekunden später unterzog Pohl die Angestellte einer rüden Befragung. Doch sie war anscheinend den ruppigen Ton ihres Arbeitgebers gewohnt und verneinte ruhig und entschieden seine Fragen.

Der Lautsprecher war zugeschaltet worden und er konnte jedes Wort mithören.

»Sie war also am Samstag nicht hier?«, wiederholte sich Pohl.

»Nein, was hätte sie oben auch suchen sollen?«

Lichthaus merkte auf. Die Antwort klang irgendwie falsch. Er hatte in seiner Zeit bei der Kripo bislang hunderte von Verhören geführt und ein Gefühl dafür entwickelt, wann eine Reaktion klemmte. Wieso sprach die Frau von oben. »Was wäre denn dort gewesen?«, mischte er sich ein.

»Ihr Zimmer, warum?« Pohl war unwirsch, da Lichthaus ihn unterbrochen hatte.

»Weil sie es so betont hat.«

»Das habe ich nur so dahingesagt.«

»In Ordnung, ich wollte das nur klären.« Er grinste zum Petrisberg hinauf. Jetzt hatte sich ihre Aussage zu einer Lüge verdichtet.

Kurz darauf verabschiedete er sich und rief Brauckmann an, der ihm aber die Überwachung des Handys von Gerda Blissens abschlug, da Lichthaus keinerlei Belege in Händen hielt. Nur dem Abruf der Verbindungsdaten stimmte er nach langem Hin und Her zu.

Er war noch dabei, sich zu ärgern, als Sophie eintrat. »Ich habe endlich jemanden erreicht, der im Altenheim mit Luisa Pohl zusammengearbeitet hat und mit mir sprechen wollte.«

»Warum war das so schwierig?«

»Die mauern irgendwie. Ein Altenpfleger, den man vor einem halben Jahr gefeuert hat, ist deutlich geworden. In der Schicht, die er gemeinsam mit Luisa betreut hat, sind immer wieder Menschen gestorben, ohne dass man im Vorfeld hierzu Anzeichen gehabt hätte. Das käme zwar manchmal vor, sei in dieser Häufung doch eher ungewöhnlich. Als Luisa damit konfrontiert worden ist, man ihr Fragen stellen wollte, hat sie unter lautem Protest gekündigt.«

»Getroffene Hunde bellen.«

»Nachweisen lässt sich nichts mehr. Die Toten wurden allesamt verbrannt.«

Lichthaus winkte ab. »Okay, vergessen wir's vorerst.«

*

Die Abtei St. Matthias lag im Süden der Stadt, und es dauerte im Abendverkehr einige Zeit, bis Lichthaus endlich den BMW auf dem Parkplatz gegenüber der Kirche abstellen konnte. Er wollte seinen ehemaligen Kollegen Karl-Heinz Marx besuchen, der nach seiner Pensionierung zu den Benediktinern ins Kloster gegangen war.

Jasmin hatte den Chat irgendwann abgebrochen, um den Täter nicht auffallend zu drängeln. Ihrer Schätzung nach würde es wenigstens eine weitere Woche dauern, bis er Elfi überfiel, sofern er sich überhaupt hierzu entschloss. Sie wussten immer noch nicht, mit wie vielen Kandidaten er laufend in Kontakt stand. Lichthaus hoffte auf die Auswertung der alten Chats, die Jasmin ihm für die nächsten Tage versprochen hatte, nachdem er ihr einen Beamten zur Seite gestellt hatte, der den Part des Kopierens der Protokolle übernahm.

Die Sonne stach ihm auf den Kopf, als er, die Augen vor der hellen Reflexion des weiß gestrichenen Kirchengebäudes zusammenkneifend, über den Vorhof ging. Rechts neben der Kirche lag der Eingang zur Abtei. Er klingelte und wartete im Schatten der Mauer.

Er sah auf die Uhr und stellte fest, dass er noch rechtzeitig war. Die Arbeitszeit im Kloster war zu Ende, und es blieb den Brüdern noch ein wenig Zeit bis zur Vesper.

Marx hatte seine zweijährige Kandidatur hinter sich gebracht und stand nun kurz vor dem Eintritt ins Noviziat. Als Lichthaus aus Mainz nach Trier gekommen war, hatte Marx ihm feindlich gegenübergestanden, da er glaubte, die Leitung der Mordkommission und die Stellvertretung von Müller verdient zu haben und Lichthaus sich dazwischengedrängt habe. Marx' offen ausgedrückte Feindschaft hatte ihn auch Lichthaus alles andere als sympathisch gemacht. Wie so oft höhnte das Schicksal beiden. Praktisch unmittelbar vor Marx' Pensionierung waren sie in einen schrecklichen Fall um einen Serienmörder verwickelt worden, der Lichthaus fast das Leben gekostet hätte, wäre Marx nicht zu seinem Retter avanciert. Das gemeinsame Erleben hatte sie verändert und aus der anfänglichen gegenseitigen Antipathie, war eine Verbindung entstanden, die von einer tiefen Verbundenheit getragen wurde, auch wenn sich beide wohl nicht als Freunde bezeichnet hätten. Lichthaus hatte es sich zur Angewohnheit gemacht, den alten Kollegen einmal im Monat in der Abtei zu besuchen.

Hier war die Außenwelt ganz entrückt, und Lichthaus genoss die Ruhe innerhalb der Klostermauern und einen Karl-Heinz Marx, der trotz seines Alters erst hier seinen Platz gefunden zu haben schien. Nie verheiratet war er zeitlebens als Kripobeamter erfolgreich gewesen, im Privatleben aber orientierungslos umhergetrieben und letztendlich am Alkohol hängen geblieben.

Das Tor öffnete sich, und Marx begrüßte ihn mit einem strahlenden Lächeln und festem Händedruck. Sein Gesicht war gebräunt, da er neben den Bibelstudien und seinen Gesprächen mit dem Magister oft im Garten der Abtei half. Der Habitus des Säufers war schon lange verschwunden und hatte einer Zufriedenheit Platz gemacht, die in jeder Geste, in jedem Satz zu spüren war. Den Polizisten konnte er jedoch nicht verleugnen und so diskutierten sie manchmal aktuelle Fälle, sprachen aber auch über Glauben und das Leben im Kloster.

»Johannes, komm rein. Ich habe uns was zu trinken und zu essen organisiert. Wir setzen uns hinten in den Schatten.«

Sie verließen das Empfangsgebäude und beeilten sich, um unter das dichte Blätterdach der alten Bäume im Garten der Abtei zu kommen. Sie befanden sich nun in dem Teil, der auch den Gästen zugänglich war, die oftmals mehrere Tage hier zubrachten und am Leben der Mönche ein wenig teilnahmen. Marx nannte diese Aufenthalte Entschleunigung, da die Hektik des Alltags vor den Mauern blieb. Die Mönche hatten den Besuchern hier im Park eine Sitzecke mit einfachen Stühlen eingerichtet, die in der eigentümlichen Umgebung des Klosters wie ein weiteres Refugium wirkte. Die Regeln erlaubten es den Brüdern, Kontakte nach außen zu unterhalten, und so konnte Lichthaus auch hinter die Mauern der Abtei schauen.

Als sie saßen und ein Glas Wasser getrunken war, sah Marx ihn forschend an. »Was ist los? Du siehst ziemlich angespannt aus.«

Wie immer erzählte er vorbehaltlos alle Details und Probleme der aktuellen Fahndung. Marx war verschwiegen, daran hegte er keinen Zweifel. Der blies zunächst die Backen auf. »Puh, bin ich froh, der Kriminalität im Internet und dieser verfluchten Technik noch rechtzeitig entkommen zu sein.«

»Sie hilft auch«, wandte Lichthaus ein, »macht uns die Arbeit ganz oft einfacher, doch wo Licht ist, ist eben auch Schatten.«

»Das mit dem Lockvogel ist nicht ohne.«

»Wir passen auf und schalten einen anderen Computer dazwischen.«

»Das meine ich nicht. Ihr habt mit diesem Mädchen von der Uni einen Laien auf einem riskanten Posten sitzen. Schaut zu, dass die nicht zu leichtsinnig wird.«

»Ich hab sie ordentlich eingewiesen.«

»Aber eben ein Laie.«

»Ich greif sie mir noch mal. Wenn ich bloß wüsste, wie er die Adressen herausfindet.«

»Kann er Hinweise aus den Gesprächen ziehen?«

»Nein, das haben wir auch schon vermutet, passt nur leider nicht.«

»Ich bin da ja ohne Ahnung. Müsste er nicht über dieses Internetzeugs an sie herankommen, da ansonsten ja wohl kein Kontakt stattfindet?«

»Richtig. Wir haben unseren Experten drangesetzt. Kramer, ist noch neu, allerdings ziemlich fit in der Technik. Ein wirklicher Hacker ist er aber nicht.«

»Diese Hacker sind doch Typen, die andere Systeme knacken. Wenn der Täter sich so gut auskennt, werdet ihr den nie finden.«

»Es sei denn…« Lichthaus' Miene hellte sich auf. »Westermann!«

»Wer ist das nun schon wieder. Gibt es nur neue Leute?«

Er erklärte Marx in knappen Worten, wie sie durch Zufall auf Westermann gestoßen waren und was der so alles im Netz veranstaltet hatte.

»Der wird euch nicht helfen wollen.«

»Kommt aufs Angebot an.«

»Einen Deal also. Versuche es, kann ja nicht schaden. Der Typ scheint ja eigentlich kein Krimineller im herkömmlichen Sinne zu sein. Der fühlt sich mehr als Robin Wiki Hood.«

Lichthaus lachte. »Ja, so ungefähr.«

Ihr Gespräch schweifte ab. Marx berichtete vom bevorstehenden Noviziat und dem festen Entschluss, danach ins Triennat zu wechseln, sich also zu verpflichten, für drei Jahre als Mönch zu leben. Erst im Anschluss daran könnte er zum Bruder auf Lebenszeit werden, wie er das immer schmunzelnd formulierte. Um sechs Uhr verließ Lichthaus die Abtei, da Marx zur Vesper in die Basilika musste.

Es hatte abgekühlt und er freute sich auf einen schönen Abend im Garten. Als er die Straße überqueren wollte, hielt auf der gegenüberliegenden Seite ein Gelenkbus, der weiter nach Feyen fahren würde. Die Menschen saßen dicht gedrängt an den Fenstern, waren jedoch im klimatisierten Fahrgastraum sichtlich entspannt. Zwei ältere Frauen stiegen mit Gießkannen bewaffnet aus, und er war sicher, sie spätestens in fünf Minuten auf dem Friedhof neben der Kirche beim Gießen eines Grabs finden zu können. Endlich fuhr der Bus ab, Lichthaus betrat die Straße und ließ die aufgedruckte Werbung des lokalen Hallenbads an sich vorbeiziehen, bis der Weg endlich für ihn frei war.

*

Tekki hielt die Luft an und duckte sich hinter der Scheibe weg. Panik durchwallte sie, und Schweiß schoss aus ihren Poren. Der Bulle aus Düsseldorf kam auf sie zugelaufen und entschwand erst aus ihrem Blickfeld, als sie schon glaubte, ihn berühren zu können, wäre da nicht die Wand des Busses zwischen ihnen gewesen.

Was macht der hier, schrie es in ihrem Kopf. Sie konnte nicht verstehen, wie alles zusammenpasste. Wo lag die Verbindung? Sie sah ihm nach und registrierte den BMW, in den er einstieg. RLP-4 1708 lautete das Kennzeichen, ein Polizeifahrzeug.

Ängstlich umklammerte sie den Geigenkasten und die Noten. Die Begegnung war wie ein Faustschlag, der sie zusammensacken ließ.

Sie atmete auf, als der BMW in Richtung Stadt davonfuhr und versuchte, cool zu bleiben. Das gerade hatte ziemlich eindeutig nach einer Zufallsbegegnung ausgesehen, doch sein Auftauchen vor der Villa war gewiss nicht dem Zufall geschuldet gewesen. Er hatte sie gesucht. Nur warum? Wie kamen die Bullen darauf?

Noch vor einer Stunde war sie in den Wolken geschwebt. Die Musik hatte sie durchströmt, und sie begriff nicht einmal ansatzweise, wie sie so lange auf sie hatte verzichten können. In ihr hatte alles nach mehr geschrien, und hätte Wolfgang nicht nach eineinhalb Stunden den Flügel zugeklappt, würde sie jetzt noch dort stehen, versunken im Spiel der Violine. Wolfgang war ein genialer Begleiter und die jahrzehntelange Erfahrung war ständig zu spüren gewesen. Präsent, ohne sich in den Vordergrund zu drängen.

Morgen würde sie wieder hingehen, da gab es kein Vertun.

Der Bus stoppte kaum fünfzig Meter von ihrem Haus entfernt und sie trat in die Wärme des Abends, die sie wie ein Kokon umfing, sobald sie aus dem klimatisierten Fahrgastraum heraus war. Sie drehte möglichst unauffällig den Kopf in alle Richtungen, doch von dem Bullen und seinem Bullenauto war nichts zu sehen. Sie rannte fast zur Haustür und beruhigte sich erst, als die hinter ihr ins Schloss fiel. Sie mussten aufhören, da gab es keinen Zweifel mehr. Sie stieg nicht nach oben, sondern trat in den Garten hinaus, den sich die Mieter teilten. Erschöpft setzte sie sich auf die klapprige Bank, die hier im Schatten stand und rauchte mit tiefen Zügen, während ihre Gedanken rasten. Nicht in Panik, nur schnell. Ihr Nachbar würde zwar maulen, wenn er den Qualm bemerkte, doch das war ihr reichlich egal.

Als sie zehn Minuten später die Wohnung betrat, wusste Tekki, was zu tun war.

Dave saß wie immer am Rechner und surfte. Sie hatte all die Monate seine Gabe bewundert, im Netz Türen zu öffnen, die verschlossen schienen. Er hatte nur einen Tag benötigt, um den Server des Providers zu knacken und über einen Trick an die Adressdaten der Chat-Partner zu kommen. Sein Credo war stets, dass die Deutschen viel zu locker mit ihren Daten im Netz umgingen. Sofern jemand das Handwerk beherrschte, konnte er überall eindringen. Vor ihm schien nichts sicher.

Er lächelte sie an, es war aber nicht das bedingungslos zugewandte Lächeln der Vergangenheit. Zweifel und Angst umspielten seine nach oben gehenden Mundwinkel und gaben ihm den Ausdruck eines kleinen Jungen.

Sie verzog keine Miene. »Wir hören auf, die Bullen sind hinter uns her.«

Er verdrehte die Augen. »Das ist doch nichts Neues.«

»Ich habe eben einen Zivilpolizisten gesehen, der mir nun schon zum zweiten Mal auffällt.«

»Woher kennst du den Typen.«

»Das ist egal.«

»Mir nicht.«

Sie zuckte nur die Achseln. »Seit der Schießerei in der Stadt sind wir ja nicht mehr in Erscheinung getreten. Wenn wir aufhören und in der Versenkung bleiben, werden sie uns nie finden.«

Er wich ihrem Blick aus und schwieg.

»Was ist los, Dave?«

»Nichts.«

»Lüg mich nicht an.«

Er brauste auf. »Ausgerechnet du kommst mit so einem Spruch? Du verdrückst dich ohne ein Wort und tauchst mit einer Violine auf, die du besser spielen kannst, als die erste Geige der Berliner Philharmoniker. Ich aber darf nicht fragen. Heute verschwindest du in diesen Klamotten da, und ich darf nicht fragen. Was willst du also, Luisa?«

Sie zuckte zusammen. Noch nie hatte er sie mit ihrem richtigen Namen angesprochen und nun begriff sie, wie sehr sie sich verändert hatte und er es wahrnahm. Ihre Beziehung würde zerbrechen, doch das war jetzt nicht wichtig.

»Das spielt gerade überhaupt keine Rolle Dave. Was war, als ich weg war?«

»Das ist doch egal.« Er äffte ihren Ton nach und stand auf, um sich vor ihr aufzubauen.

»Hast du jemanden umgebracht?«

»Und wenn schon!«

»Wer war es?«

»Geht dich nichts an.«

Ihre Stimme zitterte, als sie nun flüsterte. »Was ist mit unseren Kriterien?«

Er brüllte so laut, dass feine Speicheltröpfchen sie trafen. »Ich scheiß auf deine Kriterien. Die ziehen doch nicht. Die Alte im Krankenhaus hat sie alle erfüllt. Und wollte trotzdem nicht abkratzen.«

Sie ging nicht auf seine Argumente ein, auch wenn sie tief von ihnen getroffen wurde. »Du bist ein banaler Mörder. Dir geht es gar nicht mehr um das Ziel.«

Sein Finger schoss hoch und verharrte drohend vor ihrem Gesicht. »Nenn mich nicht Mörder. Es war deine Idee, und das Geld hast du gerne verbraten.«

»Die ersten drei wollten es, nur bei dieser Goldhagen haben wir einen Fehler gemacht.«

Er ließ die Hand sinken und lachte sie aus. »Eine von vieren. Überleg mal, was dir diese Statistik sagt. Ich weiß es: Deine Scheißkriterien taugen nichts. Überhaupt wollte keiner von denen sterben. Du hast nur gemeint, sie müssten es gefälligst wollen. Du warst doch bei Verhoeven dabei, du hast gesehen, wie er sich gewehrt hat. Wieso hat es bei dir denn da nicht Klick gemacht? Nein, du möchtest dir mit deinen jämmerlichen Kriterien lieber weiter etwas vormachen. Hör endlich auf zu heucheln.«

»Aber ...«

Seine Stimme war rau und bitter. »Ich habe dich geliebt und nur deswegen mitgemacht. Deine Kriterien waren mir schnuppe. Ich habe es für dich getan, Tekki.«

Sie trat einen Schritt von ihm weg, schüttelte den Kopf. »Für mich? Nein. Ich brauche das Geld nicht. Du bist ein Mörder.«

Seine Hand traf sie hart auf der linken Gesichtshälfte. Die Geige fiel zu Boden, und Tekki taumelte gegen die Wand. Sie war schockiert, noch nie hatte jemand sie geschlagen und jetzt ausgerechnet der Mann, den sie zu lieben glaubte, der ihr in der letzten Nacht einen Kuss auf eben diese Wange gegeben hatte.

Dave sah sie erschrocken an.

»Mörder!« Sie schrie nun.

Er brüllte voller Wut. »Halt die Klappe, du Heuchlerin!«

Wieder schoss die Hand vor und schlug zu. Tekkis Hinterkopf krachte gegen die Wand. Ein heftiger Schmerz zuckte durch ihren Körper, der jedoch im Schatten des Aufruhrs stand, der ihr Inneres zerriss, alles mit sich nahm, woran sie geglaubt hatte, selbst wenn der Zweifel immer wieder an ihr genagt hatte. Jede

Hoffnung auf ein gutes Ende fiel in sich zusammen, fand ihr Grab.

Daves Augen blitzten vor Wut.

»Dreckiger Mörder«, sie reckte ihm das Kinn entgegen und sah, wie in ihm die Sicherungen durchbrannten. Als er sich auf sie stürzte, krachte sie ihm ihre Stirn auf den Nasenrücken. Ihr Karatelehrer hatte immer gesagt, im Wettkampf gälten andere Regeln als im Ernstfall auf der Straße, und ihr angeraten, in der Nahdistanz den Kopf, den Ellenbogen oder das Knie einzusetzen.

Daves Angriffswut zerschellte an ihrer Stirn, wie ein Schiffsrumpf an den Klippen. Er konnte sie zwar noch an den Armen fassen, doch fehlte ihm die Kraft. Blut schoss aus seiner Nase. Sie riss das rechte Knie nach oben und traf ihn genau zwischen den Beinen. Hart und unbarmherzig. Er klappte zusammen, brüllte vor Schmerz und Wut.

Sie stieg über ihn hinweg und beugte sich zur Geige hinunter, als er, plötzlich wieder voller Kraft, ihre Fessel packte und sie von den Beinen zu reißen suchte.

»Dich mach ich fertig, du Miststück.«

Luisa verlor nur kurz das Gleichgewicht. Ihre freie Ferse vergrub sich in seinem Rücken, um sie im nächsten Augenblick mit Wucht auf die Nieren zu schmettern. Dave ließ sie los und krümmte sich unter Brüllen, während er wütend um sich trat und schlug. Er tobte. Mit einem Tettsui Uchi, einem Hammerschlag, der Name kam ihr irrationalerweise gerade jetzt in den Sinn, nahm sie ihm das Bewusstsein.

Dann weinte sie leise vor sich hin und packte ihre Sachen. Dave kam zwischenzeitlich wieder zu sich, doch er rührte sich nicht, stöhnte nur hohl und starrte teilnahmslos an die Decke, bis sie wortlos die Tür hinter sich zuzog. Das Letzte, was sie wahrnahm, waren die Tränen auf seinem Gesicht, die sie merkwürdigerweise nicht berührten. Das eben Erlebte hatte sie taub gemacht.

Sie war schon halb die Treppe runter, als er brüllte. »Ich finde dich Tekki, und dann gnade dir Gott.«

*

Lichthaus sank auf die Liege und nahm einen großen Schluck seines Lieblingsriesling, den Otto nach wie vor für sie ausbaute. Er arbeitete nicht mehr auf seinem alten Weingut mit, denn sein Sohn hatte hier seit Langem die Regie übernommen, doch die Trauben eines kleinen Weinbergs behielt er sich zur eigenen Verarbeitung vor. Lichthaus liebte diesen Wein, den Otto nur sehr guten Freunden verkaufte. Die mineralischen Schieferböden rechts der Ruwer und deren heiße Tage und kühle Nächte gaben dem Wein eine klare Geschmackskontur, die durch den halbtrockenen Ausbau betont wurde. Genau das Richtige, um diesen Tag zu beschließen.

Der Abend hatte mit einer Hiobsbotschaft begonnen. In der Erwartung eines ruhigen Abends, den er bei dem Traumwetter im Garten verbringen wollte, hatte ihn Claudia an den Elternabend im Kindergarten erinnert, der um sieben Uhr begann. Es war der erste dieser Art, seit Henriette dorthin ging, und er hatte versprochen mitzugehen, während Otto bei den Kindern blieb.

Der kühle Wein tat gut und er genoss die frische Luft, die vom Hochwald kommend ins Ruwertal drückte und die Hitze des Tages davontrieb. In dem Raum der *Sonnengruppe*, der seine Tochter angehörte, hatte es mindestens dreißig Grad gehabt. Ihm war der Schweiß aus allen Poren gequollen, doch sein Stoßgebet, der Herr möge es kurz machen, war ungehört geblieben. Die seiner Meinung nach wichtigen Punkte waren schnell abgearbeitet, als später allerdings das Thema des Kindergartenfestes auf der Agenda erschien, arteten die Diskussionen bis zum Grotesken aus.

Anfangs war er noch belustigt über die Inbrunst, mit der manche Eltern versuchten, den Ausschank von Cola zu verhindern, auch wenn er sich peinlich an die Religionskriege erinnert fühlte. Als die Eltern dann aber die Frage nach Fleisch oder Tofu, vegan oder vegetarisch in epischer Breite ausdiskutierten, rutschte er unruhig auf dem viel zu kleinen Kindergartenstuhl hin und her. Irgendwann stand das erste Paar auf und ging mit der Bemerkung, wenn nur Vegetarisches angeboten würde, blieben sie zu Hause, denn der Freiheit, kein Fleisch zu essen, stünde ihre Entscheidung, es doch zu tun, gleichwertig gegenüber. Es entbrannte ein heftiger Streit, der darauf hinauslief, dass die eine Partei nicht bekehrt werden wollte, wohingegen die andere es als unerträglich empfand, ihr pflanzliches Grillgut neben einer Wurst zu finden.

Als gegen halb elf dieser unfassbare Unsinn ein Ende fand, der Kompromiss bestand in zwei unterschiedlichen Grills, hatte er endlich nach Hause fahren können, schnell geduscht und sich in Shorts und T-Shirt hier zum Wein niedergelassen.

Claudia fiel mit nassen Haaren in ihren Stuhl und nahm dankbar ihr Glas. »Was für ein Horror.«

Er grinste schwach. »Was gibt es Schlimmeres, als Übereltern, die den Rest der Welt auch noch missionieren wollen?«

»Von nun an geht im Wechsel nur einer von uns hin, dann müssen wir das nur alle zwei Jahre ertragen.«

Lichthaus wurde ernst. »Sag mal, wann hast du zuletzt mit Sophie gesprochen?«

»Letzte Woche. Wieso?«

»Sie ist seit ein paar Tagen so anders. Konzentriert sich nicht, beteiligt sich wenig an den Diskussionen und sieht manchmal so gedankenverloren aus. Ich dachte, du wüsstest vielleicht Genaueres.«

»Vielleicht will Stefan sie heiraten?«

»Wenn es nur das ist, geht's wieder vorbei.«

»Frag sie einfach.«

»Hoffentlich ist sie nicht krank. Sie wirkt manchmal so angespannt.«

»Machst du dir ernste Sorgen?«

»Eigentlich schon, wenn sie ausfällt, fehlt ...«

Claudia brauste auf. »Was soll das denn heißen, wenn sie ausfällt. Krank ist krank. Mach jetzt bloß keinen auf Müller und lamentier herum.«

Er verdrehte die Augen. »So bin ich doch gar nicht.«

»Dann fang es erst gar nicht an. Ich habe noch Hunger.«

Lichthaus stand auf und lächelte seine Frau an. »Dein Müller geht ja schon.«

In der Küche schmierte er einige Scheiben Brot, legte Wurst, Käse und Salatblätter obenauf und schnitt eine Tomate in Stücke. Das war sein veganer Beitrag, dachte er grinsend. Aber schnell beschäftigte ihn wieder der Gedanke, Sophie könnte aus dem Team fallen. Sein Kommissariat funktionierte in der aktuellen Konstellation perfekt. Sie hatten die Mischung, die es brauchte. Steinrausch, der neben ruhigen Einsätzen meistens im Innendienst seine komplexe Erfahrung einsetzte und die Fälle oftmals vorantrieb. Dann Siran. Kaum zwei Jahre dabei, doch auch ihn konnte er sich nicht mehr wegdenken. Er hielt die Gruppe emotional zusammen. Lichthaus war sich sicher, dass der Aramäer deutlich mehr über das private Leben der Kollegen wusste, als er es jemals tun würde. Es war schön, wenn er wie selbstverständlich Gebäck mitbrachte oder Tee kochte. Seitdem er mit Anna zusammen war, wirkte er auch nicht mehr so getrieben. Er fühlte sich wohl, das merkte man seiner Arbeit an. Ideenreich, intuitiv und doch grundsolide. Sophie jedoch war ihm am Wichtigsten. Sie brachte die Fälle weiter, wenn er einmal hing, erkannte schneller als alle fast unsichtbare Zusammenhänge und blieb beharrlich. Außerdem vertraute er ihr blind. Sophie war kaum zu ersetzen.

Er seufzte, nahm das Tablett und ging wieder hinaus.

*

Wolfgang sah Luisa verdattert an, als diese mit einem riesigen Koffer und ihrer Geige vor seiner Tür stand.

Ihre Augen waren verweint und schauten unendlich traurig drein. »Nur für ein paar Nächte, dann bin ich verschwunden. Ins Hotel will ich nicht, da kann er mich zu schnell finden.«

Er winkte sie herein. »Kommt Fahrt in die Sache?«

Sie lächelte schmerzvoll. »Freier Fall.«

Mangels eines Gästezimmers schlug sie ihr Lager im Wohnzimmer auf. Dort stand in einer Ecke ein Schrankbett, das Wolfgang hinunterklappte. »Ich hätte nie gedacht, dass ich das Teil mal brauchen würde, Tekki.«

»Luisa, ich heiße Luisa. Tekki gibt es nicht mehr.«

Er sah sie nachdenklich an. Zu gerne hätte er gewusst, was hinter dieser hübschen und doch so traurigen Fassade vor sich ging, wagte jedoch nicht, zu fragen. »Magst du noch etwas trinken?«

»Hast du Wein oder ein Bier?«

Kurz darauf saßen sie auf der kleinen Terrasse in der kühlen Nachtluft und tranken ein Pils.

»Freier Fall?«

Sie setzte die Flasche ab und sah zu ihm hinüber. »Bis eben hatte ich einen Freund und war ein Jahr lang davon überzeugt, in ihm die Lösung vieler Probleme zu finden. Die ganze Zeit habe ich, dumm, wie ich nun mal bin, geglaubt, meine Ziele und seine seien in Übereinstimmung. Ich war glücklich, tat das Richtige mit dem richtigen Mann.«

»Was habt ihr denn gemacht?« Er merkte augenblicklich, wie sie sich zurückzog, ihren Kopf abwandte und nach draußen sah. »Geht mich wohl nichts an.«

»Nein, du willst es auch gar nicht wissen.«

»Schlimm?«

»Es kommt auf die Perspektive an. Aus meiner Sicht der Dinge nein, manch einer sieht das aber wohl deutlich anders.«

»In Ordnung, lassen wir das. Es ging mit euch also nicht mehr weiter.«

Luisa sah traurig aus dem Fenster. »Nein. Die letzten Wochen hat es zunehmend weniger gepasst. Er hat sich verändert und wirkte mit einem Mal wie ein Fremder auf mich.«

»Du doch auch, oder wieso spielst du wieder?«

Sie hob die Schultern. »Es gehören wohl immer zwei dazu.«

Luisa versank in ihre Grübeleien, und er gab ihr die Zeit. Irgendwann brachte er ihr die zweite Flasche und ging zu Bett.

Donnerstag

Jasmin schielte auf die Uhr. Es war bereits nach Mitternacht, doch sie wollte noch einmal in den Chat. Sie hatte anhand der Unterlagen bemerkt, wie gering die Rolle der Uhrzeit war. Viele alte Menschen litten offensichtlich an enormen Schlafproblemen und vertrieben sich die Zeit auch nachts im Chat. Irgendjemand war immer dort und hatte zumeist Verständnis für die Probleme des anderen, da sie ihn selbst ebenfalls plagten.

Heute wollte sie auch schlaflos sein.

Elfi. »Hallo Waschbär. Bist du da draußen?«

Sie wartete eine Weile und schlürfte an ihrer Cola. Siran Özdemir und dieser Kramer hatten einen Proxyserver in der extra angemieteten Wohnung installiert, über den sie nun ins Netz gehen konnte. Von wo aus, war völlig egal, da der Server ihre Identität schützte, indem er sich zwischen sie und die Website stellte, auf der sie gerade surfte. Sollte der Täter sie suchen, würde er ihren Computer immer nur dort lokalisieren.

Der Kerl schien zu schlafen und auch sie war müde, konnte jetzt allerdings nicht so schnell aufgeben, ohne aufzufallen. Sie gähnte und tippte.

Elfi. »Wo bist du? Wir haben doch so nett miteinander geplaudert. Habe ich etwas Falsches gesagt?«

Erneut vergingen Minuten, dann war er auf einmal online.

Waschbär. »Hallo Elfi. So spät noch unterwegs?«
Elfi. »Kann mal wieder nicht schlafen. Meistens lege ich mich um zehn hin, weil ich völlig kaputt bin, doch um Mitternacht ist es oft schon vorbei, und ich wälze mich von einer auf die andere Seite.«
Waschbär. »Und gehst zur Geisterstunde ins Netz?«

Elfi. »Zum ersten Mal. Ich dachte mir, ich schaue einmal nach, ob du auch hier bist, und siehe da!«
Waschbär. »Ich sehe mehrmals am Tag nach dir.«
Elfi. »Ehrlich? Da werde ich altes Mädchen ja rot. Ewigkeiten nur alleine, kein Mensch spricht mit dir, und nun habe ich auf einmal einen Verehrer.«
Waschbär. »Du hast nur mit den falschen Kerlen gesprochen, nicht war?«
Elfi. »Ein so galanter Mann wie du war jedenfalls nicht dabei.«
Waschbär. »Nun ist es an mir, rot zu werden. Wenn das so weitergeht, müssen wir uns dann ja mal treffen.«
Elfi. »Nein, nein, du brauchst nicht rot zu werden. Das Gespräch mit dir hilft mir, es fühlt sich an, als ob ich den Weg zurück in die Mitte finden kann. Nur mit deiner Hilfe allerdings, und du hast Recht, wir sollten uns eines Tages sehen, doch ist mir unsere Verbindung noch zu frisch. Ich will dich erst ein wenig besser kennenlernen.«
Waschbär. »Vergeuden wir dann nicht zu viel von der knappen Zeit, die uns bleibt?«

Jasmin nahm die Finger von der Tastatur und wunderte sich über die ungewohnte Direktheit des Mannes, und fragte sich, ob sie mit dem Falschen kommunizierte, doch er hatte wieder dieselben Fehler gemacht, es war der Täter. Was sie nicht verstand, war sein unerwartetes Drängen auf ein Treffen. Sie würde erst mit den Leuten von der Mordkommission sprechen, bevor sie weitermachte.

Elfi. »Gib mir Zeit. Nachdem ich so lange gewartet habe, muss ich mich erst an den Gedanken gewöhnen, einen neuen Menschen in mein Leben zu lassen.«
Waschbär. »Das verstehe ich, bin selbst allerdings schon über diesen Punkt hinaus. Ich warte auf deine hoffentlich guten Nachrichten! Gute Nacht, meine Elfi.«
Elfi. »Danke. Gute Nacht, Waschbär.«

*

Sie stand inmitten eines dunklen, leeren Raums, der sich zu drehen schien. Sie schwitzte, obwohl sich die Luft kalt anfühlte, und wusste, dass es Angstschweiß war, doch wieso? Ein Lichtstrahl durchbrach die Nachtschwärze, und sie schwebte darauf zu, in der Schwerelosigkeit angezogen wie von einem Magneten. Plötzlich Helligkeit. Der Geruch von Kaffee und Brötchen hing in der Luft und hinterließ die schwache Ahnung eines gemeinsamen Frühstücks, aber auch die Erinnerung an schwere Gespräche. Friedrich war da, saß auf dem Küchenstuhl und sah sie so traurig an. Die Augen leer und stumpf, blutunterlaufen. Sie wusste, worüber sie gesprochen hatten. Nicht fröhlich war es gewesen, doch auch nicht böse.

Mama kam durch die Küchentür herein und lächelte. So ungewohnt. Sie trug ein Ballkleid und winkte ihr mit der freien Hand, mit der anderen umklammerte sie Notenblätter, die in einem plötzlich aufkommenden Wind wild flatterten. Sie folgte ihr, doch hinter der Tür sah sie nur sich selbst über die Schulter, wie sie Friedrich die Nadel der Spritze auf die dünne Haut in der Ellenbeuge setzte. Er war nun nicht mehr traurig, selbst seine Wangen hatten eine rosige Farbe angenommen. Ein Lächeln erschien auf seinen spröden Lippen. Dann trafen sich ihre Blicke. So verharrten ihre Augen sekundenlang, die ihren in klarstem Braun, seine wässrig, die Iris getrübt, das Weiß der Augen gelbfleckig. Er nickte leicht, um sie aufzufordern, das zu tun, wozu es nun an der Zeit war, und sie konzentrierte sich wieder darauf, seine Ader zu finden und die Spritze vorsichtig in die Vene, in Richtung des Herzens, hineinzustoßen. Sie machte ihre Sache gut, denn als sie den Kolben kurz anzog, quoll ein ganzer Strom dunklen Bluts in die riesige Spritze, die groß und schwer in ihrer Hand wog, gleich so, als ob sie zentnerschwer wäre.

Erneut sah sie ihm in das runzlige Gesicht, das tiefe Furchen der Bitternis durchzog. Er nickte auch jetzt und streichelte ihr die Wange. Alte auf junger Haut, rau auf Samt. Ihre freie Hand ergriff seine Finger und presste sie zusammen, während Tränen herabstürzten, die brannten als wären sie pure Säure. Sie wollte flehen, fassungslos trat sie der Endgültigkeit gegenüber, ihre Bewegungen erstarben. Sie war sprachlos, da alles gesagt war. Nur ihr unterdrücktes Schluchzen war zu hören. Schließlich löste er sich aus der Umklammerung, packte die nun winzig kleine Spritze und drückte den Kolben vorsichtig nach unten, während sie das Band abnahm, mit dem das Blut gestaut war.

Der grauhaarige Kopf sank schnell nach hinten auf das Kissen, froh, es vollbracht zu haben und Erleichterung im Blick, auch als die Lider schon flackerten. Noch einmal begegneten sich die Augen, dann verharrte sie neben dem Sterbenden, ihre Hand in der seinen. Friedlich.

Wann er hinüberglitt, blieb ihr verborgen, so leise machte er sich auf die Reise.

Plötzlich war da kein Friedrich mehr, sondern ein Skelett steckte in stockfleckigen, löchrigen Kleidern. Die Wohnung schien verwahrlost, Staubflocken wirbelten auf, als sie sich bewegte.

Dann war da die Wohnungstür einer seelenlosen Wohnung, deren Stille nicht einmal das Ticken einer Uhr durchdrang. Mit einem Klicken fiel sie ins Schloss. Draußen schien die Sonne, als sie auf das Feld trat, das unmittelbar vor dem Haus begann. Gelber Weizen bog sich in einer sanften Brise, doch dann jagten alle hinter ihr her. Dave mit verzerrtem Gesicht, Mutter, der Polizist, den sie vor dem Haus gesehen hatte, Sieglinde Strabetz auf ihrer Krücke, Verhoeven mit seinen Murmelaugen. Gerda lief nun neben ihr, und wurde zusehends schneller. Sie streckte die Hand aus, doch als sie danach griff ...

Luisa schrak hoch und schüttelte den Traum aus ihrem Kopf. Es hatte eine Zeit gegeben, da hatte er sie jede Nacht heimgesucht, hatte sie so weit geängstigt, dass sie nicht mehr ins Bett gehen wollte. Immer dieselben Szenen. Nur ihre Verfolger wechselten mit der Zeit. Über Wochen hatte sie sich mit Ecstasy weitgehend wachgehalten oder sich an dem Mistzeug berauscht, bis die Nebenwirkungen sie fast umgebracht hätten.

Kaum aber ließ sie die Drogen weg, war er wieder da, ihr Traum, und geisterte durch die Nächte, in denen der Schlaf sie wehrlos machte. Erst Dave hatte den Kreislauf durchbrechen können. Vor allem als er ihr abgenommen hatte, was zu tun war. Nicht dass die Träume aufgehört hätten. Doch es war anders als früher. Sie hatte sich erstmals in diesem Traum gut gefühlt, als sie es tat, war mit einem Lächeln aufgewacht, da sie hinterher niemand jagte, sondern alle um sie herumstanden und lächelten. Selbst Mutter. Nun fiel sie anscheinend zurück in die Endlosschleife ihrer Ängste, würde vielleicht wieder Nacht für Nacht um ihr Leben laufen und niemals Gerdas rettende Hand erreichen können.

Luisa seufzte und stand lautlos auf. Sie ging in die Küche, um ein Glas Wasser direkt aus der Leitung zu trinken. Das T-Shirt, das sie als Schlafanzug trug, klebte verschwitzt an ihrem Rücken. Sie fröstelte, und eine Gänsehaut überzog ihren ganzen Körper. Wenig später lag sie erneut unter der Decke und beobachtete den Schatten der Bäume an der Wand, die eine leichte Brise sanft bewegte. Ihre Gedanken schweiften ab.

Friedrich. Er war ihr per Zufall begegnet und sollte ihr Leben nachhaltig beeinflussen. Sie war auf Sammeltour für ein Schulprojekt gewesen. Luisa erinnerte sich gerade noch, dass es um die Schulhofgestaltung ging. Ein neues Klettergerüst für die Unterstufe oder so etwas. Friedrich wohnte im dritten Stock. »Heller« hatte an seiner Tür gestanden, darunter ein Klingelknopf aus Messing, der angelaufen war, als ob er schon einige Zeit nicht benutzt worden war. Sie hatte ihn beherzt gedrückt und gewartet. Die Menschen reagierten beim Spendensammeln höchst unterschiedlich. Gar nicht wenige verschanzten sich hinter ihrer Tür, man hörte sie, aber sie öffneten nicht. Manche waren zunächst misstrauisch, gaben aber, sofern sie überzeugt waren, mehr als andere, die gerade so auf die Schnelle einen Euro in die Sammelbüchse steckten.

Friedrich Heller gehörte zu keiner der Gruppen. Er riss mit grimmigem Gesicht die Tür auf und herrschte sie an.

»Was?«

»Ich sammle für ...« Weiter kam sie nicht.

»Hau ab und geh sonst wem auf die Nerven. Ich habe nicht die Zeit, mich mit Bettlern abzugeben.«

Luisa ließ sich nicht einschüchtern, schon gar nicht abwimmeln. »Wobei störe ich Sie denn?«

Er legte die Maske der Wut ab und musterte sie lange Sekunden, dann wischte er sich übers Gesicht, drehte auf dem Absatz um, um in seine Wohnung zurückzugehen. Die Tür war fast schon zu, als Luisa nachsetzte.

»Entschuldigen Sie meine Störung, ich wüsste nur zu gerne, was ich Ihnen getan habe. Hat mein Läuten Sie so sehr gestört?«

Keine Reaktion. Sie war bereits an der Treppe, als sie ihn doch noch hinter sich hörte. »Warte, ich suche mein Portemonnaie.« Aus der Wohnung kam kein Geräusch, kein Geruch und auch der schmale Flur war so steril wie einer der vielen Hotelflure, die sie trotz ihres jungen Alters schon kennengelernt hatte.

Er kam zurück, und die beiden musterten sich. Friedrich Heller war ein großer, kräftiger Mann von dreiundachtzig, wie sie später erfahren sollte. Die Haare waren voll und schlohweiß, über den Augen wölbten sich buschige Augenbrauen, die ihm in Tateinheit mit einer versteinerten Miene ein unangenehmes Aussehen gaben. Es fiel ihr schwer, sich nicht abzuwenden. Wortlos streckte er ihr einen Zehneuroschein entgegen und versuchte ein Lächeln, das jedoch verunglückte.

»Du stellst merkwürdige Fragen.«

»Sie sind ein merkwürdiger Mann.«

»Warum?« Er schien überrascht zu sein.

»Weil ich noch niemanden getroffen habe, der grundlos derart böse geworden ist.«

Wieder versank er ins Grübeln. »Wie heißt du?«

»Luisa.«

»Magst du einen Kaffee?«

Sie zögerte, war zu der Zeit gerade siebzehn und nicht mehr naiv, hatte mittlerweile auch einiges mit Jan im Bett versucht. Es war fahrlässig, in die Wohnung eines Fremden zu gehen, doch dieser Heller war nicht mehr jung und so anders, als andere Alte. Er machte sie neugierig. Außerdem steckte eine Flasche

CS-Gas in ihrer Tasche, und schließlich praktizierte sie seit Jahren Taekwondo. Zum Grauen ihrer Mutter, die große Angst um Luisas Hände hatte, und ständig deswegen herummaulte.

Sie wog noch einmal die möglichen Gefahren ab und schätzte sie gering ein. »Okay.«

Die Zimmer waren aufgeräumt, wirkten aber gesichtslos, quasi ohne persönliche Note. Sie folgte Friedrich in die Küche, die mit Eckbank und einigen Zeitschriften einen recht behaglichen Eindruck erweckte.

Er kochte Kaffee auf ganz altmodische Art, mit Wasserkessel und Filter, und sprach kein Wort.

»Sie reden nicht viel, oder?«

Er wandte ihr das tief zerfurchte Gesicht zu. »Hab's mir abgewöhnt, da ist niemand, der sich mit mir unterhalten will.«

Luisa musste eingeschlafen sein, denn als sie die Augen aufschlug, war es bereits sechs Uhr und die Vögel begrüßten begeistert einen weiteren Sommertag. Von Wolfgang war nichts zu hören, also blieb sie noch ein wenig liegen und wieder wanderten ihre Gedanken zurück zum Ausgangspunkt ihrer Grübeleien.

Friedrich war der traurigste Mensch, den sie jemals kennengelernt hatte, und seine Geschichte bewegte sie damals zutiefst, da sie zu der Zeit nicht wusste, wie normal er für die wachsende Gruppe der Einsamen war. Sie erfuhr zum ersten Mal, wie es war, unentwegt allein zu sein. Sie freundeten sich irgendwie an, so wie Enkelin und Großvater. Luisa besuchte ihn einmal die Woche. Seinem sich beschleunigenden Verfall stand sie hilflos gegenüber. Der Kontrast hätte nicht größer sein können. Ihr Leben explodierte, quoll vor neuen Optionen über, wohingegen er sich immer weiter einigelte, nicht mehr bereit war, seine Wohnung zu verlassen, und irgendwann begann, vom Tod zu sprechen. Es gab Tage, da traf sie ihn so desolat an, dass sie sich sicher war, er hatte seit Nächten nicht geschlafen, seine Kleidung nicht gewechselt und auch nicht gegessen. Es schmerzte sie, ihn so zu sehen, und manchmal drängte sich ihr die Idee auf, ihr Erscheinen hätte den Prozess seines Niedergangs ausgelöst oder zumindest beschleunigt.

Sie stemmte sich gegen seine Depressionen, fuhr mit ihm in den Zoo, belog sogar ihre Eltern, um bei ihm zu sein, brachte ihm Essen, das Gerda, hilfsbereit wie stets, kochte. Doch nichts half. Natürlich gab es Zeiten, da lachte er mit ihr und war vorübergehend in besserem Zustand, die Kurve jedoch zeigte nach unten, vor allem, als dann der Herbst kam und die Dunkelheit draußen die in seinem Kopf verstärkte.

Eines Tages bat er sie, ihm beim Sterben zu helfen.

»Haderst du immer noch mit dir oder willst du nach dem Frühstück mit mir Musik machen?«

Sie lächelte ihn dankbar an und dachte unwillkürlich an Friedrich. Wolfgang allerdings hatte seine Musik, die ihm in den Krisen helfen würde, Friedrich hatte nichts gehabt. »Erst duschen, dann essen und danach machen wir Musik, bis der Arzt kommt.«

Sie blieb einen weiteren Augenblick liegen und erinnerte sich an den Tag zurück, als sie die Spritze in seinen Arm gestoßen hatte. Es war richtig gewesen. Sie stand auf und ging ins Bad.

*

Der Morgen begann mit einer Überraschung, auf die Lichthaus gerne verzichtet hätte. Er kam den Flur im Präsidium entlang, als Marie Guillaume ihn abfing. Sie trug wie so oft knallbunte wallende Kleidung und erinnerte ihn zunehmend an eine Walküre. Seit Jahren war sie ihre Sekretärin, und man konnte sich absolut auf sie verlassen. Noch nie war ein Vorgang untergegangen. Zudem kannte sie die Netzwerke im Präsidium und hatte schon oft an der richtigen Strippe gezogen, um Vorgänge zu beschleunigen.

»Da ist ein Kerl aus Düsseldorf. Der wartet schon eine Weile auf dich, sieht aus wie ein Kleinkrimineller. Ich habe ihn auf die Besucherstühle gesetzt und warten lassen.«

Lichthaus nickte. »Das war gut, ich sehe mir den Vogel mal an.«

Der Mann, der aufsprang, als er den Gang entlangkam, sah aus wie eine schlechte Kopie von Philip Marlowe. Durchfurchte Züge, dazu einen verknitterten Anzug, doch die Augen waren glasklar und hellwach. Ein Privatschnüffler, da hätte er gewettet.

»Haben die Pohls Sie geschickt?«

Die Verblüffung im Gesicht seines Gegenübers war nicht gespielt. »Woher ...? Sieht man mir den Privatdetektiv so schnell an?«

»Ich denke schon.«

»Mist, wenn es schon so weit ist, wird es Zeit, etwas Neues anzufangen.«

Lichthaus sperrte sein Büro auf. »Kommen Sie rein.«

Marlowe ließ sich auf einen der Besucherstühle fallen und stellte sich vor. »Benedikt Arnsberg.«

»Wieso sind Sie hier?«

»Sie lagen nicht falsch. Die Pohls haben mich geschickt, um ihre Tochter zu finden.«

»Das ist legitim, doch was soll ich dabei tun?«

Das Lächeln von Arnsberg wurde breit. »Wir ziehen doch quasi an einem Strang.«

»Quasi ja. Was können Sie mir denn anbieten?«

»Noch nichts.«

»Das ist wenig.«

»Ich weiß ...«

»Von mir gibt es keine Infos, keinen Tipp oder sonst etwas. Ich möchte Sie auch darauf hinweisen, dass zurückgehaltene Informationen ...«

Arnsberg unterbrach ihn unwirsch. »Mann, jetzt halten Sie doch mal die Luft an. Ich bin hier, um mich vorzustellen, damit Ihrem Team klar ist, dass ich in Trier herumgeistere. Mehr nicht. Wenn ich was rausbringe, gebe ich das gern an Sie weiter.«

Lichthaus sah den Detektiv wachsam an. »Ehrlich? Was hat Sie eigentlich hierhergetrieben?«

»Luisa Pohl ist meiner Einschätzung nach in Trier.«

»Woher stammt diese Erkenntnis?«

Arnsberg zögerte, stand aber schließlich auf. »Es ist bloße Intuition. Wie gesagt, sollte sich das präzisieren … Ich muss mich auf den Weg machen.«

Bloße Intuition! Der wollte mal auf den Busch klopfen, ob Lichthaus was rauslassen würde. Und nun machte er dicht. Einen Augenblick war Lichthaus versucht, einen Handel zu versuchen, doch er entschied sich dagegen. Sollte der Detektiv Erfolg haben, würden sie das Mädchen befragen können. »In welchem Hotel sind Sie abgestiegen?«

»Ein paar Häuser neben Ihrem Wahrzeichen, der Porta Nigra.«

Wenig später war der Detektiv gegangen, hatte aber immerhin seine Handynummer dagelassen.

In der Tür des Büros der Kollegen wäre er um ein Haar mit Steinrausch zusammengestoßen. Der alte Polizist grinste. »Na, dann kann ich mir den Weg sparen, ich wollte gerade zu dir.«

»So? Was gibt es denn?«

»Die Filme aus Düsseldorf sind da, und noch etwas: Luisa Pohl hat eine Fahrkarte nach Trier gekauft.«

»Woher hast du die Info?«

»Die Düsseldorfer sind gar nicht mal schlecht. Sie haben sofort rumgefragt und am Fahrkartenschalter einen Treffer gelandet. Der Bahner konnte sich an sie erinnern, da er sich mit ihr über Trier unterhalten hat. Seine Frau stammt aus der Region, und sie fahren häufig her.«

Siran drehte sich von seinem Rechner weg. »Hier sind die Bänder.«

»Leg sie bitte aufs Whiteboard.«

Siri schaltete den Beamer hinzu und vor ihnen spulte sich das ganz normale Treiben in einer Bahnhofshalle ab, wie es sie in jedem größeren Bahnhof in Deutschland gab. Imposante Eingangshalle, ein Supermarkt, Geschäfte, Cafés, die obligatorische Bahnhofsbuchhandlung, eine Apotheke und der Servicebereich mit Auskunft und in einem Extraraum weiter rechts das Reisezentrum.

»Da ist sie.«

»Wo?« Steinrausch blickte suchend auf das Board.

»Dort.« Siri stoppte den Film und fror den Ausschnitt ein. Er ging vor und tippte auf eine junge Frau, die gerade die Halle betrat. »Hier. Sie kommt vom Konrad-Adenauer-Platz, also aus Richtung Zentrum.«

Die Haare Luisa Pohls waren kürzer als auf dem Bild im Ausweis, fielen dunkel fließend auf die Schultern. Sie hatte eine Tasche umgehängt, oder war es ein Beutel? Zudem presste sie einen Gegenstand an die Brust, der aus dieser Perspektive nicht zu erkennen war.

»Was hat sie da im Arm?« Lichthaus sah in die Runde, doch niemand hatte eine Idee. Die Tür sprang auf und Sophie kam herein. Ein wenig blass zwar, wirkte sie ansonsten aber ruhig und aufgeräumt. Sie begrüßte die Kollegen und setzte sich.

»Düsseldorf?«

Lichthaus nickte und zeigte auf das Mädchen. »Das ist sie. Lass mal bitte weiterlaufen.«

Luisa Pohl durchquerte die verglaste Eingangshalle, ging am Servicepoint vorbei in die Passage und trat an den Geldautomaten auf der linken Seite.

»Haben wir die Aufnahmen von der Bank?«

»Nein, dauert noch ein paar Tage. Die legen sich quer.«

»Seht mal, sie schaut sich laufend um«, machte Sophie die anderen aufmerksam. »Wenn wir nur wüssten, wovor sie Angst hat.«

Lichthaus ging nicht darauf ein, dass wären bloße Spekulationen gewesen. Sie wussten zu wenig von der jungen Frau. Stattdessen fragte er: »Was hat sie nur da im Arm?«

»Ihren Geigenkasten, denke ich.«

Lichthaus lächelte, denn Sophie wirkte wie immer. Konzentriert mit schneller Auffassungsgabe.

»Was ist mit dem Instrument?«

»Sie soll ein außergewöhnliches Talent haben, und die Eltern waren natürlich die großen Förderer. Das Instrument ist einige hunderttausend Euro wert.«

»Was? Hat sie es geklaut, um es zu verkaufen?«

Lichthaus schüttelte den Kopf. »Nein, Siri, sie hat mehr als genug Geld auf dem Konto, da braucht sie nicht die eigene Geige stehlen.«

»Und keine alten Leute auszurauben.«

Steinrausch hatte leise gesprochen, doch in Lichthaus' Ohren taten die Worte weh. Ihr Fahndungsansatz stand mit einem Mal infrage. »Wir wissen ja nur, dass ihr Haar in der Wohnung war, mehr nicht. Ich sehe sie als Zeugin, nicht als Täterin oder Mittäterin. Letzteres würde nicht passen, da gebe ich dir Recht.«

»Lohnt sich überhaupt der Aufwand, sie zu suchen?« Auch Sophie zweifelte, doch Siri sprach mit sarkastischem Unterton.

»Bei der Spurenflut können wir Luisa Pohl ruhig vergessen.«

Lichthaus war ihm dankbar und führte seinen Gedanken ganz ernsthaft fort. »Du liegst ja richtig Holger, aber besser der Strohhalm, als gar nichts.«

»Also bleiben wir dran.«

»Ja, und zwar so lange, bis wir sie definitiv ausschließen können. Übrigens hatte ich gerade Besuch von einem Privatdetektiv, der im Auftrag der Pohls das Mädchen suchen soll.«

Sophie schaute fragend. »Dann wissen die von der Geige, oder?«

»Das ist die Frage. Mich würde nur interessieren, wo der Kerl ansetzen will? Klappert der die Kneipen ab?«

»Wäre keine schlechte Idee von ihm. Dem erzählen die Leute sicher mehr als uns.« Siri wirkte entspannt. Lichthaus dankte im Stillen Anne für ihren Einfluss auf den früher oft unruhigen Kollegen.

»Ich finde, wir sollten ihn machen lassen. Wenn er sie findet, findet er sie auch für unsere Zwecke.«

»Nur wieso werden die Pohls mit einem Mal aktiv?«

»Weil die Polizei bei ihnen aufgekreuzt ist. Die ziehen schon die Mauern um ihre Tochter hoch.«

»Wissen die etwas?«

»Ich denke nein, das ist rein prophylaktisch.«

»Warum schicken sie ausgerechnet jetzt den Privaten? Da muss doch was dahinterstecken.«

Steinrausch hatte die richtige Frage gestellt, die Lichthaus half, klarer zu sehen. »Sie haben offensichtlich einen Beweis, dass Luisa in Trier ist. Können sie von der Fahrkarte wissen?«

»Nein, da ist die Bahn extrem zurückhaltend.«

»Wenn die Pohls nicht gelogen haben, bleibt nur die Haushälterin. Ich rufe den Privatdetektiv gleich mal an und mache ihm Druck.«

Die Tür ging auf, und Jasmin Huber kam schleppenden Schritts herein. »Tut mir leid, ich bin spät, aber ich habe bis in die Nacht mit dem Typ gechattet.«

»Was Neues?«

Sie nickte Lichthaus gähnend zu. »Er will sich mit mir treffen.«

»Was, wieso das denn? So ist er bisher nicht vorgegangen.«

»Keine Ahnung, aber das ist doch gut, oder?«

»Natürlich, nur sollten wir vorsichtig sein.«

Siri wischte alle Bedenken beiseite. »Locken wir ihn in die Wohnung und schnappen uns den Kerl.«

»Langsam. Warum ändert er seine Vorgehensweise, die er bislang konstant durchgezogen hat?«

»Was soll die Diskussion? Wir haben keine Resultate, und endlich wird mal etwas greifbar, doch wir schnappen nicht zu.« Siri, nun doch ein wenig genervt, stand auf. »Ich mach mal Tee.« Er ging zum Schrank.

»Doch, wir müssen darüber reden«, stellte Lichthaus klar. »Jasmin steht nach wie vor im Risiko. Ich bin, verdammt noch mal, nicht sicher, ob das mit dem Server wirklich funktioniert. Die Protokolle gehen zum BKA zur Nachkontrolle, ob es sich um den gleichen Autor handelt.«

»Davon können wir getrost ausgehen«, warf Jasmin ein. »Alle Sprachbesonderheiten sind nach wie vor da.«

»Egal. Erst die Überprüfung, dann sehen wir weiter. Sollte er weiterhin auf ein Zusammentreffen drängen, musst du ihm halt eines anbieten, nicht dass er Verdacht schöpft. Aber lass uns genügend Zeit, um in Ruhe Vorbereitungen treffen zu können. Wir müssen vorsichtig sein, eine Panne wie in der Brotstraße wird man uns kaum noch mal durchgehen lassen. Siri, du kannst ja schon mal beginnen, die Wohnung zu präparieren.«

Siri nickte nur, schien allerdings eingeschnappt zu sein. Den Seitenhieb mit der Fahndungspanne hatte er verstanden.

Doch auch Steinrausch wirkte gereizt, sein Ton war ungeduldig.

»Was schlägst du wegen der technischen Fragen vor? Irgendwann sollten wir in die Gänge kommen?«

»Westermann.«

»Westermann?«

»Unser Täter ist verdeckt im Netz unterwegs und fühlt sich hier gut verborgen. Ich will Westermann fragen, ob er den Typ hacken kann.«

»Der hilft uns nie.«

Sophie war nicht Steinrauschs Meinung. »Wenn der Staatsanwalt das richtige Angebot macht.«

»Wir sollen einen Erpresser in die Fahndung einbeziehen?«

Lichthaus nickte. »Mangels Alternative. Unser Internetspezialisten-Team beim LKA ist noch nicht einsatzbereit.«

»Und beim BKA?«

»Die hätten die Leute, doch wie lange wird es dauern, bis sie aktiv werden?«

»Also, ich weiß nicht.«

»Ich werde, sofern Brauckmann einverstanden ist, ein Gespräch mit Westermann führen. Mal sehen, was dabei rauskommt. Bis dahin suchen wir weiter nach Luisa Pohl, bereiten die Wohnung und das SEK auf einen Einsatz vor und lassen die Gesprächsprotokolle analysieren.«

*

Dave wachte auf, weil die Sonne durchs Fenster auf seinen Kopf schien. Mühsam rappelte er sich hoch und ließ den Rollladen knallend nach unten fahren. Er stöhnte, denn sein Kopf dröhnte dumpf, wobei die geringste Bewegung einen pochenden Schmerz durch seinen Kopf jagte.

»Scheiße.« Sein Murmeln hätte ein Brüllen sein sollen, doch es gelang ihm nicht. Stattdessen begann er zu weinen. Tekki war weg und er so runter wie nie zuvor in seinem Leben. Hatte er vor seiner Zeit mit Tekki geglaubt, dass er nicht mehr tiefer abrutschen könnte, belehrte ihn nun die Realität eines Besseren.

Einen Lichtblick gab es. Seine Hoden schmerzten nicht mehr, soweit schien der Kniestoß zwischen die Beine ohne weitere Folgen geblieben zu sein, doch seine linke Gesichtshälfte war dick geschwollen, und er fürchtete den Blick in den Spiegel.

Den gestrigen Abend hatte er damit verbracht, sich zuzudröhnen. Aus seiner eisernen Reserve, die er vor Tekki versteckt hatte, war ihm noch ein Joint in die Hände gefallen. Ein paar Bier und Schmerzmittel dazu, und schon ging es ihm besser. Er verfluchte lauthals alles, was mit ihr zu tun hatte, und schlief schließlich ein. Gegen Mitternacht weckte ihn das Piepen des Rechners und er chattete eine Weile mit dieser Elfi. Irgendetwas hatte ihn gestört, doch er konnte sich nicht mehr genau daran erinnern.

Tekki war weg und würde nie wieder zurückkommen. Tränen nässten sein Kissen. Er verstand nicht, wie er sie hatte schlagen können, doch ihre Reaktion hatte ihn regelrecht geschockt. Erst der Tritt und dann dieser brachiale Faustschlag, den er ihr nie zugetraut hätte. Welche Seiten hatte sie noch vor ihm verborgen gehalten?

Er würde sie finden und zur Rede stellen, wollte ihr zeigen, dass man mit ihm nicht so umspringen konnte.

Wut schäumte in ihm hoch und er schlug auf die Decken ein, was seinen Kopfschmerz noch verschlimmerte. Er taumelte aus dem Bett und entleerte seine zum Platzen gefüllte Blase. Zwei Diclofenac und zurück ins Bett.

Seine Wut verrauchte und wurde von einer Woge aus Selbstmitleid beiseitegespült. Irgendwann schlief er wieder ein.

*

»Das ging ja flott, Herr Kommissar.«

Arnsbergs Grinsen war durch die Leitung zu spüren und Lichthaus ärgerte sich über den herablassenden Ton. Schnell nahm er seine Beruhigungsfigur und ließ sie in seiner Hand hin und her wandern.

»Was?«

»Na, dass Sie mit mir zusammenarbeiten wollen.«

»Sie sind auf dem Holzweg, Arnsberg.«

Sein Ton war gereizt. Auch der Detektiv schaltete nun auf einen geschäftsmäßigen Ton um.

»Was wollen Sie?«

»Wieso Sie in Trier sind, weiß ich ja bereits, doch was war der Auslöser, Sie jetzt hierherzuschicken?«

»Madantengeheimnis. Sie ...«

»Hören Sie auf mit Ihren Mätzchen, sonst haben Sie in fünf Minuten eine Streife auf dem Hals, die Sie zur Vernehmung bringt.«

»Und wieso?«

»Behinderung der Polizeiarbeit.«

»So ein Blödsinn ...«

»Was war der Auslöser? Die fehlende Geige?«

Arnsberg schwieg lange, dann zeigte er eine Wandlungsfähigkeit, die Lichthaus ihm nicht zugetraut hätte. Sein Ton wurde freundlich wie die aufgehende Sonne.

»Ich will das nicht unbedingt verneinen. Wie sieht es aus? Würden Sie gegebenenfalls meinem Mandanten gegenüber bestätigen, dass ich aktiv gesucht habe, selbst wenn Sie das Mädchen finden?«

»Sofern Sie schön die Kneipen abklappern und das Foto herumzeigen, habe ich damit nicht das geringste Problem, sollte man mich danach fragen.«

»Die Pohls haben das Fehlen der Geige bemerkt, und der Haushälterin ordentlich Druck gemacht. Von ihr haben wir, also meine Kollegen und ich, eine Handynummer bekommen, unter der Luisa erreichbar ist. Das Gerät ist laufend ausgeschaltet, doch einmal wurde es benutzt, und wir haben einen Mast in Trier geortet.«

»Wo genau stand das Ding?«

»In einer Straße namens Südallee, gleich am Stadtbad.«

»Geben Sie mir bitte die Nummer.«

»Eine Prepaidkarte ohne Namen.«

»Die Nummer.«

Murrend nannte Arnsberg ihm die Zahlen.

»Danke. Wenn ich Infos habe, die ich Ihnen zugänglich machen darf, melde ich mich.«

»Ich ...«

Lichthaus legte auf, denn er hatte, was er wollte, und verspürte wenig Lust, weiter mit Arnsberg zu sprechen. Er wollte lieber sofort den Eltern von Luisa Pohl auf den Zahn fühlen.

Es war Gerda Blissens, die abhob ab. Warum nicht mit ihr reden? »Ich habe noch Fragen, die Sie mir vielleicht auch ...«

»Nein, ich ...«, wollte sie ihn abwürgen.

Das ließ Lichthaus sich nicht gefallen. »Wollen Sie von einer Streife zur Befragung im Präsidium abgeholt werden?« Du wiederholst dich, ging es ihm durch den Kopf.

»Nein, ich ...«

»Wir haben einen Film vom Düsseldorfer Hauptbahnhof, auf dem Luisa zu sehen ist. Sie trägt einen Geigenkasten mit sich. Ist Ihnen bereits aufgefallen, dass das Instrument fehlt?«

»Die Geige?«

»Wenn ich herausfinde, dass Sie Informationen zurückhalten, kriegen Sie eine Anzeige. Versprochen.«

»Sie sollten mit Frau oder Herrn Pohl darüber sprechen, das ist deren Angelegenheit.«

»Okay. Haben Sie Kontakt zu Luisa?«

»Ich?«

»Seit wann sind Sie bei den Pohls?«

»Dreiundzwanzig Jahre.«

»Sind Sie verheiratet?«

»Was hat das ...?«

»Beantworten Sie meine Frage.«

Die Stimme am anderen Ende begann zu schwanken. »Nein.«
»Luisa ist also praktisch auch Ihr Kind.«
»Ich bin nur die Haushälterin.«
»Wie war das Verhältnis von Mutter und Tochter?«
»Gut.«
»Sie sollen nicht lügen.«
»Sie haben miteinander musiziert. Das war das Schönste, was ich je gehört habe.«
»Und ansonsten?«
»Frau Pohl ist sehr engagiert. Sie ...«
»... war also oft weg.«
»Ja.«
Auf einmal begann sie, zu weinen. »Sie war wie mein Kind. Hat hier ihre Schulaufgaben gemacht, und ich konnte ihr anfangs noch helfen, was eigentlich nicht nötig war, denn sie war so gut. Und ich war es auch, der sie von ihrem ersten Freund erzählt hat, wissen Sie, nicht ihrer Mutter.«
»Sie haben also Kontakt.«
Es war eine Feststellung keine Frage, doch Gerda Blissens schwieg.
»Wir finden es heraus, prüfen die Verbindungsdaten Ihres Telefons und checken die Teilnehmer. Ein Tag, maximal.«
»Ja.« Ein Murmeln, mehr nicht.
»Ist sie in Trier?«
»Ich habe versprochen, nichts zu sagen.«
»Niemand wird Sie verraten. Wir behaupten, die Zusammenhänge anhand der Anruferliste festgemacht zu haben.«
»Sie wohnt bei einem jungen Mann. Den Namen hat sie mir nicht gesagt, auch nicht die Adresse. Wahrscheinlich wusste sie, dass ich so schwach bin.«
»Sie sind nicht schwach, wenn Sie uns helfen, sie zu finden. Wir können sie beschützen, falls sie Schutz brauchen sollte.«
»Steckt sie denn in Schwierigkeiten? Worum dreht es sich eigentlich? Ich habe Angst.«
Lichthaus war gerührt von den Gefühlen, die Gerda Blissens für Luisa empfand. Gleiches hatte er bei ihrer Mutter vermisst.

»Wir wissen es selbst noch nicht. Ganz ehrlich.«

»Warum suchen Sie denn nach ihr?«

»Ich denke, sie kennt jemanden, gegen den wir mit Nachdruck ermitteln.«

»Wer ...«

»Frau Blissens. Ich darf Ihnen keine weiteren Informationen geben. Wie ist also die Telefonnummer, unter der Sie Luisa erreichen?«

Zögernd gab sie ihm die Zahlen durch, die er über die schrieb, die Arnsberg ihm gegeben hatte. Es waren die gleichen.

*

Wenig später saß er über einigen Vorgängen, als Siri klopfte und eintrat. Er wirkte befangen, was Lichthaus von ihm nicht kannte.

»Hallo Siri. Alles klar?«

Der junge Türke zögerte kurz und fasste sich dann ein Herz. Lichthaus war hiervon unangenehm berührt, da er nie das Gefühl gehabt hatte, es sei für die anderen ein Problem, mit ihm zu reden.

»Also, ich hab da mal eine Frage.« Wieder entstand eine Pause. »Bist du mit meiner Arbeit unzufrieden.«

Lichthaus war so verblüfft, dass er eine Grimasse zog.

»Was? Wie kommst du denn da drauf.«

Siran suchte nach Worten. »Nun, eben hast du mich zurückbeordert, als ich die Idee mit der Falle hatte. Es war spontan und sicher nicht überlegt, okay, das sehe ich jetzt ein. Aber immer wieder bekomme ich von dir eins drauf wegen unserer Fahndungspanne.«

Lichthaus dachte nach. Siran war der Jüngste in der Gruppe und erst knapp zwei Jahre bei ihnen, vielleicht hatte er zu viel verlangt.

»Das tut mir leid, vor allem, da ich mit deiner Arbeit absolut zufrieden bin. Eventuell ist das ein Grund, warum ich an dich schon die Maßstäbe anlege, die eigentlich für erfahrenere Kollegen da sind. Mach dir keinen Kopf deswegen, ich werde darauf achten.«

»Was habe ich falsch gemacht?«

»Im Prinzip nichts. Du solltest deine guten Ideen gegebenenfalls zu Ende denken und jedes Für und Wider abwägen. Du hast richtig gelegen, als du der Meinung warst, wir sollten einen Lockvogel einsetzen. Das Gleiche gilt für den Vorschlag, eine Falle zu stellen. Was mir gefehlt hat, ist das Abwägen der Schwierigkeiten oder sogar Gefahren, die mit einer solchen Aktion verbunden sind.«

Siran dachte nach und nickte dann. »Okay, ich werde in Zukunft hierauf aufpassen.«

»Was hältst du von der Idee, Westermann zu bitten, den Täter zu hacken?«

Siri entspannte sich. »Schwierig zu sagen. Wenn ich daran denke, wie der Kerl die Unternehmen gemolken hat ... Voll der Profi und ganz schön kriminell. Auf der anderen Seite hat er es für einen guten Zweck getan. Eher so wie Robin Hood, den er ja vorschiebt. Ich glaube, dem ist gar nicht bewusst, wie lange der in den Bau einfahren kann, wenn ein Richter es richtig schlecht mit ihm meint. Kann man mit so einem zusammenarbeiten? Ich weiß es nicht.«

»Du hast Recht, wir müssen das sorgfältig überlegen. Ich wollte dich fragen, ob du am Nachmittag mit mir hinfährst. Ich habe einen Besuch bereits avisiert.«

Siran nickte erfreut. Als er rausging, war er der Alte, und Lichthaus war froh darum. Sophie verhielt sich heute wieder wie eh und je, und nun schien auch Siran zufrieden zu sein.

*

Dave hatte seine Kopfschmerzen überwunden. Einzig die geschwollene und blau unterlaufene linke Gesichtshälfte erinnerte ihn an den Vorabend. Außerdem litt er Seelenqualen, da er allein war.

Der Nachmittag hatte schon begonnen, als er sich endlich mit einem dampfenden Kaffee an den Rechner setzte, um sich abzulenken. Elfi war nicht im Chat, und er langweilte sich mit sinnlosem Surfen, als ihm wieder sein Zweifel einfiel, der durch den Nebel der vergangenen Nacht gedrungen war.

Er sah sich die Chat-Protokolle an, die er immer anlegte, um nicht durcheinanderzukommen. Die Chats mit Elfi waren in Ordnung. Sie war eine Kandidatin, die er sich für Zeiten warmhalten wollte, wenn seine aktuelle Geldquelle versiegte. Nur wieso hatte er sie zu einem Treffen animieren wollen?

Er klopfte sich an den Kopf, seine Erinnerung war so schwammig wie morastiger Boden. Dann wusste er, was ihn irritiert hatte. Sie hatte geschrieben: Wo bist du? Wir haben doch so nett miteinander geplaudert. Habe ich etwas Falsches gesagt? Irgendwo klingelte es in seinem Hirn, und er suchte weiter, die Formulierung wiederholte sich aber nirgendwo in Elfis Chats.

Nachdenklich schlürfte er an seinem kaltgewordenen Kaffee und begann schließlich, die alten Protokolle zu lesen. Über eine Stunde verbrachte er so und gerade, als er eine Pause einlegen wollte, da seinen geprellten Hoden das Sitzen nicht gut bekam, stolperte er über Adelheid, eine Kandidatin, die er fallengelassen hatte. Er las: Wo bist du? Wir haben doch so nett miteinander geplaudert. Habe ich etwas Falsches gesagt?

»Was soll das denn? Das kann einfach nicht sein.«

Surfte Adelheid unter einem neuen Namen? Das war eher ungewöhnlich für ältere Menschen. Aber dass zwei Leute einfach so dieselben Formulierungen benutzten, war es auch. Mit zusammengekniffenen Augen dachte er nach. Hatte sich etwa jemand Zugriff auf das Protokoll verschafft und nun aus Versehen dieselbe Formulierung benutzt?

Er grinste breit. »Dann wollen wir der guten Elfi einmal auf den Zahn fühlen.«

Eine halbe Stunde später hockte er sprachlos vor dem Rechner und konnte kaum glauben, was er dort sah: Das Rechenzentrum der Polizei blockte ihn ab und forderte ein Passwort.

»Diese verdammten Bullen hängen an mir dran und wollen mich auf diese miese Masche drankriegen! Na, denen werde ich es zeigen.«

Er prügelte auf die Tischplatte ein und machte sich sofort an die Arbeit.

*

Lichthaus kam gerade in das Großraumbüro der Kollegen, als das Telefon läutete und Sophie abhob. Sie nickte ihm zu, konzentrierte sich dann aber auf das Gespräch.

»Sollen wir los?« Siri sah von einigen Unterlagen auf. »Die Sprachanalysen vom BKA bestätigen übrigens, dass der Chat-Partner von Jasmin mit hoher Wahrscheinlichkeit unser Mann ist.«

»Okay. Aber warum geht er jetzt auf einmal ganz anders vor? Das macht mir Sorgen.«

Siran zuckte mit den Schultern und stand auf.

»Wartet bitte einen Augenblick.« Sophie hatte die Hand über die Sprachmuschel gelegt und kritzelte Notizen auf einen Block. Kurz darauf legte sie auf.

»Das war die Vermisstenstelle. Ein Thomas Peters hat seinen Vater als vermisst gemeldet. Er kann ihn seit einigen Tagen nicht erreichen.«

»Ist schon jemand zu der Wohnung gefahren? Es ist ja möglich, dass er gefallen ist und da liegt.«

»Die Streife war bereits dort. Nichts. Man will nun wissen, wie sie weiter vorgehen sollen.«

»Kannst du hinfahren?«

Sophie schüttelte den Kopf. »Ich habe noch einen Arzttermin.«

»Dann soll Holger das übernehmen. Wir sind bei unserem Computerfreak.«

*

Westermann lachte so laut, dass es von den Wänden der Küche widerhallte, in der sie standen, da man ihnen keinen Platz angeboten hatte.

»Was soll ich tun? Im Auftrag der Polizei einen Computer hacken? Niemals. Ihr hängt mir einen Prozess an, und ich soll euch helfen?« Er schaute beifallheischend zu seiner Freundin hinüber, doch die sah grimmig an ihm vorbei und fixierte Lichthaus.

»Was springt dabei raus.«

Westermann sprang von seinem Stuhl hoch. »Corinna, jetzt hör ...«

Ihr Fauchen war wild und dominant. »Sag mal Christof, bist du völlig verblödet? Wenn du dich kooperationsbereit zeigst, wird der Staatsanwalt vielleicht ein geringeres Strafmaß fordern. Du kannst nur gewinnen. Also halt die Klappe.«

Lichthaus sah zu Siran hinüber und erkannte, dass dieser ähnlich fühlte wie er selbst: Gott sei Dank mussten sie nicht mit dieser Frau zusammenleben. Doch im Augenblick war Corinna Ludens ihnen eine große Hilfe.

Westermann wollte offensichtlich zum Widerspruch ansetzen, schluckte ihn aber runter, als er den Gesichtsausdruck seiner Freundin sah. »Was soll ich denn genau tun?«

»Einen Computer beziehungsweise seinen Besitzer ausfindig machen, der über TOR ins Netz geht.«

»Das können Sie vergessen. Ich habe gelesen, dass selbst die NSA da nicht weiterkommt. Gibt es etwas, wo ich ansetzen kann?«

Lichthaus sah Siran fragend an. »Eigentlich nichts.«

Westermann schüttelte den Kopf. »Zaubern kann niemand.«

»Wir haben eine Handy-Nummer.«

Der Hacker zuckte mit den Schultern. »Dann orten Sie doch das Ding über den Sendemast.«

»Das Raster ist viel zu groß, wir können die Umgebung ermitteln.«

»Stimmt.« Westermann dachte laut nach. »Vielleicht gibt es da ein Programm, das von einem Handy aus unbemerkt GPS-Daten sendet. Wenn das empfangene Signal stark genug ist, können Sie das Gerät bis auf wenige Meter lokalisieren.«

Siran bremste den Redeschwall. »Erklären Sie mir das bitte ein wenig genauer und in simplen Worten.«

»Sie kennen doch die Sender, die Sie von der Polizei an Autos oder Lösegeldkoffer heften, um sie zu verfolgen? Im Prinzip macht man nichts anderes. Eine Software veranlasst das Handy, Signale zu senden, wodurch Sie am Bildschirm sehen, wo sich das Gerät gerade befindet.«

»Okay. Wo ist der Haken?«

»Man muss die Malware irgendwie auf das Telefon bekommen, den Rest erledigt das Programm von selbst.«

»Via SMS?«

»Möglich, ich muss mich schlaumachen.«

Lichthaus nickte. »Dann tun Sie das.«

Er wollte noch etwas hinzusetzen, als sein Handy das Gitarrensolo von AC/DCs Song *Thunderstruck* spielte. Es war die Streife. »Wir stehen hier vor dem Haus von diesem Heribert Peters. Die Läden sind alle oben, doch niemand öffnet die Tür. Sollen wir aufbrechen?«

»Was denkt ihr?«

»Schwer zu sagen. Es gibt keinerlei Anhaltspunkte. Die Tür ist fest geschlossen und auf unser Klopfen hin hat wie gesagt keiner reagiert. Im Haus weiß kein Mensch etwas über oder von Peters.«

»Seht ihr einen Anlass, die Tür wegen Gefahr in Verzug aufzubrechen?«

»Nein. Wir sollten einen Schlüsseldienst rufen.«

Lichthaus sah auf die Uhr. Es war bereits neunzehn Uhr. »Das verschieben wir auf morgen. Der Mann kann ja genauso gut verreist sein und hat vergessen, seinem Sohn davon zu erzählen. Wir gewinnen ein wenig Zeit und gehen dann mit dem Schlüsseldienst rein. Geben Sie Sophie Erdmann Bescheid, die kann das organisieren.«

Sie trennten die Verbindung, und Lichthaus wandte sich wieder Westermann zu. »Also, wie sieht es aus?

»Reden Sie mit dem Staatsanwalt?«

»Ja.«

»Wann soll ich anfangen?«

»Kommen Sie morgen früh um neun Uhr ins Präsidium.« Er gab Westermann eine Visitenkarte.

»Versprechen kann ich Ihnen nichts.«

»Ich Ihnen auch nicht. Nur der Wille zählt.« Er grinste den jungen Mann an.

*

Claudia setzte den Stechbeitel flach an und stemmte aus der Pappelsperrholzplatte ein erstes Stück heraus. Sie hatte einen Arbeitstisch bis auf Brusthöhe hinaufgedreht, um besser arbeiten zu können. Am Vormittag war es ihr trotz vieler Unterbrechungen durch Jakob gelungen, den Entwurf auf die Platte zu übertragen. Nun hatte die Arbeit am Holz begonnen.

In den letzten Wochen war sie unschlüssig gewesen, wie es weitergehen sollte. Neue Installationen wollte sie noch nicht in Angriff nehmen, da sie trotz aller Bemühungen von Johannes in ihrem Innersten weiterhin verunsichert war. Aufs Malen hatte sie aber wenig Lust, da ihr aufgrund der häufigen Störungen mal die Farbe aushärtete, mal die Konzentration abhandenkam. Der Holzschnitt hingegen war etwas Handwerkliches und vertrug Pausen sehr gut.

Sie hatte sich für einen sogenannten verlorenen Schnitt entschieden. Das Verfahren war einfach. Aus der Sperrholzplatte wurde alles ausgeschnitten, was nach dem Druck weiß bleiben sollte. Auf das, was stehen geblieben war, würde sie mit einer Rolle rote Farbe auftragen, dann ein Druckpapier auflegen und die Platte durch die Walze drehen. Anschließend musste sie all das wegschneiden, was schlussendlich rot bleiben sollte, bevor sie das Ganze mit Gelb wiederholte. Und mit weiteren Farben, über die sie noch nicht nachgedacht hatte. So würde nach und nach ein buntes Bild entstehen. Die Pappel war sehr weich und ließ sich einfach und genau ausschneiden, wenn auch filigrane Stege oft ausrissen, weshalb sie diese in ihrem Entwurf vermied.

Der Druck sollte Teil eines Zyklus' werden, den sie zu markanten Ereignissen des späten zwanzigsten Jahrhunderts plante, die auf sie und ihre Generation eingewirkt hatten. Hierzu animiert hatte sie eine Ausstellung des Centre Pompidou-Metz mit dem Namen *1917*, die das Kriegsgeschehen und die davon beeinflussten Künstler samt ihrer Werke miteinander in Beziehung setzte. Nach dem Besuch hatte sie sich gefragt, welche Ereignisse ihr Leben geprägt hatten. Das erste, was sie jetzt gerade umsetzte, war der Fall des Eisernen Vorhangs. Sie hatte sich dazu entschieden, nicht die Mauer ins Zentrum des Bildes zu setzen, sondern die Offenheit der Grenzen. Am Rande hatte sie hierzu die Grenzanlagen angedeutet, darüber hinaus jedoch weitere Elemente ausgesucht, die Freiheit, aber auch neue Konflikte andeuteten. Im Hintergrund flogen Hubschrauber auf ein Schild mit dem Namen Sarajevo zu, während sich in der Bildmitte Gesichter gruppierten, die äußerliche Gegensätzlichkeit, Freude, Neugier, Zweifel, Angst und Misstrauen ausdrückten. Um alles unterbringen zu können, hatte sie ein DIN-A3 Format gewählt. Das nächste Motiv würde die Technisierung der Gesellschaft sein, wozu sie bereits erste Skizzen angefertigt hatte.

Die Kinder, die im Garten spielten, lärmten plötzlich los, und schon wenige Augenblicke später kam Johannes mit beiden auf den Armen ins Atelier. Henriette kämpfte immer um seine Aufmerksamkeit, seitdem Jakob da war, und manchmal merkte Claudia, dass er seine Tochter bewusst ignorierte, um sich voll und ganz dem Kleinen zuzuwenden.

Er sah müde aus, und das Lächeln, mit dem er sie begrüßte, zeigte ihr sofort, dass die Aufklärung der Mordserie weiterhin Probleme machte. Sie würde ihn ablenken. Zunächst einmal mit einem guten Essen vom Grill. Am Morgen hatte sie Fleisch und Gemüse gekauft. Es auf der Feuerglut zuzubereiten, würde seine Gedanken auf essentielle Dinge lenken.

Hoffentlich war dieser Fall, der so verstörende Züge hatte, bald gelöst und der Täter saß hinter Gittern.

*

Die Kneipe war dem guten Wetter zum Trotz überraschend gut gefüllt, und Benedikt Arnsberg erkannte schon in der Tür, dass er nicht wirklich aus dem Rahmen fiel, da neben der stattlichen Anzahl junger Menschen, die hier wohl Ablenkung von ihrem Studium an einer der beiden Hochschulen der Stadt suchten, auch einige ältere Typen, meist ohne Begleitung, am Tresen hingen und den Studentinnen hinterherglotzten. Er sah sich um und stellte fest, dass sich das lohnte, wenigstens das. Und trotzdem, die alte Küchenuhr, die wie verloren neben einem Gläserschrank an der Wand klebte, teilte ihm mit, dass es bereits auf Mitternacht zuging, und Frust machte sich in ihm breit.

Seit acht Uhr klapperte er die Szenekneipen der Stadt ab und war es nun, da er die ganze Bandbreite wohl erfasst hatte, langsam leid. Bewaffnet mit dem Kneipenführer der Universität war er losgezogen. Begonnen hatte er in der Judengasse mit einer leeren Kellerkneipe, um vierzehn Lokale, Biergärten und viele Eindrücke später hier am Pferdemarkt im *Pozzadir* zu stranden. Niemand konnte sich an Luisa Pohl erinnern, und mittlerweile hatte er die Hoffnung so gut wie aufgegeben. So würde er nicht weiterkommen. Er drängte sich durch die Menge und ergatterte einen Barhocker.

Der Kerl hinter der Theke, mit dünnem Zopf und fahler Haut, erwies sich als gepflegter Saurier der frühen Ökobewegung, der aufmerksam das Geschehen beobachtete und an einem Wasser schlürfte. Er sah ihn und kam herüber. Gewohnheitsmäßig taxierte Arnsberg den Mann. Er mochte so Mitte fünfzig sein und rappeldürr mit lichter werdendem Haar. Verkappter Student, der nach dem zwanzigsten Fachsemester seinen Studentenjob zum Beruf gemacht hatte. Ein idealer Kandidat. Immer klamm und an ein paar Euro extra interessiert.

Die Anlage dröhnte überlaut irgendeinen Mainstreamrock in den Raum und machte die Unterhaltung ziemlich schwierig.

»Was willst du?«

»Bier.«

»Groß? Klein?«

»Klein.«

Ein Nicken und fort war er.

Es dauerte ein wenig, bis das Glas vor ihn gestellt wurde. Als der Barmann den ersten Strich für ein kleines Bier auf den Bierdeckel machte, legte Arnsberg los. Er hatte bereits das Foto in der Hand und hielt es dem Mann unter die Nase, noch bevor er wieder abdrehen konnte.

»Hast du das Mädchen schon mal gesehen?«

»Wer will das wissen? Bist du ein Bulle?«

»Sehe ich so aus?«

»Nö, dafür bist du zu abgefuckt.«

Arnsberg überhörte die blöde Bemerkung. Er wusste selbst, dass er mit seinem ausgewaschenen Polo-Shirt und der alten Jeans ziemlich ramponiert daherkam. Aber das kam ihm hier zunutze. »Also?«

»Wieso willst du das wissen?«

»Ihre Familie sucht sie.«

»Privatdetektiv?«

»Kann sein. Ich suche sie jedenfalls.«

»Die Bullen auch. Die waren schon hier.«

»Was ist? Kennst du sie?«

»Vielleicht.«

Arnsberg hatte den Fünfziger bereits im Hotel kleingefaltet und ließ ihn nun zwischen seinen Fingern auftauchen. »Vielleicht ein bisschen mehr?«

Ein zweiter Schein schien endlich die Zunge zu lösen.

»Die Tante war einige Male hier. Ist mit so 'nem Arsch zusammen, der früher fast jeden Abend hier aufgekreuzt ist. War immer breit wie die Mosel.«

»Und dann?«

»Wenn er mit dem Mädchen da gewesen ist, schien er klar im Kopf gewesen zu sein. Sie hat den wohl ein bisschen ausgebremst. Später habe ich sie nicht mehr gesehen. Nur der Typ war vorhin wieder da.«

»Was?« Arnsberg sperrte den Mund auf und schob den ersten Geldschein unter seiner Hand über den Tresen.

»Alleine.«

»Wo ist er hin?«

»Bin ich Jesus?« Ein weiterer Schein wechselte den Besitzer. »Der wird später wiederkommen.«

»Warum bist du dir da so sicher?«

Er hob vielsagend den Kopf mit der großen Nase, die ihn wie einen Geier wirken ließ, und deutete verstohlen auf einen Mann, der in einer Ecke saß und sich angeregt mit einem Mädchen unterhielt. Dann bediente er weiter die Gäste.

Arnsberg drehte sich um und betrachtete das Treiben im Lokal, während er heimlich das Paar im Auge behielt, das so gut gekleidet war, dass es in dieser Umgebung aus dem Rahmen fiel. Nach einigen Minuten näherte sich eine junge Frau dem Tisch und sagte irgendetwas, was Arnsberg des Lärms wegen nicht einmal im Ansatz verstehen konnte. Der Handel erfolgte binnen Sekunden und war für einen unaufmerksamen und ungeübten Beobachter kaum wahrzunehmen. Es erstaunte ihn, in welcher Öffentlichkeit dies geschah, doch war vielleicht gerade die Menge der beste Schutz. Eine dunkle Ecke wäre wahrscheinlich verdächtiger.

Er bestellte ein zweites Bier. »Woran erkenne ich den Jungen?«

»Für noch einen Schein gebe ich dir ein Zeichen.«

Arnsberg nickte wehleidig und erleichterte seine Tasche ein weiteres Mal. Innerlich grinste er. Der Kerl war billig und hätte spielend mehr herausholen können.

Mitternacht war schon lange durch, und der Gastraum trotz der sommerlichen Hitze zum Bersten gefüllt. Müdigkeit hing schwer in seinen Knochen, doch das war er gewohnt. Zudem erhielt er während des Wartens viele Einblicke. Er war Zeuge einiger Anbahnungen für eine erhoffte gemeinsame Nacht geworden, hatte aber auch bitter enttäuschte Hoffnungen in den Augen eines schüchternen Studenten gesehen, der erleben musste, wie seine Begleitung, in die er offensichtlich verschossen war, von einem anderen abgeschleppt wurde. Wenig später taumelte der Gehörnte betrunken hinaus in die Dunkelheit.

Unvermittelt wurde ein Wasser vor ihn hingestellt, das er nicht geordert hatte. »Der dunkelhaarige Junge mit dem schwarzen T-Shirt und der Wollmütze.«

Arnsberg schielte hinüber und grunzte bestätigend. Bei der Hitze eine Mütze. Was für ein Idiot. Er rutschte vom Hocker und drängte sich durch die Menge, während sein Hirn den Kerl scannte. Hübsch, schmale Nase, dünne Lippen, mittelgroß. Piercings. Die Augen glänzten. Der Kerl war schon auf Stoff. Das Smartphone in die Luft haltend, schoss er so ungezielt Fotos, dass niemand sich belästigt fühlte, er aber doch das ablichtete, was ihm wichtig war.

Der Kauf folgte demselben Muster, dann verschwand der Junge auf der Toilette. Es gab keinen zweiten Ausgang, davon hatte er sich vorhin überzeugt, also ging er schon einmal hinaus in die inzwischen kühlere Luft und musste nicht lange warten. Die Tür krachte gegen die Wand, als der Typ heraustrat und beschwingt davoneilte. Arnsberg begann die Observierung. Kurz hatte er überlegt, Lichthaus anzurufen, hatte sich aber dagegen entschieden. Erst wenn er Luisa gefunden hatte, war es an der Zeit, die Polizei zu informieren.

Es war noch einiges los um diese Zeit. Gruppen zumeist junger Leute zogen lachend durch die Stadt, und so folgte er gut versteckt der dunklen Gestalt bis in eine schmale Straße, Palaststraße hatte auf dem Schild gestanden. Hier allerdings waren so gut wie keine Passanten unterwegs. Arnsberg drückte sich in den Schatten der Häuser und versuchte, so gut wie geräuschlos zu gehen. Er hatte nicht den Eindruck, entdeckt worden zu sein, die Zielperson hatte bisher nicht ein einziges Mal den Kopf gedreht.

Als sich die Straße öffnete, gab sie nach links den Blick auf die römische Konstantinbasilika frei, die gelb beleuchtet gewaltig in den Nachthimmel strebte. Vorsichtig ließ er sich zurückfallen und beobachtete von Pflanzkübeln geschützt, wie der junge Mann über den Basilikavorplatz lief. Er wandte sich nach rechts, ließ das Gebäude links liegen und lief offensichtlich eine Treppe hinauf. Dann verschwand die Silhouette in der Dunkelheit eines Parks, den er von einem Spaziergang am Mittag her kannte. Die Grünanlage erstreckte sich zwischen dem kurfürstlichen Palais, das im rechten Winkel an die Basilika angebaut worden war, und den Kaiserthermen, der alten Bäderanstalt der Römer, deren Mauerreste er bewundert hatte.

Arnsberg sprintete hinterher und spähte heftig atmend hinter einem Mauervorsprung hervor. Er fluchte, war unsicher, ob er das Risiko auf sich nehmen sollte, in der undurchdringlichen Dunkelheit, die in großen Teilen des schwach beleuchteten Parks herrschte, dem Unbekannten zu folgen. Aber was blieb ihm anderes übrig? Er stieg ebenfalls die Stufen hinauf. Nichts rührte sich, und er wagte sich lauschend einige Schritte weiter, sondierte die Lage. Weite Rasenflächen und Blumenbeete wurden von Wegen durchbrochen, die von hohen Buchenhecken gesäumt waren. In ihrem Schatten schlich Arnsberg weiter und registrierte die Stille, wie er es an vergleichbaren Orten schon oft getan hatte. Nichts war zu hören, keine Bewegung auszumachen. Nur in der Ferne war das Rauschen von Motoren, lautes Hupen und der Schein vieler Lampen wahrzunehmen. Er hatte es sich zur Gewohnheit gemacht, genau dann eine Aktion abzubrechen, wenn er dies so überdeutlich wahrnahm wie gerade jetzt, und machte kehrt, ging zurück auf das Licht zu.

Es tat nicht weh, und es brauchte eine, vielleicht zwei Sekunden, bis er verstand, was gerade passierte, ihm klar wurde, dass man ihn angriff, und bis er wusste, es war zu spät. Das Messer war bis zum Heft in seinen Rücken eingedrungen und wieder herausgezogen worden. Er glaubte, das Schaben der Klinge an seiner Rippe gespürt zu haben. Wieso war da kein Schmerz? Der zweite Stich drang links in den Rücken ein. Plötzlich fiel ihm das Atmen ungemein schwer. Keuchend sackte sein massiger Körper auf dem Weg zusammen, und die Angst vor dem Tod brachte ihn in ihre Gewalt. Sein Atem rasselte schon, als er mit weit offenem Mund den Staub einsog, der zwischen dem Splitt lag, der ihm in die Gesichtshaut stach.

Hände zogen sein Portemonnaie aus der Tasche und eine irre Stimme flüsterte ihm ins Ohr. »Wer bist du Drecksau? Hm? Hast geglaubt, du könntest mich kriegen, was? Doch mich kann keiner fassen. Ich mache euch alle fertig.«

Arnsberg nahm die Stimme nur noch aus großer Ferne wahr, sie interessierte ihn nicht mehr. Das Leben hatte bereits begonnen, sich zu verabschieden. Mit weit aufgerissenen Augen starrte er in die Lampen, die ein Stück entfernt energiesparend schwach funzelten. Das Gefühl zu ertrinken, eine Tonne Last auf dem Brustkorb zu haben, quälte seine letzten Sekunden, die so seltsam leer waren.

»Dreckiger Privatdetektiv. Armes Würstchen.«

Sein Portemonnaie klatschte neben sein Gesicht. Der Mann stand jetzt vor ihm und nahm ihm die Sicht auf die Lichter. Irrationaler Unwille ließ ihn leise röcheln, Blut lief ihm aus dem Mund. Ein Blitz zuckte über seine Netzhaut und blendete ihn, dann ein letzter Blick in diese Welt. Die Bilder seines Lebens. Schließlich brach seine Wahrnehmung ab.

Freitag

Lichthaus stellte den Motor ab und gähnte in die Dunkelheit. Der Parkplatz am Palastgarten lag ganz nah der Stelle, an der die Leiche lag. Der Spurenbus war hier abgestellt. Kollegen hatten den Park abgesperrt, es herrschte professionelle Betriebsamkeit, die um diese nachtschlafende Zeit kaum jemand mitbekam. So konnten sie ohne lästige Zuschauer arbeiten.

Lichthaus' Blick fiel auf die Digitaluhr im Armaturenbrett. Es war zwei Uhr und er musste hier draußen sein, statt an Claudia gekuschelt zu schlafen. Nach einem entspannten Abend mit einem Essen vom Grill und einer Flasche eiskalten Rosés aus dem Languedoc. Als die Kinder in der Falle waren, hatten sie noch ein wenig geplaudert und waren früh zu Bett gegangen. Das Telefon war vor einer halben Stunde zu seinem Feind geworden, doch es half ja alles nichts. Er stieg aus und streckte die Glieder.

Steinrausch stand mit verquollenen Augen neben dem Eingangstor und murrte. »Sobald ich Bereitschaft habe, passiert eine solche Scheiße.«

Lichthaus nickte nur, auch wenn der Kollege mit seiner Behauptung eigentlich Unrecht hatte, denn in diesem Jahr war er noch nie rausgeworfen worden. Das Gemaule schien ihm aber gutzutun, und so ließ er ihn gewähren.

»Was ist los?«

»Arnsberg.«

Lichthaus zuckte zusammen und war augenblicklich hellwach. »Weiter.«

»Er wurde erstochen und liegen gelassen.«

»Raubmord?« Der Palastgarten war schon des Öfteren bei Nacht zum Schauplatz von Überfällen geworden, aber noch nie waren sie tödlich ausgegangen. Doch Steinrausch schüttelte den Kopf.

»Nein. Das Portemonnaie samt Geld und Karten ist noch da. Das Smartphone auch.«

»Wer hat ihn gefunden?«

»Eine Streife. Jemand hat die Wache angerufen und von dem Toten erzählt.«

»Wer?«

»Der Täter, allem Anschein nach.«

»Wie bitte?«

»Warte mal.«

Er zog sein Telefon hervor. »Die Kollegen haben mir den Mitschnitt via Mail zukommen lassen.«

Lichthaus musste trotz der angespannten Situation grinsen. Bis vor drei Jahren waren Steinrausch die technischen Finessen eines Smartphones völlig fremd gewesen und nun handhabte er das Ding, als ob er nie etwas anderes getan hätte.

Zunächst war ein Beamter zu hören. »Polizei Trier, was kann ich für Sie tun?«

Die Stimme einer Person, die offensichtlich kurz davor stand durchzudrehen, gellte aus den Lautsprechern: »Halt die Klappe, Bulle, und hör zu.«

»Wer spricht da? Bitte nennen Sie mir Ihren Namen.«

»Hättest du wohl gerne. Hör zu. Im Palastgarten liegt ein Steifer, mause-mause-tot. Wollte mich greifen ...«

Lichthaus hörte eine leichte Hektik in dem, was und wie der Beamte sprach, obwohl er sich bemühte, dies zu verbergen. »Könnten Sie das wiederholen.«

»Sag mal, hast du Blödmann was an den Ohren? Hör doch das Band ab. Vorne direkt bei der Basilika liegt der Kerl im Dreck. Der hat geglaubt, mich fangen zu können. Im Dreck«, betonte die Stimme kreischend. »Doch mich fasst niemand. Keiner kann mich kriegen. Schick eine Streife hin, Bulle, nicht, dass die Krähen dran picken gehen.« Ein irres Lachen noch, danach war nur das Besetztzeichen zu hören.

Steinrausch steckte das Telefon ein. »Die von der Kriminalwache an der Südallee sind dann auch hergefahren und haben ihn gefunden.«

»Von wo ist angerufen worden?«

»Brotstraße. Da steht ein öffentliches Telefon unterhalb der Jesuitenkirche.«

»Arnsberg sucht Luisa Pohl und wird ermordet. Ob wir es mit unserem Täter zu tun haben?«

Steinrausch hob die Hände. »Wer sonst?«

»Eben, das denke ich auch. Bei aller Tragik scheinen wir jetzt die Bestätigung zu haben, dass es irgendeinen Zusammenhang zu dieser jungen Frau gibt. – Lass uns mal rübergehen.«

Arnsberg lag auf dem Bauch, den Kopf in Richtung Palais gedreht, und wirkte wie ein Wal, der ungewollt an einer Küste gestrandet war. Der Endpunkt, der es eigentlich nicht hätte sein sollen. Wie immer versetzte ihm die Absurdität des gewaltsamen Todes einen Schlag in die Magengrube. In diesen Momenten hasste er die Täter ganz besonders, verabscheute deren Gefühllosigkeit, schöpfte aber auch gerade daraus die Kraft, diese erbarmungslos zu hetzen. Und die wurde immer wieder angeheizt, solange ihn das Bild der Opfer in seinen Träumen verfolgte.

Irgendwo dröhnte ein Generator, der das von möglichen neugierigen Blicken abgeschirmte Areal taghell erleuchtete. Die Beamten der Kriminaltechnik waren bei der Arbeit, daher warteten sie einige Schritte entfernt auf Spleeth, so wie sie es immer taten.

Als der hagere Mann sie bemerkte, kam er herüber. »Wer es ist, wisst ihr ja bereits. Zwei Messerstiche in den Rücken. Der Lage nach war er auf dem Weg in Richtung Basilikavorplatz. Der Täter hat ihm hinter der Hecke aufgelauert und dann zugestochen.«

Ein warmer Wind wehte durch die Nacht und ließ die wenigen Haare Spleeths kurz aufwirbeln. Er strich sie mit der Hand glatt.

»Das zusammengeklappte Portemonnaie lag neben dem Kopf. Eine seiner Visitenkarten war locker dazwischen geklemmt, zu fehlen scheint nichts. Auch das Handy ist noch da.«

»Wertet es bitte so schnell wie möglich aus. Wir brauchen alle Daten, besonders die, die heute Abend gespeichert worden sind.«

»Wenn es keine Probleme gibt, habt ihr den Bericht im Laufe des Vormittags.«

Brauckmann tauchte auf, nickte kurz und stellte sich dazu.

Spleeth fuhr fort. »Die Klinge muss sehr lang gewesen sein, denn die Lunge scheint ganz schön was mitbekommen zu haben. Er hat ordentlich Blut gespuckt.«

»Was noch?«

»Wenig. Die Fußspuren wurden weitgehend verwischt und zudem sind Hunderte in dem Areal. Wir machen Aufnahmen, versprechen uns aber nicht allzu viel davon. Mikrospuren gibt es morgen.«

Lichthaus wandte sich an den Staatsanwalt und erklärte die Zusammenhänge, was dieser mit einem bitteren Lächeln quittierte. »Sie scheinen ziemlich sicher, dass wir es in allen Fällen mit demselben Täter zu tun haben. So viele Opfer. Was für ein Horror. Wir müssen den Kerl kriegen. Ich werde eine Autopsie anordnen. Übrigens, da wir nun schon mal zusammenstehen. Was hat der Hacker zu Ihrem Vorschlag gesagt?«

»Wenn Sie ein gutes Wort für ihn einlegen, wird er uns helfen.«

»Ich habe mir die Akte mal angesehen. Das ist ja kein gewöhnlicher Verbrecher, eher so ein Westentaschen-Assange. Will Gutes bewirken. Ich denke, da kann ich beim Richter ein bisschen Stimmung machen. Wie geht es hier weiter?«

Lichthaus blies die Backen auf. »Wir müssen herausfinden, was Arnsberg heute gemacht hat. Außerdem sollten wir sein Gepäck aus dem Hotel untersuchen. Vielleicht hat er mit den Pohls telefoniert, und die wissen mehr. Und wir sollten die Fahndung nach dem Mädchen ausweiten.«

Brauckmann nickte. »Hier liegt eventuell der Schlüssel.«

Eine Stunde später war Lichthaus wieder zu Hause und lag im Bett, konnte aber nicht einschlafen, obwohl er kreuzkaputt war. Wie hatte Arnsberg seinen Mörder getroffen? Wie hing Luisa Pohl in der Sache? Er konnte sich nicht vorstellen, dass die junge Frau bei dem familiären Hintergrund in Morde verwickelt war, die nur auf das Geld der Opfer aus waren. Doch warum bewegte sie sich in der Nähe des Täters? Zudem, wieso war dieser ausgerastet? Das Telefonat zeigte ja nur zu gut, wie dieser überschnappte. Anfangs erschienen seine Taten bis ins Kleinste organisiert und vorbereitet, und nun dieser Auftritt. Was war passiert?

Wieder wälzte er sich hin und her, als sich Claudias Arm um ihn schlang. »Schscht, du kannst auch morgen weitergrübeln. Schlaf jetzt.«

Sie küsste ihn sanft und schmiegte sich an ihn. Allmählich kam er zur Ruhe und glitt weg.

*

Dave hatte den Kopfhörer auf und bewegte sich zur Musik. Er hatte die zweite Linie Crystal Meth geschnupft und war so wach, fühlte sich so stark wie nie zuvor in seinem Leben. Er pfiff mittlerweile auf Tekki und empfand nur noch Abscheu für dieses feige Luder. Hatte ihn einfach hängenlassen. Der Mord an diesem Schnüffler hatte ihn elektrisiert und sein benebeltes Hirn funkte eine Allmachtsphantasie nach der anderen in seine Gefühlswelt. Und dabei hatte der Mittag doch so mies angefangen, als er Tekki noch zu lieben glaubte und feststellen musste, dass sie eine Lügnerin war.

Er lachte laut auf. Was hatte er sich bloß vorgemacht?

Und dann diese Elfi … Ihm wurde klar, dass auch sie eine Betrügerin war. Irgendwann brach er den Chat frustriert ab und warf sich ein paar Pillen ein, die ihn ein wenig aufheitern sollten, was anfangs nicht funktionierte. Er legte sich die Toten Hosen auf seine Kopfhörer, und als Campino in *Unsterblich* sang »Ich will mit dir für immer leben«, brach er in Tränen aus und sang schluchzend den Refrain mit: »Denn mit dir hab ich das Gefühl, dass wir heut Nacht unsterblich sind. Egal, was uns jetzt noch geschieht, ich weiß, dass wir unsterblich sind.«

Doch irgendwann ging es besser und die Musik riss ihn mit. Bei *Ich bin die Sehnsucht in dir* grölte er schon: »Ich bin dein Glück und dein Fluch.« Der Flash kam dann mit dem Song Steh auf, an dessen Ende er die Faust gegen die Decke reckte und wie eine Hymne vortrug: »Nur keine Panik, so schlimm wird es nicht! Mehr als deinen Kopf reißt man dir nicht weg! Komm und sieh nach vorn!«

Voll unter Dampf war er in die Stadt gegangen und wollte sich Stoff besorgen, doch sein Dealer war noch nicht da. Er hatte es dann woanders versucht, doch keinen Erfolg gehabt. Zurück im Pozzadir war ihm der Schnüffler aufgefallen. Es war der ultimative Kick gewesen, ihn in den Palastgarten zu locken und Löcher in ihn hineinzustechen. Fast wie ein Orgasmus. Und dann der Bulle am Telefon! Was für ein Spaß.

Campino sang wieder, und Dave trieb vollgedröhnt durch die Nacht, unfähig zu schlafen, unfähig, zur Ruhe zu kommen. Er fühlte sich wie der Größte und würde weitermachen, würde es Tekki schon zeigen.

*

Spleeth hatte Lichthaus früh die Ergebnisse der Handyauswertung geliefert, ohne ihm einen konkreten Hinweis geben zu können, wo sie die Ermittlungen ansetzen könnten. Einzig die Fotos aus einer Kneipe konnten möglicherweise interessant sein, obwohl sie scheinbar ohne Ziel in die Menge geschossen worden waren. Die würden sie sich noch genauer anschauen müssen.

Aber das mussten sie verschieben, denn Pieper, der Polizeipräsident, war in Lichthaus' Büro gekommen und ließ sich auf den neuesten Stand der Dinge bringen. Er wirkte ein wenig ratlos und kaute lange durch, was sie der Presse mitteilen könnten. Sie beschlossen, die Informationen auf ein Minimum zu beschränken. Die Pressekonferenz war für elf Uhr angesetzt worden, und Lichthaus graute wie immer vor diesem Spießrutenlauf.

Als sie endlich alle im Besprechungszimmer saßen und die Fotos durchgingen, die stark vergrößert auf das Whiteboard projiziert wurden, sprang Siran plötzlich auf. »Da, das ist der Kerl«, er deutete auf den linken Rand des Bildes.

»Bist du dir sicher?«

»Ziemlich, auch wenn ich ihn nur im Profil sehe. Aber die Piercings, die Haltung und die Kleidung erinnern mich absolut an den Mann vor der Notaufnahme.«

Sophie wirkte heute ungemein abgespannt und blass, war aber bei der Sache. »Das ist im Pozzadir.«

Lichthaus schaute fragend. »Im was?«

»Pozzadir. Die Kneipe gibt es seit unendlichen Jahren. Stefan und ich sind mit Bekannten einmal da hineingeraten. Fast nur Studenten. Ich erkenne die Theke wieder.«

»Okay. Siran, du hast noch das ideale Format, ich bin schon zu alt.« Er grinste. »Treib den Besitzer auf und finde heraus, ob die Bilder tatsächlich in dem Laden aufgenommen wurden und ob sich jemand an Arnsberg erinnert.«

Es klopfte, und Westermann trat unsicher ein. Er trug eine Jeans, die weit nach unten gezogen war, dazu ein gelbes T-Shirt mit Manga-Aufdruck, dazu eine Baseball-Kappe. Sie unterbrachen das Gespräch, und Lichthaus nahm den Hacker mit in sein Büro, wo er ihn zur Verschwiegenheit verpflichtete und über den Stand der Ermittlungen aufklärte. Zudem formulierte er noch einmal den Auftrag, der darin bestand, den Täter oder wenigstens Luisa Pohl ausfindig zu machen, sei es über das Netz oder über die bekannte Handyverbindung. Westermann zeigte Interesse und

Verständnis, indem er einige Fragen stellte. Dann signalisierte er mit einem Nicken seine Bereitschaft loszulegen. Siran und Sophie nahmen ihn mit in ihr Büro, wo er sich an den Computer setzte, den Jasmin nutzte. Er wollte sich erst einmal das System anschauen. Zehn Minuten später ging das Telefon. Sophie wirkte zutiefst geschockt. »Du solltest schleunigst herkommen.«

Sie saßen an ihren Schreibtischen und waren blass, nur Westermann schmunzelte.

»Was ist denn los?«

»Sie wissen schon, dass man das Büro belauscht und per Kamera überwacht?«

»Sie wollen mich auf den Arm nehmen?«

Doch Westermann schob seine Kappe in den Nacken und schüttelte den Kopf. »Nö.«

»Wie kann das sein?«

»Nun, Sie haben ...«

»Entschuldigen Sie, doch wir sollten Kramer hinzurufen und ...«

»... uns woanders unterhalten.«

»Sind die Kamera und das Mikro im Augenblick aktiv?«

Westermann drehte sich um und klickte ein wenig herum. »Nein, können aber unbemerkt eingeschaltet werden.«

Lichthaus stockte der Atem. »Wir gehen in den Besprechungsraum.«

Kurz darauf saßen alle zusammen. Auch Kramer, der blass um die Nase wirkte.

Lichthaus sah zu Westermann. »Fangen Sie bitte noch einmal an.«

»Wie gesagt: Das Büro wird von Ihrem eigenen Computer überwacht und abgehört.«

»Sag mal, Siran, ist der ständig in Betrieb?«

»Seit Jasmin hier ist, schon.«

Lichthaus wandte sich wieder an den Hacker. »Können Sie mir sagen, wie das möglich ist?«

»Nicht aus dem Stegreif, doch das lässt sich klären. Gibt es keine Firewall im Präsidium?«

Kramer war empört. »Natürlich existiert eine Firewall.«

»Wie geht denn der Computer ins Netz?«

»Über einen Proxyserver, damit niemand merkt, dass die Polizei dahintersteht.«

»Das hat ja gut geklappt. Kann ich mir den von hier aus anschauen?«

»Klar, haben wir eine Verbindung, oder wie sollten wir sonst auf das Ding zugreifen.« Kramer wirkte beleidigt.

»Anonymisiert?«

»Nein, dafür war der Proxy ja zwischengeschaltet.«

»Na, super. Der knackt den Proxy und schon ist ihm die IP-Adresse des Computers bekannt. Nun nutzt er einen *Whois*-Befehl, mit dem er die IP-Adresse prüft. Da Sie keine Anonymisierung betreiben, sieht er schnell, dass er bei der Polizei gelandet ist.«

Siran hob die Schultern. »Dann ist er aber noch lange nicht in unserem System.«

Der Hacker zog das klassische Gesicht eines Experten, der vermeintlichen Nichtswissern seine Weisheiten beibringen muss. »Dazu braucht er höchstens fünf Minuten und Ihre Mithilfe. Er sendet eine Rund-Mail, in der er ein interessantes oder lustiges Bild ankündigt, das im Anhang steckt, eine Karikatur zum Beispiel. Jemand ist neugierig und schaut sich die Datei an. Während er noch lacht, installiert sich im Hintergrund unbemerkt ein Trojaner, der es dem Hacker ermöglicht, via Malware den Computer zu entern.«

»Können Sie das herausfinden?«

Er sah Lichthaus direkt an. »Ich denke schon, es ist aber möglich, dass ich bemerkt werde und ihn vertreibe. Außerdem sollten Sie sich im Klaren darüber sein, dass ein Hacker, der sowas hinbekommt, sein eigenes System sehr wahrscheinlich super gesichert hat. Ich habe meine Zweifel, ob ich ihn erwischen kann.«

Lichthaus stöhnte auf, riss sich dann aber zusammen. »Wenn wir also über das Internet nicht weiterkommen, bleibt uns ja noch die Handynummer der vermeintlichen Freundin des Täters. Inwiefern wir hierüber den Mörder finden, kann keiner sagen, aber hat einer eine bessere Idee?«

Niemand antwortete. Nur Westermann ergriff wieder das Wort.

»Ich habe heute Nacht ein wenig im Netz herumgehorcht und eine Möglichkeit finden können, wie wir eine Malware auf das Handy bekommen, um es so zu manipulieren, dass es uns seinen genauen Standort mitteilt.«

»Super.« Siran schöpfte Hoffnung. »Wie muss ich mir das vorstellen?«

Westermann war in seinem Element. »Ich werde versuchen, eine Nachricht mit einem präparierten Foto oder Video an diese Nummer zu schicken. Wenn der Empfänger die anhängende Datei öffnet, installiert sich heimlich ein Programm, das die GPS-Funktion aktiviert. Dann werden die Koordinaten gesendet, unabhängig davon, ob das Gerät eingeschaltet oder aus ist. Sie orten das Signal und finden das Handy. Die Preisfrage ist, ob das Gerät ein Smartphone mit GPS-Funktion ist. Aber davon gehe ich eigentlich aus, weil kaum noch jemand unter dreißig mit einem einfachen Handy herummurkst.«

Kramers Unmut schien verflogen, und er wurde anscheinend neugierig. »Ich werde mich danebensetzen, quasi als Kontrolle.«

»Gut, dann versuchen wir das einmal. Wir müssen übrigens Jasmin benachrichtigen. Sie darf auf keinen Fall mehr in den Chat. Machst du das Sophie?«

Sie nickte, als Lichthaus' Handy Gitarre spielte und er das eingehende Gespräch entgegennahm.

*

Steinrausch stand im Schlafzimmer von Heribert Peters und schaute ungerührt auf den Toten. Er hatte einen Schlüsseldienst gerufen, der Peters' Wohnung aufgeschlossen hatte.

Die Bude war seit einiger Zeit nicht mehr gelüftet worden, und es roch muffig. Die aufgestaute Hitze der vergangenen Tage hatte sich in der Wohnung gefangen und strömte nun in einem unangenehm stinkenden Schwall in das Treppenhaus, wo die Temperatur deutlich niedriger war, da gegen morgen eine Gewitterfront über die Region gezogen war, die zwar keinen Regen, dafür aber kühle Luft gebracht hatte.

Nachdem er zweimal gerufen hatte, war er mit zwei Polizisten im Schlepp mit Hilfe des Schlüsseldienstes hineingegangen und schnell fündig geworden. Peters war im Bett gestorben und lag friedlich unter der Decke. Der Tote schien schon einige Tage so zu liegen, denn das Gesicht wirkte bereits leicht marmoriert.

Er rief Lichthaus an, doch weder in seinem Büro noch bei Siran oder Sophie war er zu erreichen. Erst als er das Handy wählte, nahm er das Gespräch an.

»Peters ist tot, er liegt im Schlafzimmer. Wir haben natürlich nichts angerührt, äußerlich ist alles unauffällig, das will aber nichts heißen, wie wir ja mittlerweile wissen.«

»Befindet sich da ein Trockengerät?«

Steinrausch sah sich um. »Nein, doch da sind wieder dunkle Streifen an der Wand. Ich denke, wir sollten vorsichtshalber die Spusi einschalten.«

»Die werden uns lieben. Ist ein Computer in der Wohnung?«

»Gute Frage. Warte mal, ich sehe mich schnell um.«

Steinrausch verließ mit dem Telefon am Ohr den Raum und war insgeheim froh, der Atmosphäre entkommen zu können. Die Wohnung machte einen aufgeräumten Eindruck. In der Küche stand nichts herum, nur auf der Eckbank lag ein Stapel Zeitungen. Die letzte stammte vom vergangenen Samstag.

»Ich vermute, er ist in der Nacht zum Sonntag gestorben. Zuletzt hat er die Wochenendausgabe des Volksfreunds gelesen.«

Lichthaus brummte nur aus dem Hörer und schien sich Notizen zu machen, während Steinrausch ins Wohnzimmer kam, das auch als Esszimmer diente. Ein paar nichtssagende Bilder an der Wand, dazu eine kurze Ledercouch vor einer Schrankwand mit Fernseher, Büchern, Fotos und irgendeinem Nippes, der nur für den Wert hatte, der damit eine Erinnerung verband. Vor dem Sofa lag ein langfloriger Flokati auf dem abgewetzten Würfelparkett. Gleich daneben stand der Esstisch und in einer Ecke am Fenster auf einem Sideboard ein aufgeklapptes Notebook.

»Ja, hier ist der Computer.«

»Wenn es unser Typ ist, verstehe ich nicht, wieso er den Rechner dieses Mal dort gelassen hat.«

Steinrausch wollte ihn sich ansehen, auf seinem Weg dorthin achtete er darauf, nichts zu berühren. Ein rotes Lämpchen neben der eingebauten Laptop-Kamera begann zu leuchten.

»Komisch, die Kamera scheint eingeschaltet zu sein.« Er beugte sich vor und betrachtete interessiert den ansonsten wie ausgeschaltet dastehenden Rechner, als Lichthaus ihn aus seinen Betrachtungen riss, die Stimme laut und befehlend.

»Holger, hau sofort da ab. Wenn du Pech hast, wirst du gerade vom Täter observiert, und wer weiß, was er noch vorhat.«

Steinrausch richtete sich auf. »Wieso? Ich versteh das nicht?«

Lichthaus wurde lauter, schrie ihn regelrecht an. »Hau da ab, wir müssen die Wohnung erst von den Spezialisten filzen lassen.«

Plötzlich kam in den Rechner Leben. Der Bildschirm schaltete sich ein, und er sah das Foto des toten Arnsberg, dann wechselte das Bild, der Privatdetektiv verschwand und eine Bombe mit brennender Lunte erschien.

»Scheiße. Raus hier!«, brüllte Steinrausch aus Leibeskräften und rannte los. Im Gang stieß er mit den Kollegen zusammen, die sich reaktionsschnell und ohne unnötige Fragen zu stellen, auf den Weg nach draußen gemacht hatten.

Sie waren gerade an der Tür angekommen, als die Explosion sie im Rücken traf. Schreiend stürzten sie hinaus und blieben wild übereinander vor der Wohnungstür liegen. Qualm kam aus dem Flur gewabert, und Lichthaus schrie irgendetwas aus dem Telefon.

Mühsam rappelte Steinrausch sich auf und sah auf seine Kollegen hinunter, die sich ebenfalls verwundert erhoben.

»Seid ihr okay?«

Die beiden nickten. Niemand schien verletzt zu sein.

Er hustete und nahm schließlich das Handy an sein laut piependes Ohr. »Er hat versucht, uns in die Luft zu sprengen, doch alle sind unverletzt. Mensch, was für eine Scheiße.«

Aus Lichthaus' Stimme war seine Erleichterung zu hören. »Bleib dort, wir setzen die Maschinerie in Gang und kommen hin.«

Erschöpft hockte er sich auf die Treppe und trank aus einer Wasserflasche, die ihm irgendjemand in die Hand gedrückt hatte. Dann machte er sich auf, um die Bewohner zu beruhigen, die wild durcheinanderschrien, und um eine Absperrung einzurichten.

*

Lichthaus war im Präsidium geblieben und hatte die Pressekonferenz hinter sich gebracht, in der sie das Foto des Gesuchten bekanntgaben. Sie berichteten auch von der Explosion am Morgen, gaben allerdings keine Einzelheiten preis. Die Veranstaltung wurde routiniert abgespult, und da die Journalisten die Zusammenhänge zwischen tot aufgefundenen Senioren, einer Schießerei in der Innenstadt, einem ermordeten Privatdetektiv und der Explosion noch nicht kannten, hatten sich die Nachfragen deutlich in Grenzen gehalten, wobei sich alle bewusst waren, wie schnell ein Pressetsunami losbrechen konnte.

Pieper war entsetzt, als er von der Bespitzelung erfuhr, und tobte herum, wie weit hinter dem Mond die Polizei doch agierte und man trotz der Investitionen in Knowhow und Technik den Kriminellen im Netz hinterherlief. Irgendwann beruhigte er sich wieder, und Lichthaus konnte von dannen ziehen.

Westermann hatte zwischenzeitlich die Nachricht vorbereitet und wartete nur noch auf den Startschuss. »Ich brauche jetzt irgendeinen Anhang, den der Empfänger mit hoher Wahrscheinlichkeit öffnet und der die Malware in Gang setzt. Perfekt wäre übrigens, wenn wir den von einem Handy aus senden könnten, dessen Nummer ihr bekannt ist.«

»Was sollten wir Ihrer Meinung nach verschicken?«

»Etwas Privates. Familienfotos oder so etwas in der Art wären wohl das Beste.«

Lichthaus nickte. »Ich versuche mein Glück bei den Eltern.«

Elena Pohl offenbarte die ganze Distanziertheit zu ihrer Tochter, als sie den Hörer sofort an Gerda Blissens weitergab.

»Herr Kommissar?« Sie wirkte befangen.

»Hört jemand mit?«

»Ja.«

»Nun, das spielt, glaube ich, keine Rolle. Haben Sie ein Handy?«

»Ja.«

»Wir möchten, dass Sie einen kleinen selbstgedrehten Film oder private Fotos über das Handy an Luisas Smartphone senden.«

»Was für einen Film?«

»Das ist unerheblich.«

»Also, ich weiß nicht ...«

»Sie behindern unsere Ermittlungen. Das geht nicht.«

»Ich könnte ihre Mutter beim Spielen aufnehmen. Luisa hat bei ihrem letzten Besuch lange vor dem Flügel gestanden. Vielleicht würde ihr das gefallen.«

»Sehr gut, geben Sie mir bitte Frau Pohl.«

Er erklärte kurz, was Plan des Ganzen war. Anfangs lehnte die verunsicherte Frau ab und wollte auf ihren Mann warten, willigte dann aber ein.

Lichthaus drehte sich zu Westermann. »Wir bekommen ein Video. In ein paar Minuten.«

»Okay.«

»Woher haben Sie eigentlich Ihre Kenntnisse?«

»Wird das jetzt ein Verhör?«

»Rein privates Interesse.«

»Autodidaktisch.«

»Sie waren nie in einem Kurs?«

»In der Schule haben die uns gezeigt, wie so ein Computer-Ding angeht, das war es dann aber auch schon. Gut, ein bisschen programmieren gehörte auch dazu. Den Rest lernt man meistens dadurch, dass man sich interessiert und Schritt für Schritt hineinwächst. Oder man studiert Informatik, doch das alleine bringt es eher nicht.«

»Wieso?«

»Die Materie verändert sich in Lichtgeschwindigkeit, da hält kein Lehrplan mit. Der überwiegende Teil der Typen, die ich kenne, haben sich da selbst reingearbeitet.«

Das Telefon klingelte. Gerda Blissens war soweit. Er reichte den Hörer an Westermann und stellte auf Lautsprecher.

»Sie müssen uns das Video nun zusenden. Ich schicke es Ihnen kurz danach wieder zurück, und Sie senden es dann an ...«

Er sah fragend auf, und Lichthaus flüsterte ihm zu: »Luisa«

»An Luisa. Kriegen Sie das hin?«

»Ja, das habe ich schon zweimal gemacht.«

Wenig später war das Video präpariert und vom Handy der Haushälterin versendet.

Lichthaus atmete auf. »So jetzt warten wir auf das Signal.«

»Das kann dauern.« Westermann trank einen Schluck Wasser.

»Warum?«

»Kommt drauf an, ob sie ständig on ist.«

*

Sie war es nicht, denn Luisa und Wolfgang hatten sich voll Enthusiasmus an Mozarts einundzwanzigste Sonate in e-moll herangewagt, da sie beide das Stück irgendwann gespielt hatten.

Für Wolfgang waren die Tage, seitdem sie hier wohnte, die schönsten der letzten Jahre. Ihr Verlangen nach Musik schien unersättlich zu sein, und er hatte das Gefühl, sie wolle all das nachholen, was sie während ihrer Pause, über die sie nicht sprechen wollte, verpasst hatte.

Ihn interessierten weder Luisas Herkunft noch die dunklen Schatten, die er auf ihrem Gesicht lesen konnte, sobald die Geige beiseitegelegt war. Er sog die Stunden des Musizierens auf, war sich allerdings nur allzu deutlich bewusst, dass diese Zeit kurz sein würde. Das Wetter hatte sich abgekühlt, und doch rann ihm der Schweiß ins Gesicht, da es ihm alles abverlangte, mit ihr mitzuhalten.

Irgendwann, der größte Teil der Sonate saß bereits ganz gut, setzte sie die Violine ab.

»Puh, Pause.«

Wolfgang sah auf die Uhr und war erstaunt. Schon fünf Uhr am Nachmittag.

»Durst?«

»Und wie.«

Sie lächelte und ging in die Küche, um Eistee zu holen, den sie am Morgen vorbereitet hatte. An Geld schien es nicht zu fehlen. Luisa besorgte alles. Am Tag zuvor hatte er ihr einen Fünfzigeuroschein hingehalten, aber sie hatte nur den Kopf geschüttelt und gemeint, wenn sie schon bei ihm wohnen dürfe, müsse sie sich um den Rest kümmern.

Sie tranken und unterhielten sich eine Weile über die Sonate und ihre Tücken.

»Wie lange möchtest du bleiben?«

Seine Frage schien sie zu verunsichern. »Soll ich gehen?«

Er schüttelte den Kopf. »Nein, bleib, solange du willst. Ich habe nur Angst vor dem Moment, wenn du es dann doch tust und gehst.«

»Ich werde nicht zu meinen Eltern zurückkehren, sondern ein Studium der Musik beginnen, wie ich es eigentlich vorhatte. Die Bewerbungsfristen für das nächste Semester laufen aber bald ab. Ich muss mich schleunigst bewerben. Wenn mich dann eine Hochschule einlädt, muss ich dort vorspielen. Du siehst, unser Training nutzt uns beiden.«

»Worauf wartest du? Bewirb dich, die nehmen dich auf jeden Fall.«

»Da magst du Recht haben, doch ...«

»Was?«

»... ich muss erst mit mir und dem, was in den vergangenen Jahren passiert ist, ganz und gar ins Reine kommen.«

»Dann beeil dich. Kann ich dir dabei helfen?«

»Das tust du bereits.«

»Ja,die Musik, aber ...«

»Auch für die anderen Probleme ist mein Hiersein Medizin.«

Wolfgang wollte weiterfragen, doch er ließ es. Nur einmal hatte er sich über diese imaginäre Grenze gewagt und war abgeblitzt. Hier gab es kein Weiterkommen.

»Nun gut, dann wollen wir mal mit der Therapie fortfahren.« Sie lächelte ihn an. »Auf, auf, Herr Doktor.«

*

Lichthaus schlug mit der Hand auf den Tisch. »Warum geht sie nicht an das Handy?«

Er schaute in den trüben Tag hinaus und griff nach seiner kleinen Bronzefigur.

Irgendetwas lag in der Luft, das konnte er körperlich spüren. Der Täter hatte sein ganzes Verhalten geändert. Er lief Amok, und sie waren sich nicht im Klaren darüber, wo der Grund für diesen akuten Ausbruch war. Aber eines war sicher: Der Mann war nun sehr gefährlich. Ihm schien seine Tarnung nicht mehr wichtig zu sein, also waren ihm die Konsequenzen seines Tuns auch eher gleichgültig. Das Telefon ging.

»Ja!«, blaffte er in das Telefon.

»Papa, bist du böse?«

Die Spannung fiel von ihm ab, und er freute sich, denn es war der erste Anruf, den er im Büro von Henriette erhielt. »Quatsch, mein Schatz, aber ich habe hier viele Sachen, die nicht so funktionieren, wie ich es gerne hätte.«

»Macht dich das traurig?«

»Hm, manchmal schon, weißt du, ich jage ja böse Leute und will nicht, dass sie frei herumlaufen.«

»Ach so.« Sie verstand nichts von dem, was er sagte, doch mit ihr zu sprechen, tat ihm gut.

»Wie war es im Kindergarten?«

»Toll, Papa.« Sie sprudelte viele Namen und Ereignisse hervor, die ihn zum Lächeln brachten. Die Welt seiner Tochter, in der die Konflikte so klein und der Spaß so groß waren, hatte etwas Tröstliches, gerade heute, am Ende eines Tages, an dem sich ein Berg von Problemen vor ihm aufgebaut hatte, den er nun abtragen musste. Nach kurzer Zeit verebbte Henriettes

Wortschwall, und er fragte nach Claudia, die den Hörer übernahm.

»Bist du jetzt im Bilde?«

Er sah sie vor seinem geistigen Auge grinsen. »Voll und ganz.«

»Schaffst du es rechtzeitig?«

Die Uhr ging schon in Richtung acht.

»Nein. Keine Chance. Wir versuchen, das Handy zu orten.«

»Welches Handy?«

Er berichtete ihr in kurzen Sätzen, was vorgefallen war und worauf ihre Hoffnungen nun ruhten. Er wollte noch einige Zeit hier bleiben, seinen Papierkram erledigen und hoffen, dass ihre Bemühungen, Luisa Pohl zu finden, von Erfolg gekrönt sein würden.

»Dann hat euch eure Jasmin nicht wirklich weitergeholfen?«

Er notierte sich Jasmin auf einen Zettel und machte ein Fragezeichen dahinter.

»Wenn man es nüchtern betrachtet, hast du wohl Recht. Ich bin mir aber auf der anderen Seite nicht sicher, ob er ohne den aufgeflogenen Versuch, ihn zu locken, aus seinem Loch gekommen wäre.«

»Meinst du, das allein hat schon ausgereicht?«

Claudia war völlig unbeeinflusst und tat ihre Meinung wie immer frei kund. Dadurch hatte Lichthaus schon häufig einen neuen Blick auf ein Problem geworfen, in dem auf einmal andere Zusammenhänge deutlich geworden waren. Auch heute stieß ihre Frage einen Denkprozess in ihm an.

»Eigentlich nein. Sein Durchknallen kann durch eine Kombination von vielen Faktoren ausgelöst worden sein. Vielleicht die Erkenntnis, dass es möglich war, ihn zu finden, wie Arnsberg ihm gezeigt hatte, und die Tatsache, dass wir ihm ebenfalls auf der Spur sind.«

»Müsste er da nicht eher abhauen, statt den wilden Mann zu markieren?«

»Irgendwo hast du da Recht. Ich werde das mit den anderen diskutieren. Vielleicht steckt hinter seinem Verhalten ein ganz anderes Problem, das wir bisher überhaupt nicht sehen?«

Sie verabschiedeten sich und er grübelte noch ein wenig erfolglos vor sich ihn.

Sophie war sofort am Apparat. »Nein, nichts Neues. Das Handy sendet immer noch kein Signal.«

»Was ist mit Jasmin, hast du ihr Bescheid gegeben.«

Die Pause am anderen Ende zog sich in die Länge, dann kam eine tonlose Antwort. »Das hab ich in der Hektik heute Morgen vergessen.«

Lichthaus schluckte seinen aufwallenden Unwillen hinunter und sprach ganz ruhig. »Mensch Sophie, sieh zu, dass du sie findest.«

Er legte auf, schloss kurz die Augen und wählte erneut.

»Kramer.«

»Sag mal, Nils, könnte der Hacker auch Jasmins richtige Adresse herausfinden?«

»Ich denke nein, bin mir aber nicht sicher, da ich nicht genau sagen kann, was er beobachtet und belauscht hat.«

»Danke.«

Er legte auf und fühlte seinen Brustkorb immer enger werden.

Sophie telefonierte, als er hereinkam, und schüttelte den Kopf. »In Ordnung, vielen Dank, wir werden es weiter auf dem Handy versuchen, vielleicht klappt das.«

»Was ist?«

»Jasmin wollte an die Uni, um da noch eine Projektarbeit zu korrigieren. Ihre Freundin sagt, dass sie dann in ihrem Büro ungestört sein will, das Handy ausmacht und manchmal sogar das Telefon ausstöpselt.«

»Wir fahren hin.«

»Okay.«

*

Jasmin saß in ihrem Büro und las den Bericht eines studentischen Mitarbeiters. Ihr Rotstift flog nur so über die Seiten und hinterließ eine Blutspur kritischer Bemerkungen.

Sie stöhnte. »Das hätte ich genauso gut selbst machen können. Die Arbeit wäre die gleiche gewesen.«

Mittlerweile war sie allein auf dem Flur im dritten Stock. Die Kollegen waren alle früh ins Wochenende gestartet, so wie sie an normalen Freitagnachmittagen auch, doch ihr Einsatz bei der Kripo hatte Zeit gekostet, und so blieb ihr nichts anderes übrig, als Überstunden zu machen.

Ihr Büro war kaum mehr als ein enger Schluff mit einem Fenster, der nur zwei Meter breit, dafür aber vier Meter lang war. Ein verfleckter, grauer Teppichboden, sein Alter wollte sie erst gar nicht wissen, warf an den Rändern Wellen und war auf der Lauffläche schon schwer abgewetzt. Wenigstens dunstete der keine Schadstoffe mehr aus. Einfache Blechregale hingen an der einen Wand und quollen über von Zeitschriften, Abschlussarbeiten und Kopien und noch vielem mehr, und wenn im Winter ihre uralte stählerne Schreibtischlampe warm leuchtete und im Becher Kandis im Tee leise knisternd langsam zerfiel, fühlte sie sich sogar wohl in ihrem kleinen Reich.

Heute war das anders. Der Himmel riss gerade auf, und sie wäre gerne noch mit Ilka eine Runde gejoggt.

Sie seufzte und sah hinaus in den Abend. Die Sonne hing schon etwas tief Richtung Westen und kratzte gerade am C-Gebäude vorbei. Sie löste sich von ihren Gedanken und vertiefte sich wieder in die langweilige Lektüre. Es gab wenig Zermürbenderes als Lesen schwacher Arbeiten und davon hatte sie einen ganzen Stapel. Heimgehen aber kam nicht infrage, dort würde sie keinen Finger mehr rühren. Sie schielte auf die Uhr. Fast neun. Sie brauchte einen Tee. Eine weitere Stunde würde sie noch brauchen.

Die Küche befand sich am Ende des Gangs in einer kleinen Nische. Sie hasste es, sich hier Wasser zu holen, denn die Kochnische sah stets aus wie ein Schweinestall. Niemand fühlte sich berufen, das Becken wenigstens mal durchzuwischen, sodass der Stahl mittlerweile blind von Kalkflecken war. Anfangs war sie immer wieder hergegangen und hatte für Ordnung gesorgt, doch das war vorbei, als sie mitbekommen hatte, wie ein Prof sich darüber lustig gemacht hatte.

Sie nahm den Kocher und trat gerade in dem Augenblick auf den Gang, als die Zwischentür aufschwang und ein Mann hereinkam. Sie sah dem Ankömmling entgegen, da er ohnehin bei ihr aufschlagen würde. Er war dunkel gekleidet, was zu seinen braunen Haaren passte. Was sie störte, waren die Piercings in der Lippe.

Ein Lächeln huschte über seine Züge und ließ die Metallringe nach außen rutschen.

»Hallo, meine Elfi.«

*

Sophie und Lichthaus betraten die Universität durch den Haupteingang, der wochentags bis Mitternacht geöffnet war. Gleich gegenüber befand sich die nun geschlossene Cafeteria, auf einem der Stühle davor hing ein Student müde herum und trank aus einem Pappbecher Automatenkaffee. Er blickte nicht einmal auf, als sie vorbeigingen, sondern checkte seine Mails.

Jasmins Büro lag im linken Teil des Gebäudes in der dritten Etage und zum Glück fanden sie einen Aufzug. Das Ding klapperte, als sie schweigend hinauffuhren, die Müdigkeit der kurzen Nacht und des langen Tages in allen Gliedern spürend.

Eine Detonation erschütterte den Schacht, gerade als die Kabine zwischen dem zweiten und dritten Stock nach oben glitt.

»Ein Schuss?« Sophie griff nach ihrer Waffe. »Hoffentlich nichts mit Jasmin.«

Der Aufzug kam zum Stehen und ruckte kurz, als die Türen aufglitten. Automatisch gingen beide in die Knie und legten die

Pistolen an, doch der Bereich vor den Aufzugtüren war leer. Lichthaus stellte den Fuß in die Lichtschranke, um ein Schließen der Tür zu vermeiden, und spähte kurz um die Ecke nach rechts, als er ihn auch schon brüllen hörte.

»Komm raus, du Miststück.«

Wieder donnerte es zwei Mal, und Jasmin schrie aus Leibeskräften.

»Das ist wieder die Magnum!« In Sophies Augen zeigten sich der Stress und Furcht, noch einmal eine üble Schießerei zu erleben.

Lichthaus trat auf den Gang, Sophie folgte dicht hinter ihm.

Er brüllte aus Leibeskräften. »Polizei. Waffe weg.«

Ein dunkel gekleideter junger Mann wirbelte herum und eröffnete sofort das Feuer, doch auch Lichthaus und Sophie schossen, während sie sich zur Seite warfen und Schutz in einer Nische suchten, von der aus das Treppenhaus nach unten führte. Getroffen wurde niemand.

»Gib mir Feuerschutz«, befahl Lichthaus, doch als er sich vorwagen wollte, merkte er, dass Sophie nicht mehr hinter ihm war. Er drehte sich um und sah nur noch die hin und her schwingende Tür zum Treppenhaus, und im nächsten Augenblick hörte er Sophie die Stufen runterlaufen.

»Sophie!«

Sie aber kam nicht zurück. Fassungslos sah er ihr nach und fluchte. Dann lauschte er auf die Geräusche, doch da war nur Stille und durch die Tür gedämpft ein leises Weinen.

Er rief Verstärkung.

*

Jasmin kauerte vor Angst haltlos weinend in einer Ecke ihres Büros, wo sie sich hinter den Schreibtisch geduckt hatte. Noch nie in ihrem Leben war sie dem Bösen begegnet, hatte liebevolle Eltern und einen Bruder, die sich immer für sie einsetzten und ihr Schutz boten. Nie hatten sie auch nur ein einziges Mal Vorwürfe gegen sie erhoben, weil sie lesbisch war. Und selbst in der Schule und der liberalen Uni war ihr nie Schlimmes widerfahren.

Und dann stand dieser Scheißkerl vor ihr, lächelte irre und zog diese monströse Waffe hervor. Das Gewicht des Dings hatte ihr wohl das Leben gerettet, denn als sie den größten Schrecken überwunden hatte, war sie instinktiv durch die geöffnete Tür zurück ins Büro gesprungen, noch bevor er richtig auf sie hatte anlegen können.

Die Pistole hatte unglaublich laut gedonnert und ihren Wasserkocher in seine Einzelteile zerlegt. Die Kugel war an dessen Metallbehälter ein wenig abgelenkt worden und hatte sie dann am Rücken getroffen. Sie fühlte, dass sie blutete, ihr T-Shirt klebte nass an ihr, doch sie hatte keine Schmerzen, spürte nur ein leichtes Brennen. War das ein gutes Zeichen? Oder stand sie so unter Schock, dass sie eine schlimme Verletzung nicht bemerkte?

Sie reagierte mechanisch, schlug die Tür zu und verriegelte sie, rollte dann zur Seite, was keine Sekunde zu früh war, denn der Irre schoss erneut. Sie hatte geschrien, als Teile des Türblatts wie aus einer Konfettikanone geschossen ins Zimmer wirbelten. Sie wusste, sie würde sterben, wenn nicht ein Wunder geschah.

Und genau das war passiert. Sie hörte andere Schüsse. Und dann Lichthaus' Stimme: »Jasmin, bleib, wo du bist. Leg dich flach auf den Boden. Wir holen dich raus, sobald die Luft rein ist.«

Der Revolver dröhnte, und erneut krachte eine Kugel durch die Tür, die zum Glück nur die berstende Fensterscheibe in einem Splitterregen nach draußen verschwinden ließ.

»Ich komme wieder, Elfi, du Ratte, und dann bist dran.«

»Hau ab, du mieses Schwein!« Sie hätte nicht sagen können, warum sie ihn provozierte, doch jagte er ein neues Geschoss zu ihr rein, das von der Fensterbank abprallte und sich in die Decke bohrte. Sie schrie vor Entsetzen auf.

Eine zweite Waffe bellte und eilige Schritte rannten davon. Lichthaus rief ihr zu, sie solle warten. Sie hörte ihn wegrennen. Dann war Ruhe. Sie richtete sich auf, und der Schmerz setzte ein, loderte über ihren Rücken und biss sich dort fest. Sie aber hielt still. Die Blutung schien nicht schlimmer geworden zu sein. Sicher war die Verletzung nicht allzu dramatisch. Ihr Atem beruhigte sich, und sie lauschte. Polizeisirenen näherten sich schnell von der Stadt her. Einige Schwalben kreisten kreischend um die Gebäude, und andere Vögel hatten wieder zu zwitschern begonnen. Warmer Wind fächelte durch die Reste ihres Fensters, und selbst die Sonne fand einen Weg, einen schmalen Streifen hellen Lichts wie zum Gruße hereinzuschicken.

Sie begann zu weinen. Sie lebte.

Irgendwann trampelten schwere Stiefel durch den Flur und eine behandschuhte Faust schlug verhalten gegen die zerlöcherte Tür. »Frau Huber? Hier spricht Martin Kraft. Ich bin von der Polizei. Öffnen Sie bitte, damit wir Sie in Sicherheit bringen können.«

Es war vorbei. Sie stolperte mehr, als dass sie ging, bis hin zur Tür und öffnete voller Angst. Was wenn ...? Doch der Mann war in Uniform, begleitet von drei weiteren Polizisten, die den Gang sicherten. Lichthaus kam auf sie zu, dann klappte sie zusammen und fühlte nur noch, wie zwei starke Arme sie auffingen.

*

Lichthaus hatte das Geschrei und die Schüsse gehört. Er war, die Waffe voran, auf dem Bauch um die Ecke gerobbt und hatte versucht, dem Verrückten, der wieder durch die Tür ballerte, in die Oberschenkel zu schießen. Eine Kugel verfehlte ihr Ziel, die zweite traf die Hand, die der Täter gerade Richtung Hosennaht bewegt hatte. Er sprang blitzschnell zurück und war verschwunden. Nur noch der Qualm der schweren Revolvermunition hing scharf stinkend in der Luft.

Verblüfft rappelte Lichthaus sich auf und schlich mit vorgehaltener Pistole hinüber. Wohin war der Mann abgetaucht? Die Frage klärte sich, als er vor der beschädigten Tür stand, denn gleich gegenüber führte ein schmaler Gang zu weiteren Büros und zum Notausgang. Er rief Jasmin zu, ob sie sich selbst einen Arzt rufen könne, und als sie bejahte, folgte er dem Täter.

Der Wind blies in den Flur, während er wachsam hinausspähte, doch die schwarze Gestalt war nirgends auszumachen. Nur das Gehämmer von schnellen Schritten auf den Gitterrosten der Stufen war zu hören, verstummte dann aber abrupt.

Lichthaus trat auf den Treppenabsatz und sah eben noch, wie der Mörder zu dem Nachbargebäude rannte. Er hob die Waffe, doch weiter hinten auf der Wiese lag eine Gruppe von Studenten. Er brach ab, es war einfach zu gefährlich, und schrie stattdessen seine Beobachtungen ins Telefon, um das SEK einzuweisen.

Zehn Minuten später war Jasmin in einem Krankenwagen unterwegs in Richtung Krankenhaus, ein Polizist fuhr zu ihrem Schutz mit. Der Tatort war gesichert. Es entstand eine Pause, bis Staatsanwalt und Kriminaltechnik da sein würden, und so machte Lichthaus sich auf die Suche nach Sophie.

Er fand sie auf den Stufen des Treppenhauses, in das sie während der Schießerei gerannt war, und erschrak. Sie weinte lautlos vor sich hin, und ihm fiel auf, dass er zum ersten Mal Tränen in ihrem Gesicht sah. Er hatte sich geärgert, dass sie ihn einfach hatte hängen lassen, doch die anfängliche Wut verrauchte angesichts ihres Zustandes, und er wusste, dass das, was sie seit Kurzem bedrückte, hier sein Ventil gefunden hatte. Er setzte sich wortlos an ihre Seite und legte ihr den Arm um die Schultern.

»Was ist los?«

Sie wischte die Tränen von den Wangen fort, richtete sich auf und schüttelte seinen Arm ab. »Nichts.«

»Blödsinn, du stehst seit Tagen neben dir, und das eben war auch nicht unbedingt deine normale Form, oder?«

»Kann dir doch egal sein. Schreib deinen Bericht und lass die Untersuchungskommission entscheiden.« Nach diesen schroffen Worten wandte sie sich ab.

Er schrie sie an. »Ich will es von dir hören und nicht einen verdammten Bericht abwarten. Was ist los?«

Als sie nun ihrerseits anfing zu schreien, war er schockiert. »Ich bin schwanger, okay.«

Lichthaus stöhnte auf. »Dann sag das doch einfach. Wenn ich es gewusst hätte, wärst du gar nicht erst hier.«

»Eben, das ist es ja.«

»Red keinen Blödsinn. Es ist zu gefährlich, das weißt du doch. Es gibt klare Dienstvorschriften: Schwangere nur im Innendienst! Was sagt denn Stefan dazu?«

Sie flüsterte so leise, dass er sich anstrengen musste, um die Worte zu verstehen. »Er weiß es noch nicht. Er sollte es auch nicht erfahren.«

Er schwieg, wusste nicht, wie er fragen konnte, ohne Grenzen zu überschreiten, und so entstand eine Pause. Er hörte oben im Flur die Aufzugtüren. Schritte und Gespräche. Bestimmt war die Kriminaltechnik eingetroffen. Eigentlich hätte er hinauf gemusst, doch er pfiff drauf.

Sophie schien nichts davon mitzubekommen. »Ich wollte es nicht haben, will es einfach nicht, ich habe Angst.«

»Wovor?«

»All das hier zu verlieren. Euch. Ich liebe den Job und finde es gut, so wie es ist. Stefan will natürlich Kinder, nur macht er dann schlicht weiter und hat gleichzeitig seine Familie, für die ich aber den Preis zahle. Verstehst du? Für euch ist es leicht. Claudia kann ihren Beruf locker von zu Hause aus erledigen, doch für mich ist erst einmal Schicht.«

»Na und? Willst du bis fünfundsechzig nichts anderes machen, als diesen Dreck zu jagen? Tag ein, Tag aus und als einziges Highlight im Jahr eine tolle Fernreise?«

Sie schwieg.

»Und jetzt.«

»Gestern war ich zur Konfliktberatung und soll am Dienstag zum Abbruch. Ich bin in der zehnten Woche. Es eilt.«

»Glaubst du, es ist die richtige Entscheidung?«

Erneut weinte Sophie bittere Tränen. »Hättest du mich das gestern gefragt, hätte ich sofort mit Ja geantwortet. Doch als dieser Mistkerl eben rumgeschossen hat, habe ich es in mir brüllen gehört: Dein Kind, pass auf dein Kind auf. Ein Reflex. Verrückt, oder?« Sie lächelte ihn tränennass an. »Ich konnte nicht bleiben, musste weglaufen, es beschützen. Meinst du, das sind die Hormone?«

Er zuckte nur die Schultern. »Möglich. Aber wie auch immer, ich denke, es ist besser, wenn du es als Zeichen nimmst und es dir noch mal gut überlegst. Und lass Stefan mitentscheiden.«

»Wie denn? Wenn er davon hört, wird er es wollen, und wenn ich abtreibe, wird das ewig zwischen uns stehen. Wahrscheinlich geht dann die ganze Beziehung den Bach runter.«

»Was für ein Dilemma. Hör mal zu: Von mir erfährt niemand etwas. Es ist deine Entscheidung. Im Bericht taucht dein Verschwinden nicht auf.«

»Erzählst du es Claudia?«

»Nein, das hier bleibt absolut unter uns.«

»Danke. Was würdest du tun, Johannes?«

»Fragst du mich das im Ernst?«

»Ja.«

»Die Frage, ob du es eines Tages bereuen wirst, hast du dir sicher schon selbst gestellt. Die kann dir keiner beantworten. Aber denk mal daran, dass du ein Geheimnis mit in deine Beziehung zu Stefan schleppen würdest. Und außerdem, was gibst du denn auf? Diesen Scheißjob hier? Weißt du, inzwischen bin ich so weit, dass ich durchdrehen würde, wenn ich nicht den Ausgleich zu Hause hätte. Ehrlich. Außerdem, du brauchst doch nur ein wenig zu pausieren, ein paar Jahre vielleicht, bis es in den Kindergarten geht. Und sobald du zurück bist, fordere ich dich an. Müller ist dann weg, und ich habe freie Hand. Eine kleine Pause nur, du entscheidest, wie lange.«

Oben wurde eine Tür aufgerissen. »Lichthaus?« Es war Reinke.

»Ja Ben, sofort. Wir halten gerade eine kurze Besprechung, ich komme nach oben.«

Sophie stand auf und folgte ihm, doch er hielt sie zurück und gab ihr den Schlüssel. »Fahr nach Hause und nutz das Wochenende zum Nachdenken.«

»Nein. Erst wird das hier erledigt.«

Er zögerte kurz, dann nickte er, und sie stiegen gemeinsam hinauf und machten sich an die Arbeit.

*

Siran kam ins Pozzadir und steuerte zielsicher auf den Tresen zu. Es war früh und kaum ein Gast war zu sehen. Die Kneipe wirkte etwas schäbig, doch er wusste aus Erfahrung, dass der Eindruck täuschte. Wenn die Bude voll war und die Musik dröhnte, war das Zappo, wie es ein junger Kollege genannt hatte, der richtige Ort, um einen guten Abend zu haben.

Der lange Kauz hinter der Theke war wie eine Reinkarnation aus Easy Rider in Jeans und Jeanshemd gekleidet. Dazu hatte er sich eine Schnürsenkel-Krawatte mit türkisfarbenem Navajo-Amulett umgehängt. Siran grüßte und winkte den Mann heran, dessen Pferdeschwanz eine Wäsche gutgetan hätte.

»Waren diese Männer in den letzten Tagen hier?« Er legte zwei Fotos auf den Tisch. Eines von Arnsberg, das sie aus seinem Ausweis kopiert hatten, und eines von dem Täter, das ihn vermummt an einem Geldautomaten zeigte.

»Wer will das wissen? Sehe ich aus wie die Auskunft?« Er musterte Siran wie ein ekliges Insekt, veränderte sein Verhalten aber deutlich, als dieser ihm seinen Dienstausweis unter die Nase hielt. Er deutete auf das Foto des Täters. »Wie soll ich darauf etwas erkennen? Das könnte jeder sein.«

Da musste Siran ihm Recht geben. Er zog das Foto von Arnsberg näher heran. »Und der da?«

»Mann, ich kenn doch nicht alle Gäste.«

»Jetzt pass mal auf, John Wayne«, Sirans Stimme war bedrohlich, aber so leise, dass keiner der wenigen Gäste etwas mitbekommen konnte, »wenn du nicht spurst, nehme ich den Puff hier Abend für Abend auseinander und kontrolliere die Leute. Deinem Chef erzähle ich dann, du wärst schuld.«

»Mensch, piss mich nicht an. Der Kerl da«, sein Zeigefinger tippte auf Arnsberg, »war hier und hat nach einem kleinen Scheißer gefragt, der hier ab und an rumhängt. Und um es gleich vorwegzunehmen, ich weiß nicht, ob er den Kerl von dem anderen Foto gemeint hat. Das ist mir zu undeutlich.«

»Geht doch. Und der kleine Scheißer, nach dem er gesucht hat, wer ist das?«

»Möchtest du jetzt wissen, wie der heißt? Ich hab keine Ahnung, der ist garantiert über achtzehn, also habe ich nicht nach dem Ausweis gefragt.«

Siran übersah das zynische Grinsen des Barkeepers. »Aber Sie wissen, welchen Scheißer er gemeint hat?«

»Ja.«

Siran zog Ausdrucke der Fotos hervor, die Arnsberg hier geschossen hatte. »Ist der kleine Scheißer auf einem der Fotos?«

»Ja, der da.«

Sirans Puls beschleunigte sich. Er zog einen Kuli aus der Tasche. »Malen Sie mal einen Kreis um das Gesicht!« Während John Wayne der Aufforderung nachkam, fragte Siran weiter. »Haben die beiden sich dann hier getroffen, haben sie sich unterhalten?«

»Nee, die sind aber zur gleichen Zeit weg.«

»Und das wissen Sie so genau?«

»Zufall, ich hatte gerade nichts zu tun und konnte beobachten, wie die nacheinander raus sind.«

»Wie spät war es da?«

»So etwa eins.«

»Kommt der kleine Scheißer eigentlich regelmäßig?«

»Früher schon, da war er meistens vollgedröhnt. Kam dann mal mit einem Mädchen her, die war echt klasse. Seitdem scheint er einigermaßen in der Spur zu laufen.«

Siran zog ein Foto von Luisa Pohl hervor. »Ist sie das?«

»Ja. Warum fragst du mich den ganzen Mist? Der Privatschnüffler wollte das gestern schon wissen. Geh doch dem auf die Nerven.«

»Würde ich ja machen, nur liegt der im Kühlfach der Rechtsmedizin. Irgendjemand hat zwei Löcher in den gestochen.«

»Scheiße, und ihr meint, es war der andere? «

»Könnte sein.«

»Woher der kommt und mit wem der abhängt, kann ich nicht

sagen. Setzt mal einen Zivilbullen hier rein, an den letzten beiden Abenden war er jedes Mal da. Willst du ein Bier?«

Siran sah auf die Uhr und nickte. »Ein kleines geht schon.«

*

Sie hatte sich entschieden. Morgen würde sie nach Berlin fahren und von dort aus weitersehen. Sie musste weg aus Trier, aus dieser ganzen Situation. Sie wollte diesen Lebensabschnitt hinter sich lassen und war nun auch soweit. Das Musizieren mit Wolfgang hatte sie ungemein befriedigt, und es wurde ihr von Tag zu Tag unverständlicher, wie sie zwei lange Jahre darauf hatte verzichten können.

Wolfgang werkelte in der Küche und bereitete ein Abendessen vor. Sie hatte eigentlich helfen wollen, doch er war lieber allein und behielt seinen Rhythmus bei, so wie er seinen ganzen Tagesablauf wie ein Musikstück zu takten schien.

Dave geisterte ständig durch ihren Kopf, sobald sie die Violine weglegte. Er, den sie geliebt hatte, den sie zum Töten verführt und dessen weinendes Gesicht sich in ihr Gedächtnis gebrannt hatte. Sie sah ihn vor sich, wie er zusammengeschlagen auf dem Boden lag und resigniert an die Decke starrte. Dave, für den ihr Leben keinen Platz mehr hatte. Sie hatte ihn enttäuscht. Was er wohl machte? Sie fühlte sich elend, wenn sie an ihn dachte, hatte das Gefühl, ihn missbraucht zu haben, und nun wegzulaufen. Nun, bei ihm bleiben und einfach weitermachen, war unmöglich gewesen. Alles war eskaliert, und er ging seit Kurzem einen Weg, der nicht mehr der ihre war. Deshalb war sie verschwunden, hatte verschwinden müssen.

Sie trat hinaus auf die winzige Terrasse und sah hinunter auf die Lichter. Wolfgangs Bungalow hatte eine herrliche Lage, von der aus man wie aus dem Flugzeug heraus die Stadt unter sich liegen sah. Es war dunkel, und das unentwegte Brummen des Verkehrs drang gedämpft zu ihr hinauf. Sie zündete eine Zigarette an, inhalierte tief und blies den Rauch in den Abendwind.

Wieso hatte Dave sich so verändert? Sie verstand es nicht oder hatte er sie nie verstanden? Ihr Plan war doch perfekt gewesen. Nicht einmal ein schlechtes Gewissen hätte man haben müssen, wenn man die richtige Einstellung, nämlich ihre, hatte. Sie empfand die abendländische Moral als zu einschränkend. Normen, die den Menschen an seiner freien persönlichen Entfaltung hinderten, nur weil das christlich-religiös motivierte Regelwerk dies so vorgab, lehnte sie generell ab. Sterbehilfe sollte erlaubt sein, wenn jemand sein Leben beenden wollte und dabei Hilfe benötigte.

Doch sie würde nicht mehr bereit sein, jemandem diese Hilfe zu gewähren. Dave hatte ihre Idee pervertiert, hatte eine gut funktionierende Raubmordmasche daraus gemacht. Es ekelte sie an, vor allem, da sie ihm die passende Entschuldigung geliefert hatte. Das war nun vorbei. Sie würde diesen Irrweg verlassen.

Wolfgang kam auf die Terrasse und stellte das Tablett mit Brot, Butter, einem Rohkostteller und einer Flasche Wein auf den Tisch. »Es ist so schön warm hier draußen. Lass uns auf der Terrasse essen, ich zünde schnell ein paar Kerzen an.«

Sie nickte, und er ging nochmals hinein.

Bisher waren sie der Entdeckung entgangen. Noch bestand die Chance, sich abzusetzen. Hoffentlich machte Dave keinen Unsinn und riss sie mit in den Abgrund. Es war ein Fehler gewesen, diesen Weg mit ihm zu gehen, doch sie war verrückt nach ihm gewesen. Und als sie Geld für ihr gemeinsames Leben gebraucht hatten, waren ihr wieder diese armen Menschen eingefallen, die Hilfe benötigten. Aber sie hatte Daves Schwächen übersehen, sie nicht sehen wollen. Jetzt war es zu spät. Wie naiv war sie zu Werke gegangen. Hatte daran geglaubt, ihr Sendungsbewusstsein weitergeben zu können. Idiotisch.

Resigniert drückte sie die Zigarette im Aschenbecher aus und atmete tief durch. Auf zu neuen Zielen.

Wolfgang war zurück und entzündete ein großes Windlicht, das er auf den Tisch stellte. Sie setzten sich und begannen zu essen.

»Was steht morgen auf dem Programm?«, er strahlte.

»Ich würde gerne noch einen Satz aus Beethovens 9er Sonate ausprobieren, bevor ich fahre.«

»Wirst du sie in Berlin spielen?«

»So weit ist es doch noch nicht. Ich muss mich erst bewerben. Was glaubst du, bin ich gut genug?«

»Mach dir keine Sorgen. Ich denke, du gehörst schon jetzt zu einer Hand voll Musiker, die eine Solistenkarriere anstreben könnten.«

»Du übertreibst.«

»Warte es einfach ab.«

Sie sprachen noch ein wenig über das Spiel des Tages, diskutierten die Betonung einzelner Passagen, dann machte sich Wolfgang auf den Weg ins Bett. Luisa blieb sitzen, rauchte wieder und trank den Wein. Sie zog das Handy hervor und lächelte. Seit vorgestern hatte sie es nicht mehr eingeschaltet, um nicht von Dave behelligt zu werden, und absolut gar nichts vermisst. Hier bei Wolfgang konnte sie alles vergessen oder auch verdrängen.

Der Bildschirm flimmerte kurz, dann ploppte eine Mail von Gerda auf. Ansonsten war keine Nachricht eingegangen. Dave hatte keinen Versuch unternommen, sie zu kontaktieren. Sie atmete auf.

Ein Video, komisch. Was hatte sich Gerda wohl dabei gedacht? Sie klickte auf den Film und erstarrte. Ihre Mutter saß am Flügel und spielte Chopin. Es war nicht ein beliebiges Stück, sondern eines von Luisas Lieblingsstücken: Die Nocturne Opus 9, No. 2 von Chopin.

Sie kehrte die gut vier Minuten in die Vergangenheit zurück und analysierte ihre Empfindungen. Nein, ihre Mutter vermisste sie nicht, vielleicht ihr Spiel. Vater schon eher, der für sie der emotionale Anker war, sah man einmal von Gerda ab. Zurück in das Haus in Düsseldorf? Niemals. Sie schaltete das Gerät aus und atmete tief ein.

»Fuck the World.«

Wenig später war die Flasche leer und sie schlurfte sanft benebelt ins Bad. Was gäbe sie dafür, die Zeit anhalten zu können.

*

»Er funkt!« Kramer stürmte in den Besprechungsraum, den sie nutzten, damit der Mörder nicht mithörte, was gesagt wurde, bis ein Spezialist vom LKA kommen und sie von diesem Albtraum befreien würde.

Lichthaus, Siran und Steinrausch hatten zum wiederholten Mal die Ereignisse des Tages durchgekaut und versucht, die Verbindungen zwischen dem Mord an dem Detektiv und Luisa Pohl herzustellen, waren jedoch nicht weitergekommen.

Die Obduktion von Arnsberg hatte kaum etwas ergeben. Der Privatdetektiv war mit einer zwölf Zentimeter langen Klinge erstochen worden. Aufgrund der Beschaffenheit des Stichkanals ging Güttler von einem Rechtshänder mittlerer Größe aus. Die Schneide war einseitig geschärft, woraus er auf ein Küchen- oder eher noch auf ein Fahrtenmesser schloss. Interessante Ergebnisse, die ihnen allerdings nicht weiterhalfen. Gleiches galt für die Explosion. Der Täter hatte die kleine Bombe aus einfachen Mitteln zusammengebastelt und über den Computer gezündet. Außer dem Wohnzimmer war kein Raum der Wohnung beschädigt worden und auch die übrigen Bewohner waren mit dem Schrecken davongekommen. Spleeth ging davon aus, dass sich allenfalls eine Person unmittelbar neben dem Sprengkörper in Lebensgefahr befunden hätte. Ihm erschien es so, als hätte jemand die Falle in aller Eile zusammengeschustert.

Der Präsident hatte angesichts der Schießerei eine erneute Pressekonferenz abgelehnt und eine dürre Erklärung herausgegeben. Nun murrte die Presse über eine Nachrichtensperre. Julia Bergner, die Lokalreporterin des Trierischen Volksfreunds hatte schon mehrfach versucht, Lichthaus zu kontaktieren, doch er schwieg sich aus.

Zwischen Luisa Pohl und dem Täter bestand eine direkte Verbindung, das war soweit klar, nachdem die Bedienung im Pozzadir auf einem Foto die junge Frau als Freundin des mutmaßlichen Täters identifiziert hatte. Nun hofften sie auf den Trojaner auf ihrem

Handy. In der Kneipe langweilten sich seit einer Stunde zwei Beamte in Zivil herum, um gegebenenfalls dort zugreifen zu können.

Jetzt sprangen alle auf und eilten ins Büro. Westermann klebte Mikrofon und Kamera des Computers ab. »Kleine Bild- und Tonstörung.« Er grinste.

Auf dem Bildschirm des zweiten Rechners war ein Ausschnitt der Karte von Trier zu sehen. Darauf pulsierte ein roter Punkt.

»Wo ist das. Trier-West?«

»Nicht ganz. Warten Sie mal, ich versuche ranzuzoomen. Das dauert etwas.« Ruckartig vergrößerte sich der Bildausschnitt, blieb aber anfangs grobkörnig und unscharf.

»Mann, dauert das.« Sirans Geduld war angeschlagen. Doch plötzlich schärfte sich das Bild.

»Auf dem Markusberg. Warte mal.« Lichthaus klickte auf sein Tablet und rief den Stadtplan auf. »Hier zwischen der Reihenbebauung und dem Café Mohrenkopf stehen noch zwei kleine Häuser. Eines davon müsste es sein.«

Steinrausch plante schon. »SEK?«

»Auf alle Fälle. In einer Stunde geht es los. Die sollen die Baupläne beschaffen und eine Abriegelung des Hauses vorbereiten.«

Samstag

Dave sah die Stadt vor sich liegen und kratzte sich an den Armen. Eine furchtbare Leere machte sich in ihm breit, und er beeilte sich, das letzte Crystal Meth in die Nase zu ziehen. Das Zeug war das Einzige, was ihn noch aufrecht hielt und ihn davor bewahrte, loszuheulen und am Ende sogar das Geländer zu übersteigen und sich hinabzustürzen.

Die Mariensäule leuchtete viele Meter über ihm, doch hier unten, auf der schmalen Aussichtsplattform, herrschte fast völlige Dunkelheit. Er fühlte das Pochen seiner linken, dick geschwollenen

Hand, bevor der Rush des Meth begann. Der verdammte Bulle hatte ihm in den Handteller geschossen. Die Kugel war durch den Jackenärmel gerauscht und hatte ihm zwischen Ringfinger und kleinem Finger ein Loch gestanzt. Es hatte zwar kaum geblutet, ihm aber nichtsdestotrotz höllische Schmerzen bereitet, und die Hand war im Moment praktisch nicht zu gebrauchen.

Unten auf den Uferstraßen lief nur noch spärlicher Verkehr, doch er achtete nicht weiter darauf. Er würde sich behandeln lassen müssen, damit er keine Infektion bekam, wusste nur nicht wie, ohne dabei aufzufliegen. Er hatte zu Hause zwar versucht, die Wunde zu desinfizieren, glaubte aber nicht so richtig an den Erfolg der Maßnahme, da er es nicht gewagt hatte, die Wundränder auseinanderzuziehen, um auch den Schusskanal zu erreichen.

Wie hatten die Bullen ihn nur überraschen können? Er kapierte es nicht. Verstand eigentlich überhaupt nichts mehr. Noch vor zwei Wochen hatte die Sonne vom Himmel auf seine spanienbraune Haut geschienen, Tekki war bei ihm und nirgends der geringste Anschein, dass man ihm auf der Spur war. Und jetzt? Tekki weg, wieder eine Schießerei, bei der er fast geschnappt worden war, und zu alledem ein Privatschnüffler, der warum auch immer hinter ihm her war. Nun, den war er los. Hier oben, mit Blick auf die Stadt, den Kopf erstmals seit Tagen ohne Drogenkokon, wurde ihm bewusst, wie verrückt es gewesen war, bei Peters eine Bombe zu legen und auch sich an Elfi rächen zu wollen. Er hatte alles falsch gemacht. Müde ließ er die Stirn auf die kühle Balustrade sinken und stöhnte leise.

Endlich sickerte die Droge in sein Hirn, und er spürte, wie der Rush einsetzte und ihn minutenlang mitnahm, bevor er ins High hinüberglitt, das ihn belebte und ihm die Zuversicht zurückgab, die der Nachmittag weggewaschen hatte.

In wilder Panik war er vorbei an dem kleinen See über eine schmale Straße gesprintet und hatte das Haus eines Imkers erreicht, in dessen Garten mehrere Dutzend Bienenvölker summten. Eine Idylle, doch er stürmte vorbei und sprang in den Mietwagen, den er sich am Morgen geliehen hatte. Mit seinem T-Shirt gelang es ihm, die Hand zu verbinden und dann den Motor zu starten. Das

Glück blieb auf seiner Seite. Er kurvte einen geteerten Feldweg hinauf, und eine ansonsten geschlossene Schranke war nach oben geklappt. So erreichte er in nicht einmal zwei Minuten eine Ausfahrt zur Kohlenstraße, von der aus er zügig in die Stadt hinunterfuhr, während ihm die Einsatzfahrzeuge der Polizei mit Blaulicht und Martinshorn entgegenrasten.

In seiner Wohnung vernichtete er in irrationaler Panik alle Beweise, warf das Trockengerät fort, packte eine Reisetasche und türmte aus der Wohnung, da er nicht wusste, ob die Bullen schon seinen Name und seine Adresse hatten. Er wollte weg, hatte eigentlich vor, nach Südfrankreich abzuhauen. Doch irgendwann ließ die Wirkung vom Meth nach, und seitdem bohrte unentwegt die Frage in ihm, wie die Polizei ihn an der Uni hatte überraschen können. Woher hatten sie gewusst, dass er dort war, um es dieser Elfi zu zeigen, oder wie sonst dieses Miststück hieß? An Zufall wollte er nicht glauben, irgendwo war eine Lücke. Das Leck in seiner Deckung, das er finden musste, um noch eine Chance zu haben. Er grübelte weiter.

Das Meth brachte ihn mehr und mehr auf Touren, so wie immer, einfach irre. Eines war klar, bevor er sich verdrückte, musste er Stoff besorgen, dann würde er bis ans Ende der Welt durchhalten. Sein Mut und seine Wut auf alle und alles wuchsen in den Himmel wie ein Geist aus der Drogenflasche.

Im Prinzip gab es nur zwei Möglichkeiten, das sah er nun ganz deutlich. Vielleicht hatte man seinen Trojaner entdeckt, doch hielt er das für wenig wahrscheinlich. Die Personen, die den Computer und den Proxy eingerichtet hatten, waren nicht schlecht für den Hausgebrauch, aber eben doch nicht gut genug, um sich nicht von ihm täuschen zu lassen. Ihre Sicherheitsvorkehrungen hatten für ihn niedrige Hürden dargestellt, und nachdem er einmal Verdacht geschöpft und Elfis System geknackt hatte, war er bei der Kripo gelandet. Was hatte er gelacht, als irgendeine dämliche Kuh, die sich später als Elfi herausstellte, den Link aufgemacht hatte und sein Trojaner an ihrem Rechner ans Werk gegangen war. So erfuhr er, dass sie praktisch keine heiße Spur verfolgten. Auch den Privatschnüffler lieferten sie ihm ans Messer, als sie über ihn diskutierten. Drei Klicks und schon sah er sein Foto auf der Homepage der Kanzlei. Und dann hatte der wie unbeteiligt im Pozzadir gesessen und einen auf cool gemacht. Einfach lächerlich.

Dave lachte in die Nacht.

Die Typen hatten nichts gepeilt. Der Trojaner war nach wie vor online und sendete ihm alle Gespräche und die Aufnahmen, die von der Kamera gemacht wurden. Irgendein Trottel war aufgetaucht und hatte das Ding so verschoben, dass nur die Wand und ein schmaler Streifen des Fensters zu sehen waren, doch das war es auch schon gewesen. Die Kripo wusste nichts von seinem elektronischen Spitzel.

Er spuckte über das Geländer in die Dunkelheit. Seine Depression hatte sich verzogen, und in ihm glomm nun blinde Wut. Es gab nur eine Möglichkeit, wie man ihm plötzlich so nahe hatte kommen können, und die hieß Tekki. Sie musste Tipps gegeben haben, damit man ihn aus dem Verkehr zog. Sie schoss ihn einfach ab, um selbst davonzukommen. Er würde sie sich nun schnappen, musste wissen, was genau lief, würde ihr zeigen, wer den längeren Atem hatte. Es kotzte ihn an, zu ihr gehen zu müssen. Eigentlich hatte er sich geschworen, es ihr zu zeigen, indem sie für ihn völlig bedeutungslos wurde.

Das Meth hatte die Kontrolle komplett übernommen und pushte sein Selbstbewusstsein auf ein neues Hoch. Er lief zurück zum Wagen und fuhr die wenigen Meter bis zum Markusberg hinüber. Tekki hatte versucht, ihm den Weg zur Adresse dieses alten Sacks zu verschleiern, hatte die Chats gelöscht, doch er hatte das Haus genauso gefunden wie die der anderen auch. Die alte Schwachstelle im Senioren-Chat funktionierte immer noch. Via Cross-side-scripting hatte er vor einiger Zeit die Webseite so manipuliert, dass der Nutzer über eine zusätzlich generierte Maske aufgefordert wurde, seine Adresse einzugeben, um weiterhin auf den Senioren-Chat zugreifen zu dürfen. Alle tippten kritiklos die Daten ein, die zu ihm gesendet wurden, und durften dann weitermachen, er aber wusste, wo sie wohnten. Tekki hatte sich hierfür nie interessiert und das Prinzip nie verstanden. Heute war er ihr dankbar.

Das Haus lag dunkel da, er fuhr vorbei und parkte ein kurzes Stück dahinter in der Einfahrt eines Feldweges. Er schlich zurück, die Magnum schwer in der rechten Hand.

*

Luisa war schon halb im Schlaf, als Wolfgang noch einmal in die Küche tappte, um sich ein Wasser zu holen. Sie sah seine Silhouette, die langen dünnen Beine, die in Shorts steckten, und seine vom Alter hängenden Schultern. Er würde unglücklich sein, wenn sie ging, und so schwor sie sich, ihn regelmäßig zu besuchen. Das Licht wurde ausgeknipst, und mit der Sicherheit, in der sich Bewohner in ihrer dunklen Wohnung zurechtfinden, marschierte er barfuß zurück zu seinem Zimmer.

Er sollte nicht ankommen, denn mit einem ohrenbetäubenden Krachen flog die Haustür auf und knallte so heftig gegen die Wand im Flur, dass die kleine Scheibe, die inmitten des Holzes eine Raute bildete, zerbarst und klirrend zu Boden fiel.

Luisa war augenblicklich auf den Beinen. Sie wusste sofort, wer in ihre kleine Idylle eindrang, um sie zu zerstören. »Dave!« Sie trat auf den Schalter der Stehlampe, und helles Licht durchflutete das Wohnzimmer. »Dave.«

»Halt dein Maul, Bitch, oder ich schieß dem alten Arsch hier eine Kugel in die nutzlose Birne.«

»Dave.« Ihre Stimme versuchte, einen beruhigenden Ton anzunehmen, doch sie zitterte vor Angst. Er war gekommen, um sich zu rächen. Sie musste nun zahlen, kampflos aber würde sie nicht aufgeben. Und sie musste ihren Freund retten.

Er hatte Wolfgang den langen Lauf des Revolvers in den Mund gesteckt und schob ihren bedauernswerten Freund rückwärts ins Licht. Sie sah, wie dünn Wolfgang war, sah die Krampfadern unter der faltigen Haut seiner Beine und empfand tiefe Schuld. Sie hätte nie hierherkommen dürfen.

»Lass ihn los ... bitte. Er kann doch nichts dafür.«

»Du sollst still sein!«

Als sie Daves Gesicht sah, loderte wilde Angst in ihr auf. Tiefliegende, auffallend glänzende Augen dominierten seine Züge, die in den wenigen Tagen, seit sie von ihm fort war, verfallen waren. Haltlos schien er in den Abgrund zu rasen. Er war high bis zu den Haarspitzen, und das machte ihn umso gefährlicher, da seine Reaktionen in keiner Weise abzuschätzen waren. Sie musste ihn ablenken.

»Warum klingelst du nicht und sprichst mit mir, wie es normale Menschen tun?«

Die Frage brachte ihn ein wenig aus dem Konzept. »Weil du Miststück mich zusammengeschlagen hast.« Seine Augen flackerten, er legte kurz die Hand auf seine geschwollene Wange. Warum war sie umwickelt?

»Wer hat denn angefangen?«

Wieder wich er ein Stück von seiner harten Linie ab, wollte nun offensichtlich das Gespräch führen, das sie ihm aufzudrücken versuchte. Er zog den Revolver aus Wolfgangs Mund und stieß den alten Mann so von sich, dass er wie eine Puppe hinter die Couch krachte.

»Du hast mich verlassen.« Ein Schrei wie eine Anklage.

Hier war er also zu verletzen. Sie richtete sich auf und reckte ihre Brüste nach vorn. Die Wirkung ließ nicht auf sich warten, seine Augen tasteten sie ab, verfingen sich in ihren, nachdem sie einen Moment an ihren Brustwarzen hängen geblieben waren. Er litt, war verzweifelt, und so sehr sie ihn loswerden wollte und musste, stieg nun doch eine tiefe Traurigkeit in ihr auf.

»Mensch Dave, was ist bloß aus uns geworden?« Aus den Augenwinkeln sah sie, wie Wolfgang begann, sich davonzustehlen.

Dave hatte Tränen in den Augen, die wirr, fast irre, zu ihr hinüberstarrten. »Du hast alles kaputtgemacht. Nur du. Auf einmal dieser verdammte Mist mit der Geige und dieser Musikschwachsinn hier oben bei dem alten Affen da.« Er wandte sich an Wolfgang, der sofort in seiner Bewegung innegehalten hatte, und brüllte: »Na, bumst du sie auch schön?«

»Mach dich nicht lächerlich. Er hat mich nicht ein einziges Mal berührt.« Sie spürte, wie die Stimmung umschwang. Es wurde wieder gefährlicher. Ihre Nerven waren auf das Äußerste gespannt.

»Soll ich dir mal was sagen, Tekki, ich hau ohnehin ab, dann kannst du mit deinem faltigen Lover machen, was du willst.« Die rechte Hand, die den Revolver hielt, fuchtelte in Wolfgangs Richtung.

Sie schaltete um und versuchte, ihn an seiner Ehre als Mann zu packen. »Warum bist du überhaupt hier aufgetaucht? Musst du noch dein Spielzeug kaputtmachen, bevor du dich endlich verziehst.«

Er reagierte, wie sie es gehofft hatte, und wandte sich von Wolfgang ab. Plötzlich schnellte der Lauf der Waffe nach oben, und in zwei Schritten stand er vor ihr. Die Stimme zu einem sadistischen Flüstern gesenkt. Luisa zitterte vor Angst. Er drohte durchzudrehen.

»Bring mich nicht auf Ideen, Tekkilein. Mir zuckt schon der Finger.«

Er drückte ihr den Lauf hart gegen die Wange und zog ihn dann nach unten, radierte rote Striemen ihren Hals entlang und bohrte ihn stechend in ihre Brust. Sie verzog das Gesicht vor Schmerzen. Sie hatte es falsch angepackt.

»Wie wäre es mit einem Kniestoß, oder schlägst du mich wieder nieder?«

Sie presste die Worte zwischen den Zähnen hervor, um nicht laut aufzuschreien. »Drück doch ab, wenn es dir dann besser geht.«

Er verstärkte den Druck, und sie stöhnte. »Keine schlechte Idee, verdammtes Miststück.«

»Du bist ein Feigling, nur mutig, wenn du eine Knarre in der Hand hältst und dir dein Hirn mit deinem Drogendreck vollpumpst.«

Er ließ sie los. »Ich war es doch, der ...«

Luisa unterbrach ihn: »Mach, dass du hier rauskommst.« Sie rieb sich die Brust.

»Hast du mich bei den Bullen verpfiffen?«, brüllte er unvermittelt.

»Was? Wie kommst du denn auf diesen Hirnriss?«

»Die hängen an mir dran, deshalb.«

»Ich war es nicht.«

Er sprang wieder nach vorn. »Natürlich, nur du kannst es gewesen sein. Du willst mich hinhängen, du Ratte. Das wirst du büßen ...« Wahn brach sich in seinen Augen Bahn, als Wolfgang ihn von hinten ansprang und den Arm mit dem Revolver wegdrückte. Es sah fast schon lächerlich aus, wie sich der dünne, gebrechliche Mann auf diesen kraftvollen, rasenden Verrückten warf, und Dave schüttelte ihn auch ab wie ein lästiges Insekt. Wolfgang flog vor den Flügel und rollte stöhnend auf die Seite. Doch die Ablenkung hatte gereicht. Luisa ergriff mit links den Revolverarm und drückte die Finger der rechten Hand in Daves Augen. Der sprang aufheulend zurück und bekam so seinen Kopf frei, woraufhin sie mit aller Kraft auf seine Verletzung einschlug. Das Blut wich aus seinem Gesicht, doch die Drogen hielten ihn auf den Füßen. Er haute ihr so wuchtig aufs Kinn, dass sie an die Wand krachte. Alles drehte sich, und noch ehe sie sich aufrappeln konnte, spürte sie den Lauf seiner Knarre kalt an ihrer Stirn.

»Nein. Nimm mich und lass sie in Ruhe.«

Dave wandte sich zu Wolfgang um, der voller Panik auf die Szene starrte und am ganzen Leib zitterte. »Halt dein Maul, Alter. Das hier ist etwas zwischen ihr und mir.«

Luisa sah Dave in die Augen, die in seinem maskenhaften Gesicht glühten. Er starrte zurück und kämpfte mit seinen Gefühlen. Weiß traten seine Knöchel hervor, als er die Waffe immer fester umklammerte.

Dann gab er auf, brachte es nicht fertig, schrie auf, um gleich darauf zu flüstern: »Hast du mich verpfiffen?«

»Das würde ich niemals tun, hörst du.«

Er nickte. Alles fiel von ihm ab. Die besinnungslose Wut wich aus seinem Gesicht, das nun wieder einen müden, verhärmten Ausdruck annahm. »Es tut mir leid.«

Sie nickte und zum ersten Mal sagte sie ihm an diesem Abend die Wahrheit. »Mir auch. Ich wünsch dir viel Glück.«

Mit tränenverhangenem Blick beugte er sich vor und küsste sie zart auf die Lippen. »Ich habe dich so sehr geliebt.«

»Ich dich auch.« Erneut sprach sie die Wahrheit. »Eine wundervolle Zeit.«

Er lächelte unter Tränen. »Ja.«

Eine Sekunde lang war er wieder der Dave, den sie so geliebt hatte. Sie streichelte sein Gesicht und gab ihm noch einen zarten Kuss. Er erwiderte ihn. »Mach es gut.«

»Du auch. Was war, ist geschehen und bleibt unter uns.«

Er strich ihr ein letztes Mal über die Wange und nickte, dann war er weg.

Taumelnd kam Wolfgang auf die Füße. »Ein großer Schritt ins neue Leben?«

Sie lächelte ihn an. »Groß und bitter. Frag nicht weiter. Für die Tür komme ich natürlich auf. Hauptsache, dir ist nichts geschehen. Du hast dir doch nichts getan?«

Doch Wolfgang hörte ihr nicht mehr zu. Er zitterte wie Espenlaub. Sie ging zu ihm, führte ihn zum Sofa und legte eine Decke um seine Schultern. Dann nahm sie ihn in den Arm und begann zu weinen.

*

Sie liebte es, bei Nacht zu arbeiten, und so war sie noch im Atelier, als Johannes anrief. Er klang angespannt, vibrierte vor Nervosität. Es würde nun losgehen, sie wollten ihren Täter fassen, ihren Job erledigen. Sie wünschte ihm viel Glück und saß dann nachdenklich einen Moment auf dem alten Ledersofa.

So große Fälle waren in Trier eher selten, auch wenn die Nähe zu Luxemburg einiges an Grenzkriminalität mit sich brachte. Die Mordserie und vor allem die Ereignisse des heutigen Tages hatten sie beunruhigt. Wir groß war die Gefahr für ihren Mann, für seine Kollegen? Hoffentlich kam nicht wieder einer der Beamten und erst recht natürlich nicht ihr Mann zu Schaden. Sie hatte Angst, wie schon so oft.

Als sie Johannes kennengelernt hatte, damals in Mainz, war ihr nicht bewusst gewesen, wie viele Risiken sein Beruf mit sich brachte, auch wenn das Gros des Jahres in reiner Routine ablief. Die wenigen kritischen Momente jedoch hatten es in sich und einmal sogar sein Leben auf des Messers Schneide gebracht.

Sie schickte ein Stoßgebet zum Himmel und stand auf. Im Babyphone knackte es kurz, doch dann herrschte wieder Ruhe.

Bedächtig strich sie zum zwanzigsten Mal blaue Farbe auf die Druckplatte und legte sie auf ein großes Blatt saugfähigen Papiers. Dann kurbelte sie beides durch die Presse und auf gleichem Wege zurück. Vorsichtig zog sie das Blatt ab und hängte es in einen Trockenschrank. Der Druck war perfekt, wie schon die neunzehn anderen zuvor.

Für heute war sie fertig, mehr Exemplare wollte sie nicht erstellen. Morgen würde sie den Druck der nächsten Farbe vorbereiten. Sie räumte auf und wusch sich die Hände, dann setzte sie sich in das Wohnzimmer und stellte im Radio einen Musiksender an.

Sophie hatte am Abend angerufen und ihr von ihrem Problem erzählt. Anscheinend hatten der Einsatz und Johannes' Worte sie zum Nachdenken bewegt, doch konnte man die Frage, ob Kind oder nicht, mit der Ratio klären? Für beides gab es Gründe, es kam allein darauf an, wie Sophie weiterleben wollte. Wenn sie hätte wetten sollen, hätte sie auf *mit Kind* gesetzt, das Telefonat war bereits der erste Schritt in diese Richtung gewesen.

Sie würde auf ihn warten, da sie heute allein im dunklen, stillen Schlafzimmer ohnehin nicht würde einschlafen können. Die Phantasie würde zu ihrem Begleiter werden und Horrorszenarien heraufbeschwören, auf die sie gut verzichten konnte.

Zehn Minuten später schlief sie im Licht der Lampen, während im Radio irgendwelche Schnulzen dudelten.

*

Der Bungalow lag ein wenig abseits und wirkte beinahe fehl am Platz. Klein, fast winzig duckte er sich vor der Weite des Tals.

»Was für ein genialer Ausblick.« Steinrausch lehnte am Kotflügel des BMW und sah nach Trier hinunter. »Ich glaube nicht, dass ich in den letzten dreißig Jahren mal hier oben gewesen bin.«

Sie tranken von dem in einer Thermoskanne mitgebrachten Kaffee und warteten auf die Meldung des SEK.

Auch Siran klebte an der Aussicht. »Eigentlich sollte man hierher ziehen.«

Lichthaus zweifelte. »Die Anfahrt ist doch grauenvoll. Schmale Straßen und so weiter. Stell dir mal vor, du müsstest im Winter bei Schnee und Eis da runter.«

Noch bevor Siran etwas erwidern konnte, knackte das Funkgerät. »Wir haben die Tür aufgebrochen und nur angelehnt vorgefunden. Sollen wir wie besprochen weitermachen?«

»Ja, aber bitte unbedingte Vorsicht.«

Schweigend warteten sie auf neue Meldungen.

Keine zwei Minuten später war es so weit. »Haus gesichert, zwei Personen angetroffen, der Gesuchte ist nicht anwesend, scheint jedoch hier gewesen zu sein.«

»Wir kommen, sucht das Umfeld ab.«

Er beendete das Gespräch. »Verdammt noch mal, das ist doch nicht zu fassen. Der Typ ist ja wie ein Fluch. Immer sind wir zu spät. Scheiße.« Er spie das letzte Wort in den Himmel und zog dann mit den anderen los.

Sie passierten die eingetretene Tür und gingen über die knirschenden Scherben hinein. Zwei vermummte Gestalten des SEKs warteten stumm neben der Tür, die in ein nicht sonderlich großes Wohnesszimmer führte, das von einem Flügel dominiert wurde.

Auf dem schmalen Sofa saßen zwei Personen in kurzen Sommerschlafanzügen, die Großvater und Enkelin hätten sein können. Der alte Mann sah verwirrt von einem zum anderen und stand offensichtlich unter Schock.

»Ruft einen Krankenwagen.«

Das Mädchen war äußerlich vollkommen ruhig und nur an dem leichten Flattern ihrer Lider erkannte er, wie angespannt auch sie war.

»Luisa Pohl?«

»Ja, und wer sind Sie?«

Er stellte die Gruppe vor, doch sie sah ihn unverwandt an. »Was machen Sie hier, oder sind Sie wegen der eingetretenen Tür mit einem Sondereinsatzkommando angerückt.«

Lichthaus sah, wie sich Steinrauschs Rücken spannte und er einen Blick mit Siran wechselte. »Wir suchen Sie, Frau Pohl.«

Keine Reaktion. Ob sich ihre Pupillen verändert hatten, konnte er bei dem schlechten Licht nicht erkennen.

»Mich?«

Er holte zu einem Schlag aus, wollte punkten. »Ja, Sie, und zwar im Zusammenhang mit einer Verbrechensserie.«

»Wie ...«

Lichthaus unterbrach sie. »Drei tote Frauen, ein ermordeter Mann, ein Bombenattentat und zwei Schießereien, bei denen eine unbeteiligte Person erheblich verletzt wurde.«

Sie wankte, fing sich jedoch auf der Stelle. »Ich denke, ich sollte mit meinem Vater sprechen und mir einen Anwalt besorgen.«

»Wir ...«

»Bis dahin sage ich nichts mehr.«

»Wer hat die Tür eingetreten? Wer war heute Abend hier?«

Sie schwieg.

»Frau Pohl! Sie werden nicht beschuldigt, sondern als Zeugin befragt. Sie müssen ...«

Das Mädchen schüttelte den Kopf. »Ich möchte mich nicht wiederholen.«

Sie verblüffte Lichthaus. Sah aus wie eine Abiturientin, zart gebaut, schöne Haare und ein ebenso hübsches Gesicht, das allerdings von einer Schwellung und einem hässlichen Striemen verunstaltet wurde. Aber sie zeigte sich von einer Härte, die er so nicht erwartet hätte. Nun eins war ihm klar, sie war ganz die Tochter ihres Vaters. Es würde schwer werden.

»Was tun Sie hier oben?«

»Geht Sie das was an?«

Siran setzte zu einer Charmeoffensive an. »Warum sind Sie so wenig kooperativ? Wir wollen nur einen Mörder fassen.«

»Ich habe niemanden umgebracht.« Es war komisch, doch Sirans Art brachte fast jeden zum Sprechen.

»Eben, dann können Sie uns auch helfen.«

»Ja, klar. Und irgendwo unterwegs liegt ein Strick, an dem Sie mich schließlich aufhängen. Nur so viel. Ich bin seit einer Woche Gast bei Herrn Zinnenberg. Wir musizieren täglich. Das wird er Ihnen bestätigen.«

»Wo haben Sie denn vorher gewohnt?«

»Bei einem Freund.«

»Und der heißt?«

»Ob ich Ihnen das sage, bespreche ich erst mit meinem Anwalt.«

Steinrausch ging zum Angriff über. »Wohl doch ein schlechtes Gewissen?«

Ihr Lächeln war undurchsichtig. »Nein, nicht im Geringsten.«

Lichthaus wandte sich an Zinnenberg. »Was ist mit Ihnen? Können Sie uns sagen, wer die Tür eingetreten hat?«

Wolfgang zitterte weiter. »Ich ... ich, ein Mann.«

Siran hielt ihm das Foto aus Arnsbergs Handy vor die Augen. »Der?«

Er nickte. »Ja.«

Ein Arzt kam mit dem Notfallkoffer herein und machte sich daran, die beiden zu untersuchen. Zinnenberg wurde zur Beobachtung mit ins Krankenhaus genommen.

»Und Sie?« Lichthaus sah Luisa Pohl an. »Wollen Sie hierbleiben?«

Sie hob die Schultern. »Ich habe keine Angst mehr und wo soll ich denn hin.«

»Halten Sie sich zu unserer Verfügung und kommen Sie morgen um neun Uhr zu einer Zeugenbefragung ins Präsidium.« Er hielt ihr eine Karte hin und rechnete mit Protest.

Doch sie griff danach und machte lediglich einen Gegenvorschlag: »Sagen wir zwölf, bis neun kann der Anwalt nicht da sein und wir vergeuden nur Zeit.«

Er nickte. »Wenn Sie wollen, verkeilen wir den Eingang.«

»Nicht nötig. Ich kehre die Scherben weg und stell einen Stuhl unter die Klinke. Zweimal wird man bestimmt nicht in derselben Nacht überfallen.«

»Gilt das auch, wenn es der Freund ist?«

Sein erneuter Vorstoß prallte von ihr ab. Sie ging hinaus und half dem alten Mann in den Krankenwagen. Konsterniert sah er der grazilen Gestalt nach. Zarte Schale, stählerner Kern. Von ihr würde er genau das erfahren, was er in ihren Augen wissen durfte, vor allem, wenn ein Superstaranwalt an ihrer Seite wäre, denn den würde ihr Vater bereits morgen in Marsch setzen, da war er sicher.

Er wandte sich an die müden Mitkämpfer. »Abmarsch nach Hause.«

*

Dave spürte, wie das Crystal schon wieder seine Wirkung verlor, und beeilte sich, ins Pozzadir zu kommen, um Nachschub zu kaufen. Gott sei Dank war von der Kohle des letzten Geldgebers noch ein dicker Batzen da. Es war ein Risiko, dorthin zu gehen, immerhin hatte Arnsberg ihn dort aufgespürt, und hatte der nicht mit der Polizei kooperiert? Aber er brauchte einen neuen Kick, um sich für die Flucht zu rüsten. Das letzte High war ziemlich kurz gewesen, und er musste machen, dass er wegkam. Seit zwei Tagen war er ohne Schlaf, und sobald die Droge ihre aufputschende Wirkung verlor, würde er zusammenklappen und wie im Koma pennen. Er musste einen Ort finden, an dem er diesen Crash aussitzen konnte. Wo, wusste er selbst noch nicht, seine Wohnung war jedenfalls zu gefährlich. Vielleicht ein Hotel.

Aus der Kneipe drang ordentlich Lärm. Der Laden schien selbst zu dieser Stunde gut gefüllt zu sein. Ein Glück, denn dann sollte Ping da sein. Ping war sein Dealer, dessen eigentlichen Namen niemand kannte. Ein Dreckskerl, wie er im Buche stand, doch sein

Stoff war richtig gut, und bei anderen Dealern war er auch nicht billiger.

Er zog die Tür auf und drängte sich durch die Menge. Soweit er es überschauen konnte, waren keine verdächtigen Personen im Raum. Trotzdem blickte er sich unbehaglich um. Seine Konzentrationsfähigkeit verfiel rasend schnell, und er hatte Angst, jemanden zu übersehen. Er riss sich zusammen und sondierte die Lage. An der Theke hingen einige Gestalten, deren Gesichter er schon gesehen hatte, also keine Gefahr. Die Gruppen, die an den Tischen saßen oder dazwischen herumstanden, unterhielten sich angeregt, schienen ihn jedenfalls nicht zu beachten.

Ping hatte seine gewohnte Position eingenommen und lächelte, als er ihn sah. Die schwarzen Haare hatte er nach hinten gegelt, in seinem offenen Hemd verschwand ein goldenes Kettchen. Ein Widerling. Nun, das war Dave egal.

Gegen ein angemessen großes Tütchen wechselte der Fünfziger den Besitzer, und Dave huschte in die Toilette. Eigentlich hatte er sofort abhauen wollen, doch der Druck, möglichst schnell wieder völlig auf die Droge zu kommen, war übermächtig.

Auf der Herrentoilette stank es nach Pisse und WC-Steinen, ein Gemisch, das er zeitlebens gehasst hatte, jetzt allerdings ignorierte er es und trat in eine der unsauberen Kabinen. In der Kloschüssel schwammen noch Papierreste des Vorbenutzers und gelbe Sprenkel zeugten von mangelhafter Treffgenauigkeit.

Vorsichtig öffnete er das Tütchen und streute sich ein Häufchen des kristallinen Pulvers dort auf den Verband, wo eine kleine Kuhle entsteht, wenn man Daumen und Zeigefinger auseinanderspreizt. Mangels eines Röhrchens setzte er die Nasenlöcher drauf und zog sich das Zeug rein. Leicht schwankend urinierte er ebenfalls nicht sehr treffsicher in die Toilette. Die Droge wirkte schnell, aber zunächst schwach, und er hoffte, dass sich der Kick noch verstärken würde, als jemand in die Herrentoilette kam und die Kabine links von ihm besetzte. Dave verharrte stumm und hörte zu, wie die Kleidung des anderen raschelte. Dann herrschte Ruhe. Beruhigt ging er in den Waschraum hinaus, um im Spiegel neben den Urinalen sehen zu müssen, wie die Tür der Nachbarkabine aufschwang und eine große Person heraustrat.

»Hände hoch, Polizei.« Die Waffe in der Faust, ohne auf ihn anzulegen, blockierte der Polizist die Tür.

Dave erkannte ihn als einen der Männer, die an einem Stehtisch gleich beim Eingang miteinander gelacht hatten. Er trat einen Schritt zur Seite.

Die Stimme schwoll zu einem Brüllen an. »Auf die Knie!«

Verdammt, warum hatte er bloß die Magnum im Auto gelassen? Er hatte keine Wahl und sprang. Noch während er in der Luft war, sah er ungläubig in das Mündungsfeuer der Waffe, das blendend aus dem Lauf herausschoss. Praktisch gleichzeitig hämmerte ein ungemein starker Schlag gegen seinen Oberschenkel und warf ihn herum. Er brüllte aus voller Kehle, weniger vor Schmerz als aus der Erkenntnis, verloren zu haben. Doch so schnell gab er nicht auf. Er rappelte sich auf und packte die Beine des Mannes, der sich in der Enge des Waschraums nicht ausreichend bewegen konnte und zu schwanken begann. Vor der Tür wurden Schreie laut.

»Jetzt reicht es mir aber, du Arsch.« Die Ruhe, mit der er diese Worte aussprach, überraschte Dave. Aber er hatte keine Gelegenheit, sich länger darüber länger zu wundern. Der Kolben der Waffe sauste auf seinen Kopf hinab. Er sah noch eine Pfütze, in die er hineinstürzte, dann wurde es dunkel.

*

Lichthaus bog gerade in Ruwer zur Kirche hinauf ab und maulte im Stillen über die Baustelle, die seinen normalen Weg nach Eitelsbach seit Wochen schon blockierte, als die Gitarre loslegte.

»Lichthaus?«

Siran jubilierte. »Wir haben ihn?«

»Wo?«

»Alexander Kolwitsch hat ihn im Pozzadir erwischt.«

»Sicher?«

»Ja, der Kerl hinter dem Tresen hat ihn identifiziert. Alex hat mir eben ein Foto geschickt. Es ist der Typ. David Leonardy.«

»Bringt ihn ins ...«

»Stopp. Er ist angeschossen worden.«

Lichthaus' Herz stockte. »Tot?«

»Nein. Ein glatter Durchschuss am rechten Bein. Der ist Morgen sicherlich zu vernehmen.«

»Ja!!!! Leite mir bitte noch das Foto weiter. Wir treffen uns am Vormittag um zehn im Präsidium. Gib Brauckmann auch Bescheid. Ich kümmere mich um Pieper.«

»Okay!«

»Danke für die Info. Gute Nacht.«

Zu Hause angekommen betrachtete er Leonardys Foto, das Siran ihm aufs Handy geschickt hatte. Siran und Kolwitsch lagen richtig. Das war der Mann von den Aufnahmen, die Arnsberg im Pozzadir gemacht hatte. Seine Piercings im Gesicht, die Siran und Susanna Bleicher bemerkt hatten, trug Leonardy hierauf allerdings nicht mehr. Wahrscheinlich hatte er sie gezogen, um weniger aufzufallen. Er glaubte sogar die kleinen Löcher in der Haut zu erkennen, doch konnte das bei der relativ schlechten Qualität des Bildes täuschen.

Im Wohnzimmer brannte Licht, und Musik plätscherte leise aus den Lautsprechern. Claudia lag auf dem Sofa und schlief tief und fest. Sie hatte Angst gehabt, das wusste er aus Erfahrung und bedauerte an diesen Abenden immer, ausgerechnet einen solchen Beruf gewählt zu haben.

Er setzte sich in den Sessel und trank ein Glas Mineralwasser. Der Tag wirbelte durch seinen Kopf und stand in extremem Kontrast zu seiner friedlich schlafenden Frau und der Bewegungslosigkeit im Haus. Es war fast halb drei und irgendwann fielen auch ihm die Augen zu. Mühsam kam er auf die Beine und küsste Claudia sanft. Trotzdem schrak sie hoch.

»Habt ihr ihn?«

»Ja, ich glaube schon.«

Sie lächelte verschlafen. »Das ist super.«

*

Der folgende Tag war auf ganzer Linie eine Enttäuschung. David Leonardy war nach Behandlung seiner Wunden in einen Tiefschlaf verfallen, den der Entzug des Crystals nach sich zog. Die Ärzte vertrösteten sie auf den Montag, frühestens, vorher sei nicht mit der Vernehmungsfähigkeit des Patienten zu rechnen. Zu allem Überfluss rief Brauckmann an und teilte mit, dass ein Anwalt namens Constantin Keppelmann, natürlich mit Doktortitel, angerufen habe und unter Nennung einiger Paragraphen eine Verschiebung der Befragung Luisa Pohls ebenfalls auf Montag verlangt hatte. Der Bitte hatte er selbstverständlich nachgegeben. Lichthaus fluchte, doch verstand er den Staatsanwalt.

Keppelmann war in Fachkreisen offensichtlich weithin als erfahrener und sehr erfolgreicher Verteidiger bekannt, dessen Kanzlei über ein Dutzend Spezialisten für alle Rechtsfälle verfügte, wie Brauckmann ihm erzählte. Der kleinste Fehler, die geringste Abweichung von verfahrenstechnischen Vorgaben würde ihnen bei einem Anwalt dieses Kalibers vor Gericht um die Ohren fliegen. Sie mussten vorsichtig sein. Dass Keppelmann als geschäftsführender Partner höchstpersönlich nach Trier eilen würde, um einer simplen Zeugenbefragung beizuwohnen, zeigte, mit welchem Druck Justus Pohl seine Tochter zu schützen suchte, noch bevor irgendein Schatten auf sie gefallen war. Egal inwieweit Luisa Pohl in diese Sache verwickelt war, die warme Dusche aus Geld und das, was man dafür kaufen konnte, würden sie so weit reinwaschen, dass ihr nur das geringstmögliche Ungemach drohte.

David Leonardy hingegen hatte eine verwitwete Mutter, die praktisch mittellos war. Brauckmann suchte bereits einen Pflichtverteidiger.

Um nicht untätig zu sein, nutzten sie die Zeit und durchsuchten Leonardys Wohnung, ohne schnelle Erkenntnisse zu gewinnen. Sie fanden weder Gegenstände der Opfer noch ein Trockengerät oder andere Dinge, die Rückschlüsse zugelassen hätten. Fingerabdrücke und sonstige Mikrospuren nahmen sie reichlich und machten Druck, damit bereits am Montag die Ergebnisse vorlägen. Die persönlichen Unterlagen ließen sich nur Leonardy zuordnen, aber eine Reihe von Fotos belegten, dass Luisa Pohl zumindest dort gewesen war, womöglich dort auch gewohnt hatte. Auffallend waren die gehobenen Ausstattungsgegenstände, obwohl der Programmierer nachweislich seit einem Jahr ohne Arbeit war.

Gegen Abend war er so gut wie überführt. Die technische Gesichtserkennung fand schnell unbestreitbare Übereinstimmungen zwischen der Person an den Geldautomaten und Leonardy. Ebenso war er deutlich auf dem Foto zu erkennen, das Arnsberg im Pozzadir von ihm gemacht hatte und auf dem der Barkeeper ihn als denjenigen identifizieren konnte, der zeitgleich mit dem Privatdetektiv das Lokal verlassen hatte. Auch Jasmin und die Schwester der Notaufnahme glaubten, ihn wiederzuerkennen. Alles andere als eine zeitnahe Anklageerhebung wäre für Lichthaus nun eine Überraschung gewesen.

Im Hinblick auf Luisa Pohl gestalteten sich die Ermittlungen als absolut unbefriedigend. Sie wussten immer noch nicht, wo sie sich während der letzten zwei Jahre aufgehalten hatte, nur ihr Aufenthalt in Soest war ihnen bekannt.

Um die Mittagszeit rief Lichthaus den Altenpfleger an, der mit Luisa Pohl zusammengearbeitet hatte. Tim Zimmer war nicht sonderlich begeistert. »Was wollen Sie denn noch? Ich bin auf dem Weg zum Segeln.«

»Segeln?«

»Ja, auf dem Möhnesee. Also was wollen Sie?«

»Sie haben mit Luisa Pohl ...«

»Das habe ...«

Lichthaus riss der Geduldsfaden. »Sie können auch in der kommenden Woche einen Tag damit verbringen, nach Trier zu kommen. Die Vorladung ist schneller bei Ihnen, als Sie glauben.«

Zimmer ruderte zurück. »Entschuldigung, normalerweise bin ich nicht so, doch das Thema Luisa bringt mich auf die Palme.«

»Wegen der Todesfälle?«

»Auch.«

»Was soll das heißen.«

Zimmer zögerte eine Sekunde. »Was soll's. Luisa und ich waren eine Zeit lang ein Paar.«

»Wo liegt das Problem?«

»Ich habe mich damals von ihr getrennt, weil ich das Gerede von Euthanasie und ihr Unverständnis für das Sterbehilfeverbot nicht mehr ertragen konnte.«

»Woher kommen diese Ideen?«

»Ich weiß es nicht.«

»Sie waren doch zusammen?«

»Kennen Sie Luisa?«

»Kurz. Wir haben einmal miteinander gesprochen.«

»Sie ist wie eine Auster und öffnet ihre Schalen nicht. Ich glaube schon, dass sie etwas für mich empfunden hat, doch trifft sie alle Entscheidungen für sich alleine und vertraut sich keinem Menschen an. Sie hat immer wieder mit mir diskutieren wollen, inwiefern es Sinn macht, die Alten in dem Bewusstsein zu pflegen, dass wir sie noch ein paar Monate länger leiden oder vor sich hin vegetieren lassen.«

»Was halten Sie von solchen Ideen, wie haben Sie darauf reagiert?«

»Weniger erschrocken, als Sie glauben. Ich bin der Meinung, jeder Altenpfleger hat in seinem Berufsleben Fälle gehabt, in denen er am liebsten selbst nachgeholfen hätte.«

»Passiert das auch?«

»Ich glaube nein, weil alle Angst davor hätten, aufzufliegen.«

»Eine moralisch dünne Erklärung.«

»Kann schon sein.«

»Sie haben sich dann also getrennt.«

»Ja, sie hat mich bedrängt. Ich sollte einem Patienten die Medikamente vorenthalten. Als ich abgelehnt habe, ist sie richtig impertinent geworden und schließlich gegangen.«

»War es schlimm für Sie?«

»Eigentlich ja. Ich denke sehr oft an sie. Irgendwie ist mir noch nie eine so intensive Persönlichkeit begegnet.«

»Und später ist es ja dann tatsächlich zu unerwarteten Todesfällen gekommen.«

»Nichts war eindeutig, doch die Verwandten einer plötzlich verstorbenen Frau haben Stress gemacht. Sie konnten nichts beweisen, ich habe meine Befürchtungen natürlich nicht geäußert, und trotzdem ist Luisa verschwunden. Ich kann Ihnen nicht sagen, warum.«

»Wie ging es weiter?«

»Normal, wieso?«

»Ich meine, die Anzahl der Todesfälle?«

»Das kann ich nicht sagen. Ich bin ein paar Monate später zu einem anderen Arbeitgeber gewechselt, weil man mir vorgeworfen hat, mehr zu wissen, als ich zugeben würde. Ich bin der Kündigung zuvorgekommen. Ich kann Ihnen also nicht sagen, ob es weitere Vorkommnisse gegeben hat oder die alten aufgeklärt worden sind.«

Lichthaus bedankte sich für die Auskünfte und legte auf. Draußen war der Himmel bedeckt, und der Samstagsverkehr lief träge dem Abend entgegen.

Luisa Pohl hatte im Altenheim für Euthanasie plädiert, und es konnte sein, dass sie ihre Ideen auch in die Tat umgesetzt hatte. Die Morde in Trier wirkten dann wie eine perfide Fortsetzung. In diesem Fall trug sie eine Mitschuld, selbst wenn sie nicht Hand angelegt hatte. Er musste versuchen, die Befragung der jungen Frau dahingehend zu entwickeln, und sie provozieren. Ob es etwas bringen würde? Luisa Pohl und Constantin Keppelmann würden viele Hürden aufbauen, die es erst einmal zu überwinden galt. Nun, vielleicht konnte er David Leonardy dazu bewegen, genauso gesprächig über seine Vergangenheit mit Luisa Pohl zu erzählen wie eben Tim Zimmer. Die beiden, die ihm wie zwei Verführte vorkamen. Ohne eine Aussage, die die junge Frau belasten würde, stünden Lichthaus' Aussichten, Anklage erheben zu können, ohnehin sehr schlecht.

Am Nachmittag fuhr er früh nach Hause, nachdem er alle Berichte gelesen und an den Präsidenten weitergegeben hatte. Immer wieder hatte er den Kopf über die hektische Abfolge der letzten Ereignisse geschüttelt und war froh, am Ende erfolgreich gewesen zu sein.

Da das Wetter noch so schön war, gingen sie die wenigen Meter nach Mertesdorf ins Freibad, wo Lichthaus trotz des ganzen Trubels auf dem Handtuch einschlief und erst geweckt wurde, als Henriette ihm kaltes Wasser über den Bauch kippte und wild lachend davonraste. Er fing sie kurz vor dem Nichtschwimmerbecken ab und stürzte mit ihr zusammen prustend in das Wasser.

Als sie später zusammensaßen und ein Eis schleckten, wurde ihm wieder einmal bewusst, wie oberflächlich friedlich das Leben der meisten Bürger verlief. Sie lachten, spielten mit den Kindern oder beschäftigten sich mit Hobbys. Er jedoch wusste, dass in manchen Fällen unter dieser Oberfläche die Fratze eines Raubtiers lauern konnte, die er und seine Kollegen zu sehen bekamen. Als im ehemaligen Jugoslawien der Bürgerkrieg ausgebrochen war, entsetzten sich viele über die Brutalität, die dort ausbrach, und über die Unmenschlichkeit, mit der die Kontrahenten den Konflikt austrugen. Mitten in Europa. Ihn hatte nichts verwundert, und als er in einer Diskussion die Prognose gestellt hatte, irgendwann würde es sicherlich zu Massenmorden kommen, diskutierten ihn die anderen nieder. Er hatte Recht behalten.

»Johannes!«

Er fuhr zusammen. »Ja, habe ich was verpasst?«

»Alles. Ich denke, ihr seid durch?«

»Sind wir auch. Übrigens war ich ausnahmsweise einmal nicht bei meinen Mördern.«

Sie schaute ihn belustigt an. »Na klar.«

Doch er ignorierte sie, wollte sich nicht ärgern und nahm Jakob auf den Arm. »Komm, wir gehen mal ins Wasser.«

»Ich will mit!« Henriette stürmte voraus, Claudia aber rief sie zurück. »Schwimmflügel.«

Den Gummistopfen im Mund blies er kräftig in die orangefarbenen Dinger und sah, dass sich seine Frau entspannt zurücksinken ließ, während die Kinder auf ihn einredeten und an ihm zerrten, bis sie endlich unterwegs waren.

Die Banalität des Alltags. Was hatte er doch für ein Glück.

Montag

Lichthaus war früh im Präsidium und machte gerade im Vorbeigehen mit Marie Guillaume einen Spaß darüber, dass ihr bei der Gesichtsbräune kaum jemand die aufgelaufenen Überstunden abnehmen würde, als Brauckmann mit einem zweiten Mann den Büroflur betrat.

Der Mann an seiner Seite konnte nur Constantin Keppelmann sein, der Staranwalt aus Frankfurt. Rein äußerlich war er eine Überraschung. Lichthaus hatte einen aristokratischen Typen erwartet, groß und schlank, vielleicht ein wenig asketisch, doch abgesehen von einem Anzug, der sicherlich einen nennenswerten Teil von Lichthaus' Monatssalär gekostet hatte, fiel ihm in seinem Äußeren nichts Besonderes auf. Klein gewachsen, dafür aber massig wie ein Preisboxer, kam er wieselschnell auf Lichthaus zu und drückte ihm die Hand.

»Keppelmann.« Er hatte eine sonore Stimme, die einen Gerichtssaal mit Leichtigkeit ausfüllen konnte, einen kräftigen Händedruck und wache Augen von undefinierbarer Farbe, die zwischen Grau und Blau changierte. In all dem machte er einen guten Eindruck, zu dem der Bauch, der sich über dem Gürtel wölbte, und der auffallend kleine, haarlose Schädel in Kontrast standen.

Lichthaus bat die beiden in sein Büro und sah schon an dem Blick, den Brauckmann ihm zuwarf, dass der Rechtsanwalt die ersten Treffer hatte landen können.

»Nun«, ungefragt stellte Keppelmann seinen Aktenkoffer auf den Tisch und zog Unterlagen daraus hervor, »ich habe soeben die Vertretung von David Leonardy übernommen.«

Es fiel Lichthaus schwer, seine Überraschung nicht zu zeigen, und so nahm er das Vertragsdokument, das Keppelmann ihm hinhielt, und las es durch.

»Leonardy ist also vernehmungsfähig.«

Keppelmanns Gesicht legte sich in Falten wie das einer Französischen Bulldogge. »Das kann ich leider nicht bestätigen. Die Ärzte fürchten um Nachwehen des Entzugs und halten eine Befragung zurzeit für verfrüht. Ich habe hier die Nummer des Chefarztes, der wird Ihnen das gerne attestieren.« Weder Brauckmann noch Lichthaus machten Anstalten, nach der hingehaltenen Visitenkarte zu greifen, und so verschwand sie wieder im Aktenkoffer.

»Wie kann Leonardy Sie denn bezahlen? Sie sind ja nicht gerade der Rechtsanwaltsdiscounter?«

»Frau Luisa Pohl hat mich darum gebeten und ...«

»... money speaks louder than words.«

Der kahle Kopf ruckte zu Lichthaus herum. »Das habe ich jetzt nicht gehört.«

Die Schärfe der Stimme war unüberhörbar, und Brauckmann startete schnell das eigentliche Gespräch. Umfassend legte er dem Anwalt die Fakten dar. Die Beweise für die Täterschaft von David Leonardy in mehreren Fällen, vor allem den Tötungsdelikten, waren erdrückend, doch nicht die kleinste Regung zeigte sich auf dem Pokerface des Verteidigers.

»Nun wir werden weitersehen, sobald ich mit meinem Mandanten eingehend habe sprechen können. Zu meiner zweiten Klientin, Frau Pohl.«

»Gegen sie besteht aktuell kein hinreichender Verdacht. Wir haben allerdings ein Haar von ihr an einem Tatort gefunden.«

»Das kann auch Leonardy dorthingeschleppt haben. Immerhin lebte Frau Pohl einige Monate in dessen Wohnung.«

Es war offensichtlich, dass Luisa im Vordergrund seiner anwaltlichen Sorge stand, da er gerade seinen anderen Mandanten belastet hatte, um sie zu entlasten. Lichthaus war resigniert. Wenn sie die junge Frau nicht zu einem Fehler verleiten könnten, müssten sie beidrehen, denn es gab keine handfesten Beweise gegen sie. Rein theoretisch bestand natürlich die Möglichkeit, dass Leonardy sie belasten würde. Aber bei seinen Vernehmungen würde immer Keppelmann zugegen sein, und der würde natürlich aufpassen. Lichthaus schaltete ab und überließ es den beiden Juristen, ihre Duftmarken zu setzen und sich für den Gerichtssaal warmzulaufen.

Als er endlich allein war, ging er zu Siran und Steinrausch hinüber, die sich auf die Befragung vorbereiteten. »Wie sieht es aus?«

»Schlecht.« Steinrausch sah missmutig zu ihm auf. Er hatte seine Krawatte auf halbmast gezogen und die Ärmel des Hemdes aufgekrempelt, denn die Temperatur begann schon wieder zu steigen. »Laut Obduktion ist Heribert Peters genau an dem Tag gestorben, an dem der Film im Düsseldorfer Bahnhof entstanden ist.«

»Wenn sie danach zurück nach Trier ist, könnte sie diesem David geholfen haben.«

»Wohl kaum. Sie ist zu spät in Trier angekommen. Der Zug hatte sogar Verspätung. Wir haben bei der Bahn nachgefragt. Außerdem konnten wir in Peters' Schlafzimmer nur Spuren von ihm finden. Die Nacht hat sie im Hotel verbracht. Auch das ist inzwischen bestätigt. Das Horrorszenario, das uns in Peters' Wohnung erwartet hat, muss er allein vorbereitet haben.«

Siran sah ebenfalls nicht zuversichtlich aus. »Alles deutet auf Leonardy. Sie ist raus.«

»Und doch steckt sie dahinter. Denkt an Tim Zimmers Geschichte.«

Siran goss Tee ein. Auch Lichthaus nickte. Trotz der Hitze. »Nur beweisen können wir gar nichts.«

*

Luisa Pohl saß mit unbeweglicher Miene neben ihrem Anwalt und beantwortete die Fragen zu ihrer Person. Lichthaus hatte zusammen mit Brauckmann und Steinrausch ihnen gegenüber Platz genommen. Eigentlich hatte er Sophie Erdmann mitnehmen wollen, die aber hatte sich krankgemeldet. Er wollte lieber nicht darüber nachdenken, was das bedeutete.

Es war kühl in dem Raum. Eine Klimaanlage tauschte die verbrauchte Luft des fensterlosen Befragungsraums gegen frische von draußen aus. Die Fakten, die sie in der Zwischenzeit gesammelt hatten, waren heiß genug. Er trug sie konzentriert vor.

Als er geendet hatte, legte Keppelmann eine eidesstattliche Versicherung auf den festgeschraubten Kunststofftisch, den ein Netz aus

Kratzern und Rissen überzog. »Wir haben die von Ihnen angezeigten Zeiträume durchgearbeitet und festgestellt, dass zum Zeitpunkt der Ermordung von Agnes Goldhagen sowie der Schießerei in der Innenstadt meine Mandantin mit der Haushälterin ihrer Eltern ein langes Gespräch geführt hat. Zudem liegt Ihnen die Aussage des Hotelpersonals vor, was das vergangene Wochenende betrifft.«

»Sie verteidigen, ohne dass wir Verdächtigungen ausgesprochen haben?« Brauckmann grinste Lichthaus an, der fortfuhr. »Es geht hier erst einmal um die Klärung der Zusammenhänge, wie es zu dieser fatalen Entwicklung hat kommen können.«

»Nun, mein Mandant ist drogenabhängig...«

Luisa Pohl unterbrach Keppelmann, der sich irritiert zu ihr umwandte, Unwillen im Gesicht. »Während der Zeit, die ich mit ihm verbracht habe, war er nicht drogenabhängig.«

Lichthaus ergriff die Chance. »Wo haben Sie sich kennengelernt und wann?«

»Im vergangenen August war ich für einen kurzen Ausflug hier in Trier und habe ihn zufällig getroffen. Er hat mir gefallen und ich ihm, also bin ich geblieben.«

»Einfach so?«

»Ja.«

»Gehen wir auf die Zeit davor.«

Keppelmann ging dazwischen. »Was spielt das für eine Rolle.«

»Warten Sie es ab.«

»Ich ...«

»Wir möchten uns ein Bild von Ihrer Mandantin machen. Wo liegt das Problem?«

Luisa sah den Anwalt auffordernd an, sodass er ergeben nickte. »Aber nur, wenn es Sie nicht belastet.«

»Nach dem Abitur bin ich von zu Hause weg.«

»Warum? Ihnen standen die Türen offen. Tolles Abi mit siebzehn, hervorragende Musikerin mit Stipendium und dann gehen Sie einfach auf und davon. Ich begreife es nicht.«

»Müssen Sie das?«

»Wenn ich mir ein Bild von Ihnen machen will, ja.«

»Dann fragen Sie!«

»Sie waren bei einem Arzt in Essen. Haben Sie in der Stadt damals gearbeitet?« Steinrausch löste das Patt.

Sie sah ihn lange an. »Nein, natürlich nicht. Dann hätte ich doch eine eigene Versicherung gehabt und nicht die Krankenkasse meines Vaters nutzen müssen.«

Das saß. Sie sah anders aus als auf den Fotos, die sie in Leonardys Wohnung gefunden hatten. Darauf war sie im Gothic-Stil zu sehen gewesen. Dicke Schminke mit schwarzer Kleidung, viel Leder und so weiter. Heute trug sie eine Blue Jeans, Sandalen und eine dünne Bluse mit langen Ärmeln, unter denen sie die Tätowierung einer Spinne verbarg, die Lichthaus in der Nacht zum Sonntag aufgefallen war. Sie hatte keinen Schmuck angelegt und die braunen Haare zu einem einfachen Pferdeschwanz zusammengebunden. Die Augen waren dezent geschminkt.

»Das Altenheim in Soest ?«

Sie reagierte. Ihre Augen zogen einen Kreis durch den Raum, dann hefteten sie sich wieder auf Lichthaus' Gesicht. »Da habe ich eine Zeit lang gearbeitet.«

»Als was?«

»Altenpflegerin.«

»Hatten Sie eine Ausbildung?«

»Nein. Ich war dort nur Aushilfe.«

»Wieso haben Sie das gemacht? Ihre Alternativen waren eindeutig attraktiver?«

»Das ist eine Frage der Perspektive.«

»Erklären Sie mir das.«

Keppelmann sprang ein. »Ich beantrage eine Pause.«

*

Luisa trank von ihrem Kaffee und sah zu Lichthaus hinüber, der mit dem Staatsanwalt und dem älteren Polizisten zusammenstand. Der Kommissar provozierte sie, kreiste sie ein, um zu Antworten zu kommen. Er war clever unterwegs und hatte sicher noch mehr drauf, er schien gerade erst begonnen zu haben. Das mochte sie. Zudem brannte es ihr unter den Nägeln, ihm ihren Standpunkt auseinanderzusetzen und ihm deutlich zu machen, was falsch lief.

Sie hatte nicht damit gerechnet, noch einmal mit dem Altenheim in Soest konfrontiert zu werden, und war unter Druck geraten. Keppelmann hatte sie da rausgehauen und redete jetzt unentwegt auf sie ein, während die Erinnerungen an die Zeit damals auf sie einstürmten. Es gelang ihr kaum, ihm zuzuhören, und sie bat um einen Augenblick der Ruhe. Er verstand, erkannte ihre Verwirrung und nickte. Schnell ging sie hinab vor das Gebäude und atmete tief ein. Schließlich setzte sie sich auf eine Beeteinfassung und rauchte. Sie musste sich fangen.

Soest. Das war eine gefühlte Ewigkeit her, eigentlich aber noch total präsent. Hier war sie Schritte gegangen, die sie nie wieder gehen würde, nicht nach dem, was mit Dave passiert war, selbst wenn sie überzeugt war, das Richtige getan zu haben. Weil Tim nicht auf ihre Argumente eingegangen war, hatte sie gehandelt, war in den Nachtschichten die Erlösung der Leidenden, der Einsamen geworden. Ihr erstes Opfer, Dina, lag seit mehr als einem Jahr weitgehend gelähmt in einem engen Zimmer, starrte an die Decke und weinte. Es dauerte, bis sie die gelallten Worte verstand, doch dann erschienen sie ihr ganz klar: Lass den lieben Gott mich sehen.

Sie änderte die Medikation und führte den Körper langsam an den Abgrund. In der entscheidenden Nacht gab sie ihr nichts mehr. Dina wusste, was kommen würde, und schaute ihr lange in die Augen, während sie die pergamentene Hand hielt und streichelte. Ein schiefes Lächeln und sie schloss ihre Augen für immer.

Kein Verdacht war auf sie gefallen und so hatte sie weitergemacht, drei tote Seniorinnen, dann Friedhelm Benzer. Ein alter Greis, der giftig wie eine Spinne einsam in seinem Zimmer dahinlebte und nie an einer Aktivität teilnahm. Eines Tages wurde bei ihm ein Pankreaskarzinom festgestellt, und man gab ihm noch sechs Wochen, die die Hölle sein würden. Sie versuchte zu helfen, indem sie ihm eine Überdosis Insulin verabreichte. Doch der Alte schlug und trat nach der Injektion wild um sich. Sie presste ihn auf die Matratze und schnauzte ihn an, wofür er eigentlich weiter leben wolle. Die vielleicht drei Minuten des Kampfes waren die schrecklichsten ihres Lebens. Der greise Körper im Aufruhr, die Gewalt, die sie ihm antat, das Knacken der Gelenke, die zum Zerreißen gespannten Muskeln und insbesondere seine Panik, dem Ende zuzustreben, brachten sie an den Rand der Hysterie. Endlich waren die Kräfte aufgebraucht und er sackte wehrlos auf sein Bett zurück. Bevor er das Bewusstsein verlor, murmelte er ihr fünf Worte ins Ohr: Weil ich noch nicht will.

Die Verwandten schöpften Verdacht, doch der Heimleitung gelang es, eine polizeiliche Ermittlung zu vermeiden. Man sprach von dem Leidensweg, den er nun nicht zu gehen hätte. Doch anschließend startete die interne Untersuchung, in deren Verlauf sie im Zimmer des Leiters einer regelrecht inquisitorischen Befragung unterzogen wurde. Sie entzog sich ihr durch Androhung von Rechtsmitteln und Einreichen ihrer Kündigung. In den Wochen danach hatte sie ihre eigenen Kriterien entwickelt, wann eine Sterbehilfe zu akzeptieren sei und sich gleichzeitig geschworen, nie wieder selbst Hand anzulegen.

Keppelmann trat zu ihr und bat sie, mit hineinzugehen.

Auf in den Kampf!

*

»Ich will beginnen, wo wir aufgehört haben. In dem Altenheim in Soest«, begann Lichthaus. Noch einmal meine Frage: Wieso haben Sie dort als Aushilfe gearbeitet, obwohl Sie attraktivere Alternativen hatten?«

»Von irgendetwas musste ich ja leben.«

»Ihr Konto wird jeden Monat von Ihrem Vater aufgefüllt.«

»Ich wollte unabhängig von seinem Geld sein, wollte mir darüber klar werden, was ich in Zukunft tun würde.«

»Alte Menschen töten?«

Keppelmann sprang auf wie ein Terrier. »Was soll diese Frage, Herr Lichthaus?«

Auch Brauckmann ging dazwischen. »Frau Pohl, Sie müssen hierauf nicht antworten.«

Ihr Lächeln war undurchsichtig. »Ich habe mich in dieser Zeit viel mit Ethik und Moral beschäftigt. Und bin zu dem Ergebnis gekommen, dass eine Handlung nur danach zu beurteilen ist, ob sie bei dem Betroffenen Freude oder Leid auslöst.«

»Ist das immer so klar zu beurteilen?« Lichthaus war schon klar, worauf sie hinauswollte. Auch für ihn war es gelegentlich schwer, die Grenzen zu akzeptieren, die von den geltenden Gesetzen gezogen wurden und die seiner ganz persönlichen Meinung nach im Widerspruch zum berechtigten Interesse oder auch nur Wohlsein eines Menschen standen. Aber es konnte doch nicht sein, dass man diese Einschätzung jedem selbst und seiner eigenen Moral überließ.

»Wahrscheinlich haben Sie Recht«, räumte sie ein. »Man denkt, es genügt, seine eigenen Gefühle außer Acht zu lassen und nur das Bestmögliche für den anderen zu wollen. Aber vielleicht lässt sich nicht immer so genau feststellen, wo dieses liegt.«

»Wir sind nicht hier, um komplexe philosophische Fragen zu erörtern«, gab Brauckmann zu bedenken. »Kommen wir zurück zur Ausgangsfrage.«

»Wir sind ja dabei«, sie lächelte ihn an. »Dave und ich haben solche ethischen Fragen lange und ausführlich diskutiert.«

Keppelmann wollte eingreifen, doch sie stoppte ihn mit einer Handbewegung, die selbst den Papst zum Schweigen gebracht hätte. Bevor diese hochbegabte junge Frau nun zu einer Vorlesung ausholen konnte, forderte Lichthaus: »Bringen Sie Ihre Aussage bitte auf den Punkt. Worüber, ganz konkret, haben Sie miteinander diskutiert?«

»Wie Sie wollen: Ob das Töten eines Menschen legitim sein kann.«

»Und was war Ihr Ergebnis?«

»Wir haben uns der Meinung einiger weniger, weitestgehend verfemter Philosophen und Ethiker angeschlossen, die es wagen, außerhalb der Norm zu argumentieren.«

»Ich weiß nicht, ob Sie es schon bemerkt haben. Aber diese Leute sind es nicht, die hier angeklagt werden sollen. Sondern Sie, Luisa Pohl. Es geht um Ihre Einstellung und um Ihr Verhalten. Also?«

»Diese Ethiker …«

»Haben Sie Kommissar Lichthaus eigentlich nicht verstanden?«, fuhr Steinrausch sichtlich genervt dazwischen.

Aber das beeindruckte Luisa Pohl nicht. »Diese Ethiker sagen, dass entgegen aller Normen und Gesetze durchaus getötet werden darf. Aus ethisch moralischer Sicht natürlich.«

Die Beamten verdrehten die Augen, und wieder war es Steinrausch, der sich eines Kommentars nicht enthalten konnte. »Das ist doch vollkommen irre. Dann geht jeder los und bringt andere um, wenn ihm danach ist.«

Keppelmann sprang auf. »Diese Befragung ist nun beendet. Wir klären keine Fakten, sondern philosophieren.«

Lichthaus sah zu Brauckmann hinüber, der kurz überlegte und dann entschied: »Ich denke, wir sollten Frau Pohl ausreden lassen und sehen dann weiter.«

Der Anwalt tauschte sich wortlos mit seiner Mandantin aus und setzte sich wieder.

Sie fixierte Steinrausch. »Ich spreche nicht von Mord oder willkürlicher Tötung, ich spreche von Euthanasie, das steht für das griechische *eu* was schön bedeutet und *thanatos* der Tod, also dem schönen Tod.«

Steinrausch wandte sich ab, doch Lichthaus begann, sich für die Diskussion zu interessieren, so abstoßend er auch deren Inhalt fand. »Wann ist ein Tod demnach schön?«

»Wenn er die bessere Alternative zum Leben ist.«

»Also Sterbehilfe.«

»So in etwa.«

»Das heißt, vereinsamte, verbitterte Alte ohne wirklich positive Aussichten kann man töten?«

Sie lächelte Lichthaus an. »Unschön formuliert, aber im Kern richtig.«

»Und Sie maßen es sich an, zu bestimmen, wann das der Fall ist? Oder anders ausgedrückt: Hat einer der Personen, die auf Ihre Initiative hin getötet worden sind, Sie um den Tod gebeten?«

Sie hob nur die Schultern, und Lichthaus schüttelte fassungslos den Kopf.

»Ich kommentiere diese Ungeheuerlichkeit jetzt nicht, es reicht mir.« Brauckmann sprach aus, was Lichthaus dachte. »Ich will nur wissen, ob Sie von diesen wohl zu Recht angefeindeten Ethikern inspiriert wurden und gemeinsam mit Herrn Leonardy losgezogen sind und Ihre *guten Taten*«, er spie die beiden letzten Worte angewidert aus, »an alten, wehrlosen Menschen ausprobiert haben. Und das zu Ihrem ganz persönlichen Profit.«

Keppelmann wollte protestieren, doch sie war schneller. »Das ist falsch. Ich habe mit Dave lange diskutiert und unsere Gespräche haben ihm eventuell die Ideen eingepflanzt, die er in die Tat umgesetzt hat, ich bin jedoch selbst nie über das Stadium der Theorie hinausgekommen.« Sie sah auf die Tischplatte. »Warum sollte es keine Kriterien geben, nach denen man beurteilen kann, ob der Tod die bessere Alternative ist?«

»Fragen Sie einfach die Betroffenen. Das sind die Einzigen, die darüber Auskunft geben dürfen. Allein ihre Kriterien gelten. Ist das mal klar?« Steinrausch schrie es fast hinaus. »Und lassen Sie uns mit dieser gequirlten philosophischen Scheiße zufrieden.«

»Herr Steinrausch!«, rief Brauckmann ihn zur Ordnung.

»Das heißt, Sie waren bei den Taten nicht anwesend?«, fragte Lichthaus schnell nach.

Sie konzentrierte sich wieder auf die Fragen. »Nein, nie. Sie konnten hierzu ja auch keine Beweise finden, oder?«

Lichthaus kam in die Defensive, und der Anwalt sprang auf den Zug. »Wobei wir wieder beim Thema sind. Die Richtung, die das Gespräch nimmt, zielt eindeutig darauf ab, meiner Mandantin eine Mitschuld an den Geschehnissen zu geben, die Sie Herrn Leonardy anlasten. Ich würde Sie daher bitten, mir hierüber Auskunft zu geben und darzulegen, worauf Sie Ihre Vermutung stützen.«

Die Befragung nahm den Weg, den Lichthaus befürchtet hatte. Sie mussten zugeben, keinerlei zwingende Beweise vorlegen zu können. Er war sich sicher, Luisa Pohl war der Motor hinter den Verbrechen, das hatte sie ihn genau spüren lassen. Wieso hätte sie ansonsten die Diskussion über Ethik und Moral vom Zaun brechen sollen? Doch ohne Beweise und ohne Zeugen war und blieb er zahnlos. Sie konnten nur darauf hoffen, dass Leonardy sie belasten würde. Und mussten sie vorerst ziehen lassen.

*

Lichthaus stand bei Steinrausch und sah aus dem Fenster zu, wie Luisa Pohl neben Keppelmann über den Parkplatz ging. Kerzengerade.

Steinrausch grunzte. »Die hat diesen Leonardy mit ihrem Gerede weichgeklopft. Da würde ich einen Tausender drauf wetten. Leider ist sie clever genug, sich nicht selbst die Finger schmutzig zu machen.«

»Im Altenheim in Soest ist ihr das nicht gelungen. Tim Zimmer hat sich nicht zu ihrem Erfüllungsgehilfen machen lassen.«

»Lass uns die Toten ausgraben.«

»Geht nicht, sind alle im Krematorium gelandet.«

»Na toll.«

Eine Weile schwiegen sie frustriert, dann sagte Steinrausch: »Weißt du, was ich nicht verstehe und was ich mich die ganze Zeit schon frage: Wie ist sie eigentlich an diesen Zinnenberg geraten? Was spielt der für eine Rolle?«

»Keine Ahnung. Wir werden ihn fragen.«

»Lass uns Siran noch mal hinschicken. Vielleicht bringt er aus dem Musiker was heraus. Wo ist eigentlich Sophie?«

»Krank.«

»Schlimm?«

»Weiß nicht.« Steinrauschs fragenden Blick ignorierte Lichthaus.

*

Zinnenberg war wieder in seinem Haus. Die Tür auch schon professionell repariert, und so klingelte Siran und wartete. Der Musiker sah noch immer ziemlich mitgenommen aus, bat ihn jedoch mit einem Lächeln herein.

»Was für eine Aussicht.« Siran stand an den beiden Panoramafenstern und sah hinab auf die Domgruppe, die Konstantinbasilika und die anderen Bauten und Kirchen, die auch nach fast zweitausend Jahren die Silhouette der Stadt bestimmten. Nur die Porta Nigra konnte er nicht entdecken.

»Ich stamme aus dem Flachland bei Hannover. Als es mich dann hierhin verschlagen hat, musste ich ein Haus mit Aussicht haben.«

»Eine gute Wahl.«

»Solange man ein Auto hat.«

Siran sah in die müden Züge, die jedoch ohne jede Bitternis waren. »Wie hat Frau Pohl sie gefunden?«

»Ich stehe im Musikernetzwerk. Mit Profil. Das war reine Eitelkeit von mir, doch hier wird sie mich entdeckt haben.«

»Sicher?«

»Ja.« Zinnenberg wendete den Blick ab und sah wieder auf die Stadt. Siran hatte den Eindruck, der Alte würde lügen, und hakte nach. »Hat sie angerufen oder eine Mail geschickt?«

»Luisa stand eines Tages vor der Tür und sagte, sie komme, um mit mir zu musizieren.«

»Sie haben sie einfach so hereingelassen?«

»Ja, warum nicht? Eine junge Frau, wie sollte sie mir gefährlich werden? Sie wirkte völlig ehrlich, außerdem hatte sie diese faszinierende Geige dabei.«

»Das hat Ihnen gereicht?«

Zinnenberg sah Sirans ungläubigen Blick. »Ja, ich muss zugeben, anfangs war ich doch ein wenig skeptisch, aber es ist schwer, jemanden wegzuschicken, wenn man einsam ist.«

»Und dann?«

»Wir haben ein paar Mal so phantastisch zusammen musiziert, wie ich es noch nie getan habe. Nicht in all den Jahren. Ein völliger Einklang. Es war herrlich. Luisa ist ein Ausnahmetalent.«

»Und die Gefahr, ausgeraubt zu werden?«

Zinnenberg lachte aus vollem Halse. »Wer so geigt, muss nicht stehlen. Das war mir nach den ersten drei Minuten klar. Übrigens zahlt sie für alles, seitdem sie hier wohnt.«

»Trauen Sie ihr ein Verbrechen zu?«

Der Blick, den Siran einfing, schien zu fragen, ob er ganz bei Trost sei, doch dann funkelten seine Augen und seine Stimme beschwor ihn. »Lasst sie endlich in Ruhe. Sie ist etwas Besonderes, ein Mensch von einer Reinheit, wie ich ihn so noch nie erlebt habe. Sie will für alle nur das Beste. Gebt ihr den Raum zu musizieren, und jeder wird profitieren.«

Siran nickte. Hier würde er nichts erfahren, was gegen Luisa Pohl verwendet werden könnte.

Dienstag

Das Verhör von David Leonardy war eine Farce. Der Abhängige auf Entzug hing völlig ausgelaugt auf dem Krankenhausstuhl und beantwortete alle Fragen schlapp, doch wie ein dressiertes Äffchen. Keppelmann hatte ihn am Vortag anscheinend intensiv und erfolgreich eingewiesen. Mit jeder Aussage bestätigte er seine Täterschaft, die ohnehin belegt war, und wusch Luisa rein. Irgendwann platzte Lichthaus der Kragen.

»Sie decken also die Frau, die Sie weggeworfen hat wie eine gebrauchte Unterhose?«

Leonardy lachte ein keuchendes Lachen, das rasselnd aus seiner Kehle drang. »Ich habe es vermasselt. Nur ich alleine. Doch sie hat mir vergeben.«

»Wie das?«

»Am Abend bei diesem Hanswurstmusiker. Nach allem, was ich ihr angetan habe, ich habe sogar wieder mit den Drogen angefangen, trotzdem hat sie sich von mir küssen lassen, hat mir sogar Glück gewünscht.« Ein völlig neuer Glanz trat in seine Augen.

»Das hat Sie mit ihr versöhnt, nach allem, was zwischen Ihnen gelaufen ist?«

»Sie kennen sie nicht. Luisa würde nie jemandem etwas Böses tun.«

»Und das Ermorden von alten Menschen ist nichts Böses?«

»Das war ich. Sie hätte es niemals gutgeheißen.«

»Das soll ich glauben?«

»Herr Kommissar, sie ist etwas Besonderes, verstehen Sie? Lassen Sie Luisa in Ruhe.«

Lichthaus stand unwillig auf und sang leise den Song von Westernhagen »Sexy, ich würde alles für dich tun. Ich bin gefangen zwischen deinen langen Beinen«. Dann wandte er sich an den überraschten Siran: »Mach hier weiter, ich habe was anderes zu erledigen.« Er ging, ignorierte Brauckmanns Unverständnis und Keppelmanns erstaunten Blick, zog die Tür sanft ins Schloss, doch der Staatsanwalt kam ihm nach.

»Was ist denn nun los? Wir sind noch nicht fertig?«

»Ich schon.«

»Wie bitte?«

»Er ist überführt, den Rest schafft Özdemir alleine.«

»Aber das Mädchen.«

»Sinnlos. Für den da drin, wie übrigens auch für diesen Zinnenberg, ist sie so etwas wie die heilige Johanna und für den Anwalt die Frau mit der dicken Brieftasche. Keine Chance, ohne konkrete Beweise. Da wir die nicht haben und auch nie bekommen werden, sind wir fertig.«

»Frust?«

»Nee, das habe ich mir abgewöhnt«, log er und verließ das Krankenhaus.

Draußen in der warmen Luft, umgeben von den Geräuschen der Stadt, hielt er einen Moment inne, bevor er resigniert in sein Auto stieg, das Präsidium ignorierte und die dort lauernde Bürokratie, und fuhr nach Hause.

Er hatte verloren.

Epilog

Die Presse lamentierte eine Weile, und selbst in den bundesweit ausgestrahlten Talkshows diskutierten allerlei Experten über die Einsamkeit der Alten oder das Risiko der Cyberkriminalität, denn es hatte sich gezeigt, wie einfach Leonardy an die Adressen der Opfer hatte kommen können. Lichthaus wurde hierzu eingeladen, lehnte aber dankend ab. Die Welle ebbte ab, wie schon so viele vor ihr. Leonardy wurde erwartungsgemäß zu lebenslanger Haft verurteilt und gut weggesperrt. Keppelmann gelang es jedoch, eine Sicherungsverwahrung zu vermeiden, was angesichts der erdrückenden Beweislage eine Meisterleistung war. Ebenso schaffte er es, Luisa völlig aus dem öffentlichen Interesse rauszuhalten. Der Mann war für Familie Pohl eine Investition, die sich gelohnt hatte. Lichthaus vermutete, dass auch eine Menge politischer Verbindungen strapaziert worden waren.

Er meckerte ein wenig herum, dass mit Geld anscheinend immer noch alles möglich sei, doch mit der Zeit verblasste seine Enttäuschung und wandelte sich kurz in Erstaunen, als er erfuhr, dass Westermann mit einer Bewährungsstrafe davonkam und plötzlich einer der Cybercops des LKA wurde. Doch dann kehrte die Routine ein und schüttete allen Ärger zu.

Es war etwa eineinhalb Jahre später, er eilte gerade mit Claudia durch die Stadt, um ein Geburtstagsgeschenk für Sophies und Stefans Sohn Yannick zu suchen, und senkte den Blick vor dem kalten Wind, der im Winter selbst in Trier manchmal durch die Straßen fegt, als sie vor ihm stand. Die braunen Haare waren länger gewachsen, sie hingegen schien dünner geworden zu sein.

Noch während er sie verblüfft anstarrte, breitete sich ein Lächeln auf ihrem Gesicht aus. »Herr Lichthaus! Schön, Sie zu sehen.«

Einen Augenblick war er versucht, einfach weiterzugehen, doch seine Neugierde ließ ihn anhalten. Er stellte Claudia vor.

Luisa lächelte. »Ich habe neulich durch Zufall eines Ihrer Bilder in einer Düsseldorfer Galerie gesehen und wegen der Namensgleichheit ein wenig recherchiert. Sehr eindrucksvoll.«

Claudia lächelte verhalten, sagte aber nichts.

»Wie geht es Ihnen?« Es war echtes Interesse, das Lichthaus fragen ließ.

Luisas Augen wanderten zu ihm zurück. »Ich bin in Berlin an der Hochschule für Musik. Sie haben mich angenommen. Geige und Klavier. Es macht superviel Spaß, und im Herbst bin ich auch schon fertig.«

»Das freut mich.«

Sie sah ihn schief an. »Ehrlich?«

Er nickte. »Ehrlich. Ich habe Sie für schuldig gehalten ...«

»Johannes!«

Er ignorierte Claudia. »... doch war Ihnen nichts nachzuweisen, und somit sind Sie vor Gericht unschuldig. Das habe ich zu akzeptieren.« Er lächelte völlig entspannt. »Was machen Sie in Trier?«

»Ich bin bei Wolfgang Zinnenberg. Wir halten nach wie vor engen Kontakt, und alle paar Monate komme ich für ein Wochenende her, um mit ihm zu musizieren.«

Lichthaus' Einstellung zu ihr geriet ins Wanken. Sie kümmerte sich um den gebrechlichen Musiker? Das musste ziemlich aufwändig für sie sein, von Berlin aus. Sie blieb für ihn einfach verwirrend.

Luisa Pohl wandte sich an Claudia. »Morgen geben wir ein Konzert im kurfürstlichen Palais. Wollen Sie kommen?«

»Gerne.« Ihr kurzer Blick ließ Lichthaus jeden Einwand hinunterschlucken.

Sie spielte betörend. In einem langen, schwarzen Abendkleid sah sie so gut aus wie ein Modell auf dem Catwalk, doch sobald die Geige erklang, verkümmerte das zu einer Randnotiz. Er verstand nicht viel von Musik, und wenn ein Ton danebengelegen haben sollte, so war das an ihm vorbeigegangen. Ihr Spiel hingegen riss ihn mit, löste Begeisterung in ihm aus. Zinnenberg und sie harmonierten perfekt, und am Ende setzte ein brausender Applaus ein, an dem sich auch Lichthaus ausgiebig beteiligte.

Auf dem Heimweg sah Claudia zu ihm herüber. »Und was denkst du?«

»Worauf willst du hinaus?«

»Was denkst du nun über Luisa Pohl?«

Er blieb ihr die Antwort schuldig und sah hinaus in die Nacht.

ENDE

Danksagung

Das Schreiben eines Romans besteht darin, aus einer Idee, einer kleinen Keimzelle, eine Geschichte zu entwickeln, die über viele Seiten trägt, in ihrem Aufbau schlüssig ist und nicht zuletzt den Leser so fesselt, dass er bis zur letzten Seite weiterlesen will. Da Sie jetzt diese Zeilen lesen, gehe ich davon aus, dass es mir in Ihrem Fall gelungen ist. Ich hoffe also, es hat Ihnen Freunde bereitet, Zeit, die Sie auch mit anderem hätten verbringen können, für meinen Krimi zu erübrigen.

Auch wenn ich während des Schreibens meistens allein vor dem Computer sitze, lässt sich ein solches Projekt kaum vollständig im Alleingang bewältigen. Man ist auf die Unterstützung und Hilfe vieler lieber Menschen angewiesen.

Zu Dank verpflichtet bin ich zuallererst meiner Frau Gabi, mit der ich Ideen diskutieren kann und die meine Schrullen erträgt, die während des Schreibens konzentriert zutage treten. Auch Dr. Torsten Ries, der mir ausdauernd so komplexe Sachverhalte erklärt hat, wie das Verschleiern von Identitäten im Netz oder der Weg eines Trojaners auf ein Handy, gebührt mein außerordentlicher Dank.

Meiner Lektorin Dr. Anette Kleszcz-Wagner habe ich Enormes abverlangt. Nur ihrem Durchhaltewillen ist es zu verdanken, dass aus einem etwas chaotischen Skript der hier vorliegende Roman geworden ist. Sollten dennoch Fehler enthalten sein, gehen diese wie immer auf mein Konto.

Besonders gefreut hat mich die Resonanz auf meinen letzten Roman. Ich habe von meinen Lesern eine Vielzahl von Zusendungen erhalten, die für mich sehr aufschlussreich waren. Daher meine erneute Bitte: Sagen Sie mir Ihre Meinung, senden Sie ein Statement per Mail an paul.walz@email.de. Ich werde Ihnen antworten.

Vom selben Autor

Paul Walz, Lichthaus kaltgestellt
310 Seiten, Paperback, Originalausgabe 2012
ISBN: 978-3-935263-94-8, 12,95 €

Die Studentin Eva Schneider verschwindet im nächtlichen Trier. Kommissar Lichthaus, gerade zurück aus dem Vaterschaftsurlaub, nimmt die Suche nach der Vermissten auf. Schon bald wird ihre grausam zugerichtete Leiche entdeckt. In den heißen Augusttagen verdichten sich die Hinweise auf einen hochgradig psychopathischen Täter.
Ein handgemachter Knopf führt die SoKo in die Mittelalterszene. Der Einsatz auf dem historischen Burgenfest in Manderscheid nimmt einen dramatischen Verlauf, und Lichthaus wird von seinem Chef kaltgestellt. Doch er gibt die Jagd nicht auf und macht sich damit selbst zur Zielscheibe des Mörders.

Vom selben Autor

Paul Walz, Bauernopfer – Lichthaus' zweiter Fall
357 Seiten, Paperback, Originalausgabe 2013
ISBN: 978-3-95475-072-6

Ein bestialischer Mord erschüttert Trier. Ein Biobauer der ersten Stunde wurde in seinem Vorzeigestall grausam umgebracht. Schnell findet Lichthaus einen Verdächtigen im Kreise der Familie. Als jedoch kurz darauf ein stadtbekannter Politiker vor Lichthaus' Augen ermordet wird, stehen er und sein Team wieder am Anfang der Ermittlungen. Müssen sie den Täter doch in der Ökobranche suchen? Will jemand die Biolandwirtschaft in Misskredit bringen? Oder hat sich gar die Mafia in ihr eingenistet? Ein Journalist wittert einen weitreichenden Skandal und muss für seine Recherchen teuer bezahlen. Kann Lichthaus den Wahnsinn stoppen, bevor seine eigene Familie ins Visier gerät?

Reif für die Insel?
Inselkrimis im Prolibris Verlag

Kai Leuner
Der Pakt
Rügen Krimi
Paperback, 226 Seiten, ISBN 978-3-935263-96-2

Birgit C. Wolgarten
Und es wurde Nacht
Rügen Krimi
Paperback, 251 Seiten, ISBN 978-3-935263-24-5

Birgit C. Wolgarten und Marie Claire Frey
Der Zorn des schwarzen Engels
Rügen Krimi
Paperback, 211 Seiten, ISBN 978-3-95475-078-8

Volker Streiter
Mörderische Nachsaison
Amrum Krimi
Paperback, 214 Seiten, ISBN 978-3-935263-95-5

Volker Streiter
Grab ohne Meerblick
Amrum Krimi
Paperback, 261 Seiten, ISBN 978-3-95475-007-8

Volker Streiter
Das Geheimnis des Strandvogts
Historischer Amrum Krimi
Paperback, 249 Seiten, ISBN 978-3-95475-096-2

Bei uns können Sie was erleben!

Aktuelle Infos zu spannenden Krimis
auf unserer Facebook-Seite.

Einfach »gefällt mir« drücken,
damit Sie nichts verpassen.

www.facebook.com/prolibris